Knaur.

Knaur.

Über die Autorin:
Susan Hastings wurde unter dem Sternzeichen des Schützen geboren und hat viele Jahre als Geologin gearbeitet, bevor sie ihre Begabung zum Schreiben entdeckte. Seitdem hat sie erfolgreich zahlreiche Romane veröffentlicht, vor allem die historischen Liebesromane haben es ihr angetan.

Susan Hastings

Wogen der Liebe

Roman

Knaur Taschenbuch Verlag

Für Raudaborsti

Besuchen Sie uns im Internet:
www.knaur.de

Sagen Sie uns Ihre Meinung zu diesem Buch:
historische-liebesromane@droemer-knaur.de

Originalausgabe Januar 2010

Ein Unternehmen der Droemerschen Verlagsanstalt
Th. Knaur Nachf. GmbH & Co. KG, München

Redaktion: Claudia Jürgens
Umschlaggestaltung: ZERO Werbeagentur, München
Umschlagabbildung: Elaine Duillo via Agentur Schlück GmbH
Satz: Adobe InDesign im Verlag
Druck und Bindung: CPI – Clausen & Bosse, Leck
Printed in Germany
ISBN 978-3-426-50484-0

2 4 5 3 1

Der Überfall

Dong – dong – dong – dong. Das rhythmische Klopfen der Hämmer auf den Amboss klang zu Viviane herüber. Sie kniete am Eingang der Hütte vor einem großen hölzernen Trog, in dem sie den Brotteig knetete. Von der Schmiede gleich neben der Hütte wogte der Rauch des Feuers herüber und mischte sich mit der salzig-feuchten Luft, die vom Meer herwehte. Vivianes Blick schweifte über den Strand, hinter dem sich das dunkle Meer erstreckte. Heute schien es besonders friedlich. Die kleinen Wellen schwappten an das sandige Ufer, auf dem ein einziges Boot lag. Es war alt und sein Boden leckgeschlagen. Einst hatte es Vivianes Bruder Angus gehört. Doch Angus lebte nicht mehr.

Der Vater war niemals damit einverstanden gewesen, dass Angus Fischer wurde. Der Sohn eines Schmieds hatte das Handwerk des Vaters zu erlernen und die Tradition fortzuführen. Schon immer waren die Söhne in der Ahnenreihe des Hengist Folkming Schmiede gewesen. Gute Schmiede. Doch Angus schlug aus der Art. Schon als Kind stand er am Strand und starrte wie gebannt auf das Meer hinaus. Wenn die Fischer in der Nacht aufbrachen, um neue Fanggründe zu erschließen, und ihre Netze in das glitzernde Wasser auswarfen, dann wünschte er nichts sehnlicher, als mit ihnen zu fahren. Manchmal nahm ihn der eine oder andere Fischer mit, wenn er gar zu sehr bettelte. Doch meist gab es danach Ärger mit Hengist, der es Angus verboten hatte. Vor dem Schmied hatten alle Männer im Dorf Respekt. Nicht nur, weil er Muskeln und die Kräfte eines Bären besaß, sondern auch, weil er immer schwarz verrußt aussah wie ein Höllengeist. Außerdem neigte er zu jähzornigen Ausbrüchen, die seine Kraft noch verdoppelten. Nachdem Hengist einige Fischer derart verprügelt hatte, dass sie tagelang nicht ihrer Arbeit nachgehen konnten, nahm niemand mehr Angus mit hinaus zum Fang, so sehr er auch bat und flehte. Von da an arbeitete Angus in der Schmiede und lernte von Hengist das Handwerk.

Nach getaner Arbeit aber verschwand Angus regelmäßig. Zunächst glaubte Hengist, sein Sohn wandele auf Freiersfüßen, und er drängte ihn, endlich den Namen seiner Auserwählten zu verraten, damit er einen Brautwerber beauftragen konnte. Doch Angus lächelte nur und schwieg. Eines Tages dann brachte er sein Geheimnis mit nach Hause. Es war ein Boot, das er sich selbst gebaut hatte. Er teilte Hengist seinen Entschluss mit, Fischer zu werden und mit den anderen hinaus aufs Meer zu fahren. Erst hatte Hengist gebrüllt, dann holte er seinen großen Schmiedehammer, um das Boot zu zerschlagen. Im heftigen Ringkampf zwischen Vater und Sohn, dem das ganze Dorf beiwohnte, fiel Angus' Mutter, die zierliche Cedrilla, Hengist in den Arm.

»Versündige dich nicht, dein eigen Fleisch und Blut zu töten«, schrie sie.

Erst da kam Hengist wieder zur Besinnung, er blieb reglos stehen, ließ den Hammer aus der Hand fallen, drehte sich um und würdigte seinen Sohn keines Blickes mehr. Das blieb auch später so, als Angus hinaus aufs Meer fuhr und mit reichlich Fisch zurückkam. Hengist rührte keinen Bissen des Fischs an, den Angus fing und den die Mutter zubereitete. Stattdessen tauschte Hengist seine eigene Ware, Messer, Werkzeug, Beschläge und allerlei Zubehör, mit den anderen Fischern gegen deren Fisch. Cedrilla musste ihn dann zubereiten, und Hengist achtete ganz genau darauf, dass Cedrilla die Fische nicht verwechselte.

Viviane war noch zu klein, um zu begreifen, was für eine Tragödie sich da vor ihren Augen abspielte. Sie schaute immer bewundernd zu ihrem Bruder auf, der doch so ganz anders war als sie. Angus ähnelte seiner Mutter, einer stillen, aber im Innern zähen und kämpferischen Frau, die im Leben viel Leid erfahren hatte. Sie stammte von den Pikten hoch im Norden ab, und ihre Vorfahren waren auf eine geheimnisvolle Weise auf die kleine südenglische Insel gekommen. Man erzählte, sie seien Gefangene gewesen und von den keltischen Kriegern versklavt worden. Aber so genau wusste es keiner. Cedrilla jedenfalls war frei, wenngleich sie immer noch die blauen Zeichen auf der Haut trug wie ihre Ahnen. Aber die hatte sie als Kind schon bekommen, und sie konnte selbst nicht sagen, welche Bedeutung sie besaßen. Sie hatte die kleine Gestalt und das dunkle Haar an Angus vererbt. Und wahrscheinlich auch das rebellische Wesen. Allerdings hatte Cedrilla selten Gelegenheit, gegen Hengist aufzubegehren. Im Normalfall war er ja auch eher gutmütig, und sie kam gut mit ihm aus, man durfte ihn eben nur nicht reizen.

Genau das hatte Angus getan, und das würde Hengist ihm niemals verzeihen. Gerade noch duldete Hengist seinen Sohn in der Hütte am Tisch und hoffte nur, dass er bald eine Braut finden und endlich ausziehen würde, um sein eigenes Zuhause zu gründen. Dann müsste er sich nicht so für ihn schämen. Doch Angus ließ sich Zeit. Zu viel Zeit.

Eines Morgens kamen die Fischer des Dorfes zurück von ihrer Fahrt, und sie brachten Angus' Boot. Es war leer. Auch dann begriff Viviane noch nicht, was geschehen war. Sie konnte nicht verstehen, dass Angus sein Boot, das er über alles liebte, einfach allein gelassen hatte. Die Fischer schleppten es an den Strand und blieben schweigend daneben stehen. Viviane erinnerte sich später an Cedrillas lautstarkes Wehklagen und Weinen und an Hengists versteinertes Gesicht. Dann gingen sie alle in die kleine Holzkirche drüben auf den Klippen und beteten für Angus. Auch Viviane betete und wünschte, dass er bald wieder zurück zu seinem Boot käme. Doch es lag Jahr um Jahr am Strand, und Wind und Wellen setzten ihm zu, schlugen es leck und nagten am Holz.

Seit diesem Tag ging es Cedrilla schlecht. Sie bekam Husten und kränkelte. Viviane musste mehr und mehr der Hausarbeit übernehmen. Sie buk Brot und wusch die Wäsche, kümmerte sich um das Vieh und den kleinen Acker, bearbeitete den Garten und half dem Vater in der Schmiede. Seltsamerweise bereitete ihr genau das die größte Freude. Sie schaute dem Vater zu, wie er aus dem rot glühenden Metall mit geschickten Hammerschlägen Messer und sogar Schwerter zauberte. Für sie war der Vater ein Magier, der glühendes Metall zum Leben erwecken konnte. Fast jeder Mann im Ort besaß ein Schwert, das Hengist geschmiedet hatte. Nicht selten mussten sich die Dorfbewohner gegen räuberische Banden, übelwollende Seefahrer von anderen Küsten oder plündernde Krieger aus Fehden des Königs mit benachbarten Reichen zur Wehr setzen. Die Männer übten sich im Fechten, trugen zu den Feiertagen Wettbewerbe um den besten Schwertkämpfer aus und eiferten um die Würde des Klingenmeisters.

An solchen Tagen hätte Hengist seinen Sohn Angus gern unter den Kämpen gesehen, aber ihm war nur noch die Tochter Viviane geblieben. Er verbarg seine Enttäuschung, so gut es ging, und hängte sein ganzes Herz an Viviane. Wenigstens äußerlich kam sie nach ihm. Ihr Haar war von einem leuchtenden Kupferrot wie der Kessel, wenn sie ihn mit viel Eifer poliert hatte. Ihre Augen spiegelten das Grün der saftigen Wiesen und Wälder der kleinen Insel wider. Und wenn sie zu lange in der Schmiede gewesen war, dann sah sie genauso rußig aus wie Hengist.

Cedrilla beklagte sich darüber, dass es sich nicht zieme, wenn ein Mädchen sich mit Männerdingen beschäftige, und sie befürchtete, dass sich für Viviane deshalb kein Mann interessieren würde. Nicht zuletzt deshalb nahm sich Hengist einen Gehilfen, um ihn als Schmied auszubilden. Seitdem gehörte Patrick zur Familie. Hengist behandelte ihn fast wie einen eigenen Sohn.

Der anfangs dünne und hoch aufgeschossene Junge mit dem strubbeligen Haar und den Sommersprossen entwickelte sich nach einiger Zeit zu einem ansehnlichen jungen Mann, dem die Muskeln wuchsen wie Vivianes weibliche Rundungen und der Viviane immer öfter einen verstohlenen Blick zuwarf.

Hengist entging dies nicht, doch er sah es nicht ungern. Wenn Patrick in die Familie einheiratete, hätte Hengist einen angemessenen Nachfolger, und die Tradition konnte fortgesetzt werden. Ja, für ihn war es eigentlich beschlossene Sache, nachdem er bemerkt hatte, dass auch Vivianes Augen immer öfter zu Patrick wanderten. Sie schob ihm das größte Stück Fleisch zu und das knusprigste Stück Brot, sie nähte ihm sein Hemd mit besonderer Hingabe und feuerte ihn bei den Schwertkämpfen am lautesten an.

Natürlich musste Hengist darauf achten, dass sie zurückhaltend blieben, um auch hier die Sitten zu wahren. Es war nur eine Frage der Zeit, wann die beiden heiraten würden, nämlich wenn Viviane das achtzehnte Lebensjahr vollendet hatte. Dann würde er beim König um Erlaubnis bitten, seine Tochter verheiraten zu dürfen. Er würde dem König das Bittgeschenk überreichen, ein prachtvolles Schwert, das er bereits angefertigt hatte und das, in ein Leinentuch geschlagen, in der Truhe ruhte. Dieses Schwert war so kunstvoll gearbeitet, dass der König die Bitte nicht abschlagen könnte. Dann würde die kleine Kirche oben auf den Klippen mit frischem Laub geschmückt, und Viviane würde einen Kranz aus weißen Blüten auf ihrem roten Haar tragen. Pater Cedric aus dem Kloster, zu dem die Kirche gehörte, die die Bewohner aus den umliegenden Dörfern ebenfalls besuchten, würde die Trauung im Angesicht Gottes vollziehen. Dann würde das ganze Dorf ein großes Fest feiern, und Hengist würde es an nichts fehlen lassen. Wildschweinbraten und Lamm am Spieß sollte es geben und das Bier in Strömen fließen. Sie würden tanzen und lachen und fröhlich sein und zu Ehren des Brautpaares Schwertkämpfe, Geschicklichkeitsspiele und Wettläufe veranstalten. Nur das Wettrudern vor der Küste, darauf würde er verzichten.

Das Husten aus der Hütte holte Viviane aus ihren Gedanken, während ihre Hände unablässig den klebrigen Brotteig walkten. Sie sorgte sich um die Mutter und fürchtete, dass diese ihre Hochzeit nicht mehr miterleben würde. Immerhin lag noch ein langer Winter dazwischen, der hier auf der kleinen Insel stets recht rauh war. Dann wehte ein heftiger und kalter Wind, brachte viel Regen, und die Wellen überspülten den Strand bis zu den Felsen. Schon mehrfach hatten sie erlebt, dass das halbe Dorf unter Wasser stand, das Mehl verschimmelte und eine große Hungersnot ausbrach. Zum Glück gab es das Kloster oben auf dem Berg. Die Mönche öffneten ihre Vorratskammern, teilten in christlicher Nächstenliebe und halfen den Dorfbewohnern zu überleben. Viviane würde, wenn sie das Brot gebacken hatten, zu ihnen gehen, um aus ihrer Klosterapotheke Heilkräuter gegen Mutters Husten zu holen. Die Mönche hegten einen Kräutergarten mit vielen seltsamen Pflanzen, die auf der Insel gar nicht vorkamen. Diese Pflanzen besaßen magische Kräfte und linderten die unterschiedlichsten Beschwerden. Die Mönche pflegten diese kostbaren Pflanzen nach überliefertem geheimem Wissen, damit ihnen der rauhe Wind und die winterliche Kälte nichts anhaben konnten. Kein Sterblicher außer den Mönchen selbst durfte den Garten betreten, und auch Viviane kam immer nur bis zur Klosterpforte. Aber stets hatten die Mönche ihr geholfen, und sie empfand Liebe, Respekt und Dankbarkeit den sanftmütigen Männern in den braunen Kutten gegenüber, die niemals ein Schwert in die Hand nahmen und Hilfe im Gebet suchten.

Die Sonne hatte ein Stück ihres Himmelswegs zurückgelegt und schien nun genau vor die Hütte, wo Viviane kniete. Sie streifte sich den Teig von den Händen und deckte den Trog sorgfältig mit einem Tuch ab. Nun musste der Teig in der Wärme gehen, während sie zunächst nach Mutter schauen und dann den Backofen anheizen würde.

Das Innere der Hütte war denkbar schlicht. Sie bestand nur aus einem Raum, in dem sich die Feuerstelle befand. Ein hölzerner Tisch mit zwei rustikalen Bänken bildete den Mittelpunkt. An den Wänden zogen sich die schmalen Schlafpritschen entlang. Dazwischen standen Truhen und Körbe zum Aufbewahren des Hausrats. Patrick schlief im Stall, von dem mit einer geflochtenen Weidenwand ein Stück abgetrennt worden war. Aber selbstverständlich saß er bei den Mahlzeiten am großen Tisch der Familie, und auch sonst nahm er am Familienleben teil. Manchmal half er Viviane, die Schafe einzutreiben und zu melken, die Hühner zu füttern und die Feldarbeit zu verrichten. Das waren die Momente, wo er ihr unbeobachtet näher kommen konnte. Es waren die schönsten Momente!

Hengist Folkming besaß ein paar Schafe, die an den Hängen im Hinterland ihr Futter suchten. Hinter den Klippen lagen auch die schmalen Felder, die ein bisschen zum Lebensunterhalt beitrugen. Hengist war kein Bauer, niemand im Dorf war das. Die meisten waren Fischer, und die Erlöse ihrer Arbeit tauschten sie auf dem Markt – Fisch gegen Mehl oder eben Eisenwaren gegen Mehl. Die Schafe hielten sie der Wolle und der Milch wegen, und ab und zu wurde eines geschlachtet. In den Wäldern gab es Wildschweine, aber den Dorfbewohnern war es untersagt, selbst zu jagen. Nur die Wildhüter des Königs besaßen dieses Privileg. Alles, was nicht auf der königlichen Tafel landete, wurde an die Bevölkerung verkauft. Wild war teuer und daher etwas Besonderes. Viviane wusste, dass die Männer vor allem im Winter, wenn die Nahrung knapp war, trotzdem auf die Jagd gingen. Das Fleisch von Schweinen verlieh Unsterblichkeit und war schon deshalb heiß begehrt. Die Strafe war fürchterlich, wenn sie erwischt wurden. Unter den jungen Männern galt es als eine Art Mutprobe, ein Wildschwein zu erjagen. Auch Patrick hatte vor, in diesem Winter ein Schwein zu jagen, um damit Viviane zu imponieren. Sie gab sich immer noch recht verschlossen, wenn Patrick seine schüchternen Annäherungsversuche startete. Aber auch er hatte ihre heimlichen Blicke bemerkt, wenn er mit nacktem Oberkörper am Schmiedefeuer stand und den ledernen Blasebalg bediente. Und erst recht, wenn er kraftvoll den Schmiedehammer schwang.

Einmal hatte er sie in die Arme genommen, oben bei den Klippen. »Ich möchte dich immer beschützen«, hatte er zu ihr gesagt, während sie auf das Meer hinausschauten. Sie hatte sich lachend aus seinen Armen gewunden. »Ich kann mich selbst schützen. Schließlich weiß ich, wie ein Schwert geschmiedet wird und wie man damit umgeht.«

Danach war Patrick traurig gewesen, aber nicht entmutigt.

Viviane war eben ein stolzes Mädchen, und er musste sich sehr bemühen, sie zu erobern.

Während sie über die Wiese lief, um die Schafe zusammenzutreiben, beobachtete er sie. Sie trug nur ein schlichtes Kleid aus einem dünnen Stoff, den sie selbst gewebt hatte. Sie schaffte es, aus der Wolle der Schafe einen wunderbar dünnen Faden zu spinnen, um daraus wiederum leichte Stoffe zu weben, die in dem kurzen Sommer sehr angenehm zu tragen waren. Angenehm auch für Patrick, denn er konnte so ihre körperlichen Vorzüge erahnen. Seit einiger Zeit veränderten sich ihre Proportionen, sie wurden rundlicher und weicher. Ihre Taille blieb trotzdem schmal, wie der sorgsam geflochtene Ledergürtel verriet, den sie trug. Überhaupt legte sie viel Wert auf saubere und sorgsam hergestellte Kleidung, auch wenn sie häufig in der rußigen Schmiede zu Gast war. Die kupfernen Fibeln, mit denen sie ihr Kleid an den Schultern zusammenhielt, hatte sie selbst gearbeitet und auch das kleine Kreuz, das sie am Lederband um den Hals trug. Ihr Haar war zu einem langen Zopf geflochten, der ihr auf den Rücken fiel, und manchmal trug sie ein ebenfalls geflochtenes dünnes Stirnband.

Sie waren alle Christen und getauft, seit langer Zeit schon, als missionierende Mönche auf die Insel gekommen waren, sich hier niedergelassen und ein Kloster gegründet hatten. Die Könige, die das Land beherrschten, wechselten. Mal bekannten sie sich zu dem neuen Gott, mal hörten sie auf die Druiden als ihre Ratgeber, aber das störte die einfachen Leute an der Küste nicht. Im Kampf gegen die Allgewalt der Natur, gegen Güte und Grausamkeit des Meeres und um das tägliche Überleben war es einfach wichtig, den Beistand Gottes erflehen zu können. Und wenn ab und zu auch einer der alten Götter oder eine der alten Göttinnen angerufen wurde, so konnte das sicher nicht schaden. Zwar predigten die Mönche

immer wieder gegen den Irrglauben und heidnische Rituale, aber viele waren so fest in den Köpfen und Seelen der Menschen verankert, dass man ihnen nur andere Namen gab und sie einfach beibehielt.
Jeweils vierzig Tage nach der Sonnenwende wurden die vier großen keltischen Feste gefeiert. Daran hatte sich nichts geändert. So wurden zu Beltane immer noch die Tiere zwischen brennenden Holzstößen hindurchgetrieben und böse Geister mit Fackeln aus den Ställen gejagt, noch immer öffnete sich zu Samhain die Grenze zwischen der Welt der Lebenden und der Welt der Toten, noch immer wurde zu Imbolc mit Lichtern der Göttin Brigid gehuldigt oder eben Maria Lichtmess gefeiert. Zu Lugnasad feierten sie das Erntedankfest, wo die Felder umgangen wurden und der Erdgöttin von den Erträgen geopfert wurde. Die uralte Quelle war noch immer heilig, und es gab auch die Dreieinigkeit. Die drei keltischen Götter des Handwerks, ja selbst die Göttin der Fruchtbarkeit, der Schmiede und des Heilens und der Dichtkunst wurde noch als dreieinige Gestalt verehrt. Die Muttergöttin war jetzt die Jungfrau Maria, die Viviane besonders gut gefiel. Schließlich erhoffte sie sich auch einmal viele Kinder, nicht nur von den Schafen.

Das hoffte auch Patrick, wenn er Viviane erst einmal erobert hatte. Doch im Augenblick konnte er nicht viel mehr tun, als ihr kleine Komplimente zu machen. Die Macht des Wortes war seit jeher gewaltig, und so dichtete er ihr kleine Verse, verglich sie mit den sich im Wind wiegenden Glockenblumen auf der Wiese, mit einem Strahl der im Osten aus dem Meer tauchenden Sonne oder einer perlmuttschimmernden Muschel, die aus den Wellen geboren wurde.

Viviane bedankte sich mit anderen Aufmerksamkeiten, wie einem besonders großen Stück Fleisch oder einem kunstvoll als keltischer Knoten verflochtenen Lederarmband für Patrick.

Er musste sich also in Geduld üben und dafür die Vorfreude auskosten.

»Wie geht es dir, Mutter?«, wollte Viviane wissen, als sie die Hütte betrat. »Willst du nicht herauskommen und dich etwas in die Sonne setzen? Ihre Wärme tut dir bestimmt gut.«

Cedrilla winkte ab. Sie lag auf ihrer Pritsche, zugedeckt mit einer Wolldecke, die Viviane im vergangenen Winter gewebt hatte. »Lass mich nur hier liegen, Kind. Mich stört der Rauch aus der Schmiede, und wenn du den Backofen anheizt, wird es noch mehr Rauch, der mich quält. Es riecht nach Höllenbrut und Teufelsglut, nach dem Bösen aus der Unterwelt. Bestimmt kommt dieser schwarze Unhold und holt mich zu sich. Die Mönche sagen, der Teufel sucht nach Seelen.«

»Aber doch nicht nach deiner, Mutter«, erwiderte Viviane erschrocken. »Du kommst in den Himmel, wo immer Licht ist. Du darfst dich nicht hier drinnen verkriechen.«

Cedrilla hustete und rang nach Luft. Viviane stützte ihren Oberkörper. »Ich hole dir Kräuter von den Mönchen, die dir wieder ausreichend Luft verschaffen. Wo ist dein Minzesträußchen? Du solltest es doch über deinem Kopf hängen lassen.«

»Es ist heruntergefallen. Ein schlechtes Zeichen. Es waren die bösen Geister.«

Viviane reichte ihr eine Schale mit Tee, die Cedrilla langsam schlürfte. Dann hängte sie das Kräuterbündel wieder über ihrem Kopf auf.

»Pass auf, du wirst schon bald wieder gesund werden. Jetzt backe ich frisches Brot, und dann gibt es ein Festessen, das dir wieder Kraft verleiht.« Sie lächelte der Mutter aufmunternd zu. Doch Cedrilla erwiderte das Lächeln nicht. Sie wurde wieder von einem Hustenanfall geschüttelt. Viviane stützte sie, bis der Anfall vorbei war. Kraftlos ließ sich Cedrilla auf ihr Lager sinken. »Ich werde schon bald in die Anderswelt eintreten und dort meinen Sohn wiedertreffen«, flüsterte sie.

Viviane legte ihre Hand auf die ihrer Mutter. »Es ist noch nicht die Zeit dafür. Du sollst noch auf dieser Welt wandeln, Mutter. Auch, weil ich dich brauche.«

Cedrilla schüttelte sacht den Kopf. »Du brauchst mich nicht mehr. Du gehst deinen Weg allein.«

»Es sind schwarze Gedanken, die deinen Geist beherrschen. Lass sie hinausfliegen, damit dein Geist wieder frei ist.« Viviane öffnete die Tür weit, damit Licht und Luft in die niedrige Hütte dringen konnten. Draußen bereitete sie den steinernen Ofen vor, in dem sie das Brot backen wollte. Während das Reisig brannte und die Steine aufheizte, formte Viviane aus dem Teig runde Brotlaibe. Als das Feuer heruntergebrannt war, kratzte sie die Glut beiseite und schob die Brote in die Öffnung. Nicht lange, und ein verführerischer Duft breitete sich aus. Er verdrängte den schwefeligen Gestank aus der Schmiede. Mit einer flachen Holzkelle hob sie schließlich die fertigen Brote aus dem Ofen und legte sie zum Abkühlen aus. Aus dem Vorratshäuschen neben dem Wohnhaus holte sie den Rest einer geräucherten Lammkeule. Mit einem scharfen Messer schnitt sie vier dünne Scheiben ab und hängte die Keule wieder auf. Sie war dunkel und fest und würde noch einige Wochen halten. Das Vorratshäuschen war dicht und fensterlos gebaut, so dass kein Tier sich an den gelagerten Vorräten gütlich tun konnte. Sie packte alle Brote bis auf eines in den Hängekorb. Manchmal verirrten sich doch findige Mäuse in die Hütte. Der Brotkorb hing an einem eingefetteten Faden, an dem die Mäuse abrutschten.

Das letzte Brot jedoch teilte sie in vier Teile und legte jeweils eine Scheibe Schinken darauf. Zwei Teile brachte sie dem Vater und Patrick in die Schmiede, einen Teil reichte sie der

Mutter und forderte sie auf zu essen, den vierten Teil verspeiste sie selbst. Bis zum Abend, wenn es die Hauptmahlzeit gab, würden sie nun nichts mehr benötigen, außer einem Krug braunem Bier vielleicht.

Cedrilla kaute appetitlos auf dem Brot herum, dann legte sie es beiseite. »Nimm es, Kind, damit du kräftig wirst, um allen Herausforderungen des Lebens trotzen zu können. Für mich brauche ich es nicht mehr. Ich spüre das Ende auf dieser Welt nahen.«

»Mutter, du machst mich traurig, wenn ich dich so reden höre. Ich weiche dir das Brot in Milch ein, damit du es besser essen kannst.« Endlich löffelte Cedrilla wenigstens die Milchsuppe. Viviane ergriff einen geflochtenen Handkorb. »Ich gehe jetzt hinauf zum Kloster, um frische Kräuter für dich zu holen. Die werden dir helfen.«

Cedrilla richtete sich auf. »Ich möchte in die Kirche gehen. Gott will mich sehen, und er wird entscheiden, ob ich auf dieser Welt bleibe oder gehen muss.«

»Dazu bist du viel zu schwach. Gott sieht dich auch hier, und er wird sich freuen, dass du wieder zu Kräften kommst.«

Während Viviane den Hügel erklomm, auf dessen Spitze das Kloster lag, dachte sie über die Worte der Mutter nach. Auch wenn ihre ganze Familie getauft war, so brachte Cedrilla doch immer wieder Gott und Götter, alten und neuen Glauben durcheinander. Im Zweifelsfall wurde angerufen, was ihr gerade in den Sinn kam.

Viviane vertraute mehr auf den starken Glauben, den die Mönche des Klosters vermittelten, und auf ihre Heilkünste.

Das Kloster stand an einer Stelle, von der die Alten behaupteten, früher sei es eine heilige Kultstätte der Kelten gewesen. Dem Ort musste viel Kraft innewohnen. Das bedeutete, dass auch die Kräuter, die dort oben wuchsen, diese Kraft besaßen.

Während ihres Aufstiegs ließ sie sich den Wind um die Nase wehen, der hier oben auf den Klippen schon recht heftig zauste. Doch sie mochte diese rauhe, salzige Brise. Auf halbem Weg drehte sie sich zum Meer um und atmete tief durch. Auch wenn sie die Tochter eines Schmieds war, liebte sie die See. Sie liebte das Meer an den schönen Tagen, wenn es ruhig und glatt in der Sonne glitzerte wie heute, aber auch das Meer bei Sturm, wenn Himmel und Wasser eins wurden und es die Wellen zornig gegen das Land schleuderte. Sie konnte Angus' Sehnsucht nach dem Meer verstehen und seinen Wunsch, Fischer zu sein. Sie stieg weiter hinauf auf den Hügel, der dicht mit kurzem Gras bewachsen war. Oben trat der felsige Untergrund zutage. Einen Augenblick setzte sie sich auf eine der Klippen, um zu verschnaufen und die Aussicht zu genießen. Das Dorf mit seinen Hütten lag jetzt winzig klein wie Spielzeug unten in der Bucht. Zwei Felsvorsprünge zu beiden Seiten des Dorfes bildeten einen natürlichen Schutz für den Strand, wo die Fischerboote lagen und an Gestellen die Netze zum Trocknen hingen. Aus der Schmiede stieg Rauch in den blauen Himmel, und selbst hier oben konnte sie das Klingen der Hämmer auf dem Eisen hören, mal laut, mal leise, je nachdem, wie der Wind gerade stand. Von hier oben schienen alle Sorgen ganz klein und unbedeutend.

Ob Gott es auch so sah, wenn er vom Himmel auf die Menschen herniederblickte? Konnte er überhaupt die Sorgen der Menschen verstehen, wenn er doch so hoch oben thronte?

Viviane erinnerte sich beim Anblick der winzigen elterlichen Hütte wieder an den Grund ihres Aufstiegs. Sie erhob sich und eilte zur Pforte des Klosters, das von einer hohen Mauer umschlossen war. Die Steine waren kaum behauen und mit viel Mühe aufeinandergesetzt. Die Mauer wirkte etwas trutzig und abweisend, aber Viviane ließ sich davon nicht beeindrucken. Sie wusste, dass dahinter wohlwollende Mönche wohnten, die stets ein gutes Verhältnis zu den Dorfbewohnern hatten. Sie zog an dem Strick neben der hölzernen Pforte, und eine kleine Glocke schlug an. Es dauerte eine geraume Weile, bis sich das Tor öffnete. Es war Bruder Geoffroy, der dahinter stand.

»Gelobt sei Jesus Christus, Viviane«, grüßte er sie. »Du hast dir einen schönen Tag ausgesucht, um uns zu besuchen.«

»Gelobt sei Jesus Christus, Pater Geoffroy. Ich hoffe, es ist auch für Euch ein schöner Tag. Mich führt eine Bitte an Euch hierher. Mutter geht es immer schlechter. Sie benötigt eine Medizin gegen ihren Husten. Außerdem verlässt sie der Lebensmut. Sie nimmt kaum Nahrung zu sich und sehnt sich nach Angus. Ich mache mir ernsthafte Sorgen um sie.«

»Das betrübt mich, solche schlechten Nachrichten zu hören«, erwiderte der Mönch betroffen. »Aber gegen fast jedes Leiden ist ein Kraut gewachsen, und die richtige Mischung macht es. Ich werde für deine Mutter eine Medizin zusammenstellen.«

»Danke, Pater«, lächelte Viviane und setzte sich auf die Bank neben der Pforte. Sie würde eine Weile warten müssen, denn Pater Geoffroy stellte die Medizin immer sehr sorgsam zusammen. Viviane hätte zu gern erfahren, wie er das machte, aber darauf ruhte ein großes Geheimnis. Niemand durfte das Kloster betreten, schon gar kein weibliches Wesen. Sie hatte keine Ahnung, was sich in der Klosterapotheke tat. Ihre Fantasie sprühte Sternschnuppen. Daheim gab es auch ein Regal mit allerlei Krügen, Körben und Schüsseln zum Aufbewahren der Lebensmittel. Ob es in der Apotheke auch so aussah? Aber was war überhaupt eine Apotheke? Ganz sicher wurde dort gezaubert. Wie sonst konnten die Mönche wissen, welche Kräuter sie in welchen Dosen zusammenrühren mussten, um das gewünschte Ergebnis zu erzielen? Ganz geheuer war ihr die Sache nicht, und einerseits war sie froh, dass sie hier draußen warten konnte. Andererseits war sie wissbegierig, und auch wenn sie ein bisschen Angst hatte, hätte sie sich vielleicht sogar durchgerungen, eine Apotheke zu betreten, wenn die Mönche sie gelassen hätten.

Aber so war es gut, wie es war, und sie wartete geduldig, bis sich die Klosterpforte wieder öffnete. Pater Geoffroy trug ein kleines Körbchen in der Hand. Er zeigte es Viviane.

»In diesem Beutelchen befindet sich ein Tee. Er löst den Husten in der Brust und regt zum Schwitzen an. Das Krankheitsbild wird sich anfangs verstärken. Keine Bange, der Körper schwemmt nur die bösen Säfte aus, die ihn plagen. Nach drei mal drei Tagen wird der Husten weg sein. In diesem Fläschchen befindet sich ein Tonikum, von dem deine Mutter nach dem sechsten Tag täglich dreimal einen Löffel voll zu sich nehmen soll. Es stärkt sowohl den Geist als auch den Körper, regt den Appetit an und fördert den Frohmut. Mit dieser Salbe jedoch reibe ihren Körper ein, wenn sie nicht mehr schwitzt, vor allem Brust und Rücken, und tue dies auch dreimal am Tag. Damit wird sie besser atmen können, und die Haut wird wieder straff und rosig. Sie duftet sehr stark und brennt, wenn man sie in die Augen reibt. Also achte darauf, dass du sie sorgsam anwendest.«

Er drückte Viviane das Körbchen in die Hand.

»Lieber Pater Geoffroy, wie kann ich Euch nur danken?« Sie zog eine Münze unter ihrem Kittel hervor, doch der Mönch lehnte mit einer höflichen Geste ab.

»Gott lehrte uns, für die Armen und Kranken, die Schwachen und Bedürftigen zu sorgen. Es ist unsere Art von Nächstenliebe, allen Bewohnern des Dorfes zu helfen. Selbstverständlich schließen wir deine Mutter in unsere Fürbitten ein und wünschen ihr eine baldige Genesung.« Er erhob sich. »Lass uns ein Stück des Wegs gemeinsam gehen, ich will nach den Schafen sehen, die dort drüben weiden. Hin und wieder entfernt sich ein Tier zu weit von der Herde und ängstigt sich dann. Auch die Tiere gehören zu den schwachen Kreaturen, für die wir verantwortlich sind.«

Viviane schlenderte neben ihm her. Sie unterhielt sich gern mit den Mönchen, vornehmlich mit Pater Geoffroy, aber auch einige andere wussten viele interessante Dinge zu erzählen. Sie konnten schreiben und lesen, besaßen eine Bibliothek mit unzähligen Büchern, die sie zum Teil selbst abschrieben und prächtig ausgestalteten. Sie erforschten die Sterne und die Pflanzen, erprobten die Wirkung von Kräutern und Tinkturen. Und natürlich kannten sie sich bestens in allen Glaubensfragen aus. Sie spendeten Trost und Beistand, tauften die Kinder und vermählten die Paare, beteten für die Kranken und Verschollenen, für die Verstorbenen und ihre Seelen, damit sie in den Himmel kamen. Sie brauten Bier und buken Brot, sie bauten Korn und Rüben an und Blattgemüse. Sie hielten Ziegen, Schafe und sogar Schweine, Hühner und Gänse, Maultiere und Ochsen. Sie arbeiteten hart, beteten viel, schliefen wenig. Und doch halfen sie jedem, der sie um Hilfe bat.

»Morgen früh werden wir ins Dorf kommen, um Fische zu kaufen, wenn die Fischer vom Fang zurückkehren«, sagte Pater Geoffroy. »Da werde ich auch nach deiner Mutter schauen, ob die Medizin schon anschlägt. Aber sie muss Geduld haben und das Beten nicht vergessen.« Ein Lächeln stand in seinem runden Gesicht. »Das Beten ist das Wichtigste!«

»Ich weiß«, erwiderte Viviane versonnen. »Ich werde es Mutter ausrichten.«

»Aus dem Gebet schöpfen wir die Kraft«, fuhr Pater Geoffroy fort. »Das Gebet ist die Zwiesprache mit Gott, die …« Er brach mitten im Satz ab und starrte mit offenem Mund und aufgerissenen Augen aufs Meer.

»Was habt Ihr, Pater Geoffroy?«, wollte Viviane wissen. Ihre Augen folgten seinem Blick, und sie erstarrte ebenfalls. Hinter der Landzunge, die die Bucht nach Osten abschirmte, schob sich ein Schiffsbug hervor. Er sah aus wie ein Pferdekopf mit geschwungenem Hals. Ihm folgte ein schlanker Bootskörper mit geblähtem Segel. Ein zweiter gebogener Drachenbug erschien hinter der Klippe, dann ein dritter.

»Wikinger!« Pater Geoffroy ächzte. »Schnell, Mädchen, bring dich in Sicherheit. Alarm! Alarm! Komm mit ins Kloster. Das werden sie wohl nicht antasten.« Der etwas beleibte Mönch raffte seine Kutte und lief, so schnell er konnte, zurück zum Kloster. Er läutete wie wild die kleine Glocke. Augenblicklich wurde es unruhig in den Gemäuern, und es war vorbei mit der beschaulichen Ruhe. Kurze Zeit später läutete die Glocke des Kirchturmes. Ihr durchdringendes Geläut alarmierte auch die Bewohner des Dorfes.

Einen Moment überlegte Viviane, ob sie dem Pater ins Kloster folgen sollte. Hinter den hohen Mauern wäre sie tatsächlich sicher. Aber ihre Familie im Stich lassen? Die kranke Mutter konnte sich doch gar nicht von ihrem Lager erheben! Es blieb keine Zeit, alle Dorfbewohner hinauf ins Kloster zu bringen. Kurz entschlossen packte sie ihr Körbchen fester und lief den Hügel hinab.

Die drei Boote näherten sich schnell. Sie steuerten genau auf die Bucht zu. Auch im Dorf wurde es sofort unruhig. Die Männer griffen zu ihren Waffen. Frauen und Kinder eilten zum Hügel. Die Alten blieben zurück und verschanzten sich in einer der größeren Hütten. Einige der Frauen zerrten das Vieh an Stricken hinter sich her.

Das erste Wikingerboot holte die Segel ein, dann die beiden anderen. Mit den langen Rudern manövrierte die Besatzung das erste so nahe wie möglich an den Strand, die beiden anderen blieben etwas weiter draußen liegen. Wie Ameisen sprangen plötzlich Männer an Land und rannten auf die Hütten zu. Ihr durchdringendes Gebrüll ließ die zurückgebliebenen Bewohner erstarren. Die Angreifer boten einen schrecklichen Anblick. In Leder und metallbeschlagene Lederüberwürfe gekleidet, mit eisernen Helmen und Kappen auf den Köpfen, gierigen wilden Blicken und blitzenden Waffen stürmten sie den Strand herauf.

Die Männer des Dorfes versuchten die Angreifer mit aller Gewalt zu stoppen. Doch die Wikinger waren ihnen sowohl zahlenmäßig als auch an Kräften überlegen.

»Da oben sind die Weiber mit dem Vieh«, schrie einer. Zwei Handvoll der Wikinger nahmen sofort die Verfolgung auf. Die anderen liefen von Hütte zu Hütte, plünderten sie und steckten sie dann in Brand.

Viviane war noch zu weit weg, um irgendetwas tun zu können. Ihre einzige Sorge galt der Mutter. Vater und Patrick würden sich ihrer Haut schon zu erwehren wissen.

Als ginge es um ihr eigenes Leben, rannte sie den Berg hinab. Den Korb hatte sie schon längst verloren. An sich selbst dachte sie im Augenblick überhaupt nicht. Als sie die bärtigen wilden Männer auf sich zukommen sah, durchfuhr sie ein eisiger Schreck. Es waren fünf, und ihre grimmigen Gesichter verhießen nichts Gutes.

»Jesus hilf«, flüsterte Viviane, dann schlug sie wie ein wildes Kaninchen einen Haken.

»Fangt sie«, rief einer der Wikinger. Die anderen schwärmten aus und kreisten sie ein. Doch Viviane war flink. So schnell würde sie sich nicht ergeben. Sie würde sich überhaupt nicht ergeben! Sie sprang zwischen ihnen hindurch, narrte sie, bis sie stolperten oder sich gegenseitig anrempelten. Sie mochten stark sein, diese Wikinger, aber irgendwie waren sie auch schwerfällig. Vivianes Plan ging auf, sie entkam ihnen, und ihr Abstand vergrößerte sich. Mit einem kurzen Blick über die Schulter vergewisserte sie sich, dass die fünf Männer ihr nicht folgen konnten. Unvermittelt stieß sie gegen ein Hindernis. Sie war so verwirrt darüber, dass sie nicht einmal erschrak. Das Hindernis war nicht so fest wie ein Baum, es gab hier auch gar keinen. Aber es war groß und verdunkelte ihr die Sicht. Instinktiv riss sie die Arme nach vorn, um sich zu schützen. Wie eiserne Klauen packten zwei riesige Hände ihre Gelenke und hielten sie fest.

»Was haben wir denn hier für ein Häschen gefangen?« Die Stimme war rauh und tief, klang jedoch belustigt. Viviane blickte auf und schaute den Mann gegen die Sonne an. Sie sah sein helles Haar wie Gold schimmern. Es wehte im Wind. Im Gegensatz zu den anderen Wikingern trug er keine lederne Kappe. Doch sein Gesicht blieb im Schatten. Sie blinzelte. »Lass mich los, du Rauhbein«, schnaufte sie und wehrte sich mit aller Kraft. Das Resultat war, dass sich seine Hände noch fester um ihre Handgelenke schlossen. Sie fürchtete, dass er ihr die Arme brechen würde.

Dann stieß er sie grob zurück, so dass sie zu Boden stürzte. Die Männer, die ihr gefolgt waren, lachten. »Kein Hase, sondern ein Fuchs«, rief einer. »Füchse sind schlau.«

»Nur ein Mädchen«, erwiderte der große Mann. Seine Haltung, sein Auftreten, ja seine Stimme verrieten, dass er der Anführer war. »Nehmt sie mit.« Damit war für ihn die Angelegenheit erledigt, und er stapfte weiter den Berg hinauf. Offensichtlich war das Kloster das Ziel ihrer Begierden. Daran würden sie sich die Zähne ausbeißen, dachte Viviane, während die anderen Männer sie hochzerrten und zum Strand hinunterstießen. Aus den Augenwinkeln sah sie Rauch aufsteigen. Es war die Schmiede!

Ihr Atem stockte. »Mutter!«, schrie sie. »Mutter!« Sie spürte einen derben Stoß im Rücken und strauchelte. Dann stand auch ihre Hütte in Flammen. »Nein! O nein!« Verzweifelt unternahm sie einen erneuten Fluchtversuch, der jedoch kläglich scheiterte. Diesmal passten die Männer auf. Einer griff in ihr Haar. Mit einem klagenden Schmerzlaut ging sie in die Knie. Ein anderer riss sie wieder auf die Beine. »Vorwärts!«, bellte er sie an.

Tränen verschleierten ihren Blick. Es war nicht der körperliche Schmerz. Die Hütte ihrer Eltern brannte lichterloh. Tote säumten ihren Weg hinunter zum Strand. Schreie, Waffenlärm, Gebrüll, Hohngelächter, das Knacken und Prasseln der Flammen – wie betäubt lief sie. Kinder rannten schreiend umher und suchten ihre Mütter. Eine Frau stürmte in ihr brennendes Haus. Dann stürzte es über ihr zusammen. Einige Männer des Dorfes kämpften verbissen gegen die Übermacht der Angreifer.

Die Bilder prägten sich ihr ein, diese Bilder würde sie zeit ihres Lebens nicht vergessen! Wie sie den Mann hasste, der dies angerichtet hatte!

Die Drachenboote

Es war nur ein klägliches Häuflein Überlebender, die am Strand zusammengetrieben wurden. Die Wikinger fesselten ihnen Hände und Füße, damit sie nicht flüchten konnten.

Als sich die Dämmerung über den Strand senkte, wurden mehrere Feuer entzündet. Sie beleuchteten eine gespenstische Szenerie. Zwischen den Feuern verteilt, hockten Gruppen von Gefangenen. Es waren nur wenige Frauen und Männer und kaum Kinder. Viviane stellte fest, dass sich auch keiner der Mönche aus dem Kloster unter ihnen befand. Vom Gipfel des Hügels aber stieg ein dünner schwarzer Rauchfaden in den Himmel. Verzweifelt presste Viviane die Augen zu. Sie vernahm leises Wehklagen, das einige der Wikinger, die zwischen den Feuern umherliefen, mit gezielten Fußtritten zum Verstummen brachten. Viviane zog und zerrte an ihren Handfesseln. Doch der grobe Strick schnitt sich nur tiefer in ihre Gelenke ein.

So versuchte sie, eine halbwegs erträgliche Haltung einzunehmen, zog die Beine an und stützte die Stirn auf die Knie. Sie faltete die gefesselten Hände, so gut es ging, und betete. Sie fragte Gott, warum er dieses Unrecht zuließe, und sie schwor Rache, immer wieder Rache.

Erst spät kam der Anführer mit einem Trupp Männer vom Hügel herab. Sie schleppten die Beute aus dem Kloster herbei. Sofort entbrannte ein Streit unter den anderen. Mit einer barschen Geste brachte der Anführer sie zum Schweigen. Er schien den Respekt seiner Männer zu genießen, denn gleich darauf brachten sie einhellig und gemeinsam die Beute auf die Drachenboote.

Viviane hob den Kopf. Die Schiffe nickten wie schlafende Pferde mit ihren Drachenköpfen und schaukelten sacht auf den Wellen. Ab und zu hallte ein rauher Befehl übers Wasser. Der Anführer mit seinem honigblonden Haar, das bis auf die Schultern fiel, war ein großer Mann. Er trug einfache, grobe Kleidung. Brust und Rücken wurden durch einen Lederpanzer geschützt. Die Gefangenen würdigte er mit keinem Blick. Hoch erhobenen Hauptes überwachte er die Verladung der Beute. Es bot das Bild eines Siegers.

Viviane befürchtete, dass er sich gar nicht mit Gefangenen belasten würde. Wahrscheinlich würde er sie an Ort und Stelle niedermetzeln lassen. Vielleicht würden sie auch auf einen Sklavenmarkt gebracht und versteigert. Dann schon lieber gleich tot! Sie bedachte ihn mit einem vernichtenden Blick, in den sie ihren ganzen Hass legte. Dann senkte sie den Kopf wieder auf die Knie.

Von alldem schien der Anführer nichts zu bemerken. Er war zufrieden, vor allem mit der reichen Beute aus dem Kloster. Der Überraschungsangriff war gelungen. Diese Christen waren ein seltsames Völkchen. Beschenkten ihren Gott mit Reichtümern und lebten selbst in bitterer Armut. In der Küche der Mönche sah es aus, als hätte bereits ein Überfall stattgefunden. Etwas Fisch, ein paar Kräuter, kaum Mehl für zehn Brote, kein Fleisch, nur krümeliger Käse und saures Bier. Er wandte sich um, als einer der Männer einen störrischen Hammel herbeizerrte.

»Er ist der Einzige, den ich erwischen konnte«, sagte der Mann. »Diese Hammel sind genauso verstockt wie ihre Besitzer.«

Es war nur eine Handbewegung des Anführers, die dem Mann signalisierte, was er zu tun hatte. Er zog ein Messer aus dem Gürtel, schlachtete den Hammel und häutete ihn. Dann nahm er ihn aus und steckte ihn auf einen großen Ast. Aus vier Balken zimmerte er grob zwei Kreuze, die er neben einem Feuer plazierte. Er legte den gepfählten Hammel darüber und begann ihn langsam über der Glut zu drehen. Nicht lange, und ein verführerischer Bratenduft breitete sich aus.

Viviane, deren Magen schon seit Stunden knurrte, krümmte sich zusammen. Gleichzeitig mit dem heftigen Hunger befiel sie Übelkeit. Von diesen Räubern würde sie keinen Bissen annehmen. Offenbar hatten die Wikinger ihre Beute auf den Schiffen verstaut und kamen nun zurück, um am Mahl teilzunehmen. Sie hockten sich um das Feuer, lachten und unterhielten sich und warteten, bis das Fleisch gar war. Keiner kümmerte sich um die Gefangenen.

Viviane ertastete hinter ihrem Rücken einen Stein. Im Schutze der Dunkelheit musste sie versuchen, sich zu befreien. Vielleicht konnte sie mit Hilfe des Steins ihre Fesseln zerschneiden. Doch der Stein war von der Brandung rund geschliffen. Trotzdem versuchte sie, an einer rauhen Stelle das Seil anzuritzen. Wenn sie erst einmal einen Anfang gefunden hatte, würde sie es bestimmt durchscheuern können. Hin und wieder warf sie einen Blick hinüber zu den Männern. Doch die hatten nur Augen für den Hammel am Spieß. Unverdrossen scheuerte sie mit den Fesseln über den Stein. Es tat höllisch weh, und sie biss die Zähne zusammen.

Währenddessen brutzelte das Hammelfleisch, und die Wikinger begannen mit ihren Messern große Stücke herauszuschneiden. Sie taten dies grobschlächtig und großzügig. Gierig bissen sie hinein und schlangen die Stücke herunter wie Tiere. Mit den Ärmeln ihrer groben Kittel wischten sie sich das tropfende Fett vom Kinn.

Viviane wandte angeekelt den Kopf ab und rieb verbissen

weiter. Die Fessel treidelte etwas auf und gab nach. Das machte ihr Mut. Plötzlich gab es einen Ruck, und ihre Hände waren frei. Sie blieb sitzen und blickte sich vorsichtig um. Die Wikinger fühlten sich so sicher, dass sie nicht einmal Wachen aufgestellt hatten. Langsam ließ sich Viviane zur Seite sinken, als wolle sie schlafen. Dann zog sie die Arme nach vorn und rieb ihre schmerzenden Handgelenke. Sie stützte sich auf die Ellenbogen und begann sich kriechend vorwärtszubewegen. Immer wieder hielt sie inne und blickte sich um. Niemand bemerkte etwas. In ihren Schläfen hämmerte das Blut, und sie überlegte fieberhaft, wie sie vorgehen sollte. Sie musste die Gefangenen befreien. Aber wie? Sie hatte kein Messer bei sich, um ihnen die Fesseln durchzuschneiden. Sie musste sich eine Waffe besorgen, ein Schwert, einen Dolch, notfalls von einem der Getöteten.

Sie kroch weiter, vom Feuer weg, auf eine dunkle, reglos am Boden liegende Gestalt zu. Es war einer der Fischer aus dem Dorf. Sein Körper erkaltete langsam, und Viviane schauderte, als sie die Hand ausstreckte und nach seinem Gürtel tastete. Jeder Fischer trug ein kleines Messer bei sich, das wusste sie genau. Es hatte schon manchem von ihnen das Leben gerettet, wenn sie sich in einem der Netze oder Taue verhedderten und über Bord gezogen zu werden drohten. Halb unter dem leblosen Körper ertastete Viviane das kühle Metall. Langsam, mit angehaltenem Atem, zog sie das Messer hervor. Sie fühlte am verzierten Griff, dass es ein Messer aus der Schmiede ihres Vaters war. Das verlieh ihr Zuversicht und Mut. Ihre Hand schloss sich fest um den Griff. Stück für Stück zog sie es unter dem Körper des Fischers vor. Sie atmete auf, als sie es geschafft hatte. Noch ein prüfender Blick, dann schnitt sie eilig ihre Fußfesseln durch.

Die Wikinger hatten begonnen, lautstark zu singen. Das

reichlich genossene Bier lockerte ihre Zungen. Ihre Lieder klangen rauh und rhythmisch. Einige Männer sprangen auf und stampften mit den Füßen im Takt. Gegen das hell brennende Feuer hoben sie sich wie unheimliche, schwarze Gestalten ab. So stellte Viviane sich die Teufel der Hölle vor, wild, ungebärdig, im animalischen Tanz um das Feuer.

Diese Wikinger waren Teufel, mordlustige Räuber, gnadenlose Eroberer und seelenlose Wilde; Heiden, die Götter anbeteten, ebenso animalisch wie sie. An den Boden geduckt wie eine Raubkatze auf Beutefang, schlich sie sich zu der Gruppe Gefangener, die etwas abseits des Feuers hockten.

»Pssst, ich bin's, Viviane«, raunte sie einem älteren Mann zu, den sie als Ersten erreichte. Sie schnitt ihm die auf den Rücken gefesselten Hände frei. Mit einem leisen Aufstöhnen wandte er sich um.

»Komm, wir müssen die anderen befreien«, flüsterte sie und kroch weiter zum Nächsten. Sie hob erst den Kopf, als sie gegen ein Hindernis stieß. Es war ein Männerbein, in groben Wollstoff gekleidet und mit Lederriemen umwickelt. Der Schreck durchfuhr sie wie ein Dolchstoß. Ihr Blick glitt an dem Bein nach oben, bis sie in zwei unglaublich blaue, spöttisch blickende Augen schaute.

Der Anführer der Wikinger war aus dem Dunkel aufgetaucht wie ein Geist. Viviane hatte ihn weder kommen hören noch gesehen.

»Schau an, die kleine Wildkatze! Und sie will sich klammheimlich davonstehlen.« Mit einem schnellen Schritt trat er auf Vivianes Hand und presste sie in den Sand. Viviane verkniff sich einen Schmerzenslaut, musste aber das Messer fallen lassen. Er bückte sich danach und hob es auf. Sein Blick wurde deutlich unfreundlicher. »Also die Gefangenen wolltest du befreien? Mir meine Beute streitig machen?« Er hockte sich nieder, seinen Fuß immer noch auf ihrer Hand. »Weißt du, wenn dies einer meiner Männer machen würde, dann hätte er im nächsten Augenblick das Messer zwischen seinen Rippen. Bei solchen Dingen kenne ich keine Gnade.« Er spielte abwägend mit dem Messer in seiner Hand. Viviane, die nicht aufstehen konnte, ließ den Kopf auf den Boden sinken. Ihr Heldenmut war verflogen, und Tränen stürzten in ihre Augen. Sie schämte sich dafür, wollte vor diesem Mann keine Schwäche zeigen. Sie hatte ihr Leben verwirkt. Einen Versuch war es wert gewesen.

Sie konnte nicht sehen, wie sich seine Miene wieder aufhellte. Er betrachtete das am Boden liegende Bündel Mensch mit den langen roten Haaren. Dann glitt sein Blick zu dem Messer in seiner Hand. Ihm fiel die kunstvolle Bearbeitung auf. Die Schneide war sauber geschmiedet, es war eine solide Arbeit. Vielleicht war es das Messer, das seinen Zorn besänftigte. Mit der anderen Hand fasste er in Vivianes Haar und sah in ihr Gesicht. »Tränen?« In seiner Stimme klang Spott. »Das passt aber nicht zu einer kleinen, schlauen Füchsin, die sich aus der Falle befreien will.« Er ließ sie wieder los, und Vivianes Kopf fiel in den Sand. Zwischen ihren Zähnen knirschte es. Verzweiflung und ohnmächtige Wut rangen in ihr miteinander. Doch sie sah ein, dass es sinnlos war, gegen diesen Mann zu kämpfen, der ihr nicht nur körperlich überlegen war. Ihr Leben lag in seiner Hand wie jetzt das Messer. Von einem Augenblick zum anderen konnte er darüber entscheiden, und sie war sich überhaupt nicht sicher, wie diese Entscheidung aussehen würde. Sie wusste nur, dass die Wikinger wegen ihrer Gnadenlosigkeit gefürchtet waren.

Ohne den Fuß von Vivianes Hand zu nehmen, erhob er sich, steckte das Messer in seinen Gürtel und fesselte den alten Mann wieder. Dann erst trat er einen Schritt zurück und gab Vivianes Hand frei. Im gleichen Augenblick packte er ihr Haar und zog sie daran hoch. Der Schmerz war heftig, und Viviane presste die Lippen zusammen. Er zog sie von den Gefangenen fort, hin zum Feuer.

Seine Leute tanzten und sangen und schmausten und tranken noch immer. »Schaut mal, was ich hier gefangen habe«, rief der Anführer mit dröhnender Stimme. »Diese kleine Füchsin wollte sich davonstehlen.« Augenblicklich herrschte Ruhe, und alle Männer starrten Viviane an. Dann fingen sie an zu lachen und zu grölen. »Her mit ihr, die bringt uns Spaß!«

Eine tiefe Zornesfalte grub sich zwischen die Augenbrauen des Anführers. »Wer sollte die Gefangenen bewachen?«, fragte er drohend.

Ein untersetzter, stämmiger Wikinger trat vor. Es war einer derjenigen, die dem Bier am meisten zugesprochen hatten und nun nicht mehr ganz sicher auf den Beinen waren. Auch sein Blick war gar nicht mehr fest.

Der Anführer ließ Vivianes Haar so plötzlich los, dass sie zu Boden fiel. Im gleichen Moment schlug er mit der Faust nach dem Mann, der wie eine vom Blitz gefällte Eiche umstürzte. »Danke Odin, dass ich die Flucht noch verhindert habe, sonst wäre dein Leben weniger wert als das einer Qualle, die der Sturm an den Strand spült.«

Der Geschlagene rappelte sich ächzend hoch und hielt sich das Kinn. Mit eingezogenem Kopf verzog er sich in Richtung der Gefangenen.

Ohne sich weiter um Viviane zu kümmern, hockte sich der Anführer in die Nähe des Feuers. Einer seiner Männer eilte diensteifrig herbei und reichte ihm ein großes Stück Fleisch und einen Krug Bier. Als wäre nichts geschehen, begann er zu essen.

Viviane hockte noch immer im Sand und wusste nicht, was sie tun sollte. Der Anführer kümmerte sich nicht mehr um sie, aber auch die anderen Männer taten so, als wäre sie gar nicht da. Und sie wurde auch nicht wieder gefesselt. Viviane vermutete, dass der Anführer der Wikinger sie prüfen wollte, ob sie wieder einen Fluchtversuch wagte. Sie überlegte kurz, verwarf den Gedanken aber gleich wieder. Ein zweites Mal würde er sich nicht so nachsichtig zeigen. Auf allen vieren kroch sie aus dem Kreis heraus und setzte sich hinter den Anführer. Eine Weile kaute er noch an seinem Hammelfleisch herum, dann wandte er sich zu ihr um. »Du glaubst wohl, du stehst jetzt unter meinem persönlichen Schutz, wenn du dich hinter meinen Rücken setzt?« Er lachte belustigt und klopfte mit der flachen Hand neben sich in den Sand. »Komm, setz dich zu mir.« Zögernd kroch Viviane näher. »Du bist schlau«, sagte er. »Unter dem Schutz des Drachens greift kein Wolf an. Du glaubst, du bist bei mir sicher.« Sein Lächeln widersprach seinem sonst so gnadenlosen Auftreten, und einen Moment glaubte Viviane seinen Worten. Doch im nächsten Augenblick brandete das Misstrauen wieder auf. Sie schaute ihn reglos an. Er warf ihr ein Stück gebratenes Fleisch zu, wie man einem Hund einen Knochen hinwirft. Es fiel in Vivianes Schoß. Sie nahm es vorsichtig. Der Duft stieg ihr in die Nase, verführte ihre Sinne. Ihr Magen knurrte und krampfte sich schmerzhaft zusammen. Hunger tat weh. Sie wandte den Kopf zum Berg, wo die verkohlten Mauern des Klosters noch immer dünne Rauchsäulen in den Himmel schickten. Jemand lachte laut und hämisch, zwei der Wikinger stritten sich. Leise wimmerte eine Frau. Es kam aus der Gruppe der Gefangenen. Langsam drehte Viviane sich wieder um und begegnete dem Blick des Anführers. Mit einer kurzen, heftigen Bewegung schleuderte sie das Fleisch zurück. Es prallte gegen seine Brust und fiel in den Sand. An seiner Miene sah sie, dass er überrascht war. Verärgert zog er die Augenbrauen zusammen.

»Stolz bist du auch noch«, stellte er fest. Das Fleisch ließ er liegen und beachtete sie nicht mehr.

Obwohl sich Viviane gegen den Schlaf wehrte, der sie zu übermannen drohte, dämmerte sie irgendwann weg. Erst als der Morgen mit seiner feuchten Kühle heraufzog, erwachte sie. Sie zitterte vor Kälte und Erschöpfung. Über dem Wasser lag eine Dunstschicht, in der die ankernden Drachenboote sanft auf den Wellen schaukelten. Es sah aus, als nickten sie auffordernd mit den Köpfen. Augenblicklich war Viviane hellwach und sprang auf. Keine Fessel behinderte sie, und auch sonst schien sich niemand um sie zu kümmern. Die Wikinger hatten begonnen, ihre Boote zu beladen. Den größten Teil der Beute hatten sie bereits am Abend auf die Boote gebracht. Jetzt trieben sie die Gefangenen zum Wasser. Frauen und Kinder schrien, weinten und wehklagten. Hilflos stand Viviane inmitten des Durcheinanders. Ein paar Hunde kamen zögernd näher. Es waren Tiere aus dem Dorf, verstört durch die nächtlichen Ereignisse. Auch Viviane hatte einen Hund besessen. Sie konnte nicht erkennen, ob er unter ihnen war. Wie alle Hunde des Dorfes wuchs auch er halbwild auf und erkämpfte sich innerhalb des losen Rudels ein paar Bissen von den Abfällen am Strand. Jetzt hätte Viviane sich gewünscht, dass sie ihn so abgerichtet hätte wie die königlichen Jäger, deren Hunde sich selbst vor Wildschweinen nicht fürchteten und sie todesmutig stellten. Sie hätte den Hund auf diese furchtbaren Wikinger gehetzt, und er hätte sie alle nacheinander totgebissen.

Sie beobachtete, wie die Wikinger die Gefangenen vor sich hertrieben, und wurde sich bewusst, dass es ein aussichtsloser Wunschtraum war. Gegen die Wikinger gab es kein Mittel, kein Hund, keine Gewalt, kein Gebet. Sie waren wie die Höllenflut selbst, sie kamen und gingen und hinterließen verbranntes Land und Verwüstung. Sie versuchte, unter den Gefangenen Patrick zu entdecken, doch sie konnte ihn nicht sehen. Wahrscheinlich war er ebenso tot wie fast alle Bewohner des Dorfes, wie Vater Hengist, wie Mutter Cedrilla, wie Pater Geoffrey. Mutlosigkeit und Verzweiflung ergriffen sie. Sie sollte die allgemeine Verwirrung nutzen, um endgültig zu flüchten. Vielleicht fand sie noch einige Überlebende, die sich retten konnten. Sie fuhr herum und wollte losrennen, doch eine Hand verkrallte sich in ihrem Haar und hinderte sie daran. Mit einem leisen Klagelaut sank sie in die Knie.

»Wohin will die Füchsin laufen? Hat sie Angst vor dem Wasser?« Es war der hünenhafte Anführer der Wikinger. Mit gutmütigem Spott bedachte er ihr vergebliches Bemühen, vor ihm zu flüchten. In Vivianes Herz flackerte es. Fast war sie geneigt, ihm so etwas wie Vertrauen entgegenzubringen. Doch sie war sich nicht sicher, ob er es wirklich ehrlich meinte. Vielleicht war es nur die Arroganz des Siegers, die er an den Tag legte. Er war ein Räuber und Mörder, das durfte sie niemals vergessen.

Viviane fühlte plötzlich, wie sie von kräftigen Armen hochgehoben wurde. »Glaub ja nicht, dass ich dich einfach entfliehen lasse«, lachte er und schritt mit seiner Beute ins Wasser. So gelangte Viviane als Einzige trockenen Fußes zu den Drachenbooten. Sie wusste nicht, warum ihr diese Sonderbehandlung zuteilwurde, und sie empfand sie auch nicht als Privileg. Der Wikinger warf sie kurzerhand über die Bordwand, und sie kullerte ins Boot hinein. Die Männer nahmen an den Ruderbänken Platz. Die Gefangenen wurden im vorderen Teil zusammengepfercht. Auch Viviane bekam einen Tritt ab und kroch nach vorn. Niemand kam auf die Idee, ihr Fesseln anzulegen. Es hatte auch keinen Sinn zu flüchten, denn ein Kommando ertönte, und die Männer griffen zu den Rudern. Mit geschickten Manövern entfernten sie sich vom Ufer. Viviane hob den Kopf und blickte über die Reling hinüber zum Land. Oben auf der Klippe stand die Kirche, unerschütterlich und erhaben, als wäre nichts geschehen. Sie war ihrer Schätze beraubt und nur noch eine leere Hülle. Am Hang grasten versprengt die restlichen Schafe der Herde, die sich vor den Eroberern retten konnten. Von den Hütten des Dorfes waren nur noch verkohlte Ruinen übrig geblieben, aus denen noch immer dünne Rauchfahnen emporstiegen.

Der Nebel über dem Meer lichtete sich. Unter rhythmischen Ruderschlägen glitten die Drachenboote dem Horizont entgegen, während sich am Strand die Hunde mit den Möwen um die Reste des Hammels stritten.

Viviane legte den Kopf auf die harten Planken, die dunkel und rauh und vom Salz des Wassers zerfressen waren. Und doch schossen die Boote schnell und zielsicher durch die Wellen. Der Steuermann hatte das Segel hissen lassen, und der Wind fuhr hinein. Das Segeltuch knatterte und blähte sich auf. Viviane ahnte, warum die Wikinger die Schrecken der Meere waren. Ihre Boote gaben ihnen die Kraft und Wendigkeit. Die unheimlichen Drachenköpfe am Bug verbreiteten, wo immer sie auftauchten, Schrecken bei den Küstenbewohnern.

Eine bleierne Schwere übermannte sie und tiefe Resignation. Von diesem Boot war eine Flucht unmöglich. Die einzige Möglichkeit war der Freitod. Und selbst da war sie sich nicht sicher, dass sie der Anführer nicht wieder aus dem Wasser herausfischen lassen würde.

Ihr Blick wanderte zu ihm hin. Er stand breitbeinig am erhöhten Heck des Bootes. Der Wind zauste seine blonden Locken, während er aufmerksam den Horizont beobachtete. Doch die drei Drachenboote waren allein auf dem Meer. Die Küste lag als schmaler dunkler Streifen da, als versinke sie im

Meer. Mit ihr versanken Vivianes Erinnerungen. Sie fühlte sich, als wäre eine Lebensader durchschnitten. Und dieser Mann, der dort so überlegen und selbstsicher, ja herrisch und unerschütterlich stand, war schuld daran.

Zorn keimte in ihr auf und Hass. Er war die Verkörperung ihres Feindes, er stand für all seine rauhen Gesellen, die ihm bedingungslos gehorchten und seine Befehle ausführten. Sie presste die Augen zu engen Schlitzen zusammen und ballte ihre Fäuste. Mehr konnte sie nicht tun. Wie hatte sie nur einen Augenblick lang zu ihm irgendeine Art von Vertrauen empfinden können!

Sie versuchte, eine halbwegs erträgliche Lage einzunehmen, was auf dem Boot nicht ganz einfach war. Den besten Schutz hatte sie im Windschatten des hochgezogenen Bugstevens, der die gleiche Höhe hatte wie das geschwungene Heck. Gleich neben ihnen saßen die ersten Ruderer auf ihren schmalen Holzbänken. Viviane bekam einen Tritt in den Rücken und versuchte, sich in Sicherheit zu bringen. Die Gefangenen duckten sich und drängten sich zusammen, um dem unangenehmen Wind ein wenig zu trotzen. Viviane schob sich zu ihnen heran und überlegte, ob sie ihnen die Fesseln lösen sollte. Ein Blick auf den Ruderer neben ihr ließ sie den Plan gleich wieder vergessen. Außerdem besaß sie kein Messer mehr. Das steckte im Gürtel des Wikingers.

Sie segelten immer in Sichtweite der Küste in Richtung Osten. Viviane, die noch niemals ihr Dorf verlassen hatte, überkam eine heftige Angst. Die Welt war so schrecklich groß, das Meer so weit und das Ufer so fern. Ob ihr Bruder Angus auch diese Angst verspürt hatte, als er auf das Meer hinausgefahren war? Sie stellte sich den Sturm vor, die dunklen, hohen Wellen, die sein Boot herumwarfen wie eine Nussschale. Eine dieser schrecklichen Wellen hatte ihn über Bord geschleudert.

Das Meer gab, aber es nahm sich auch seinen Lohn dafür. Viviane schauderte. Sie liebte das Feuer, seine Wärme, seine Kraft. Feuer spendete Leben, Feuer ließ Eisen glühen, Feuer garte das Essen. Ihr Magen knurrte, und sie durfte gar nicht daran denken, dass sie stolz und trotzig das Stück gebratenen Hammel abgelehnt hatte. Wie gern würde sie jetzt in ein Stück saftiges Fleisch beißen! Aber dass sie vor den Augen dieses grausamen Eroberers ihre Würde bewahrt hatte, machte sie noch stolzer. Sie würde sich vor ihm nicht erniedrigen.

Doch der Anführer der Wikinger schien sie nicht mehr zu beachten. Mit harschem Ton erteilte er Befehle, ließ das Segel straffen, so dass es sich noch mehr blähte. Der schlanke Mast musste aus einem besonderen Holz gemacht sein, dass er nicht brach, sondern elastisch wie ein Bogen nachgab.

Auch die Mannschaft war den Unbilden der Natur schutzlos ausgeliefert. Ab und zu schäumte die Gischt der Wellenkämme über die flache Bordwand. Obwohl das Boot mit so vielen Menschen besetzt war, hatte es kaum Tiefgang. Das war auch der Grund, warum die Wikinger so nahe an die Ufer heranfahren konnten.

Die Kälte kroch durch Vivianes dünnen Kittel. Sie zitterte, ihre Zähne schlugen klappernd aufeinander. Sie krümmte sich noch mehr zusammen und schloss ganz fest die Augen. Sie stellte sich ein Feuer vor, brennendes Holz, gelbe Flammen. Sie hörte das Zischen und Knacken des Holzes, spürte die Wärme, die sie streichelte, umschlang, in ihren Körper drang. Sie hörte auf zu zittern, eine tiefe Ruhe durchzog sie. Und dann schlief sie ein.

Irgendwann rüttelte jemand an ihrer Schulter. Es dauerte eine Weile, bis Viviane aus der Tiefe ihres Traums auftauchte. Verwirrt blickte sie sich um und blinzelte in die Helligkeit. Eine große Gestalt beugte sich über sie. Reflexartig krümmte sie sich schutzsuchend zusammen.

»Ich tu dir nichts«, vernahm sie die Stimme des Anführers, und wieder glaubte sie, leisen Spott darin zu hören. »Aber du solltest dich bewegen, damit du nicht frierst. Gib den Männern zu trinken!« Seine letzten Worte klangen wie ein Befehl. Viviane rappelte sich auf. Sie spürte, dass man diesen Mann nicht reizen durfte, wenn er auch sonst recht sanftmütig schien. Doch das war er nicht! Er war verantwortlich für den Überfall auf ihr Dorf.

Während sie auf den schwankenden Planken des Mittelganges zum Achterschiff wankte, sagte sie sich, dass sie sich nur der Gewalt beugte. Sie würde diesem Mann nicht dienen!

Im hinteren Teil des Schiffes lagerten einige Vorräte. Auch ein Wasserfass stand dort. Es war mit einem Leder sorgfältig abgedeckt. An einem Strick hing eine hölzerne Schöpfkelle. Viviane öffnete das Fass und schöpfte eine Kelle voll Wasser. Auf ein Kommando des Anführers hin hörten die Männer auf zu rudern, hoben die Ruder steil an und legten sie dann in dafür vorgesehenen Gabeln ab. Sie reichte dem ersten die Kelle, die er hastig austrank. Dann ging sie zum Fass zurück, füllte die Kelle wieder und reichte sie dem nächsten Ruderer. Es dauerte eine Weile, bis sie alle getrunken hatten.

»Jetzt gib den Gefangenen«, befahl er ihr. »Aber keine Dummheiten!«

Sie füllte die Kelle erneut und balancierte damit zum Vorderdeck, wo die gefangenen Dorfbewohner zusammengepfercht hockten. Da ihre Hände auf dem Rücken gefesselt waren, hielt sie ihnen die Kelle vorsichtig an die Lippen. Vor allem die Kinder litten an quälendem Durst. Ihnen gab sie mehr als eine Kelle zu trinken. Schweigend beobachtete der Anführer sie vom Heck seines Schiffes.

»Du hast den Gefangenen zu viel Wasser gegeben«, rügte er sie.

»Nur den Kindern«, erwiderte sie.

Sein Blick wurde streng. »Das Wasser ist knapp.«

Sie starrte ihn an. »Die Kinder sind am schlimmsten dran«, sagte sie leise. »Sie halten nicht so viel aus wie ein Erwachsener. Wie könnt Ihr so grausam sein!«

Er blieb unbeeindruckt von ihren Worten. »Wenn das Wasser alle ist, werden die Kinder als Erstes verdursten.«

»Dann können wir an Land gehen, um frisches Wasser zu holen.«

»Woher willst du wissen, wie lange wir auf See bleiben?«

»Eure Männer benötigen auch Wasser, sonst können sie nicht rudern.«

»Du weißt wohl immer alles besser?«

»Nein, aber ich habe im Gegensatz zu Euch ein großes Herz. Eures ist kalt und grausam.«

Er lachte amüsiert auf. Doch dann wurde seine Miene ernst. »Du bist sehr kühn. Nein, du bist leichtsinnig und riskierst dein Leben, weil du wagst, mich zu beleidigen.«

»Mein Leben ist bereits verwirkt. Mir soll der Tod willkommen sein. Immerhin ist die Gnade des Himmels besser als die Schande der Sklaverei.«

»Du bist auch noch stolz«, stellte er belustigt fest. »Und aufsässig.«

»Ich bin freiheitsliebend. Das Gefühl müsste Euch doch bekannt sein.«

Er hob die Augenbrauen, die, von Sonne und Wind gebleicht, wie Silber in seinem gebräunten Gesicht wirkten. »Deine Zunge liebt offensichtlich diese Freiheit zu sehr. Hüte sie, sonst siehst du sie nie wieder! Außerdem hast du deine Ration Wasser verwirkt, indem du sie an die Kinder verschwendet hast.«

Sie starrte ihn an. Er war wirklich ein Scheusal! Sie presste die Lippen zusammen und reckte trotzig das Kinn vor. Sie würde sich von diesem Ungeheuer nicht demütigen und unterkriegen lassen. Dass sie den Kindern geholfen hatte, vermittelte ihr ein Gefühl des Stolzes und der Genugtuung. Und sie fühlte Triumph. Dann tauchte sie die Kelle noch einmal ins Wasser und reichte sie ihm.

»Ihr habt noch nicht getrunken«, sagte sie mit fester Stimme.

Der Wikinger stutzte und rang für einen Augenblick um Fassung. Dann verzogen sich seine Lippen zu einem Lächeln. »Meine Hochachtung, jetzt hast du mich beschämt. Das hat noch niemand mit Thoralf, dem Eroberer, getan. Da muss so ein kleines Mädchen mit grasgrünen Augen daherkommen!« Er nahm die Kelle, stapfte nach vorn und schüttelte immer noch lachend den Kopf.

Viviane deckte das Fass zu, ohne selbst etwas getrunken zu haben. Auch Thoralf trank nichts. Er gab seine Kelle Wasser dem kleinsten der gefangenen Kinder zu trinken. Viviane beobachtete ihn mit zusammengekniffenen Augen.

Also Thoralf hieß er. War er nun ein gottloses Scheusal, oder wollte er sie auf die Probe stellen? Sie sollte vorsichtiger sein. Ganz sicher war mit ihm nicht zu spaßen, und im Zorn konnte er wohl genauso grausam sein wie sein heidnischer Gott Odin. Wenngleich Viviane getauft war, so sollte sie doch auch die heidnischen Götter nicht reizen. Das wusste sie von ihrer Mutter, die zeitlebens zwischen den Göttern geschwankt hatte.

Bei dem Gedanken an ihre Mutter stieg wieder Zorn in Viviane auf. Er war der Mörder ihrer Eltern und vieler Dorfbewohner. Das durfte sie niemals vergessen!

Thoralf gab den Befehl zum Weiterrudern und nahm wieder

seine Position in der Nähe des Langruders ein, während Viviane sich am Vordeck hinter den hochgezogenen Bug duckte.

Es war erstaunlich, dass die Männer an den Rudern nicht müde zu werden schienen. Nur unterbrochen von kurzen Pausen, in denen sie ihre Ruder in die astgabelförmigen Dollen legten, blieben sie auf ihren Bänken hocken. Auch während der nachfolgenden Nacht ruderten sie, weil der Wind nachließ.

Thoralf ließ das Segel nicht einholen. Stattdessen beteten alle Männer gemeinsam zu Odin, er möge ihnen Wind schicken. Ihre Gebete bestanden aus lauten Rufen und Schreien. Viviane presste die Hände auf die Ohren. Sie wollte nicht Zeuge dieser Gottlosigkeit sein. Ihre Lippen flüsterten lautlos Gebete zu Gott, ihrem Gott. Sie erhoffte für sich und all die anderen Gefangenen Erlösung aus dieser Schmach der Gefangenschaft.

Die Kinder schliefen, einige Frauen weinten, die Männer schwiegen resigniert. Ihre Lage war hoffnungslos.

Eine leichte Brise kam auf, das Segel bewegte sich und knatterte, dann blähte es sich auf. »Odin hat uns erhört«, riefen die Männer und jubelten.

Mit dem Wind türmten sich auch die Wellen wieder auf, und das Boot schwankte gewaltig. Mit viel Geschick hielt der Steuermann es auf Kurs. Im Morgengrauen konnte Viviane auch die beiden anderen Drachenboote erkennen. Sie folgten ihnen in einigem Abstand.

Es war kalt. Wie mit eisigen Fingern kroch die Kälte unter Vivianes Kleid, und sie zitterte unentwegt. Mit der Kälte kam wieder die Angst. Ja, sie hatte Angst, und sie konnte sie nicht unterdrücken. Sie hatte Angst vor den Wikingern, sie hatte Angst vor der Zukunft, sie hatte Angst um die Gefangenen. Ihnen allen stand ein schreckliches Schicksal bevor. Und sie würde ihr kleines Dorf auf der Insel nie wiedersehen.

Sie legte den Kopf auf die Planken und ließ ihren Tränen freien Lauf. Es war gleichgültig, sie musste nicht so tun, als sei sie stark. Ihr war jämmerlich zumute. Das Schaukeln des Bootes verstärkte noch ihr Unbehagen. So schloss sie die Augen in der Hoffnung, dass sie in eine dunkle Welt des Vergessens abtauchen konnte. Doch ihre Sinne waren seltsam geschärft und achteten auf jedes Geräusch.

Die Stimmen der Männer wurden lauter, sie ruderten schneller, und immer wieder war ihr kehliges Lachen zu hören. Vorsichtig hob Viviane den Kopf. Die Neugier war jetzt stärker als Angst und Verzweiflung.

Voraus am Horizont war Land zu sehen. Es war flach, grün, mit einem hellen Sandstreifen davor. Vereinzelt standen reetgedeckte Fischerhütten. Dann kam eine kleine Bucht in Sicht, in der viele Drachenboote vor Anker lagen.

Viviane hatte keine Ahnung, was für ein Land das war. Es sah anders aus als ihre Heimat, und diese Boote … Es musste das geheimnisvolle Land der Wikinger sein.

Thoralf ließ die Segel einholen. Das Boot verlangsamte seine Fahrt. Jetzt glitt es parallel zum Ufer nach Norden. Sie steuerten in die Bucht mit den vielen Booten. Hier mündete ein Fluss ins Meer. Dort hinein schob sich der Bug des Schiffes mit dem Drachenkopf. Weiter vorn erkannte Viviane eine sandige Halbinsel, die sich aus dem sie umgebenden Wasser erhob. Auf diesem Hügel befand sich ein größerer Ort. Eine Stadt?

Viviane hatte noch nie mehr Häuser als die in ihrem Dorf gesehen. Was sich hier ihren Augen bot, war schier unglaublich. Niemand würde ihr das glauben, wenn sie davon erzählte. Aber wem sollte sie es erzählen?

Am Ufer des Flusses, den sie hinauffuhren, winkten ihnen die Menschen zu. »Ho, ho, Thoralf! Hast du reiche Beute gemacht?«

»Ho, ho, lass dich überraschen und komm auf den Markt«, rief Thoralf lachend zurück. Alle schienen plötzlich bester Laune zu sein.

Das Drachenboot wurde immer langsamer und legte schließlich an einer hölzernen Mole an. Die beiden anderen Boote folgten ihnen. Viviane schien, als wenn dieser Platz extra für die drei Schiffe freigehalten worden sei.

Und dann plötzlich wurde es unruhig. Planken wurden an die Bordwand gelegt, halbnackte Tagelöhner und Ladeknechte sprangen an Deck, packten die Ladung und trugen die Bündel auf gebeugten Rücken hinab. Einer der stämmigen Wikinger-Männer brüllte die Gefangenen an und zwang sie mit Fußtritten zum Aufstehen. Viviane schien, es war derselbe, der sie am Strand ihres Dorfes hätte bewachen müssen. Die Rüge seines Anführers schien gewirkt zu haben. Er wollte seinen Fehler wiedergutmachen und wachte nun wie ein Falke über die Gefangenen. Auch wenn Viviane als Einzige nicht gefesselt war, wagte sie dennoch keinen Schritt beiseitezuweichen. An der Anlegestelle wimmelte es von Menschen, die sie neugierig begafften. Einige fassten sie sogar an, als wollten sie sich von ihrer Qualität überzeugen. Die vielen Menschen ängstigten nicht nur Viviane. Die Kinder begannen wieder zu weinen, Frauen klagten, und auch die Männer stimmten in das Lamento ein. Das konnte aber die Wikinger nicht erweichen. Sie trieben die Gefangenen vor sich her durch die Gassen der seltsamen Siedlung. Für einen Moment drehte sich Viviane noch einmal nach den Drachenbooten um. Sie schaukelten sanft und nickten mit ihren Bugköpfen wie Pferde auf der Weide. Es war ein Abschied für immer. Jetzt begriff Viviane endgültig, dass sie ihr Dorf, ihre Insel, ihre Heimat nie wiedersehen würde.

Ribe

An beiden Seiten der schmutzigen Straße zogen sich primitiv gebaute Buden aus Holz und Segeltuch dahin, in denen Handwerker ihre Waren herstellten und verkauften. Sie blickten kaum auf, als die Wikinger ihre Gefangenen durch diese Gasse trieben. Lediglich Thoralf grüßten sie ehrerbietig und hochachtungsvoll. Es gab auch Frauen, die Ware feilboten und die Thoralf scherzend etwas zuriefen. Er antwortete ihnen lachend. Thoralf schien hier sehr bekannt zu sein.

Viviane hatte kaum Zeit, all die neuen und fremdartigen Eindrücke aufzunehmen. Gemeinsam mit den anderen Gefangenen wurde sie geschubst und gestoßen und zum Ende der Gasse getrieben, die sich zu einem halbrunden, schmutzigen Platz hin öffnete. Hier war das Gedränge besonders groß. Neben einem aus Bohlen zusammengezimmerten Gestell mussten sich alle niedersetzen. Hier hockten sie, ihres ungewissen Schicksals harrend. Sie bekamen weder zu trinken noch zu essen. Thoralf sprach mit einem dicken, vierschrötigen Mann. Sie diskutierten eine Weile, doch dann reichten sie sich die Hände. Thoralf nahm einen Beutel voll Münzen entgegen. Ohne sich umzudrehen, ging er und verschwand in der Menschenmenge, während die Gefangenen zurückblieben.

Zögernd und ängstlich blickte Viviane sich um. So viele Menschen an einem Ort hatte sie noch nie gesehen. Es war ein Sklavenmarkt, hier wurden Menschen verkauft! Dieser dicke Mann musste ein Sklavenhändler sein. Bislang kannte Viviane derartige Geschichten nur vom Hörensagen. Niemals im Leben hätte sie geglaubt, einmal selbst in eine solche Situation zu kommen. Sie alle waren für einen Beutel Münzen verkauft worden!

Angst schnürte ihren Hals zusammen. Was würde nun mit ihnen geschehen?

Immer mehr Zuschauer versammelten sich um den Platz, auf dem die Sklaven zum Verkauf feilgeboten werden sollten. Der dickbäuchige Sklavenhändler wartete auch nicht lange, sondern lief rufend durch die angrenzenden Gassen, um auf die Versteigerung aufmerksam zu machen. Zwei fürchterlich anzuschauende Aufseher mit Lederpeitschen und breiten Schwertern bewachten die Gefangenen.

Es ging laut zu. Die Zuschauer diskutierten über die Vor- und Nachteile der einzelnen Sklaven, über die möglichen Preise und was sie selbst gewillt waren auszugeben. Ein gewitzter Händler marschierte mit einem Bauchladen vor den Zuschauern hin und her und pries seine Fladen mit Honig oder Beerenmus an. Ihm folgte ein halbwüchsiger Junge auf dem Fuß, der Bier und Wasser ausschenkte. Er fand genügend Abnehmer.

Die Stimmung erreichte den Siedepunkt, als einer der Aufseher zur Trommel griff und die Versteigerung eröffnete. Grob wurde ein Gefangener nach dem anderen nach vorn gezerrt. Der Händler pries sie an wie Vieh, wies auf Vorteile hin und spielte augenscheinliche Nachteile herunter.

»Schaut, dieser Mann ist zwar klein von Wuchs, dafür besitzt er kräftige Arme und Beine. Er eignet sich für das Bergwerk ebenso wie für Arbeiten auf dem Feld oder im Steinbruch. Also, wer bietet zwei Silbermünzen?«

Er erntete lautes Gelächter. »Du Halsabschneider, für diesen Zwerg bekommst du keine halbe Silbermünze!«

»Wollt ihr, dass ich verhungere?«

»So siehst du aus! Dein dicker Wanst zeugt nicht von Hunger.«

»Anderthalb Silbermünzen. Aber tiefer kann ich nicht gehen.«

»Einen Silberling und keinen Krümel mehr«, bot ein älterer, in einen farbenfrohen Mantel gekleideter Mann. Er schien fremd in der Stadt zu sein. Alle machten ihm ehrfurchtsvoll Platz.

Der Sklavenhändler rang verzweifelt die Hände. »Ihr liefert meine arme Frau und meine sieben Kinder dem Hungertod aus, Herr!«

Wieder erntete er höhnisches Gelächter. »Du hast gar keine Frau, vergreifst dich immer an deinen Sklavinnen. Und deine Kinder ziehen andere auf, weil du dich nicht um sie kümmerst, du fetter Kuckuck.«

»Alles Lüge, Herr, hört nicht auf dieses dumme Geschwätz! Schaut her, dieser Sklave ist ein wahrer Hüne für einen englischen Insulaner. Er ist sein Geld wert, jeden Silberling.«

»Einen Silberling«, erwiderte der Fremde unbeeindruckt. »Und dieses Weib noch dazu.«

»Beim Thor, was für eine Anmaßung. Diese Frau ist gut drei Silberlinge oder fünf Sack Gerste wert.«

»Die beiden für einen Silberling oder gar nichts!« Der Fremde drehte sich um und wollte den Platz verlassen. Der Sklavenhändler hielt ihn am Ärmel fest.

»Es zerreißt mir das Herz, wenn ich die gute Ware so verschleudere. Aber was soll ich machen? Meine arme Familie …«

Ungehalten wischte der Fremde die Hand des Sklavenhändlers weg. Er warf ihm eine Silbermünze vor die Füße, auf die sich der Händler gierig stürzte.

»Lass die Sklaven auf mein Schiff bringen. Ich lege morgen in aller Frühe ab.«

Stumm, mit trockenen Lippen, starrte Viviane den beiden nach, als sie fortgeführt wurden. Sie stammten aus ihrem Dorf, der Mann war Fischer, die junge Frau Witwe eines Bauern. Wohin würde es sie verschlagen? Wie würde es ihnen ergehen?

Sie kam nicht dazu, weiter darüber nachzudenken. Der Aufseher zerrte sie hoch und stieß sie in die Mitte des Platzes.

»Aber diese schöne Maid ist doch mindestens fünf Silberlinge wert. Sie ist gut gewachsen wie eine junge Birke, besitzt Haut wie die Sahne einer stolzen Kuh, das Haar wie Kupfer, das die Sonne schmilzt. Sie versüßt jedem Mann die Nächte, wärmt das Bett und verheißt alle Freuden, die man sich wünschen kann.«

»Hier, hier, ich zahle vier Silberlinge. Sie ist es wert!« Der ältere Mann mit dem struppigen grauen Bart hob die Arme, um auf sich aufmerksam zu machen. Im nächsten Augenblick zog ihm jemand von hinten einen großen, aus Reisig gebundenen Besen über den Schädel.

»Untersteh dich, du alter Bock! Dafür hast du dein Weib. Ich werde dir zeigen, wer im Haus das Sagen hat. Junge Weiber anschleppen, die dir deinen alten Kopf verdrehen! Was ist, wenn du an Entkräftung stirbst? Dann stehe ich allein mit den Kindern da. Du kannst doch nicht einmal mehr deinen ehelichten Pflichten nachkommen. Du Hochstapler!« Immer wieder schlug sie auf ihren Mann ein, der sich verzweifelt mit den Armen zu schützen versuchte. Die Zuschauer johlten und lachten. Diese Versteigerung war so recht nach ihrem Geschmack.

Vivianes Augen suchten eine Möglichkeit zur Flucht, doch vergebens. Zu dicht umstanden die Leute den Platz, zu aufmerksam wachten die Aufseher über sie. Sie presste die Hände zusammen. Geduld, sie musste nur Geduld haben. Vielleicht wollte niemand sie kaufen. Dann würde sie …

»Ich nehme sie, aber nur für anderthalb Silberlinge. Sie kann in meiner Wirtschaft arbeiten, Bier ausschenken. Vielleicht verführt sie die Gäste dazu, mehr zu trinken.«

Der Sklavenhändler wirbelte herum. »Anderthalb Silberlinge? Du steigerst deinen Umsatz, und mir zahlst du so einen Hungerlohn? Drei Silberlinge, und keinen Krümel weniger.«

»Du Fettwanst, es ist mein Risiko. Weiß ich denn, ob ich wirklich mehr Bier verkaufe, wenn sie bedient? Anderthalb Silberlinge. Mein letztes Wort!«

»Ich mache nur Verluste, nur Verluste«, klagte der Sklavenhändler.

»Dann gib dein Geschäft auf«, höhnte ein anderer Zuschauer. »Ich frage mich nur, woran du dich so fett gefressen hast!«

»Es ist Kummerspeck, weil mich alle übervorteilen wollen.«

Der Schankwirt drückte dem Sklavenhändler die Münzen in die Hand und packte Vivianes Haar, um sie mit sich zu zerren. Wohl oder übel musste sie ihm folgen. Sie verzog das Gesicht vor Schmerz.

»Lass los, ich laufe nicht weg. Ich bin doch fremd hier.«

»Sicher ist sicher!« Er drehte sich zu ihr um und entblößte seine fauligen Zahnstummel. Ein widerwärtiger Geruch schlug Viviane entgegen. Sie schloss die Augen vor Ekel. Bei diesem Mann sollte sie für den Rest ihres Lebens dienen, Bier austragen, sich von betrunkenen, rauhen Wikingern anfassen und beleidigen lassen? Ihr wurde übel.

»Nun komm schon und zier dich nicht. Du hast nichts zu befürchten, ich habe kein rabiates Eheweib daheim. Ich habe gar kein Eheweib. Du genügst mir vollkommen.«

Viviane geriet in Panik. Lieber würde sie sterben, als mit diesem stinkenden Spucknapf zu leben und ihm zu Willen zu sein.

Sterben? Nein, Viviane hing zu sehr am Leben, um es leichtfertig aufzugeben. Ihr Blick fiel auf einen Stand mit Tüchern.

»So willst du mich also heimführen? Schau doch an, wie ich aussehe. Der Händler hat uns nicht einmal etwas zu essen oder zu trinken gegeben. Und mein Kleid ist zerrissen und schmutzig. Ich schäme mich, so in dein Haus einzutreten.«

Der Wirt blieb stehen und musterte sie nachdenklich.

»Na ja«, meinte er schließlich. »Du siehst tatsächlich ärmlich aus. Das lasse ich mir von meinen Gästen nicht nachsagen.« Er trat an den Stand heran, an dem verschiedene Stoffe ausgelegt waren.

»Den da!« Viviane wies auf einen kräftig blau gefärbten Wollstoff. »Und eine gelbe Borte dazu.«

»Was? Du bist eine Sklavin! Dir steht keine Borte an der Kleidung zu.«

Viviane huschte am Stoffhändler vorbei hinter den Tisch. »Aber diese Borte gefällt mir. Schau, wie gut sie zu diesem blauen Stoff passt. Du willst doch, dass ich schön aussehe? Wie soll ich deine Gäste zum Trinken verführen, wenn ich nicht schöne Kleider trage? So schau doch, welche wunderbaren Stoffe es hier gibt. Wie wäre es mit diesem roten oder diesem gelben? Der stammt bestimmt von weither und steht mir gut.« Sie packte den Ballen und hielt ihn sich an ihren Körper. Flink sprang sie zum nächsten Stoff, zu den ausgehängten Borten, durchzogen mit feinen Fäden von Gold und Silber.

»Komm her, jetzt reicht es! Du bist eine Sklavin und sollst in meinem Schankhaus die Tische scheuern. Dazu brauchst du kein Kleid aus Wollstoff und Borten und goldene Fäden. Wer hat dir solchen Unsinn in den Kopf gesetzt?«

»Die Verzweiflung!« Viviane bückte sich und kroch unter dem Tisch hindurch. Ehe sich der Wirt bücken konnte, entwischte sie ihm, huschte in die Gasse und verschwand zwischen den zahlreichen Passanten.

»Haltet sie, haltet sie«, schrie er hinter ihr her. Viviane rannte, so schnell sie konnte. Sie sprang über Ballen, Kisten und Körbe, stieß einen Tisch mit bunten Glasperlen um. Zwischen den Buden standen große Kühe angepflockt. Die breiigen Fladen quollen zwischen ihren Zehen hindurch, doch die großen Tiere verdeckten sie. Geduckt eilte sie weiter. Dicker Rauch quoll aus den Gruben, in denen die Töpfer ihre Ware brannten. Sie hustete, ihre Augen tränten. Das Atmen fiel ihr schwer, im Hals brannte es. An hölzernen Gestellen hingen Rinderhäute zum Trocknen. Es stank nach verfaultem Fleisch.

Viviane schlug Haken wie ein Hase, doch immer wieder wurde ihr der Weg durch Buden, kleine Werkstätten, gelagerte Waren, Wagen, Ochsen, Ziegen und Schafe versperrt.

Sie stieß mit einer Wäscherin zusammen, die mit nasser Wäsche vom Fluss kam. Ihr Korb fiel herunter, und die Wäsche landete in einer Pfütze aus Ochsenblut aus einer Schlächterei.

Sie spürte das eigene Blut in den Schläfen hämmern, ihr keuchender Atem dröhnte in den Ohren.

»Gott hilf mir, hilf mir«, ächzte sie. Sie warf einen Blick über die Schulter und konnte die Verfolger schon erkennen.

»Das ist sie! Haltet sie fest!«

Eine derbe braune Männerhand griff nach ihr und bekam ihr Kleid zu fassen. Sie riss sich los. Der Mann hielt nur einen Fetzen Stoff in der Hand. Zwischen den Buden der Bernstein- und Glasperlenhändler hingen lange Stoffbahnen. Viviane hockte sich darunter und machte sich so klein wie möglich. Sie sah Beine, Schuhe, Stiefel. Die Verfolger rannten vorbei. Ein Kunde stand vor der Bude und suchte etwas in der Auslage.

»Eine hübsche Kette vielleicht? Hier, dieser Bernstein hat eine besonders schöne Farbe, wie die Sonne, wie Honig. Soll es für die geliebte Frau sein?«, hörte sie den Händler fragen.

»Für meine Braut. Es soll ein Brautgeschenk sein.«

Viviane stockte der Atem. Diese Stimme …

Auf allen vieren kroch sie vorwärts. Hier fand sie keinen Schutz, keine Sicherheit. Im gleichen Moment trat der Kunde einen Schritt zur Seite – genau auf Vivianes Hand.

Sie unterdrückte einen Schmerzenslaut. Wie konnte sie nur so unvorsichtig sein? Tränen schossen ihr in die Augen, und sie presste die Lippen zusammen, um sich nicht zu verraten.

Es waren Stiefel aus gelbem Leder, oben weich und anschmiegsam, an der Sohle hart und fest. Sie kannte auch diese Stiefel!

Eine Bernsteinkette fiel herab, genau neben ihre Hand. Und der Mann bückte sich, um sie aufzuheben. Viviane hielt entsetzt den Atem an.

»Ja, was haben wir denn da für ein Schätzchen?« Der Stoff, der den Tisch verhüllte, wurde ein Stück zurückgeschlagen, und sie blickte in das Gesicht von Thoralf.

»Bitte, Herr, verratet mich nicht. Der Wirt will mir Böses.«

Thoralf packte sie wie eine kleine Katze im Genick und zog sie unter dem Stand hervor.

»Du bist geflüchtet? Weißt du, was mit einer geflohenen Sklavin geschieht?«

Ehe Viviane antworten konnte, stand der Schankwirt neben ihnen. »Da ist sie ja! Herr, habt Dank, dass Ihr meine Sklavin gefangen habt. Ich habe eine beträchtliche Summe für sie bezahlt. Und dann entwischt sie mir mit einer List. Von wegen schöner Stoff und gelbe Borte. Hereingelegt hat mich dieses kleine Ungeheuer. Aber ich werde ihr zeigen, wer der Herr ist, und ihr das Fell gerben wie eine Ochsenhaut.«

»Was willst du denn mit ihr anfangen?«, fragte Thoralf ihn.

»In meiner Schenke soll sie arbeiten, Bier austragen und den Gästen Freude bereiten.«

»Da hast du es«, wandte sich Thoralf an Viviane. »Du solltest nicht undankbar sein. Arbeitest im Haus, und Bier ist auch immer da.«

Viviane zitterte am ganzen Leib. »Ich soll ihm zu Willen sein. Er hat keine Frau. Ich … ich habe Angst.«

Thoralf verdrehte die Augen. »Das ist das Los einer Sklavin. Oder wäre dir lieber, du wärst tot?«

»Ja.«

Thoralf brach in lautes Lachen aus. »Ach, Mädchen, bist du dumm. Dir haben wohl die Mönche oben auf dem Berg Flausen in den Kopf gesetzt? Jetzt können sie es nicht mehr, weil sie alle tot sind. Ich bin der Sieger und du meine Beute.«

»Kennt Ihr diese Sklavin, Herr?«, wunderte sich der Wirt, der den Wortwechsel mit wachsendem Erstaunen verfolgte.

»Und ob! Ich habe sie auf einer Insel gefangen wie einen kleinen Hasen, der immer im Zickzack läuft. Wieder und wieder wollte sie mir entwischen.« Er lachte erneut. »Einem Thoralf Björgolfsson entwischt man nicht.«

Er schob Viviane von sich. »Nun geh zu deinem neuen Herrn und mach mir keine Schande. Ich habe dich ordnungsgemäß an einen Sklavenhändler verkauft.«

»Und ich habe sie ordnungsgemäß vom Sklavenhändler gekauft. Für anderthalb Silberlinge.«

Thoralf runzelte die Brauen. »Anderthalb Silberlinge? Dieses elende Schlitzohr! Für vierundzwanzig Sklaven hat er mir zwölf Silberlinge und eine Handvoll Hacksilber gezahlt.«

»Das interessiert mich nicht, Herr, diese Sklavin gehört mir.«

Thoralf bemerkte Vivianes verzweifelten Blick. Diese grünen Augen, wie die Steine aus dem fernen Osten, die der Schmuckhändler anpries, dessen Preis aber auch Thoralf nicht zahlen konnte. Unschlüssig hielt er in der einen Hand die Bernsteinkette, in der anderen zwei Silbermünzen.

»Was ist nun, Herr, wollt Ihr die Kette kaufen?«, fragte der Händler.

»Nun ja, ich brauche ein Geschenk für meine Braut, wenn ich heimkehre. Es muss aber etwas Außergewöhnliches sein.«

»Diese Kette ist etwas Außergewöhnliches, Herr. Schaut nur, diese Farbe.«

»Bernstein ist Bernstein«, erwiderte Thoralf. »Jede reiche Frau trägt Ketten aus Bernstein.«

»Wie wäre es mit diesen bunten Glasperlen?«

»Ich habe es mir anders überlegt. Ich schenke ihr diese Sklavin. Sie hat Augen wie Edelsteine.«

»Was? Sie gehört mir!« Der Wirt riss die Augen auf, doch dann kniff er sie zusammen. »Drei Silberlinge, und sie gehört Euch.«

»Du hast anderthalb Silberlinge für sie bezahlt«, empörte sich Thoralf.

»Das mag sein, aber jetzt kostet sie drei Silberlinge.«

Thoralf schüttelte den Kopf. »Dann behalte sie und pass auf, dass sie dir nicht wieder davonläuft. Dann hast du nämlich gar nichts, kein Geld und keine Sklavin.«

»Was soll ich mit so einer Sklavin, die ich an die Kette legen muss? Dafür habe ich einen Hund. Ich kann doch nicht ständig auf sie aufpassen, wenn sie meine Gäste bedient. Zwei Silberlinge.«

»Dein Problem, wenn du dir eine Sklavin kaufst, die du nicht beherrschen kannst. Einen Silberling, mehr nicht.«

Der Wirt ballte die Fäuste. »Ihr bringt mich um meine Existenz«, klagte er.

Thoralf lachte. »Du klingst ja wie der Sklavenhändler. Der jammert auch ständig – und wird immer dicker. Geh zurück zum Markt, die Versteigerung ist noch nicht beendet. Vielleicht findest du eine Sklavin, die besser in deine Wirtschaft passt.« Er drückte ihm den Silberling in die Hand.

»Und die Kette?«, fragte der Händler.

»Die will ich nicht.« Thoralf legte sie auf den Tisch zurück.

»Aber Herr, schaut doch, es wäre das passende Geschenk für Eure Braut. Diese honiggelbe Farbe, dieser herrliche Seidenglanz.«

Thoralf blickte auf Viviane herab. »Ich sagte doch, ich suche etwas Außergewöhnliches. Eine Füchsin auf zwei Beinen, mit jadegrünen Augen und flinken Füßen. Ich bringe sie dahin, wo sie nicht weglaufen kann, auf mein Schiff.«

Er packte unsanft Vivianes Handgelenk. »Nicht wieder weglaufen!«

»Nein, nein, bestimmt nicht. Ich danke Euch, Herr, dass Ihr mich gerettet habt.«

Abrupt blieb Thoralf stehen und zog die Augenbrauen zusammen. »Damit wir uns richtig verstehen, ich bin sehr zornig auf dich! Du hast mich vor diesem knauserigen Schankwirt entehrt, vor dem Sklavenhändler und allen Einwohnern Ribes. Thoralf Björgolfsson ist ein ehrbarer Mann. Ich habe dich ordnungsgemäß verkauft. Wie stehe ich nun da? Wie ein Betrüger. Man wird schlecht über mich sprechen, keine Geschäfte mehr mit mir machen. Ja, man wird mit dem Finger auf mich zeigen und über mich lachen, weil so ein kleiner grünäugiger Troll mir auf der Nase herumtanzt.«

»Das tut mir leid, Herr! Ich ahnte nicht … ich bin ja auch zum ersten Mal Sklavin …«

»Hat man so etwas schon gehört? Zum ersten Mal Sklavin? Hat man dir keinen Gehorsam beigebracht, daheim, wo du herkommst?«

»Natürlich, gegenüber meinen Eltern, den alten Leuten, den Mönchen, Gott …«

»Den Mönchen? Gott? Was für eine verrückte Welt. Du wirst mir gehorchen, sonst werfe ich dich einfach über Bord. Die Seeschlange wird sich freuen, wenn sie dich zu fressen bekommt.«

»Und Ihr habt kein Geschenk für Eure Braut.«

»Eine ungehorsame Zunge hast du auch noch. Nimm dich in acht, du kleiner Troll in Gestalt einer Füchsin, dass dich nicht mein Pfeil trifft. Ich kenne keine Gnade mit solchen Wesen, die ihre Scherze mit mir treiben.«

»Ich bin kein Troll und keine Füchsin. Und ich treibe keine Scherze.«

»Das will ich dir auch geraten haben. Und nun halt den Mund und reize mich nicht weiter!«

Viviane hielt es für das Beste zu schweigen. Zumindest verspürte sie ein gewisses Gefühl von Sicherheit, wenn sie auch auf der Hut sein musste. Sie traute Thoralf nicht. Nein, sie hasste ihn sogar, hatte er sie doch erst in diese Situation gebracht!

Sie schluchzte plötzlich auf. Die Verzweiflung packte sie wieder. Verschleppt, versklavt, mutterseelenallein. Sie blickte sich um. In Ribe herrschte geschäftiges Treiben. Es wurde gehandelt, gefeilscht, gekauft, verkauft, Ware transportiert. Handwerker hockten in ihren einfachen Werkstätten und produzierten alles, was die Kunden wünschten, vom Holzlöffel über Wollstoffe, Bernsteinschmuck und Bronzegegenstände bis zu Kämmen aus Hirschgeweihen, Lederwaren und Keramik. Bauern handelten mit Feldfrüchten und Vieh.

»Wer braucht das alles?«

»Was?«

»Wer braucht das alles?« Viviane deutete auf die Stände, zwischen denen sich die Waren stapelten.

»Du kannst Fragen stellen. Die Menschen natürlich. Überall leben Menschen, und die brauchen das alles.« Thoralf seufzte. »Sag bloß, du hast noch nie einen Handelsplatz gesehen? Diese Pelze zum Beispiel stammen aus einem Land, das sehr weit entfernt liegt und das man nicht mit dem Schiff erreichen kann. Zwar fließen dort gewaltige Flüsse, aber auf denen kann man nicht mit dem Boot fahren. Die Wege sind gefährlich und die Menschen dort haben Gesichter wie der Mond, nur dunkel.«

Viviane verzog ungläubig die Mundwinkel. »Das erzählt man sich doch bloß …«

Thoralf zerrte ungeduldig an ihrem Handgelenk. »Willst du behaupten, dass ich lüge?«

»Nein, nein, keineswegs. Ich … ich kann es mir nur nicht vorstellen, so weit zu reisen, um Pelze hierherzubringen.«

»Es sind wunderbare Pelze von Füchsen, von Hirschen, Zobeln, Rindern, die ganz langes Fell haben. Sogar von Tieren, die es hier nicht gibt. Sie tragen zwei Höcker auf dem Rücken und trinken nichts.«

Er bemerkte wieder das Zucken in Vivianes Mundwinkel.

»Warum erzähle ich dir das eigentlich? Du bist doch nur eine dumme Sklavin.«

Sie drehte den Kopf zur Seite. Was wusste sie eigentlich von der Welt da draußen? Nichts! Sie hatte die Insel ja nie zuvor verlassen.

Das rhythmische Schlagen auf Metall ließ sie aufhorchen. In der Nähe musste eine Schmiede sein. Sie konnte sie nicht sehen, aber sie konnte es hören, riechen. Sie kannte diesen Geruch nach glühender Kohle, nach verbranntem Leder, nach heißem Metall.

Vor ihren Augen drehte sich alles. »Vater«, murmelte sie. »Vater!«

»Was ist denn nun schon wieder?« Thoralf blieb stehen. »Langsam verliere ich die Geduld mit dir. Wenn dir Ribe so gut gefällt, dann bleib hier. Ich bringe dich zurück in die Schenke.«

»Nein, Verzeihung, ich habe mich nur an etwas erinnert. An die Insel, daheim …«

»Die gibt's nicht mehr«, erwiderte er ungehalten. »Und fang ja nicht an zu heulen. Tränen erweichen mich nicht.«

»Das habe ich von einem Räuber und Mörder auch nicht erwartet«, fuhr sie auf.

»Was soll das? Ich sagte, du sollst mich nicht reizen. Es war eine ehrenhafte Eroberung. Und morgen setzen wir Segel.« Er blieb vor einer Gastwirtschaft stehen, aus der wüster Lärm drang. Thoralf ging auf die Tür zu, über der ein Hahn aus rot angestrichenem Ton hing. Viviane sträubte sich.

»Soll ich dich hier draußen anbinden wie ein Pferd? Meine Männer sind da drinnen. Ich will mit ihnen feiern.«

»Ich werde nicht weglaufen. Bestimmt nicht.«

Er lächelte milde. Viviane hätte nicht gedacht, dass er zu so einem Ausdruck fähig war. »Ganz sicher«, erwiderte er. »Und ich kann fliegen.« Er schob sie vor sich her in das niedrige Gebäude.

In dem einzigen Raum des Hauses herrschte ein unbeschreibliches Durcheinander. Unzählige Männer saßen auf Bänken an grob gezimmerten Tischen. Es roch nach saurem Bier. Die Feuerstelle rauchte stark. Wahrscheinlich benutzte man nasses Holz.

Thoralf wurde mit freudigen Rufen begrüßt. Bereitwillig machte man ihm Platz am Tisch. Er setzte sich und zog Viviane neben sich.

»Wen hast du denn da aufgelesen?«, fragte einer der wild aussehenden Zecher, dem das Bier in seinen rotblonden Bart geflossen war und ihn verklebt hatte.

»Mein Geschenk an meine Braut«, erwiderte Thoralf und nahm den Krug entgegen, den ihm der Wirt reichte.

Er erntete lautes Lachen und erstaunte Blicke. »Glaubst du, eine Braut freut sich darüber, ein hübsches Mädchen geschenkt zu bekommen?«

»Sie ist doch nur eine Sklavin.« Thoralf setzte den Krug an und leerte ihn in einem Zug. Dann wischte er sich mit dem Ärmel die Lippen ab. »Und wieso hübsch? Eine kleine Füchsin mit flinken Beinen ist sie.«

»Eine Füchsin? Sie heißt Skolli?«

Thoralf drehte sich zu Viviane um und betrachtete sie nachdenklich. »Skolli? Keine Ahnung. Sag, wie heißt du?«

»Viviane.«

»Sie ist eine Christin. Dann pass auf, dass dich ihr Gott nicht verflucht.«

Thoralfs Gesicht versteinerte. »Unsinn! So mächtig ist dieser Gott nicht, dass er Thor und Odin bezwingen kann. Wir haben auf der Insel reichlich Beute gemacht, vor allem bei diesem Gott. Goldene Kreuze, mit Edelsteinen verzierte Truhen. Aber da waren nur Knochen drin. Seltsame Leute, diese Christen.«

»Auf Odin!« – »Auf Thor!« – »Auf eine erfolgreiche Víking!«

Viviane zog den Kopf ein und versuchte, sich möglichst klein zu machen und nicht aufzufallen. Betrunkene Männer konnten sehr unangenehm werden.

Thoralf achtete nicht weiter auf sie. Er leerte bereits den zweiten Krug und erzählte von seinen Abenteuern und Raubzügen. Die Zecher an seinem Tisch ließen sich kein Wort entgehen, hingen wie gebannt an seinen Lippen und bekundeten immer wieder lautstark Beifall und Zustimmung.

Viviane verstand die Sprache der Männer nur schwer, sie wollte auch nicht hören, wie sich dieser Räuber und Mörder mit seinen Schandtaten brüstete. Verzweiflung überkam sie wieder. Was würde mit ihr geschehen? Vielleicht ging es ihr bei Thoralfs Braut besser. Eine Frau würde sie verstehen, nicht ständig betrunken sein und so abscheulich stinken wie Thoralfs Zechkumpane. Nur ihr Magen knurrte laut und vernehmlich.

»Sitzt neben mir ein Bär?« Thoralfs Augen glänzten bereits, und er schwankte, als er etwas zu schnell den Kopf zu ihr wandte.

Viviane presste ihre Hand auf den Magen.

»Hier, trink einen Krug Bier, dann nimmst du das Leben leichter.«

Sie schüttelte stumm den Kopf.

»Wählerisch bist du auch noch.« Er seufzte. »Was habe ich mir da nur für einen Klotz ans Bein gebunden?« Er schnipste mit den Fingern. »He, Wirt, bring Brot und Käse für mein kleines Haustier. Es hat Hunger.«

»Du verwöhnst eine Sklavin? Nun ja, andere schenken ihren hübschen Sklavinnen Schmuck und schöne Kleider.«

Thoralf lachte. »Ich nicht. Schmuck und schöne Kleider soll meine Braut tragen, damit sie stolz auf mich ist und mich bewundert.«

»Wenn sie sieht, wie voll dein Schiff mit Schätzen beladen ist, dann wird sie sicher stolz auf dich sein. Pass auf, dass dir niemand deinen Schatz abjagt.«

»Wer soll mich angreifen?« Thoralf reckte sich und überragte die anderen um einen Kopf. »Das wagt niemand.«

»Recht hast du, Thoralf Björgolfsson! Lass uns darauf trinken!«

Der Wirt schleppte weitere Krüge heran. Er vergaß auch Viviane nicht. Ein Stück dunkles Brot und harten Käse legte er vor sie. Gierig verschlang sie es und lehnte auch den angebotenen Krug Bier nicht ab. Danach fühlte sie sich deutlich besser und ihre Lebensgeister erwachten. Langsam ließ sie sich von der Bank rutschen und kroch unter dem Tisch hindurch zum Ausgang. Thoralf würde es nicht bemerken.

Bei ihrer Flucht vor dem Wirt hatte sie die Augen offen gehalten und gesehen, dass Ribes Hinterland aus fruchtbaren Feldern, Wäldern und Feuchtgebieten bestand. Es gab sicher genügend Möglichkeiten, sich dort zu verstecken.

Unbeobachtet gelangte sie fast bis zur Tür. Sie hatte beschlossen, ihr Leben selbst in die Hand zu nehmen.

Mit lautem Geschrei begrüßten die Zecher in Thoralfs Runde gerade einen großen Braten, den der Wirt auftischte. Es war ein Schweinekopf, knusprig über dem Feuer gebrutzelt und mit Minze und Kresse gefüllt. Alle zückten ihre Messer, um über den Braten herzufallen. Für einen Augenblick vernebelte der Duft Vivianes Sinne. Obwohl sie notdürftig gesättigt war, hätte sie jetzt einen Bissen davon nicht abgelehnt. Und doch – ihre Freiheit war ein viel höheres Gut, als dass sie sie gegen ein Stück Fleisch eingetauscht hätte.

Von außen wurde der Vorhang, der die Türöffnung verhüllte, zurückgeschlagen. Neue Gäste betraten die Schenke, und Viviane versuchte, sich zwischen ihnen hindurchzuschlängeln.

Da sprang Thoralf fluchend auf und rief: »Bei Odin, dieses Weib treibt mich in den Zorn! Wo steckt sie?«

Thoralf schaute sich um und sah gerade noch, wie Viviane zwischen den eintretenden Gästen hindurch entwischte. Mit wenigen Schritten war er an der Tür, stieß die Eintretenden beiseite und stürmte hinaus. Vivianes rotes Haar leuchtete zwischen den Buden und Ständen. Es fiel Thoralf nicht schwer, ihr zu folgen. Nach kurzer Zeit hatte er sie eingeholt.

»Jetzt ist es genug! Willst du mich zum Narren halten? Ich behandle dich wie meine eigene Schwester, und du dankst es mir, indem du meine Ehre beleidigst! Einem Thoralf Björgolfsson läuft man nicht davon. Ich bringe dich zu deinem vorherigen Herrn. Du wirst ja sehen, wie er dich behandelt, nämlich wie du es verdienst, als Sklavin.«

Viviane biss sich auf die Unterlippe. Thoralf hatte sie fest am Haar gepackt. Es schmerzte heftig, doch sie ertrug es stumm.

»Du bist nicht Skolli, die Füchsin, sondern Skalli, der trügerische Wolf. Du bist nicht, was du scheinst. Du bist ein Trugbild. Dich muss ich bannen.«

Viviane hatte keine Ahnung, wovon Thoralf sprach. Nur eines wusste sie – er hatte sie wieder eingefangen. Sein Zorn würde fürchterlich sein.

Eingeschüchtert zog sie den Kopf zwischen die Schultern. »Fuchs? Wolf? Ich weiß nicht, was Ihr meint, Herr. Aber wenn Ihr Eure Schwester so behandelt wie mich, dann seid Ihr ein schlechter Bruder.«

»Was? Du wagst es, so mit mir zu reden? Dann werde ich dich lehren, mich zu respektieren. Ich bringe dich auf mein Schiff. Von dort kannst du nicht flüchten.«

Er zog sie neben sich her bis zur Schenke. Er wurde mit Hohngeschrei empfangen. »Ist wohl eher ein Hase, dein seltsames Brautgeschenk! Leg sie an die Leine, sonst entwischt sie dir.«

Thoralf ließ sich wieder auf der Bank nieder. Er zwang Viviane neben sich. »Und nun iss, wir werden morgen früh in See stechen und lange unterwegs sein. Ich will, dass du lebend ankommst.«

Schweigend nahm Viviane das dargebotene Fleisch und biss hinein. Es war dumm davonzulaufen. Sie sollte ihr Schicksal annehmen.

Die gezückten Messer in den Händen der Männer ließen Viviane erschauern. Doch alle Augen waren nur begierig auf den Schweinekopf gerichtet. Jeder säbelte sich davon ab, was er bekommen konnte. Bald war nicht mehr viel übrig. Zwei Männer stritten sich, als sie gleichzeitig zugriffen.

»Ich war zuerst dran!«

»Nein, ich! Nimm deine Finger weg!« Er stach mit dem Messer nach der Hand seines Kontrahenten.

Im nächsten Augenblick stach auch dieser zu, mitten in den Bauch seines Nachbarn. Mit einem glucksenden Laut sackte der zusammen.

Die anderen sprangen auf. Sofort kam eine wüste Prügelei in Gang. Jeder schlug gegen jeden. Ein Bierkrug landete auf einem Kopf, und beide zersprangen. Bier mischte sich mit Blut, das Geschrei war ohrenbetäubend.

Entsetzt wich Viviane zurück. Sie spürte einen derben Griff an ihrem Arm. »Nicht, dass du wieder versuchst zu flüchten.« Thoralf zog sie mit sich, hinaus aus dem Kampfgetümmel und der Schenke.

Viviane war blass geworden. »So schnell tötet man einen Menschen«, ächzte sie.

»Das war doch nur eine Prügelei. Die sind alle betrunken, da kann das schon mal passieren.« Es schien Thoralf nicht sehr zu beeindrucken. »Ich bringe dich auf mein Schiff, und dann kümmere ich mich um einen neuen Ruderer.«

Die Seeschlacht

Viviane konnte nicht behaupten, dass ihr die Seefahrt gefiel. Das Schaukeln des Schiffs verursachte ihr eine leichte Übelkeit. Das dunkle Wasser, das mit leisem Klatschen gegen die Bordwand schlug, flößte ihr Angst ein. Das Knattern des Segels über ihrem Kopf wirkte bedrohlich. Und doch war sie froh, auf Thoralfs Schiff zu sein. Es erschien ihr das kleinere Übel. Die Stadt Ribe, die vielen Menschen, die ihr Böses wollten, waren wie ein Alpdruck. Am meisten aber fürchtete sie den Sklavenhändler, seine Kunden, die rauhen Gesellen in den Wirtshäusern. Was zählte für sie das Leben eines Mädchens, gefangen, verschleppt, versklavt? Was zählte überhaupt ein Menschenleben?

Vorsichtig blickte sie über die Bordwand. Das Meer war unruhig, Gischt spritzte an Deck. Ihr Kleid war völlig durchnässt, und sie fror jämmerlich. Zudem bedeckte ein grauer Nebel das Wasser. Die beiden anderen Schiffe des Konvois waren nur schemenhaft zu erkennen. Angestrengt blickte Thoralf über den Bugsteven. Die Küste war nicht mehr zu sehen, obwohl sie nicht weit davon entfernt waren. Die Wikinger scheuten das offene Meer. Viviane vermutete, dass sie sich allein am Verlauf der Küste orientierten.

Der Schreck über die Erlebnisse in Ribe saß ihr noch in den Knochen. Sie hielt die Knie angezogen und stützte das Kinn darauf. Sie wollte nicht darüber nachdenken, was die Zukunft bringen mochte. Sie wusste nicht, was ihr bevorstand. Sie wusste nur, es würde furchtbar werden.

Wieder warf sie einen verstohlenen Blick zu Thoralf. Seit sie an Bord war, beachtete er sie nicht mehr. In Ribe hatte er mehrere neue Männer angeheuert. Die hockten nun mit stumpfen Gesichtern auf den Ruderbänken. Gleichmäßig tauchten die Ruderblätter ins Wasser. Der Wellengang schien keinen der Männer zu stören. Viviane atmete tief durch und versuchte, gegen die plötzlich aufkommende Übelkeit anzukämpfen.

Das Schiff lag tiefer im Wasser, die Ladung wog schwer. Sie kamen nur langsam vorwärts. Zudem versuchten die drei Schiffe, Sichtkontakt zu halten. Die Zeit verging in lähmender Eintönigkeit. Viviane hatte keine Ahnung, wohin sie fuhren. Wahrscheinlich ins Land der Wikinger, wohin sie die Beute bringen wollten. Sie hatte keine Vorstellung, wie dieses Land aussah, wo es lag. Vielleicht gab es dort solche Städte voller lärmender Menschen wie Ribe. Oder felsige Gestade wie auf ihrer Insel. Oder ewiges Eis, wovon die Seefahrer erzählten.

Der Wind flaute ab, eine unheimliche Stille lag über ihnen. Rufe drangen von den anderen Schiffen herüber. Der Nebel verdichtete sich, die beiden anderen Schiffe waren nur noch schemenhaft zu erkennen. Plötzlich erklang ein Signalhorn, hohl und unheimlich.

Thoralf rief seinen Ruderern einen Befehl zu. Die hoben sofort die Ruderstangen hoch. Das Schiff verlor an Fahrt. Ein anderes Schiff näherte sich ihnen durch den Nebel. Vivianes Atem stockte. Wieso kam das Schiff so nahe? Sah der Steuermann nicht, dass er sie gleich rammen würde?

In diesem Augenblick erhob sich ein wüstes Geschrei. Von dem anderen Schiff sprangen Männer mit gezogenen Schwertern, Äxten und Messern zu ihnen herüber. Thoralf zog sein Schwert. Auch die Ruderer griffen zu ihren Äxten, die unter den Ruderbänken verstaut lagen. Im Nu entwickelte sich ein wüstes Gemetzel, Blut spritzte, die Männer schrien, Metall klirrte auf Metall. Erst jetzt begriff Viviane, dass sie von einem anderen Schiff überfallen worden waren. Die fremden Männer trugen aber die gleiche Kleidung und auch die gleichen Waffen wie Thoralfs Männer. Ob sie auch Wikinger waren?

Viviane konnte nicht erkennen, wer zu wem gehörte. Egal, sie alle waren ihre Feinde. Sie verkroch sich hinter Ballen und Körben. Mit bebenden Lippen betete sie, dass niemand sie entdeckte. Die Angst wühlte in ihren Eingeweiden.

Auf dem Schiff tobte der Kampf. Thoralfs Leute wehrten sich erbittert gegen die Angreifer. Mehrere Tote lagen auf dem Deck, die Schreie der Verwundeten mischten sich in den Schlachtenlärm. Viviane presste die Hände auf die Ohren und kniff die Augen zu, als könne sie alles damit ungeschehen machen.

Die Übermacht war groß. Schon wurde die erste Beute auf das feindliche Schiff umgeladen. Jemand packte den Korb, hinter dem sich Viviane versteckt hatte. Schützend hob sie die Arme über ihren Kopf.

»He, was haben wir denn hier?« Eine kräftige Hand packte sie und zerrte sie aus ihrem Versteck.

Der Mann mit dem roten Bart und einem Helm, den zwei Stierhörner zierten, betrachtete sie abschätzend, als überlegte er, ob er sie behalten oder über Bord werfen sollte. Entsetzt blickte Viviane auf die drohend erhobene Axt in seiner anderen Hand. Blut tropfte von ihr herab. Viviane war nicht in der Lage, sich zu bewegen. Ein Schlag, und sie wäre tot.

Niemand kam ihr zu Hilfe. Thoralfs Männer hatten genug damit zu tun, sich selbst zu verteidigen. In ihrer Verzweiflung biss sie dem Räuber in die Hand. Mit einem Aufschrei stieß er sie von sich. Viviane taumelte gegen die Bordwand. Einen Moment versuchte sie sich festzuhalten, doch dann verlor sie das Gleichgewicht und stürzte ins Wasser. Eisig nahm das

Meer sie in Empfang, presste ihr den Brustkorb zusammen. Nach dem ersten Schreck strampelte sie mit den Beinen, ruderte mit den Armen und gelangte wieder an die Oberfläche. Dunkel erhob sich vor ihr die Bordwand des Schiffes. Sie konnte nicht schwimmen. Immer wieder wurde sie unter Wasser gezogen. Sie schluckte, prustete, hustete, Wellen schlugen ihr ins Gesicht. Neben ihr fiel eine Leiche ins Wasser.

Plötzlich kam ihr die schwarze Tiefe des Meeres zu Bewusstsein. In diese Tiefe würde sie versinken wie die Leiche neben ihr. In Panik schlug sie um sich, versuchte, sich an dem Toten festzuhalten. Es gelang ihr nicht. Sie wollte schreien, doch das salzige Wasser erstickte ihre Stimme. Mit dem Kopf schlug sie gegen die Bordwand, alles um sie herum drehte sich. Ihr wurde übel, das Salzwasser brannte in ihrer Kehle.

Im nächsten Augenblick wurde sie emporgehoben. Sie riss die Augen weit auf – und erblickte Thoralfs Gesicht.

»Wolltest du dich wieder davonstehlen?« Er hielt sie an ihrem vollgesogenen Kittel fest. Zumindest geriet ihr Gesicht nicht wieder unter Wasser. Sie würgte heftig, dann erbrach sie das verschluckte Wasser.

Mit einem Ruck zog Thoralf sie an Deck. Viviane zitterte am ganzen Körper, in ihrem Bauch wühlten Krämpfe.

»Wolltest du etwa an Land schwimmen?« Um Thoralfs Mundwinkel zuckte es belustigt. »Das solltest du nicht tun, vor allem, wenn du nicht schwimmen kannst.«

Mühsam hob Viviane den Kopf und blickte sich um. Auf dem Deck lagen Tote und Verwundete. Die Ladung war zerwühlt, manches zerstört, vieles war über Bord gegangen. Sie erkannte das zweite Schiff aus Thoralfs kleiner Flotte, das längsseits lag. Seine Männer waren den Angreifern in den Rücken gefallen. Nur so hatten sie diesen Überfall überleben können.

Ungerührt wurden alle Toten und die verwundeten Feinde über Bord geworfen. Auch unter Thoralfs Leuten gab es zahlreiche Opfer. Die Toten fanden im Meer ihr nasses Grab, während die Überlebenden lautstark Odin anriefen. Die Verwundeten wurden notdürftig versorgt und suchten sich einen Platz im vorderen Teil des Schiffes. Thoralf hatte einige Gefangene gemacht. Die wurden an den Rudern festgebunden und nahmen die Plätze der Verletzten und Toten ein. Nach einigen Stunden setzten sie die Fahrt fort, als wäre nichts geschehen. Nur das Stöhnen der Verwundeten erinnerte Viviane an den vorausgegangenen Schrecken.

Ihre Knie zitterten noch immer. Ab und an warf sie verstohlene Blicke zu den Verwundeten. Einige von ihnen hatten schwere Verletzungen davongetragen, Axt- und Schwerthiebe, Messerstiche, Knochenbrüche. Es fiel ihr schwer, untätig danebenzusitzen. Doch wie sollte sie ihnen helfen? Sie hatte kein Verbandsmaterial, keine Hölzer zum Schienen der Brüche, kein Garn zum Nähen der Wunden. Außerdem, waren das nicht ihre Feinde? Sollte sie nicht froh sein, wenn sie so hilflos neben ihr lagen?

Unsicher richtete sie sich auf und ging mit schwankenden Schritten zum Heck, wo Thoralf stand und die Ruderer beaufsichtigte. Trotz der aufgewühlten See kamen sie jetzt gut voran. Die Segel blieben gerafft, sie waren bei dem Gefecht beschädigt worden.

»Die Verwundeten brauchen Hilfe.« Ihre Stimme klang heiser. Sie musste wieder husten.

»So? Brauchen sie das?«

»Sie haben Schmerzen, die Wunden müssen behandelt werden.«

»Die sind das gewöhnt. Es sind keine verweichlichten Mönche. Außerdem haben wir nichts an Bord.«

»Doch«, widersprach Viviane. »Die Stoffballen.«

Thoralf lachte auf, doch dann zog er verärgert die Augenbrauen zusammen. »Du willst allen Ernstes, dass ich meine Männer mit den kostbaren Stoffen verbinden lasse?«

Viviane nickte. Ihm in die Augen blicken mochte sie nicht. Zu ihrer Überraschung ging er zu den Ballen, schlitzte einen mit dem Messer – ihrem Messer – auf und deutete darauf. »Nur so viel, wie notwendig ist.«

Ein Lächeln flog über ihr Gesicht. So übel schien er nicht zu sein, zumindest hatte er ein Einsehen mit dem Leid seiner Männer.

»Gott wird es dir lohnen«, sagte sie.

»Gott? Odin hat uns schon geholfen, indem er uns siegen ließ. Wir werden ihm opfern, wenn wir angekommen sind.« Dann drehte er sich um und nahm wieder seinen Platz am Heck des Schiffes ein.

Viviane begann, die Wunden der Männer zu versorgen. Alle ließen es sich gefallen, manche sagten sogar ein paar Worte des Dankes. Viviane bedauerte, keine Kräuter zur Verfügung zu haben. Damit wären die Verletzungen schneller verheilt. So zurrte sie klaffende Wunden mit Stoffstreifen zusammen, deckte Wunden ab, schiente Brüche mit Bandagen. Dann ging sie zum Fass, um den Verwundeten Wasser zu geben. Über der Arbeit hatte sie ihre eigene Schwäche vergessen. Jetzt spürte sie ihren brennenden Hals wieder, die weichen Knie und das Zittern in ihren Gliedern. Sie legte mehrmals den Weg zwischen Fass und dem vorderen Teil des Schiffs zurück, taumelnd und schwankend. Die Männer tranken gierig, dann ließen sie sich aufs Deck sinken. Um Viviane drehte sich das Schiff. Alles verschwamm hinter einer Nebelwand, dann fiel auch sie zu Boden.

Etwas Nasses lief über ihr Gesicht. Sie rang nach Luft,

zuckte und schlug mit den Armen um sich. Sie glaubte, das Meer wollte sie wieder verschlingen.

»Na, na, dankst du so deinem Retter?« Thoralf stand breitbeinig vor ihr, die Fäuste in die Hüften gestemmt. Neben ihr lag die hölzerne Kelle. Thoralf musste ihr Wasser eingeflößt haben.

»Danke«, murmelte sie. »Das hat gutgetan.«

»Das möchte ich meinen. Ich hoffe nicht, dass ich es an dich verschwendet habe. Also bleib am Leben.«

Viviane rappelte sich auf, verstaute die Kelle am Fass und begab sich zum Vorschiff. Sie verkroch sich hinter dem aufgeschlitzten Ballen. Für die Verbände hatte sie Streifen von einem hellen Leinenstoff abgerissen. Es war gutes Leinen, in Ribe gegen Beute aus den Raubzügen eingetauscht. Viviane tat es nicht leid, dass ein Teil des Stoffes für die Verwundeten geopfert worden war. Ja, sie fühlte sich sogar wohl bei dem Gedanken, dass sie Thoralf dazu hatte veranlassen können. Oder überzeugen? Oder zwingen?

Sie lehnte sich müde gegen den Ballen. Er war weich, schützte sie gegen den Wind und das spritzende Meerwasser. Bald fielen ihr die Augen zu.

Sie erwachte, weil sich jemand über sie beugte. Erschrocken blickte sie in ein schmales, bartloses Gesicht mit hellen Augen. Es war keiner von Thoralfs Männern, aber auch keiner der Verwundeten. Er presste sich ebenso wie sie hinter den Stoffballen, als wolle er nicht entdeckt werden. Viviane hob den Kopf. Es war dunkel, nur einige Fackeln erhellten den hinteren Teil des Schiffes. Der flackernde Schein leuchtete in sein Gesicht. Sofort senkte er den Kopf.

»Wer bist du? Was willst du?«

Der Fremde presste seine Hand auf ihren Mund. »Sei still! Du wirst mich verraten.«

Sie versuchte, den Kopf zu schütteln, und rollte mit den Augen, um ihm zu zeigen, dass sie schweigen würde. Er lockerte seine Hand.

Erst jetzt bemerkte Viviane, dass er verletzt war. Thoralf hatte alle verletzten Angreifer ins Meer werfen lassen. Sie begriff, es musste einer dieser Männer sein, der sich heimlich an Bord gerettet hatte.

»Ich verrate dich nicht«, flüsterte sie. »Ich bin auch eine Gefangene.«

»Du bist nicht gefesselt?«, wunderte er sich.

»Wohin sollte ich fliehen? Da draußen wartet nur der Tod. Außerdem kann ich nicht schwimmen.«

»Ich auch nicht. Ich habe mich an eines der Taue geklammert und mich vom Schiff ziehen lassen, bis es dunkel wurde.«

»Du bist mutig.«

»Nein«, erwiderte er. »Ich bin ein Feigling. Ehrenhaft wäre es, im Kampf zu sterben.«

»Nun wirst du auch gefangen und versklavt.«

»Das wird wohl so kommen, wenn sie mich entdecken. Aber sie werden mich nicht entdecken, wenn du mir hilfst.«

»Wie stellst du dir das vor?«

»Du bringst mir Wasser und Essen her. Es wird so aussehen, als wäre es für dich, aber du gibst es mir.«

»Du meinst, ich teile es mit dir.«

»Nein, du gibst es mir. Ich muss bei Kräften bleiben, damit ich fliehen kann.«

»Du kannst nicht fliehen. Und wenn wir ankommen und das Schiff entladen wird, werden sie dich entdecken.«

»Ich werde vorher ins Wasser springen und mich ans Ufer retten. Niemals lasse ich mich versklaven. Ich bin ein Wikinger, ich bin stolz und muss in Freiheit leben.«

»Thoralf ist auch ein Wikinger. Du bist ein Räuber.«

Der Fremde lachte auf und presste schnell die Hand auf den Mund, um sich nicht zu verraten. »Nein, das bin ich nicht. Es ist rechtens, wenn ich Thoralf die Beute abjage. Auch er hat sie nur erbeutet.«

»Hat leider nicht geklappt, ihr seid ja überwältigt worden.«

»Odin war uns nicht gewogen. Beim nächsten Mal steht er wieder auf unserer Seite, wenn wir ihm nur genug opfern.«

»Wie heißt du?«

»Käre.«

»Und wo kommst du her?«

Er zuckte mit den Schultern. »Ich habe schon immer auf dem Schiff gelebt. Jetzt ist es gesunken. Ich werde mir ein neues Schiff suchen.«

»Du lebst auf einem Schiff?«

»Ich bin schon auf dem Schiff geboren. Ich kenne nichts anderes.«

Viviane schwieg nachdenklich. »Ich möchte auch gern frei sein«, sagte sie dann.

»Du bist ein Mädchen«, erwiderte Käre. »Ob du nun Sklavin bist, Magd oder Ehefrau, du bist immer eine Gefangene. Eine Frau darf nicht frei sein, ein Mann schon.«

»Seltsame Ansichten. Ich war frei, bis Thoralf mit seinen Männern kam.«

Er lächelte überlegen. »Sicher nicht. Du hast deinem Vater gehört, und er hätte dich in die Hände eines Ehemannes gegeben.«

Sie schwieg wieder. Wahrscheinlich wäre es so gekommen, wenn er nicht bei dem Überfall getötet worden wäre. Und nun hockte Käre neben ihr und vergrößerte die Probleme noch. Nicht auszudenken, was geschehen würde, wenn Thoralf entdeckte, dass sie Käre half. Wieso sollte sie ihm überhaupt helfen? Er war der Feind ihres Feindes, doch war er deshalb ihr Freund?

Sie hockten dicht beieinander, im Schatten des Stoffballens. Sie roch seinen Geruch, spürte sein struppiges Haar an ihrer Wange. Nach einer Weile vernahm sie seine tiefen, gleichmäßigen Atemzüge. Käre war eingeschlafen.

In ihrem Kopf überschlugen sich die Gedanken. Sollte sie ihn verraten? Es wäre sein sicherer Tod. Versorgte sie ihn heimlich mit Essen, würde Thoralf sie dafür bestrafen. Vielleicht mit dem Tod. Aber sie hätte ein gutes Werk getan. Oder?

Sie war sich nicht sicher. Ihr ganzes bisheriges Weltbild wurde von diesen Wikingern auf den Kopf gestellt. Ihre Ansichten von Ehre, Leben, Tod und Anstand waren Viviane fremd. Vielleicht lag es daran, dass sie einen anderen Gott anbeteten.

Käres Kopf sank langsam herab, bis er auf Vivianes Schulter lag. Sie wagte sich nicht zu rühren. Mit einer Hand zog sie vorsichtig Leinenstoff aus dem aufgeschlitzten Ballen und deckte Käre damit zu.

Die ganze Nacht über bewegte Viviane sich nicht, um Käre nicht zu stören. Sie spürte seine tiefen, gleichmäßigen Atemzüge, roch diese Mischung aus Schweiß, Salzwasser und einem nicht zu definierenden Duft, den sie einfach Käre nannte. Er konnte kein schlechter Mensch sein, obwohl er doch ihr Schiff überfallen hatte. Sie wusste es nicht und wollte auch nicht drüber nachdenken. Käre war in Not, und wer in Not war, dem musste geholfen werden.

Mit der Zeit genoss sie die körperliche Nähe, die ihr bislang unbekannt war. Sie horchte in sich hinein, spürte das leichte Kribbeln, als würde sie auf einer hohen Felsklippe stehen.

Noch nie war sie einem Mann auf diese Weise so nahe gekommen. Sie kannte Käre nicht. War es immer so, wenn man einem Mann nahe kam? Wenn sie sich recht erinnerte, hatte sie dieses Kribbeln bereits einmal gespürt, als Thoralf sie zu sich herangezogen hatte. Das war nur kurz gewesen, viel zu kurz, als dass sie es wirklich verstanden hätte. Was war das?

Sie lehnte ihre Wange gegen Käres Schopf. Es wurde gänzlich dunkel. Die Augen fielen ihr zu. In dem Schattenreich zwischen Wachsein und Schlaf sah sie plötzlich ein anderes Gesicht neben sich. Es ähnelte dem von Thoralf, doch er war es nicht. Er war einfach – ein Mann.

Als der Morgen graute, kroch Viviane vorsichtig aus ihrem Versteck hervor. Es war kalt und neblig. Sie reckte sich und versuchte, ihren abgestorbenen Gliedern wieder Leben einzuhauchen. Langsam ging sie zum Achterdeck, wo das Wasserfass stand. Einer von Thoralfs Männern hatte einen übel anzusehenden Brei aus Bier und Gerstenschrot zusammengerührt. Dazu gab es hartes Brot und getrockneten Fisch.

Viviane half eifrig, die Schüsseln auszuteilen. Gierig schlürften die Ruderer den Brei. Die Nacht hatten sie auf den Ruderbänken verbracht und bewegten nun stöhnend ihre steifen Gelenke. Viviane hoffte nur, dass der vierschrötige Alte, der das Essen ausgab, nicht zählen konnte. Sie eilte so schnell hin und her, dass er tatsächlich die Übersicht verlor.

»Noch eine Schüssel, es haben noch nicht alle«, forderte sie ihn auf.

Mürrisch schaufelte er eine weitere Schüssel voll, um sich dann selbst zu bedienen. Viviane griff nach Brot und Trockenfisch und setzte sich vor den Ballen. Käres Portion hatte sie bereits heimlich unter den Stoff geschoben. Der Geruch der kalten Biersuppe würde ihn schon wecken.

Während sie aß, beobachtete sie Thoralf. Doch der hatte vollauf damit zu tun, dass das Schiff wieder in Fahrt kam. Er trieb seine Männer an, die Segel zu hissen, die Ruder zu heben und das Schiff in den Wind zu bringen. Rufe zu und von den beiden anderen Schiffen des Konvois hallten übers Meer. Zum Glück kümmerte sich niemand um Viviane. Vorsichtig lugte sie ins Versteck. Käre bewegte sich nicht, doch die Schüssel stand leer neben ihm. Sie lächelte erleichtert.

Mit angezogenen Knien blieb sie vor dem Versteck sitzen. Sie wollte die Aufmerksamkeit von dem Stoffballen ablenken. Doch auch um die Ladung kümmerte sich niemand. Das Manövrieren des Schiffs nahm alle Männer in Anspruch.

Die See war immer noch unruhig, das Schiff schaukelte. Über ihrem Kopf knatterte das Segel, und der Drachenkopf am Bug schaukelte auf und nieder. Es war eine eintönige Fahrt, doch Viviane war froh. Ein erneuter Überfall wäre eine Katastrophe. Der Schock saß ihr noch in den Knochen, all der Waffenlärm, das Gebrüll, die Toten und Verwundeten erinnerten sie wieder an das, was daheim auf ihrer Insel geschehen war. Damals war Thoralf mit seinen Männern der Angreifer gewesen. Jetzt war er das Opfer gewesen. Doch wer war Freund, wer Feind? Sie konnte es nicht beantworten.

Nach einem prüfenden Blick kroch sie unter den Stoff zu Käre. Er wandte ihr den Kopf zu und lächelte. »Danke«, flüsterte er. Sie lächelte zurück. Bei Tageslicht besehen, war Käre ein hübscher Junge. Er hatte honigblondes Haar, das ihm bis auf die Schultern reichte. Er trug einen grob gewebten Kittel mit einem Lederwams darüber. Seine Hosen waren zerrissen, seine Füße nackt. Das Wams bestand aus minderwertigem Leder, durchlöchert, die Nähte ausgerissen. Wahrscheinlich hatte er es sich selbst angefertigt.

»Besitzt du keine Waffe?«

Er schüttelte den Kopf. »Ich habe mein Messer verloren. Die Axt ist wohl im Meer versunken.«

»Hast du einen Menschen getötet?«

Er verzog den Mund. »Du fragst komische Dinge.« Dann überlegte er. »Eigentlich noch nicht. Bislang habe ich nur auf dem Schiff gearbeitet. Als Schiffsjunge sozusagen.«

»Und darüber bist du traurig?«

»Nicht traurig. Aber was ist das für ein Wikinger, der noch keinen Feind getötet hat?«

»Muss man jemanden töten, um ein Mann zu sein?«

»Aber ja! Jetzt verachtest du mich sicher, nicht wahr?«

»Nein, im Gegenteil! Ich bin froh, dass du niemanden getötet hast.«

»Du bist ein seltsames Mädchen. Woher kommst du?«

Viviane zuckte mit den Schultern. »Von einer Insel. Aber ich weiß nicht, wo sie liegt. Unser Dorf wurde von denen überfallen.« Sie deutete mit dem Kopf nach hinten. »Und dann haben sie uns nach Ribe gebracht und auf dem Sklavenmarkt verkauft.«

»Wieso bist du dann noch hier? Haben sie keinen Käufer für dich gefunden?«

»Doch, aber ich wollte nicht dortbleiben. Da hat mich Thoralf zurückgekauft.«

»So etwas habe ich noch nie gehört. Du hast dich wirklich gegen deinen neuen Besitzer gewehrt?«

Viviane nickte, während Käre ungläubig den Kopf schüttelte.

»Was willst du nun tun?«, wollte Viviane wissen. »Irgendwann wird dich Thoralf entdecken.«

»Ich weiß mir schon zu helfen. Nur Essen und Wasser musst du mir bringen.«

»Muss ich das? Ich kann dich an Thoralf verraten.« Sie bemerkte das Entsetzen in Käres Gesicht. »Nein, das werde ich nicht tun«, lenkte sie schnell ein. »Aber du darfst dich nicht vom Fleck rühren.«

Käre grinste schief. »Wärmst du mich?«

Viviane überlegte kurz, dann rückte sie näher an ihn heran. »Du hast heute Nacht an meiner Schulter geschlafen.«

»Tatsächlich? Ich hatte gute Träume.«

»Das freut mich.«

»Überhaupt habe ich lange nicht so gut geschlafen wie neben dir.«

»Bilde dir darauf bloß nichts ein. Ich bin dazu erzogen worden, Menschen in Not zu helfen. Ich bringe dir Essen und verrate dich nicht. Mehr kann ich für dich nicht tun.«

»Doch, mich wärmen. Das hat schon lange niemand mehr für mich getan.«

»Wenn du auch raubend und plündernd übers Meer ziehst, wer soll dann gut zu dir sein?«

Käre überlegte. »Darüber habe ich noch nie nachgedacht. Weiber haben mich nie interessiert.«

»Aber zum Füttern und Wärmen sind sie gut, nicht wahr?«

»Da hast du recht. Das werde ich mir merken.«

Viviane rückte wieder ein Stück von ihm ab. »Du bist ganz schön eingebildet, du großer Wikinger. Jetzt musst du dir einen neuen Herrn suchen. Warum fragst du nicht Thoralf, ob er dich als Schiffsjungen nimmt?«

Käre riss entsetzt seine blauen Augen auf. »Was redest du da? Thoralf würde mich sofort über Bord werfen. Außerdem will ich bald mein eigenes Schiff haben und auf Víking fahren.«

Viviane presste die Lippen zusammen. Hatte sie gedacht, sie könnte Käre umstimmen? Er war ein Wikinger, und die hatten andere Vorstellungen von Leben, Glauben, Ehre und Tod.

»Ich setze mich lieber draußen hin, falls Thoralf mich sucht.« Sie ließ Käre verstimmt in seinem Versteck zurück.

Am Nachmittag beruhigte sich das Wetter, die Sonne kam hinter den grauen Wolken hervor. Viviane hob das Gesicht und genoss die wärmenden Strahlen. Sie bemerkte, dass das Schiff nahe der Küste fuhr. Thoralf hielt nach einem geeigneten Anlegeplatz Ausschau. Waren sie schon angekommen? Sie reckte neugierig den Hals. Die Küste bestand aus Felsen und einem schmalen Kiesstrand davor. Vereinzelt klammerten sich verkrüppelte Bäume an die Felsvorsprünge. An einer Stelle ergoss sich ein Bach über das Gestein und stürzte auf den Strand, um sich dann mit dem Meerwasser zu vermischen.

Thoralf manövrierte das Schiff so nahe wie möglich ans Ufer. Die Wikingerschiffe waren sehr flach, und trotz Ladung konnten sie nahe an das Ufer gelangen.

»Alle Mann über Bord! Nur Haki und Gudmund bleiben hier. Nehmt Eimer mit und füllt das Wasserfass auf. Passt auf, dass ihr keinen Schmutz schöpft.«

Mit einem Bein auf der Reling und die Arme vor der Brust verschränkt, beobachtete Thoralf die Männer, die durch das brusttiefe Wasser an den Strand wateten. Dort füllten sie die Eimer mit dem Wasser aus dem herabstürzenden Bach. Dann wateten sie, die gefüllten Eimer auf dem Kopf, zurück zum Schiff. Gudmund und Haki nahmen sie ihnen ab und füllten das Fass auf. Es war ein großes Fass, und es passten viele Eimer Wasser hinein.

»Nun, Viviane, möchtest du auch an Land?« Thoralf blickte auf Viviane herab, die näher trat und den beiden Männern half, die Eimer ins Fass zu leeren. Sie warf nur einen kurzen Blick zum Ufer. Dort wimmelte es von Thoralfs Männern, die nicht nur die Wassereimer füllten, sondern auch tranken, sich wuschen und ihre Notdurft verrichteten. Sie schüttelte stumm den Kopf. Zu gern hätte sie sich unter dem Wasserfall gewaschen, wäre über festen Boden gelaufen. Sie wusste, Thoralf würde es nicht zulassen. Zudem näherten sich nun auch die beiden anderen Schiffe aus dem Gefolge, weitere Männer sprangen über Bord und wateten an Land. Wahrscheinlich war diese Wasserstelle bei den Wikingern bekannt, und sie füllten hier immer ihre Trinkwasservorräte auf.

Nun verließen auch Haki und Gudmund das Schiff und wateten an Land. Dort hockten sie sich auf den Kiesstrand. Viviane wandte sich angewidert ab.

»So empfindlich?« Thoralf lachte. »Darauf haben sich die Männer schon seit zwei Tagen gefreut. Umso besser rudern sie hinterher.«

Nach und nach kehrten alle wieder zum Schiff zurück, hangelten sich an Seilen an Bord und ließen sich triefend nass auf den Ruderbänken nieder. Thoralf gab den Befehl zum Heben der Ruderblätter. Mit den beiden Seitenrudern manövrierten sie das Schiff vom Ufer weg. Dann wurde das Segel gehisst.

Viviane schöpfte eine Kelle Wasser aus dem Fass und ging zum Bug.

»Hier hast du frisches Wasser.« Sie schlug die Stoffplane zurück, doch Käres Platz war leer. Erschrocken blickte sie sich um. Thoralf hatte doch nicht etwa …

Alle Männer waren damit beschäftigt, das Schiff wieder vor den Wind zu bringen. Käre war nirgendwo zu sehen. Sie wandte sich zurück zum Ufer. Oben auf den Klippen erkannte sie eine Gestalt. Ihr stockte der Atem. Dieser tollkühne Kerl! Hatte das Durcheinander zur Flucht genutzt. Sie bemerkte, dass Käre winkte. Sie waren schon weit vom Ufer entfernt. Viviane winkte nicht zurück.

»Viel Glück, Käre«, flüsterte sie. Dann trank sie die Kelle mit frischem Wasser aus.

Skollhaugen

Wie in den Schlund eines riesigen Walfischs fuhr das Schiff in den Fjord. Zu beiden Seiten erhoben sich hohe Felsen, die schroff zur See abfielen, bedeckt mit dunklem Wald. Der Wind, der sie über das Meer getrieben hatte, flaute ab. Thoralf ließ das Segel einholen. Von fern waren dumpfe Hörnerklänge zu vernehmen.

Während der Überfahrt hatte sich Viviane einen geschützten Platz im Vorschiff gesucht. Der Steven schützte sie vor den hoch schäumenden Wellen. Mittlerweile fürchtete sie das Meer und konnte nicht begreifen, wie todesmutig sich die Wikinger in ihren Schiffen auf das bleigraue Wasser wagten. Im Vertrauen auf ihre Sturm- und Donnergötter trotzten sie Gefahren und Unbilden, verlachten die Angst und fürchteten nicht den Tod. Vivianes Gebete waren still und ängstlich, und erst als sie in den Fjord hineinfuhren, wagte sie einen Blick über die Bordwand.

Der Anblick raubte ihr den Atem. War das das geheimnisvolle Land Vik? Das Wasser im Fjord lag still und majestätisch da, von dunkelgrüner Farbe, spiegelte es die erhabenen Berge und Felsen am Ufer wider. Ein gewaltiger Wasserfall stürzte von den Felsen herab und ergoss sich tosend in den Fjord. Darüber spannte sich ein strahlend blauer Himmel mit langen Streifen weißer Wolken, die über die Gipfel zogen. Immer wieder erscholl dumpfer Hörnerklang, brach sich als Echo an den Berghängen. Man konnte nicht ergründen, woher die Signale kamen. Sie wurden von den Ruderern lautstark erwidert.

Das Schiff glitt über das Wasser, die Mannschaft hielt die Ruder still, knapp über der Wasserlinie. Thoralfs aufmerksamer Blick richtete sich nach vorn. Noch war nichts zu erkennen außer vorspringenden Landzungen, auf denen beinahe halsbrecherisch dunkle Nadelbäume wuchsen.

Während der ganzen Fahrt hatte sich Thoralf nicht um Viviane gekümmert. Er war zornig über ihr Verhalten, ihre Flucht, am meisten jedoch, dass sie ihn in seiner Ehre verletzt hatte. Auf seine Ehre legte Thoralf besonders großen Wert. Er war Händler, betrog niemanden und ließ sich nicht betrügen. Auf sein Wort war Verlass, ebenso auf seinen Handschlag. Dass er eine verkaufte Sklavin zurücknahm wie eine mangelhafte Ware, machte ihn wütend. Das würde Gerede geben in Ribe. Dabei waren es gerade die Geschäfte mit dem geraubten Gut, die ihm Reichtum einbrachten. Von einem kleinen rothaarigen Mädchen ließ er sich nicht an der Nase herumführen. So strafte er sie mit Missachtung. Doch genau das schien Viviane ganz recht zu sein.

Nun jedoch erwachte sie aus ihrer selbst gewählten Lethargie. Noch nie hatte sie so eine gewaltige Landschaft gesehen. War das die Heimat von Thoralf, das Land der Wikinger?

Der Fjord öffnete sich an seinem Ende zu einem grünen Amphitheater, einem sanft ansteigenden Rund von Wiesen, Feldern, Hainen, unterbrochen von kleinen Felsvorsprüngen. Auf halber Höhe thronte ein gewaltiges Bauwerk aus Holzstämmen, einer Festung gleich. Die übermannshohen Palisaden waren mit bunten Tüchern und Fahnen geschmückt, ein riesiges Tor stand offen. Eine farbenfroh gekleidete Menschenmenge erwartete sie winkend und jubelnd. Und nun erkannte Viviane auch die Hornbläser, die sich auf beiden Seiten des Fjords auf Felsvorsprüngen postiert hatten.

Jetzt konnte sich auch Thoralfs Mannschaft nicht mehr zurückhalten. Der erste der Ruderer kletterte über die Bordwand und hüpfte waghalsig von Ruderstange zu Ruderstange. Er mochte sechs oder sieben Stangen bereits überwunden haben, als ihn ein Fehltritt unsanft ins Wasser stürzen ließ. Erschrocken schrie Viviane auf, doch der Verrückte hielt sich lachend und prustend an einem Ruderblatt fest, während der Nächste das gleiche Kunststück versuchte und ebenfalls im Wasser landete. Einer nach dem anderen schwangen sie sich nun auf die Ruderstangen, zum Vergnügen der Zuschauer an Land, die die Akteure lautstark anfeuerten. Auch Thoralf ließ es sich nicht nehmen, den Zuschauern sein Können vorzuführen. Ihm gelang es, alle Ruderstangen zu überwinden, ohne ins Wasser zu fallen. Am vorderen Ende blieb er stehen, reckte die Arme jubelnd in die Höhe, um dann mit einem kühnen Kopfsprung ins Wasser zu hechten. Mit kräftigen Stößen schwamm er an Land. Einige junge Männer nahmen ihn dort in Empfang, klopften ihm auf die Schultern und führten ihn dann bergan zu der wartenden Menge. Sie waren besonders prächtig gekleidet. Viviane vermutete, dass es sich dabei um vornehme Menschen handeln musste. Thoralf näherte sich ihnen ehrerbietig, ohne demütig zu wirken. Viviane kam nicht dazu, das Geschehen weiter zu beobachten. Das Schiff hatte angelegt, die Fracht wurde ausgeladen. Auch sie musste das Schiff verlassen.

Urplötzlich kamen in Viviane wieder die Angst und der Hass auf die Seeräuber auf. Sie feierten ihren Raubzug, ihren Sieg, das Unglück der Besiegten. Jeden Jubelschrei empfand sie wie einen Peitschenhieb. Doch sie konnte weder flüchten noch sich verweigern. Ein Blick auf die umgebenden Berge und Wälder ließ Viviane schnell mutlos werden.

Niemand kümmerte sich um sie. Sie wurde hin und her gestoßen, abgedrängt und blieb schließlich in der Nähe des Gesindes stehen, das sich auf beiden Seiten des Weges hinauf zur Holzburg aufgestellt hatte. Weiter vorn standen festlich gekleidete Männer und Frauen, die Männer mit prächtigen Waffen, die Frauen mit reichem Schmuck. Kein Zweifel, die Wikinger waren wohlhabend, selbst das Gesinde trug saubere, ordentliche, wenn auch nicht so farbenfrohe Kleidung.

Ihrer aller Herr war ein älterer Mann, der auf einen Stock gestützt dastand. Viviane bemerkte auch schnell den Grund. Der Alte besaß nur ein Bein. Unter einem Wollmantel in leuchtendem Rot mit Pelzbesatz und den dunklen Wickelhosen ragte auf der linken Seite statt eines Beins ein Holzpflock hervor. Trotz der Wärme bedeckte eine Pelzkappe sein fahles Haar. Sein kunstvoll geflochtener Ledergürtel endete in einer Bronzeschnalle. Der Mantel wurde von Kordeln zusammengehalten, die sich als Zierblenden am Saum wiederfanden. Ebenso prachtvoll gekleidet war die Frau an seiner Seite. Sie war ebenfalls nicht mehr jung, mit fülligem Busen und grauem Haar. Sie trug mehrere farbige Kleider übereinander: weißes Leinen mit gestickten Borten, ein leuchtend rotes Unterkleid, das unter dem hellen Leinenkleid hervorschaute, und darüber einen blau gefärbten Mantel mit kunstvoll geschmiedeten Spangen an den Schultern. Mehrere Ketten aus Bronze, Bernstein und Gold bedeckten ihre Brust, im Haar schimmerte ein Reifen aus Leder mit Glasperlen. An beiden Armen trug sie breite bronzene Armreifen, die bei jeder Bewegung klirrten.

Fast hätte Viviane zu der mütterlich erscheinenden Frau Zutrauen gefasst, wenn nicht ihr hochmütiger Gesichtsausdruck im Gegensatz zu ihrer Erscheinung gestanden hätte.

Thoralf trat vor den alten Mann. »Björgolf Einbein, dein Sohn steht vor dir. Er kehrt heim in Ruhm und Ehre – und mit drei Schiffen voller Schätze!«

Ohrenbetäubender Jubel folgte seinen Worten. Er drehte

sich um und ließ sich bejubeln. Eine selbstzufriedene Miene zeugte von seinem Stolz auf seine Raubzüge. Viviane presste die Lippen aufeinander.

Die Frau trat vor und legte ihre Hand auf Thoralfs nassen Haarschopf. »Dein Vater und ich sind stolz auf dich, mein Sohn!«

Thoralf beugte das Knie. »Mutter, erlaube mir, dein Haus zu betreten.« Viviane horchte auf. So demütig kannte sie ihn nicht. Im Gegenteil!

Es blieb ihr keine Zeit, sich zu wundern. Viviane ließ sich einfach im Pulk der jubelnden Menschen treiben. Mit Erstaunen betrat sie die hölzerne Burg. Hinter den Palisaden befand sich ein ganzes Dorf. Mittelpunkt war ein gewaltiges Gebäude, mindestens fünfzig Schritt lang. Darum scharten sich jede Menge kleinerer Häuser, alle aus Holzstämmen gebaut, die Dächer mit Reet und Grassoden gedeckt. Der Eingang befand sich an der Längsseite des Hauses, auf den nun alle zustrebten.

Viviane konnte es nicht fassen, dass Menschen in einem derart großen Haus wohnten. Ihre Furcht vor der Ungewissheit wich der Neugier. Wie lebten die Wikinger hier? Waren sie wirklich solche Scheusale, wie man ihnen nachsagte?

Das riesige Haus war in mehrere Räume aufgeteilt. Der mittlere, den sie zuerst betraten, war ein großer Wohnraum mit der Feuerstelle in der Mitte. An den Wänden entlang standen Liegen mit Fellen und Decken. Viviane erkannte typische Haushaltsgegenstände: Eimer, Kessel, Schüsseln, Töpfe, Schalen, Spieße, Pfannen aus Eisen und Holz, einen Webstuhl an der gegenüberliegenden Wand, auf dem ein gemusterter Stoff in Arbeit war. Bunte Wollstränge hingen von den Balken herab. Dem Geruch nach schloss sich auf der einen Seite des Hauses der Stall für das Vieh an. Eine geflochtene Tür verdeckte die Sicht.

Die feierliche Prozession betrat jedoch den anderen Bereich des Hauses. Viviane blieb der Mund offen stehen. Es war eine Halle, eines Königs würdig. Doch war Björgolf Einbein ein König? Die Balken der Halle waren mit grünen Zweigen geschmückt, Öllampen hingen an dünnen Ketten von der Decke herab und tauchten den Raum in gelbes Licht. Zudem duftete es nach Kräutern, die auf den Boden gestreut worden waren. Das Imposanteste jedoch war der lange Tisch in der Mitte der Halle. Das hintere Ende wurde von einem Podest begrenzt, auf dem zwei mit Fellen behangene Stühle standen. Dort nahmen Björgolf Einbein und seine Frau Platz. Mägde schleppten Krüge voll Bier herein. Thoralfs Mutter reichte ihrem Sohn einen davon. »Willkommen daheim, Thoralf Björgolfsson. Überhäuft mit Ruhm, Ehre und Schätzen, sollst du uns willkommen sein.«

Thoralf nahm den Krug entgegen. Ohne abzusetzen, leerte er ihn. Jubel und Beifall feuerten ihn an. Lachend zeigte er den leeren Krug herum.

»Ich danke dir, Björgolf Einbein, und dir, Astrid, Gemahlin von Björgolf. Auch dir danke ich, Bruder Yngvar Björgolfsson, der du deine Eltern so hilfreich unterstützt und mir die Víking ermöglicht hast. Und dir, Schwester Dalla, ebenso dir, Schwester Halveig, die ihr der Mutter Stolz und Stütze seid. Euch allen ist der Ruhm gemein, den ich für euch errungen habe. Der Name unserer Sippe soll leuchten wie das Nordlicht am Himmel. Und nun lasst mich ein heißes Bad nehmen und den Schmutz der vergangenen Reise abspülen. Meine Braut will ich als strahlender Held empfangen. Wir wollen ein großes Fest feiern, denn alle meine tapferen Männer haben es verdient. Dann werden wir die Beute teilen.«

Unter dem wüsten Geschrei der Anwesenden verließ Thoralf die Halle. Sofort begann ein emsiges Treiben. Während

Thoralfs Familie bei Tisch sitzen blieb und Bier trank, eilten Mägde, Knechte und Gehilfen hin und her. Draußen wurden Ziegen geschlachtet, Mehl zum Brotbacken wurde hereingeschleppt. Aus den Vorratshäusern brachten die Mägde Grütze, Pilzgemüse, Pökelfleisch, Fisch, Erbsen und Kraut. Bald duftete es von der Feuerstelle her köstlich.

Viviane hatte sich in die hinterste Ecke der Halle verzogen und hockte fast unsichtbar zwischen den mit Birkenzweigen geschmückten Balken. Mit großen Augen betrachtete sie das Geschehen. Hatte sie schon der städtische Trubel in Ribe mehr beeindruckt, als sie zugeben wollte, so vermochte sie ihr Erstaunen über Thoralfs Heim nicht mehr zu unterdrücken. Wie konnte ein so blutrünstiger und gnadenloser Räuber in solch einem Luxus leben? Nahm er tatsächlich ein heißes Bad? Am liebsten wäre Viviane hinausgeschlichen und hätte sich mit eigenen Augen davon überzeugt. Aber sie wollte nicht entdeckt werden. Zudem ziemte es sich nicht, einem Mann beim Baden zuzusehen. Daheim wurden Vorhänge in der Hütte gespannt, wo die Frauen schliefen und sich umkleideten.

Sie zuckte zusammen, als sie eine zaghafte Berührung spürte. Schnell zog sie die Hand weg. Sie blickte in das Gesicht eines Wesens, das sich neben sie hockte. Erst auf den zweiten Blick erkannte Viviane, dass es ein Kind unbestimmbaren Alters war. Das Auffälligste an ihm war das leuchtend rote Haar. Es hätte auch aus der gefärbten Wolle bestehen können, die im mittleren Raum an der Decke hing. Doch es stand struppig vom Kopf ab. Zwei himmelblaue Augen starrten Viviane neugierig an.

Als das Kind lächelte, tanzten die hellen Sommersprossen auf seiner Nase. Es trug einen schlichten Kittel aus grob gewebtem Stoff. Deshalb vermutete Viviane, dass es sich auch um ein niederes Wesen handelte, vielleicht sogar einen Sklaven. Es war jedoch nicht zu erkennen, ob es ein Junge war oder ein Mädchen. Es tippte Viviane mit dem Finger an, dann lächelte es wieder.

»Wer bist du?«, wollte Viviane wissen.

Das Kind neigte den Kopf.

»Du verstehst mich nicht?« Sie zeigte auf sich selbst. »Viviane«, sagte sie. Dann zeigte sie auf den Rotschopf. Jetzt begriff das Kleine. »Raudaborsti«, flüsterte es und grinste übers ganze Gesicht.

»Raudaborsti?« Viviane lachte nun auch. Der Name war passend, Rotborste, auch wenn sie immer noch nicht wusste, ob es nun ein Junge oder ein Mädchen war. Sie musste unbedingt die Sprache der Wikinger lernen, um alles besser verstehen zu können. Zwar kamen daheim auf der Insel immer wieder Händler auf Schiffen vorbei, die die nordische Sprache beherrschten, aber meist hatten die Alten mit ihnen verhandelt.

Kurzerhand hob Viviane Raudaborstis Kittel hoch. »Du bist ein Mädchen!« Das hatte sie nicht erwartet. Raudaborsti schlug auf Vivianes Hand und war im nächsten Moment verschwunden. Viviane hoffte nur, dieser kleine rote Troll würde sie nicht verraten.

In dem ganzen Tumult, der auf dem riesigen Hof herrschte, kümmerte sich jedoch niemand um sie. Nach einiger Zeit beschloss sie, ihr Versteck zu verlassen und sich auf dem Hof umzuschauen. Vielleicht gab es doch eine Möglichkeit zur Flucht. Unten am Ufer hatte sie eine Menge Boote gesehen, kleinere, wie man sie zum Fischen verwendete. War sie übers Meer gekommen, musste sie auch übers Meer wieder gehen. Doch im Augenblick war es wichtiger, sich alles gut einzuprägen und sich auch die Menschen genau anzuschauen. Vertrauen würde sie hier niemandem können. Deshalb musste sie selbst die beste Gelegenheit zur Flucht finden.

Die kleineren Gebäude dienten als Unterkünfte und Werkstätten für das Gesinde des riesigen Hofes. Viviane sah Webstühle, Spindeln und Körbe voller Wolle, die noch gesponnen werden musste, sie entdeckte ein Haus, in dem die Männer wohnten, wo sie Gerätschaften herstellten, Leder bearbeiteten, Holzwaren schnitzten. In einem Haus wurde Bier gebraut, in einem anderen Getreide aufbewahrt. An den Deckenbalken hingen Räucherfleisch und Stockfisch, in Fässern waren Kohl und Hering eingelegt. Hier litt niemand Hunger.

Viviane stellte fest, dass die wichtigsten Häuser mit schweren Holztüren gesichert waren, die abgeschlossen werden konnten. Zudem umgab eine gewaltige Palisadenwand das Anwesen, das somit uneinnehmbar wurde. Jetzt standen alle Türen und Tore offen. Von den Schiffen wurden Waren heraufgebracht und im Hof abgelegt.

Und dann erschien Thoralf. Beinahe hätte sie ihn nicht wiedererkannt. Viviane versteckte sich hinter einem der Vorratsgebäude.

Thoralf trug die kostbarste Kleidung, die Viviane je gesehen hatte. Damit übertraf er sogar seinen Vater Björgolf Einbein. Seine Hose bestand aus gefälteltem Wollstoff, den er unterhalb der Knie mit Bändern zusammengebunden hielt. Seine Füße steckten in kunstvoll gearbeiteten halbhohen Stiefeln aus hellem Ziegenleder. Doch am prächtigsten war sein Übergewand. Ein Leinenhemd mit sorgsam umsäumten Kanten schaute unter dem in strahlendem Blau gefärbten wollenen Überwurf hervor. Dieser wurde in der Taille mit einem geflochtenen und mit Bronzeplättchen beschlagenen Gürtel gebunden. Darüber trug er einen gestreiften Umhang in leuchtenden Farben. Wer ihn gewebt hatte, musste ein wahrer Meister sein. Rote, weiße, blaue und honigfarbene Streifen in verschiedener Breite wechselten sich in vollendeter Harmonie ab. An den Schultern wurde der Umhang mit zwei kunstvoll gearbeiteten Fibeln aus Silber gehalten.

Im Gegensatz zu Björgolf trug Thoralf keine Kopfbedeckung. Sein Haar war jedoch aufgehellt und leuchtete mit einem goldenen Schimmer. Mit einem Schildpattkamm war es sorgfältig in Strähnen und Locken aufgeteilt worden. Er war so eine stolze Erscheinung, dass Viviane der Atem stockte. Nichts war mehr von dem wilden und gesetzlosen Räuber übrig.

Thoralf war sich seiner Wirkung bewusst. Wie ein König stolzierte er über den Hof, zwischen den kichernden Mägden und den bewundernd schauenden Männern hindurch, begutachtete die aufgestapelten Beuteschätze und gab hier und da Anweisungen.

Erneute Hornsignale ließen alle aufhorchen.

Astrid kam aus dem Haus gelaufen und klatschte in die Hände. »Besuch trifft ein. Sputet euch! Nehmt Aufstellung, damit wir ihn ehrwürdig empfangen können.«

»Besuch, wir bekommen Besuch!« Raudaborsti war urplötzlich wieder aufgetaucht und hüpfte aufgeregt umher. »Besuch ist immer gut, da gibt es wieder viel zu essen.«

Sie bekam einen Klaps von Truud, der Großmagd.

»Du kleiner Vielfraß, es bedeutet Arbeit, viel Arbeit. Davor läufst du davon wie ein Hase.« Aber auch sie reckte den Hals, um zu erkennen, wessen Besuch angekündigt wurde.

»Oh, es ist Ragnvald!«

Viviane beugte sich zu Raudaborsti herab. »Wer ist Ragnvald?«

»Der Jarl von Bleytagarðr. Er besitzt einen ähnlich großen Hof wie Björgolf Einbein, Moorhof genannt. Vielleicht sogar einen noch größeren. Sie wetteifern miteinander, wer die meisten Kühe hat und die größten Schätze heimbringt. Allerdings sagt man, dass sein Sohn Hoskuld deswegen nicht zur See fährt, weil ihm auf dem Schiff übel wird. Eine Schande für Ragnvald und seine ganze Sippe.«

Im nächsten Augenblick glich der Hof einem Ameisenhaufen. Von überall kamen die Menschen herbeigelaufen und drängten zum Tor. Wie bereits bei Thoralfs Ankunft nahmen sie Aufstellung. Jetzt hinkte auch Björgolf Einbein aus dem Haus und gesellte sich zu seiner Frau. Das Bier hatte sein Gesicht gerötet und er stützte sich schwankend auf seinen Stock.

Verdeckt von den vor ihr stehenden Menschen, wagte Viviane einen Blick zwischen den Palisaden hindurch. Hatte sie bis eben noch geglaubt, nichts könne Kleidung und Ausstattung der Leute von Thoralfs Sippe übertrumpfen, so wurde sie nun eines Besseren belehrt. Der Anführer des Trupps von Reitern musste ein Fürst oder König sein. Er trug ein indigoblaues Gewand aus Wolle, das über und über mit kleinen Bronzeplättchen, Glasperlen und Spiegelteilchen besetzt war, dazwischen dekorative Streifen aus verschiedenen Fellarten. Auf dem mit Kalkschlamm zu einer merkwürdigen Frisur getürmtem Haar trug er eine schmale Krone aus Goldblech, an deren Stirnseite ein roter Edelstein wie Glut glimmte. Sein Umhang war ähnlich gestreift wie der von Thoralf, in leuchtenden Farben und in kunstvoller Verarbeitung.

Sie ritten auf kleinen, gedrungenen Pferden von fahler Farbe, geschmückt mit prächtigem Zaumzeug, bestickten Decken und in die Mähnen geflochten Glasperlen. Begleitet wurde Ragnvald von einem großen Gefolge aus Männern mit Schilden und Schwertern, Speeren und Bögen, herausgeputzten Frauen mit blendendem Schmuck aus Gold, Silber, Bernstein und Glasperlen, zahlreichem Fußvolk und mehreren Ochsengespannen.

Man begrüßte die Gäste lautstark mit Hochrufen auf Ragnvald und seine Sippe, auf den Tag, den er mit seiner Anwesenheit erhelle, und die Freude, die Björgolfs Leute dabei empfanden. Alles drängte sich durch das Tor. Es war unglaublich, aber der Hof nahm auch diese Zahl von Menschen und Tieren auf, ohne dass es eng wurde.

Auch Thoralf begrüßte Ragnvald und einen jungen Mann, den er Hoskuld nannte. Er musste Ragnvalds Sohn sein. Er ähnelte seinem Vater nicht nur in den Gesichtszügen, sondern auch im Prunk seiner Kleidung und Ausrüstung.

Bevor Ragnvald der einladenden Handbewegung Björgolfs folgte, wandte er sich zu seinen Leuten um und nickte kurz. Aus einer Sänfte, die aus einem hölzernen Stuhl auf zwei Tragestangen bestand, erhob sich eine junge, hochgewachsene Frau. Viviane hatte noch nie eine so schöne Frau gesehen.

Abgesehen von ihrer kostbaren Kleidung besaß sie auch eine natürliche Schönheit. Ihre Haut war makellos hell wie Sahne, das ebenmäßige Gesicht wurde von nussbraunem Haar umrahmt, das in zwei dicken Zöpfen über ihre Schultern fiel. Auch sie trug Schmuck und betonte damit ihren Reichtum und ihre Stellung. Doch wer war sie?

Thoralf eilte auf sie zu und nahm ihre Hände in seine. Seine Blicke verrieten seine Gefühle. Viviane war augenblicklich klar, sie war Thoralfs Braut.

»Gunnardviga Eiriksdotter! Dir zum Ruhme habe ich all meine Heldentaten vollbracht. Du sollst stolz sein auf Thoralf Björgolfsson und seine ganze Sippe. Überall, wo ich war auf der Welt, habe ich nur an dich gedacht. Und natürlich Geschenke für dich mitgebracht.«

Gunnardviga verzog ihre schmalen Lippen zu einem Lächeln und neigte huldvoll den Kopf. »Ich habe dich sehnsüchtig erwartet, Thoralf Björgolfsson. Es war eine lange Zeit, und ich hoffe, die Schätze aus dem Bauch deines Schiffes entschädigen mich für das Warten.«

Astrid reichte den Gästen gefüllte Bierkrüge.

»Die Kunde von der erfolgreichen Fahrt deines Sohnes Thoralf drang bis zu uns«, setzte Ragnvald nach dem ersten Schluck an. »Björgolf, du bist ein reicher Mann. Lass dich beglückwünschen.«

Björgolf Einbein lächelte geschmeichelt, dann wandte er sich Thoralf zu. »In der Tat hat uns unser Sohn sehr viel Ehre bereitet. Mit drei Schiffen, prall gefüllt mit Schätzen, kehrte er von seiner Fahrt zurück.«

»Wir sind gekommen, um sie zu bewundern«, erwiderte Ragnvald mit dünnem Lächeln.

»Gewiss, gewiss! Es ist in der Halle aufgebaut. Tritt ein und erfreue dich an dem Anblick: Gold, Perlen, Pelze, Gewürze, Waffen, Stoffe, Bernstein, Wein, Werkzeuge, Metalle, edle Steine, Walrosszähne, Figuren fremder Götter, Walspeck, seltene Hölzer, Weizen, Sklaven.«

Ragnvald schwieg beeindruckt.

Nun wurden die Gäste in die Halle geführt und nahmen an der Tafel Platz, Ragnvald und sein Sohn am Kopfende, Björgolf und Astrid neben ihnen. Zu beiden Seiten schlossen sich Thoralf und Yngvar sowie Hoskuld und Thoralfs Braut an. Es war insofern außergewöhnlich, als die anderen Frauen, auch Thoralfs Schwestern, mit einem Platz weiter unten an der Tafel vorlieb nehmen mussten.

Musikanten nahmen auf den hinteren Bänken Platz und begleiteten auf ihren Instrumenten eine Vorführung der besonderen Art. Thoralf ließ nun in einer Prozession alle seine geraubten und eingetauschten Schätze vorführen. Jedes Stück wurde mit Beifall und bewundernden Rufen bedacht. Es war eine lange Vorführung von Waffen und Schmuck, Stoffen und Pelzen, Hausratsgegenständen wie auch seltsamen Dingen, deren Verwendung Viviane völlig unbekannt war. Bier und Wein, Fleisch und Fisch, Getreide und Gewürze, Lederzeug, kleine Figuren aus Gold, aber auch christliche Kreuze aus Gold und Silber, mit Edelsteinen besetzt, Abendmahlskelche, ein Taufbecken aus Marmor, Altarteile, alles wurde auf einen großen Haufen neben den Durchgang gepackt. Der Berg wurde höher und höher.

Hoskuld verließ seinen Platz, befühlte die Stoffe, Pelze und goldenen Figuren. Während er die Lippen zusammenpresste, glänzte in seinen Augen die Gier. Er hatte dunkle, etwas eng stehende Augen. Eine braune Locke fiel ihm in die Stirn.

Björgolf ließ seinen Gästen Zeit, alles gebührend zu bewundern. »Fürwahr, eine erfolgreiche Víking«, bemerkte Hoskuld. »Gebt gut acht auf Eure Schätze, dass sie Euch kein Troll verzaubert.«

Björgolf lachte dröhnend. »Wir werden Odin opfern und um seinen Schutz bitten. Außerdem werden wir einen Opfergang zum Moor unternehmen. Dort werden wir einen goldenen Hammer opfern, mit dem Thor uns beschützen wird.«

Astrid trat vor und legte ihren Arm um Gunnardviga. »Den größten Schatz aber hat er uns mit seiner Braut gebracht«, sagte sie stolz. »Schon bald werden wir ein prächtiges Hochzeitsfest feiern.«

Das war das Stichwort für Thoralf. Feierlich erhob er sich und trat zu Gunnardviga. Einen wundervollen Indigostoff, einen in Silber gefassten Bronzespiegel, einen bronzenen Armreifen und einen Silberpokal überreichte er seiner Braut als Geschenk. Plötzlich erinnerte er sich an Viviane und blickte sich suchend um. »Wo ist die kleine Füchsin?«

Viviane duckte sich in die hinterste Ecke. Warum hatte sie

nicht die Gelegenheit genutzt zu flüchten? Warum musste sie so neugierig sein und diese schandbare Siegesfeier beobachten? Hatte sie wirklich geglaubt, Thoralf hätte sie einfach vergessen?

»Was für eine Füchsin? Eine lebendige Füchsin?« In Gunnardvigas Gesicht wechselten Neugier und Ablehnung. »Ein Fell reicht nicht für einen Umhang.«

»Sucht sie, sucht diese kleine Füchsin. Ich hoffe nur, sie ist mir nicht wieder entwischt.«

Keiner wusste, wonach er eigentlich suchen sollte, und doch wurde das Unterste zuoberst gekehrt. Viviane nutzte die allgemeine Verwirrung, um sich aus der Halle zu stehlen. Draußen prallte sie gegen eine Magd, die eine Platte mit gesalzenem Fleisch trug. Die Platte fiel herunter, und die Magd fluchte fürchterlich. Jemand packte die erschrockene Viviane.

»Hab ich dich! Wolltest du mir schon wieder entwischen?« Thoralfs Gesicht verdüsterte sich. Viviane wagte nicht, sich zu widersetzen.

Triumphierend schob Thoralf Viviane vor sich her in die Halle. »Passend zu Skollhaugen, eine kleine Füchsin, die dich bedienen kann.«

»Das soll eine Füchsin sein?« Die Enttäuschung war Gunnardviga anzusehen. »Was soll ich mit so einer schmutzigen Sklavin anfangen? Auf keinen Fall wird sie mich bedienen.«

Thoralf schien verstimmt. »Warum denn nicht? Sie hat mich einen ganzen Beutel Geld gekostet!«

Das war gelogen. Thoralf hatte gefeilscht, um Viviane zurückzukaufen. Einen ganzen Beutel Münzen hatte er für alle Gefangenen erhalten, die er beim Sklavenhändler abgeliefert hatte. Für Viviane hatte er gerade einmal einen Silberling gezahlt.

»Schau, was sie für grüne Augen hat. Grün wie Jade, das ist ganz selten.«

»Kann ich sie ausstechen und mir einsetzen?«

Seufzend stieß Thoralf Viviane zur Seite und nahm wieder an der Tafel Platz. »Wusste ich's doch, die bringt mir nur Ärger. Warum habe ich sie nicht in Ribe gelassen?«

»Vielleicht kannst du ihr bei passender Gelegenheit das Fell über die Ohren ziehen. Darf ich mir dafür ein anderes Geschenk aussuchen?«

»Du bist mir nicht böse?« Thoralf war erleichtert. »Dann such dir etwas anderes aus.«

Zielsicher griff Gunnardviga nach dem weißen Pelz eines Polarwolfs.

»Du hast wirklich einen erlesenen Geschmack.«

Auch Gunnardviga war augenblicklich besänftigt. Zärtlich strich sie über das Fell. »Ich danke dem edlen Thoralf für seine großzügigen Geschenke. Ich nehme sie als Heiratsversprechen an.«

Erleichtert stieß Thoralf die Luft aus. »Opfern wir Thor und Freyr, danach können wir feiern und die Beute verteilen.«

Björgolf erhob sich feierlich. Zwei Männer trugen eine Schale herein, gefüllt mit dem Blut der Opfertiere. Es waren ausnahmslos männliche Tiere, Ziegenböcke, Eber, Hähne, die ihr Leben lassen mussten.

Björgolf tauchte einen Zweig hinein und versprengte das Opferblut über die Menschen, die Tafel, die Halle. Danach schritt er zum Feuer und goss das restliche Blut hinein. Es zischte, qualmte und stank. Viviane hustete und würgte. Allein diese heidnischen Riten verursachten ihr Übelkeit. Sie drängte zur Tür.

Thoralf nahm ein goldenes Kreuz zur Hand, ein Raub aus einer christlichen Kirche. »Dieses Kreuz soll der Schmied zu einem Hammer formen, den wir Thor opfern werden, damit er Seuchen und Hungersnöte von uns fernhält. So werden wir nicht nur in Reichtum und Wohlstand, sondern auch in Gesundheit und Unversehrtheit leben.«

Er erntete jubelnde Zustimmung.

»O Herr im Himmel, wie kannst du zulassen, dass dir geweihte Schätze von den Heiden entehrt werden?« Viviane sank im Hof auf die Knie und faltete die Hände. Gott hatte sie verlassen in diesem wilden, zerklüfteten Land mit seinen ebenso wilden und heidnischen Bewohnern. Sie erwartete nur noch Dunkelheit, Leid und Schmerz. Verzweifelt schloss sie die Augen. Ihre Lippen murmelten stumme Gebete, auch wenn sie ahnte, dass Gott sie nicht mehr erhörte.

»Was machst'n du da?«

Die kindliche Stimme riss sie aus ihrer Versunkenheit. »Raudaborsti! Wo kommst du her?«

Die Kleine zeigte auf eine Hütte am Rand des Hofes. »Da wohnen wir. Du auch.«

»Ich auch?«

Raudaborsti nickte. »Komm mit, ich zeige es dir.«

Sie führte Viviane zur Hütte. Ein Vorhang aus grobem Stoff verdeckte den Eingang.

Erstaunt blieb Viviane stehen. Das Innere war ähnlich ausgestattet wie ihre Hütte daheim auf der Insel. Zu beiden Seiten befanden sich Strohschütten mit Fellen darauf zum Schlafen, in der Mitte die Arbeitsbereiche mit einem kleinen Webstuhl, jede Menge Spindeln, Körbe voll Wolle, Schüsseln mit Pflanzen, Nussschalen und Beeren zum Färben der Wolle, ein Eimer mit Trinkwasser. An der Wand hingen hölzerne Schüsseln, Trinkgefäße und Löffel. In der Mitte befand sich ein Steinkreis, in dem ein Feuer entfacht werden konnte. Jetzt lag nur kalte Asche darin. Alle Sklaven, Mägde, Knechte und sonstigen Bewohner von Skollhaugen waren im Haupthaus bei der

Opferung. Im Nachbargebäude wohnten die männlichen Bediensteten des Hofes, was man an den Weiden zum Korbflechten, dem Holz zum Schnitzen und dem Leder zur Weiterverarbeitung erkennen konnte. Doch auch hier war niemand. Viviane blickte sich weiter um. Etwas abseits gab es ein weiteres Gebäude, das nur halb überdacht war. »Eine Schmiede!«

»Was dachtest du denn? Wir haben hier auf Skollhaugen alles, was wir brauchen. Rundum gibt es viele Felder, auf denen Getreide und Gemüse wachsen. Die Bauern wohnen auch dort.«

Sie strahlte über das ganze schmutzige Gesicht. »Ich bin froh, dass ich hier drinnen wohne. Es kommen keine Räuber und auch keine Bären und Wölfe herein. Und wenn wir nicht vergessen, Walfischtran in die kleine Lampe über der Tür zu gießen, kommen nachts auch keine Trolle und Alben.«

»Bären? Trolle? Lieber Himmel, das ist ja entsetzlich!«

»Alles halb so schlimm!« Raudaborsti winkte ab. »Gegen alles gibt es einen Bannzauber. Ich kenne viele.«

»Das beruhigt mich ja«, flüsterte Viviane ohne rechte Überzeugung.

»Du hast bestimmt Hunger. Ich bringe dir eine Schüssel Grütze.«

Raudaborsti huschte davon wie ein Mäuschen. Unschlüssig stand Viviane in der Hütte. Dann nahm sie eine Kelle und schöpfte Wasser aus dem Eimer. Das kühle Nass tat ihr gut. Hier sollte sie also ihr weiteres Leben verbringen.

Sie wusste nicht, wie sie die seltsame Wendung bewerten sollte. Gunnardviga wollte sie nicht haben. Sollte Viviane nun froh darüber sein?

Gunnardviga war eine schöne Frau, doch sie war sicher sehr eigensüchtig und hartherzig. Es war nur so ein Gefühl, doch Viviane war sich sicher, bei Gunnardviga hätte sie kein gutes

Leben gehabt. Aber was war ein gutes Leben? Würde sie das bei Thoralf führen?

Sie erinnerte sich an Thoralfs eigenartige Verwandlung, als er, frisch gebadet und in prächtige Kleider gehüllt, über den Hof ging. Wie stolz er war, wie eitel und prunksüchtig. Und wie herablassend er Viviane behandelt hatte. Sie war nur eine Gefangene. So schnell wurde aus einem freien Menschen ein Sklave. Es war die Entscheidung eines Augenblicks, wer Sieger und wer Besiegter war.

Raudaborsti kam mit einer Schüssel Grütze zurück. In der Mitte schwamm ein Stück fettiges Fleisch. Dankbar nahm Viviane das Essen entgegen. Erst jetzt bemerkte sie, dass ihr Magen knurrte.

Raudaborsti hockte sich daneben und beobachtete, wie Viviane aß. Unter dem Schmutz ihres Gesichts waren Sommersprossen zu erkennen. Ihre blauen Augen leuchteten, und ein zufriedenes Lächeln stand auf ihren Lippen. Dann griff sie unter ihren Kittel und zog ein Stück Brot hervor. Es war ganz frisch gebacken und duftete köstlich. Sie reichte es Viviane.

»Willst du gar nichts essen?«, wollte Viviane wissen.

»Doch, ich habe mir schon etwas geholt. Immer hinter dem Rücken der Großmagd. Sie verteilt das Essen an alle, auch an die Knechte. Aber heute hat sie mit dem Zubereiten und Bedienen für die Feier zu tun. Da passt sie nicht so auf mich auf.« Raudaborstis Grinsen wurde breiter. »Außerdem bin ich flink.«

»Das habe ich schon festgestellt. Was tust du hier?«

Raudaborsti hob die Schultern. »Alles Mögliche. Manchmal schicken sie mich auf die Bäume, um Zapfen oder Obst zu pflücken.«

»Hier wachsen Obstbäume?«, staunte Viviane.

»Nicht sehr viele. Gunnardviga hat mehrere Apfelbäume pflanzen lassen. Die haben die Männer von einer Fahrt mitgebracht. Meist sammeln wir Pilze und Beeren, davon gibt es genug im Wald.«

»Ich war noch nie in einem richtigen Wald.«

Verständnislos starrte Raudaborsti Viviane an. »Du warst noch nie im Wald? Wie kann das sein?«

»Weil es bei uns auf der Insel keinen Wald gab. Im Inneren wuchsen kleine verkrüppelte Eichen, in den Senken wucherte Farn. Dort gab es viele Wildschweine, und der Fürst, dem die Insel gehörte, kam manchmal zum Jagen. Es war eine Mutprobe für unsere Männer, heimlich ein Wildschwein zu erlegen. Es war verboten, und wer erwischt wurde, dem drohte der Tod.«

Raudaborsti nickte ernsthaft. »Das ist hier auch so. Nur die freien Männer dürfen jagen. Sogar Björgolf Einbein geht noch auf die Jagd. Aber man erzählt sich, dass seine Männer das Wildschwein schon halb totstechen und es so vor Björgolfs Speer treiben.« Raudaborsti kicherte. »Dann loben sie ihn, was für ein mutiger Jäger er ist.«

»Wie hat er sein Bein verloren?«

»Auf einer Fahrt. Er ist sehr stolz darauf, dass es im Kampf geschehen ist.«

»Und nun fährt sein Sohn auf Víking.«

»Sehr zum Leidwesen von Yngvar, seinem Bruder. Er ist jünger als Thoralf, und Björgolf hat bestimmt, dass Yngvar daheim bleiben muss, um den Hof zu bewirtschaften. Aber immer, wenn Thoralf heimkommt, wird er gefeiert als großer Held. Seine Schiffe sind immer voll mit Beute. Yngvar verrichtet auch seine Arbeit, aber niemand lobt ihn.«

»Ist er deshalb neidisch auf Thoralf?«

Raudaborsti schüttelte den Kopf. »Zumindest zeigt er es nicht. Dabei ist er viel freundlicher zu uns als Thoralf. Für den sind wir nur schmutzige Wichte.«

»So siehst du allerdings auch aus.«

»Manchmal ist es gar nicht so schlecht, wenn man nicht beachtet wird. Das wirst du schon noch merken.«

Viviane hatte alles aufgegessen und wischte mit dem restlichen Brot die Schüssel aus. Sie war satt und wurde plötzlich müde. Sie gähnte herzhaft.

Raudaborsti deutete auf eine Strohschütte in der Ecke. »Da liegt eine Decke. Leg dich schlafen. Ich glaube, heute vermisst dich niemand.«

Vorsichtig streckte Viviane sich aus, dann zog sie die löcherige Decke bis über die Ohren. Von fern hörte sie die lauten Stimmen, Lachen und den Gesang der Männer, dazwischen das Kreischen der Frauen. Es ging hoch her bei der Feier. Ein neues Fass mit Bier wurde gerade geöffnet. Doch von alldem bekam Viviane nichts mehr mit. Der Schlaf überfiel sie augenblicklich mit der Schwere eines Felsblocks.

Die Braut

Das Fest dauerte eine ganze Woche. Es wurde nicht nur gegessen und getrunken, gesungen und erzählt. Skalden, die von Björgolf eingeladen worden waren, unterhielten die Gäste mit Musik auf Flöten und Leiern, trugen lange Gedichte vor, die von Göttern und Helden handelten, priesen ihre Gastgeber und wussten auch viele Neuigkeiten von anderen Fürstenhöfen zu berichten. Die Zeit zwischen den Mahlzeiten vertrieben sich die meisten mit Spielen. Auf verzierten Brettern wurden kleine, aus Walrosszahn geschnitzte Figürchen hin und her geschoben. Andere würfelten, gewannen oder verloren. Auch im Freien gab es Spiele und Belustigungen. Mit Pfeil und Bogen wurde auf geflochtene Strohscheiben geschossen, die Männer übten sich in Scheinkämpfen mit stumpfen Waffen, im Speerwerfen auf ein bestimmtes Ziel, das aus ineinanderliegenden Ringen aus geflochtenem Stroh bestand. Sogar die Kinder hatten ihren Spaß beim Bogenschießen, Ballspielen und bei Wettfahrten mit kleinen, aus Holz geschnitzten Schiffen.

Ragnvald stand neben Björgolf auf der Wiese vor dem Gehöft, und beide verfolgten den Wettkampf ihrer Söhne. Thoralf trat gegen Hoskuld an, Yngvar gegen Sven, den hochgewachsenen Freund und ständigen Begleiter Hoskulds. Angefeuert von den Zuschauern kämpften sie verbissen, zunächst im Ringstechen, im Zielschießen mit Pfeil und Bogen, im Geschicklichkeitsreiten und zum Schluss im Ringkampf. Hinter den beiden Wikingerfürsten drängten sich die Frauen. Auch

Gunnardviga gehörte zu den Zuschauern. Immer wieder warf Thoralf ihr einen Blick zu. Während die anderen die Kämpfer lautstark anfeuerten, blieb Gunnardviga still. Mit ausdruckslosem Gesicht verfolgte sie die Kämpfe, als wären sie nicht nur ein Spiel.

Thoralf gewann gegen Hoskuld, und Sven gewann gegen Yngvar. Die Sieger bekamen von Gunnardviga jeweils einen Krug mit Met überreicht, den Verlierern wurde ein Eimer eiskaltes Wasser über den Kopf geschüttet.

Das Wetter war angenehm, der Fjord lag ruhig da. Ein Stück weiter bewiesen einige Männer ihren Mut, indem sie von einem Felsvorsprung ins Wasser sprangen.

Viviane bewohnte mit sechs anderen Mägden das kleine Häuschen hinter der großen Wohnhalle. Eine richtige Aufgabe hatte sie nicht bekommen, wurde zu allen möglichen Handreichungen herangezogen. Sie molk die Kühe und Ziegen, schleppte Holz für den Herd heran, putzte die Pfannen sauber und holte Wasser vom Brunnen. Sie war es gewohnt, Hausarbeit zu verrichten, wurde aber von der Großmagd Truud ziemlich unsanft behandelt. Immerhin bekam sie ausreichend zu essen und ein neues Kleid aus Leinen. Es war schlicht und etwas zu groß. Sie gürtete es mit einem dünnen Lederband in der Taille und schlug Ärmel und Saum mit feinen Stichen ein. Eigentlich ging es ihr gut. Manchmal schaute sie mit den anderen Mägden den Wettkämpfen der Männer zu. Neben Bogenschießen auf Strohscheiben maßen sie auch ihre Kräfte beim Rövrok. Dabei legten sich zwei Männer in entgegengesetzter Richtung mit dem Rücken auf den Boden, jeder seinen Kopf in Hüfthöhe des anderen. Sie hakten sich mit den Armen ein. Auf ein Kommando versuchten sie, den anderen mit einem Bein zu umschlingen und herumzurollen. Wer dies schaffte, war Sieger.

Auch die Frauen spielten miteinander, Brettspiele, Fangen und sogar mit einem strohgefüllten Lederball. Und immer wieder wurde die Beute bewundert. Am fünften Tag der Feier wurde sie aufgeteilt.

Sofort kam es zum Streit. Einige Männer fühlten sich übervorteilt, prügelten sich untereinander. Doch niemand lehnte sich gegen Thoralf auf. Er lachte nur über die sich streitenden Männer. Mochten sie es unter sich ausmachen, es ging ihn nichts mehr an. Er verbrachte seine Zeit damit, an Gunnardvigas Seite spazieren zu gehen, sie auf die Vorzüge des fürstlichen Anwesens hinzuweisen. Gunnardviga trug den Pelz, den Thoralf ihr als Brautgeschenk mitgebracht hatte, besser gesagt, den sie sich ausgesucht hatte, weil sie die Sklavin Viviane nicht haben wollte. Sie war so schön wie stolz, und sie ließ es Thoralf spüren. Nur selten lächelte sie und zeigte zwei Reihen perlengleicher Zähne. Dann schien Thoralf wie vom Blitz getroffen, ließ sie keinen Moment mehr aus den Augen und stolzierte wie ein Hahn um sie herum. Er versuchte sie mit Wortwitz, Gedichten, Komplimenten aufzuheitern und zu beeindrucken. Sobald Thoralfs Bemühungen nachließen, gab sie sich weniger stolz und unnahbar, warf ihm verheißungsvolle Blicke zu und wickelte die Enden ihrer braunen Zöpfe um die Zeigefinger.

Die Nächte verbrachten die Gäste in der großen Halle. Allerdings schliefen die Frauen auf der einen, die Männer auf der anderen Seite der langen Bänke. Der Duft der Kräuter war längst verflogen, es roch nach Rauch und saurem Bier. Auch wenn die Mägde täglich die Halle aufräumten und säuberten, kurze Zeit später wurden Speisen aufgetafelt, flogen Knochen auf die Erde und wurde Bier verschüttet. Gefleckte Hunde mit geringelten Schwänzen stritten sich knurrend um die Abfälle. Und was die Hunde sich nicht schnappten, flog unweigerlich in die Abfallgrube gleich neben dem Eingang.

Dalla und Halveig, Thoralfs Schwestern, betraten den Hof und blickten sich suchend um. »Gunnardviga, spielst du mit uns Ball?«

Thoralfs Braut stand am offenen Tor und blickte auf den Fjord hinaus, wo sich die drei Drachenboote im stillen Wasser spiegelten. Sie schüttelte den Kopf. »Es ist ein albernes Spiel, bei dem ich meine Kleider beschmutzen könnte.«

»Du darfst den Ball nicht fallen lassen, dann passiert auch nichts.« Dalla schien enttäuscht. Unschlüssig hielt sie den Ball in der Hand. Dann fiel ihr Blick auf Viviane, die am Brunnen stand.

»Hast du nichts zu tun?«, wollte Dalla wissen.

Viviane presste die Lippen zusammen, doch dann hob sie den Kopf. »Ich habe Wasser zur Kochstelle gebracht. Ich soll hier warten, bis die Großmagd eine andere Arbeit für mich hat.«

Dalla blickte Halveig fragend an, doch diese hob die Schultern.

»Los, komm her«, forderte Dalla Viviane auf. »Kannst du Ball spielen?«

»Das Spiel kenne ich nicht«, erwiderte Viviane wahrheitsgemäß.

»Dann zeigen wir es dir.« Sie gingen hinaus auf die Wiese vor dem Tor des Hofes. Hier zeigten die Männer ihre Geschicklichkeit beim Bogenschießen und Speerwerfen. Dazwischen schleppten Knechte weitere Strohscheiben heran. Auch der Großknecht durfte seine Geschicklichkeit beweisen.

»Du darfst den Ball nicht fallen lassen«, mahnte Dalla. »Wer ihn fallen lässt, muss ein Pfand bezahlen.«

»Ich besitze aber nichts.«

»Du bist ja auch eine Sklavin. Du brauchst nichts zu bezahlen.«

»Das ist aber nicht gerecht«, warf Halveig ein. »Wozu spielt sie dann mit?«

»Weil es zu zweit keinen Spaß macht. Also, pass auf!« Sie warfen sich den Ball zu, nicht der Reihe nach, sondern willkürlich, täuschten einen Wurf an, lachten. Viviane musste sich konzentrieren, doch es gelang ihr, jeden Ball zu fangen, ob er flach oder hoch geworfen wurde, scharf oder sacht. Das Spiel machte ihr Spaß, ihre Wangen röteten sich, sie lachte und hüpfte, rannte und warf sich sogar einmal auf den Boden. »Gefangen«, jubelte sie.

»Wie heißt du?«, wollte Halveig wissen.

»Viviane.«

»Und woher kommst du?«

Viviane deutete vage mit dem Kopf zum Meer.

Dalla lachte auf. »Alles kommt übers Meer. Alles, was uns reich macht.«

Plötzlich stand Yngvar hinter ihr. »Du vergisst, dass uns die Erde ernährt, mit Getreide, Wurzeln, Kohl, dem Wild in den Wäldern und den Fischen im Fluss.«

Dalla rollte mit den Augen und seufzte laut. »Yngvar, das wissen wir doch. Aber davon ernährt sich auch jeder Bauer. Der Weizen kommt übers Meer, und der ist etwas Besonderes. Und die herrlichen Pelze, die Bernsteinketten und die Gewürze. Deshalb bekommst du ja auch keine Braut wie Gunnardviga. Du bekommst überhaupt keine Braut. Wen willst du mit Haferstroh und Kohlköpfen beeindrucken?«

Die Schwestern lachten und warfen ihm übermütig den Ball an den Kopf. »Blöde Ziegen!« Yngvar wandte sich verärgert ab.

Betroffen blickte Viviane Thoralfs Bruder hinterher. Sie fand, dass er recht hatte. Aber alle bewunderten nur Thoralf und die Beute seiner Raubzüge.

»Was glotzt du so?« Dalla warf Viviane den Ball zu. Sie hatte nicht aufgepasst und ließ ihn fallen.

»Jetzt musst du ein Pfand bezahlen«, forderte Dalla sie auf.

»Aber ich besitze doch nichts.« Ratlos blickte Viviane auf den Ball vor ihren Füßen.

»Doch, das Kleid. Zieh es aus!«

»Das gehört ihr doch auch nicht«, wandte Halveig ein. »Mutter hat bestimmt, dass sie neu eingekleidet wird. Sie kam ja in entsetzlichen Lumpen hierher.«

»Dann gehört das Kleid auch mir, und sie muss es mir geben.«

»Dann wäre es aber kein Pfand. Sklaven besitzen nun einmal nichts.«

»Warum geben wir uns dann mit ihr ab?«

»Weil du Ball spielen wolltest.«

»Ja, mit Gunnardviga. Die wollte nicht.«

»Wer hat denn dieses Mädchen gerufen?«

»Willst du behaupten, ich sei dran schuld?«

»Du bist eine Spielverderberin.«

»Nein, du!« Im nächsten Augenblick schlugen die Schwestern aufeinander ein, zogen sich an den Haaren, kratzten und spuckten, traten mit den Füßen und wälzten sich am Boden. Dallas Kleid zerriss, und Halveigs Zöpfe lösten sich. Die Männer kamen herbeigelaufen, aber anstatt die beiden zu trennen, feuerten sie sie an. Unverdrossen prügelten sich die beiden weiter.

Viviane nutzte die Gelegenheit, um unbemerkt zu verschwinden. Sie eilte zurück zum Hof. Die Mägde gingen ihrer Arbeit nach, als wäre nichts geschehen. Wahrscheinlich war es alltäglich, dass sich die Schwestern in den Haaren lagen.

»Wo steckst du denn?« Truud, die Großmagd, stemmte die Fäuste in die Hüften. »Hol gefälligst die Felle, die an den Palisaden zum Trocknen hängen. Sie müssen bearbeitet werden.«

Eigentlich war diese Arbeit eine Sache der Knechte, doch die vergnügten sich draußen vor dem Tor mit den Gästen. Viviane wagte nicht zu widersprechen. So beeilte sie sich, aus der Reichweite von Truuds kräftiger Hand zu gelangen.

In der Nähe der Palisaden standen mehrere kleinere Gebäude, die als Lager dienten. Dort waren Waffen und Rüstungen, Schilde und Kleidung untergebracht. Davor befanden sich die Gestelle zum Trocknen der Felle. In den letzten Tagen waren viele Hammel und Ziegen, Schweine und viel Federvieh geschlachtet worden. Die Federn lagerten in Körben, die Felle schaukelten auf den Gestellen. Dicke schwarze Fliegen summten überall.

Ein Mann versuchte, die verriegelte Tür des Waffenlagers zu öffnen. Als er Viviane bemerkte, fuhr er herum.

»Was schleichst du dich so an?«, blaffte er.

Viviane starrte den Mann an, der aus Gunnardvigas Gefolge stammte. Er war klein, seltsam missgestaltet, mit langen dünnen Beinen, einem zu kurzen Oberkörper und verkrümmtem Rücken. Er hatte schwarzes Haar und trug einen sorgsam geschnittenen Bart. Seine helle Haut ließ ihn kränklich erscheinen, doch sein stechender Blick bewies das Gegenteil. Erschrocken blieb Viviane stehen.

»Ich … ich hole nur die Felle«, stammelte sie.

»Dann spute dich! Ich will nicht, dass du mir nachschleichst.«

»Das tue ich nicht«, versicherte sie und zog schnell die beiden Ziegenfelle vom Gestell. Sie rollte sie zusammen, klemmte sie unter den Arm und lief davon.

Truud legte die Felle vor den Eingang. Zwei andere Mägde knieten bereits am Boden, dann begannen sie, die Innenseiten mit Schabern vorsichtig zu säubern.

»Du nicht«, bestimmte Truud und verscheuchte Viviane

mit einer Handbewegung. »Wenn du Löcher ins Leder schneidest, werde ich bestraft. Schaff die Abfälle in die Grube.«

Neben der Grube hockte Raudaborsti und zog einen Knochen heraus.

»Hast du nichts zu essen bekommen?«, wollte Viviane wissen.

Raudaborsti grinste verschmitzt. »Essen hole ich mir nicht aus dem Abfall. Aus diesen Knochen kann man wunderbare Flöten schnitzen. Willst du auch einen haben?«

Viviane schüttelte den Kopf. »Ich kann keine Flöten schnitzen. Ich kann auch nicht Ball spielen. Ich kann überhaupt nichts, was man hier so treibt.«

»Auch nicht Bogenschießen?«

»Nein. Wozu braucht man das als Frau?«

Raudaborsti zuckte mit den Schultern. »Dalla und Halveig gehen manchmal auf die Jagd. Sie schießen Vögel mit Pfeil und Bogen.«

»Es sind adlige Frauen. Die dürfen so etwas. Ich habe etwas anderes gelernt.«

Neugierig rutschte Raudaborsti näher. »Was denn?«

Viviane warf einen sehnsüchtigen Blick zur Schmiede, einer offenen Hütte mit einer steinernen Feuerstelle. »Mein Vater war Schmied.«

»Ja, und?«

»Ich weiß, wie man ein Schwert schmiedet.«

Raudaborsti lachte und fiel dabei auf ihr Hinterteil. Mit ihren schmutzigen Füßen strampelte sie in der Luft. »Nun sag bloß, du kannst mit dem Schwert kämpfen.«

Viviane nickte stumm. Raudaborsti wurde sofort ernst. »Das darfst du niemandem verraten«, flüsterte sie. »Sonst könnte es dir schlecht ergehen.«

»Wieso?«

»Weil du dich vielleicht gegen deinen Herrn erheben könntest. Eine Sklavin ist eine Sklavin und darf nur niedere Arbeiten verrichten.«

»Mache ich doch. Truud lässt mich nur die schmutzigsten Arbeiten machen. Wie du siehst, habe ich die Felle …« Viviane stockte und starrte über den Hof.

»Was ist denn?« Raudaborsti folgte Vivianes Blick.

»Dieser Mann da«, flüsterte Viviane. »Der hat mir vorhin einen Schrecken eingejagt. Ich finde ihn unheimlich.«

»Er sieht aus wie ein Troll, nicht wahr?« Raudaborsti grinste über das ganze schmutzige Gesicht.

»Ist er einer?«

»Nein, er heißt Asgeir und ist Gunnardvigas Bruder.«

»Ihr Bruder?« Vivianes Mund blieb offen stehen. »Gunnardviga ist so schön, und er …«

»So hässlich, wie er aussieht, so hässlich ist auch sein Verhalten. Keiner mag ihn. Aber da er Gunnardvigas Bruder ist, wird er hier mit aller Hochachtung behandelt. Wieso hat er dich erschreckt?«

»Weil er mich so seltsam angeschaut hat. Ich habe ihn wohl überrascht, als er das Lagerhaus öffnen wollte.«

»Welches Lagerhaus?«

»Wo die Waffen und Schilde und die Rüstungen drinliegen.«

Raudaborsti starrte Viviane an. »Das hat er getan?«

»Ich glaube, er wollte es tun, und ich habe ihn dabei gestört.«

»Er hat dort nichts zu suchen. Damit verletzt er das Gastrecht.«

»Was wollte er sonst dort?«

»Vielleicht wollte er wissen, wie viele Waffen hier lagern.«

»Sollten wir nicht Björgolf Einbein davon unterrichten?«

Raudaborsti schüttelte heftig den Kopf. »Besser nicht. Du hast es gesehen. Wenn er es abstreitet, steht dein Wort gegen seins. Was denkst du, wem man eher glauben wird?«

Viviane nagte nachdenklich an der Unterlippe. »Warum schnüffelt er dort herum? Sind die Familien nicht miteinander befreundet?«

»Thoralf und Gunnardviga kennen sich schon seit ihrer Kinderzeit, und seitdem sind sie einander versprochen. Außerdem verletzt es den Ehrenkodex eines Wikingers, eine befreundete Sippe zu überfallen. Vielleicht drückte ihn nur ein natürliches Bedürfnis.«

»Ja, vielleicht.« Viviane hielt es für klüger, es dabei bewenden zu lassen.

Es war spätabends, als Viviane todmüde auf ihr Lager fiel. Raudaborsti kroch unter Vivianes Decke. »So viel gegessen wie heute habe ich lange nicht«, flüsterte sie. »Fühl mal meinen dicken Bauch.«

»Hm.« Viviane zog sich die Decke über die Schultern. Der warme Körper der Kleinen neben ihr wirkte beruhigend. Schon bald verrieten die gleichmäßigen Atemzüge der Mägde, dass sie eingeschlafen waren. Doch in Vivianes Kopf schwirrten die vielen fremden Eindrücke wie Bienen herum.

»Schläfst du schon?«, fragte Viviane leise.

»Ja«, gab Raudaborsti schlaftrunken zurück.

»Ich glaube, dieser Hoskuld gönnt Thoralf seine Braut nicht.«

Raudaborstis Kopf fuhr herum. Augenblicklich war sie wieder putzmunter. »Wie kommst du darauf?«

»Pssst! Ich habe beobachtet, wie er Gunnardviga anstarrte.«

»Sie ist sehr schön. Viele Männer starren sie an. Thoralf fühlt sich sicher geschmeichelt, wenn seine Braut bewundert wird. Was stört dich daran?«

»Ich weiß nicht. Es war dieser Blick. Später hat er mit einem jungen Mann vor dem Haus gestanden, und sie haben immer wieder miteinander gesprochen, leise und eindringlich, als wenn Hoskuld ihn zu etwas drängen wollte.«

Raudaborsti schwieg einen Augenblick. »Das bildest du dir nur ein«, sagte sie dann. »Der andere Mann war Sven, sein ständiger Begleiter und Kampfgefährte. Man sagt, sie sind von der gleichen Amme genährt worden. Hoskulds Mutter starb bei seiner Geburt.« Sie gähnte herzhaft. »Dir ist vieles fremd bei uns, deshalb vermutest du hinter allem etwas Böses. Ragnvald und Björgolf sind miteinander befreundet und sie laden sich gegenseitig zur Jagd ein.« Raudaborstis Gähnen steckte an. Vivianes Lider wurden schwer. Kurz darauf war auch sie eingeschlafen.

Ein seltsamer Traum nahm sie gefangen. Sie befand sich in der dämmrigen Tiefe eines dichten Waldes. Viviane fühlte einen beklemmenden Druck auf der Brust. Sie fürchtete sich. Sie kannte keinen Wald. Auf ihrer Insel gab es keinen, nur lichte Eichenhaine. Sie blickte sich um. Von irgendwoher drangen Stimmen an ihr Ohr, leise, kaum verständlich. Angst und Neugier kämpften miteinander. Schließlich überwand sie sich, tastete sich mit ausgestreckten Armen vorwärts. Es wurde etwas heller, sie bemerkte zwischen den Bäumen ein großes Haus, das dem von Björgolf Einbein glich, aber doch anders war. Über dem Eingang hing ein Hirschschädel mit einem mächtigen Geweih, darunter standen drei Männer und diskutierten heftig miteinander. Viviane erkannte sie. Es waren Asgeir, Sven und Hoskuld. Der Disput artete in einen Streit aus. Doch plötzlich war es still. Zu Füßen der Männer lag ein großer Berg von Gold. Die drei begannen zu tanzen, umkreisten den Goldschatz. Dann nahm Hoskuld den goldenen Hammer in die

Hand, schwang ihn über seinem Kopf und lachte diabolisch. Viviane erschrak. Die Angst kehrte zurück. Was hatte der Mann vor?

Eine vierte Gestalt trat hinzu. Es war Gunnardviga. Auch sie tanzte in dem unheimlichen Reigen um das Gold.

Wie aus dem Nichts erschien Thoralf. »Komm zu mir, du bist meine Braut«, rief er. Gunnardviga lachte laut und warf den Kopf in den Nacken.

Viviane bemerkte, dass ihr Kleid golden wurde. Sogar ihre Haut, ihr Haar verfärbten sich golden. Die drei Männer schienen nicht beeindruckt, tanzten immer weiter. Hoskuld zog Gunnardviga an sich. Sie ließ es sich gefallen. Thoralf wollte sie packen, doch plötzlich hob Hoskuld den goldenen Hammer, schwang ihn in der Luft und ließ ihn auf Thoralfs Kopf fallen. Wie vom Blitz getroffen, fiel Thoralf nieder. Blut sickerte aus einer grässlichen Wunde. »Nein!« Verzweifelt schrie Viviane auf. Doch niemand half ihm, und Gunnardviga lachte und lachte.

Erschrocken fuhr Viviane von ihrem Lager auf und blickte sich um. Sie befand sich noch immer in der Hütte. Ihr Herz klopfte bis zum Hals, und kleine Schweißperlen bedeckten ihr Gesicht. Neben ihr schlief Raudaborsti friedlich.

Vorsichtig schob Viviane ihre Decke beiseite, rappelte sich auf und trat vor die Hütte. Die kühle Nachtluft trocknete den Schweiß. Sie atmete tief durch und schalt sich eine Närrin, dass ein Traum sie so ängstigte. Schon wollte sie sich umdrehen, um wieder in die Hütte zu gehen, da sah sie einen dunklen Schatten zwischen den Hütten hindurchhuschen. Es gab Wachen, Fackeln erhellten die Palisaden, und das große Tor war geschlossen. Ein Hund kläffte kurz auf. Viviane rieb sich die Augen. Sie vermutete, dass sie sich geirrt hatte. Doch dann entdeckte sie die Gestalt wieder. Lautlos bewegte sie sich in den hinteren Bereich des Gehöfts, dorthin, wo sich das Lagerhaus für die Waffen befand. Ein Teil der Beute war auch dort untergebracht.

Ohne daran zu denken, wie gefährlich das war, folgte Viviane ebenso lautlos der dunklen Gestalt. Inzwischen kannte sie den Hof Björgolf Einbeins gut genug, um sich im Dunkeln orientieren zu können. Zu oft hatte Truud sie zu den Hütten geschickt, um Lebensmittel, Werkzeuge oder Zubehör zu holen oder wegzubringen. Manchmal hatte Viviane dabei an Flucht gedacht. Irgendetwas hielt sie jedoch zurück.

Ihr stockte der Atem, als die Gestalt stehen blieb. Eine zweite gesellte sich hinzu. Beide unterhielten sich flüsternd. Augenblicklich kam Viviane ihr beängstigender Traum wieder in Erinnerung. Es schien sich alles zu wiederholen. Fehlte nur noch, dass eine dritte …

Den verwachsenen Körper von Asgeir erkannte sie sofort. Gemeinsam machten sie sich am Schloss des Lagers zu schaffen. Also doch! Ganz sicher wollten die drei etwas entwenden. Doch die Männer waren reich. Hatten sie es nötig, Björgolf zu bestehlen? Damit verstießen sie gegen das Gastrecht. Viviane sollte Björgolf und Thoralf wecken und sie auf das seltsame Geschehen aufmerksam machen.

Doch was ging sie das an? Wieso sollte sie Thoralf helfen, der doch so viel Leid über ihr Dorf gebracht, so viele Menschen getötet, so viel geraubt hatte? Hatte Thoralf Mitleid mit ihr gehabt? Sie erinnerte sich, wie Thoralf sie nach dem Überfall aus dem Meer gefischt und auf sein Schiff gezogen hatte. Sie wäre unweigerlich ertrunken.

Lautlos entfernte sie sich, lief zum Haupthaus. Vor der Tür verharrte sie unschlüssig. Was hatte Raudaborsti gesagt? Es würde Aussage gegen Aussage stehen. Wem würde man mehr glauben?

Sie drehte sich um und ging schnurstracks zur Hütte zurück. Dann kroch sie unter die Decke und kuschelte sich an Raudaborsti. Sie verstand nicht, was um sie herum geschah. Und es ängstigte sie.

Thoralf

Bald schon zog der Alltag wieder auf Skollhaugen ein. Die Mägde, Knechte und Sklaven gingen ihrer täglichen Arbeit nach. Die Männer fällten Bäume und besserten die Dächer und den Palisadenzaun aus, die stattliche Kuhherde wurde auf die Wiesen vor dem Tor getrieben, Mägde molken die Ziegen und stellten Käse her, mahlten Korn mit schweren Mahlsteinen zu Mehl und buken Brot. In der Hütte der Frauen hockten sie am Webstuhl oder spannen Wolle. Raudaborsti musste Schafwolle zupfen. Eine Zeitlang half Viviane ihr dabei. Truud teilte ihr nur niedere Arbeiten zu. Viviane war darüber nicht traurig. Außerdem genoss sie Raudaborstis Nähe. Die Kleine wusste lustige Dinge zu erzählen, hatte meist gute Laune und verriet Viviane so manchen Trick, das Leben auf Skollhaugen erträglich zu gestalten.

Die meisten Gäste waren wieder abgereist, auch Thoralfs Männer hatten sich mit ihrem Teil der Beute verzogen. Von Raudaborsti wusste sie, dass die Männer häufig Familien hatten, die auf den vereinzelt liegenden Gehöften lebten. Die warteten oft ein Jahr und länger auf ihre Männer. Die Beute trug zum Wohlstand bei. Von großem Wohlstand konnte man aber bei den meisten dieser seefahrenden Bauern nicht sprechen. Die Frauen hüteten das Haus, versorgten das Vieh und bestellten kleine Felder, die gerade so das Überleben der Familien sicherten. Da war die Beute aus den Fahrten eine willkommene Ergänzung.

Durch die Türöffnung konnte Viviane einen Teil des Hofs

überblicken. Sie sah Thoralf, wie er umherlief, alles inspizierte, kontrollierte, mit den Männern sprach. Viel Wert legte er auf den Zustand der Palisaden. Schutz war wichtig, zumal der Hof nun viele weitere Schätze beherbergte.

Auch Gunnardviga war abgereist. Seltsamerweise stellte sich bei Viviane eine gewisse Erleichterung ein. Sie fand, Thoralf verstellte sich vor Gunnardviga, plusterte sich auf wie ein Birkhahn, wollte ihr imponieren. Und Gunnardviga forderte Thoralfs Balzverhalten heraus. Jetzt gab sich Thoralf anders. Er lachte, scherzte, packte mit an, um die schweren Baumstämme an ihren Platz zu bringen. Er ließ den Männern eine Sonderration Bier ausschenken, saß eine Zeitlang mit seiner Mutter auf einer Bank und unterhielt sich mit ihr, spielte sogar mit seinen beiden Schwestern Ball. Nur mit Yngvar suchte er keinen Kontakt. Die beiden Brüder schienen sich nicht sonderlich gut zu verstehen. Ob er Yngvars Arbeit nicht genügend achtete? Ob Yngvar auf Thoralf neidisch war?

Thoralf besaß zwei Gesichter, das wurde Viviane klar. Doch welches war das echte?

Truud schleppte höchstpersönlich zwei Wassereimer vom Brunnen zur Schwitzhütte. Thoralf wollte baden.

»Wieso badet er in warmem Wasser?«, wollte Viviane wissen.

Raudaborsti verzog das Gesicht. »Damit er schwitzt. In der Hütte gibt es eine Feuerstelle und Steine, die sich erhitzen. Wenn man Wasser draufkippt, gibt es Dampf. Thoralf sitzt dann in einem großen Fass mit heißem Wasser und schwitzt und schwitzt. Hinterher wird er mit Birkenzweigen geschlagen.«

»Gütiger Himmel, was hat er denn verbrochen?«

»Nichts, wir machen das manchmal so. Es soll den Körper kräftigen.«

»Ich stell mir das schrecklich vor.«

»Ist es auch. Beinahe so schrecklich wie das Waschen mit dem kalten Wasser. Ich wasche mich gar nicht gern.«

»So siehst du auch aus«, erwiderte Viviane.

»Truud bestimmt, wann wir uns waschen müssen. Dann hau ich lieber ab. Aber Thoralf bestimmt selbst, wann er badet. Er badet oft.«

Viviane wischte die von der Wolle fettigen Hände an ihrem Kittel ab und verließ die Hütte. Die dicken Wände aus Grassoden und Feldsteinen hielten die kühle Luft ab, die vom Fjord her aufstieg. Es wehte ein rauher Wind. Aus der Schwitzhütte drang Rauch.

Vorsichtig näherte sich Viviane in einer Mischung aus Angst und Neugier. Die Tür war geschlossen, sie vernahm Truuds tiefe Stimme. Nach einem prüfenden Blick, ob sie auch niemand bemerkte, stellte sie sich auf die Zehenspitzen und lugte durch die Ritzen der Flechtwand. Im Inneren war es düster, viel konnte sie nicht erkennen. Doch dann entdeckte sie Thoralfs hellen Körper in einem Bottich, aus dem es dampfte. Schweiß rann ihm von der Stirn herab, sein Haar hing nass auf die Schultern. Truud goss Wasser auf die heißen Steine der Feuerstelle, es zischte und dampfte. Die ganze Hütte war voller Rauch. Thoralf erhob sich aus dem Bottich. Er war splitternackt. Viviane hielt den Atem an. Sie bedauerte, dass sie durch den Dampf nicht mehr sehen konnte, gleich darauf erschrak sie über derart unkeusche Gedanken. Aber hier war alles so anders als das, was sie bisher gekannt, erlebt, erfahren hatte. Und Thoralf – der legte sich auf eine aus dünnen Birkenstämmen grob gezimmerte Bank. Truud nahm ein Bündel Birkenzweige und schlug damit auf Thoralfs Rücken, das Gesäß und die Beine ein. Viviane blieb der Mund offen stehen. Raudaborsti hatte nicht gelogen. Es war unglaublich!

Beinahe hätte Viviane die Tür vor den Kopf bekommen, so vertieft war sie in ihre heimlichen Beobachtungen. Zum Glück bemerkte Truud sie nicht. Sie schnappte sich einen Eimer mit kaltem Wasser aus dem Brunnen und schüttete ihn über Thoralf aus. Der brüllte laut auf, schnaufte, prustete und schüttelte sich. Truud rieb ihn mit einem groben Nesseltuch trocken. Während Truud mit den leeren Eimern verschwand, kleidete Thoralf sich wieder an und verließ die Hütte.

Viviane versteckte sich hinter dem nächsten Vorratshaus und schaute ihm nach, wie er zufrieden, mit rosiger Haut und feuchtem Haar zum Haupthaus ging.

Verwirrt blieb Viviane stehen. In ihrem Bauch kribbelte es wie in einem Ameisenhaufen. Was hatte das zu bedeuten? Fahrig strich sie sich durchs Haar. Sie hatte es nicht geflochten. Wahrscheinlich sah sie aus wie Truuds Besen aus Reisigborsten. Sie nahm sich vor, etwas mehr auf ihr Äußeres zu achten. Sie war sich nicht sicher, ob sie Thoralf gefallen wollte oder besser unsichtbar bleiben sollte. Ob Thoralf sie überhaupt wahrnehmen würde?

Das metallisch klingende Hämmern von der Schmiede riss sie aus ihren abwegigen Gedanken. Sie roch den Rauch vom Schmiedefeuer, sah den rötlichen Schein zwischen den aus Feldsteinen gebauten halbrunden Hütten. Vor der Schmiede hockte ein junger Mann am Boden, zwischen den Knien einen Kessel. Mit geschickten Händen verzierte er dessen Rand mit einem komplizierten Muster. Er hämmerte es mit feinen Schlägen auf einen kleinen Meißel. Der Kessel bestand nicht aus Eisen, sondern aus Kupfer. Eine Weile schaute Viviane ihm fasziniert zu. Der Mann hob den Kopf. Irgendwie erinnerte er Viviane an Käre, doch er war es nicht. Der junge Schmied, der beinahe ein Künstler war, besaß ebenso blondes Haar und blaue Augen wie Käre. Seinen glatten Wangen und dem spärlichen Bartwuchs nach zu urteilen, war er nicht älter als Käre. Viviane bewunderte sein Geschick.

»Was willst du?«, fragte er.

»Dir zuschauen. Du bist sehr geschickt.«

»Ich lerne noch«, erwiderte er und senkte den Kopf. Konzentriert arbeitete er weiter.

Aus der Schmiedehütte trat ein älterer, grobschlächtiger Mann. »Verschwinde hier«, herrschte er Viviane an. »Das ist nichts für Mädchen.«

»Mein Vater war …« Viviane stockte. Raudaborstis Warnung kam ihr in den Sinn. Es war besser, seine Geheimnisse für sich zu behalten.

»Ich … ich bin neu hier«, stammelte sie. »Ich habe mich verlaufen.« Doch sie blieb stehen und blickte auf den Kupferkessel. »Der Kessel ist sehr schön. Doch warum wird er so verziert?«

»So eine dumme Frage«, brummelte der Schmied. »Es wird ein magischer Kessel für die Götter.«

Der junge Mann hörte auf zu hämmern und blickte Viviane prüfend an. »Du kommst nicht von hier, nicht wahr? Du kennst unsere Götter nicht?«

Sie schüttelte stumm den Kopf.

»Dann solltest du den Erzählungen der Skalden lauschen, um von den göttlichen Helden zu erfahren.«

»Ich verstehe ihre Sprache nicht.«

»Dann bist du verloren. Vielleicht fällst du auf Lokis derbe Scherze herein und endest irgendwo in einem Moorloch. Wer nicht den Göttern dient und opfert, wird auch nicht deren Lohn erhalten.«

»Lass sie, Oleif, sie ist doch nur eine Sklavin. Sie steht nicht unter Odins Schutz.« Verächtlich schüttete der Schmied einen Eimer mit schmutzigem Wasser aus. Beinahe hätte er Viviane getroffen.

»Wie heißt du?«, wollte Oleif wissen.

»Viviane.«

Er klopfte neben sich auf den Boden. »Setz dich her, ich erzähle dir von den Göttern.«

»Verschwendete Zeit«, murrte der Schmied und verzog sich wieder in die Hütte.

Oleif lächelte. »Mach dir nichts draus, er ist immer so. Aber er ist nicht böse. Ich habe viel von ihm gelernt.«

»Ist er dein Vater?«

Er schüttelte den Kopf. »Er ist mein Lehrmeister. Ich komme von einem anderen Hof, etwa vier Tagesreisen von hier. Mein Vater hat mich in die Obhut von Björgolf Einbein gegeben. Es ist eine Ehre für meine ganze Familie.«

»Du bist ein freier Mann? Keiner der Knechte?«, staunte Viviane.

»Das bin ich«, erwiderte Oleif stolz. »Wenn dieser Kessel fertig ist, wird Björgolf ihn zu dem Treffen der Sippen mitnehmen. Er wird ihn als Priester dem Gott Odin weihen. Männliche Tiere werden geopfert und ihr Blut in diesem Kessel aufgefangen.«

Viviane verzog angewidert das Gesicht. »Ein blutdürstiger Gott.«

Oleif blickte sie verständnislos an. »Odin ist der Gott des Krieges und der Kampfkraft. Ohne Odins Beistand könnten wir nicht siegen und überleben. Er ist ein weiser Gott. Zwei Raben sitzen auf seinen Schultern und erzählen ihm alles, was auf der Welt geschieht. Für den Trunk aus dem Brunnen der Weisheit opferte er sogar ein Auge. Er hat mehrere Frauen, mit denen er die anderen Götter zeugte: Mit Jörd zeugte er den Donnergott Thor, mit Frigga den Gott Baldur, mit neun Riesenjungfrauen zeugte er Heimdall.«

»Wie kann so etwas sein?« Viviane blickte skeptisch.

»Weil er ein Gott ist. Er wohnt in Asgard und besitzt drei Paläste. Vom ersten vermag er die Welt zu überschauen, im zweiten versammelt sich der Götterrat. Er besitzt ein Ross mit acht Beinen, das Sleipnir heißt. Auf ihm kämpft er gemeinsam mit den sterblichen Helden gegen die finsteren Mächte des Weltuntergangs.«

»Du weißt sehr viel über eure Götter.«

»Ich höre immer den Skalden zu, die Lieder über die Götter und die Helden singen. Es ist wichtig, sich die Götter gefällig zu machen. Du kannst das auch. Nicht mit Blut, Bier geht auch.«

»Ein Bieropfer?«

Oleif nickte. »Vor allem im Herbst, wenn er mit den Toten im Himmel auf wilde Jagd reitet. Dann nimmt er einen Biertrunk gern an. Wir opfern es auf den Feldern, dann ist eine gute Ernte gewiss.«

»Ich bete zu einem anderen Gott. Nein, es ist der einzige Gott, den es gibt.«

»Das kann nicht sein«, widersprach Oleif heftig. »Es gibt mehrere Götter, das weiß ich ganz genau. Odins Sohn ist Thor, der Gott mit dem Hammer. Er ist der Beschützer von Midgard, unserer Welt. Und er macht das Wetter und Gewitter. Mit seinem Hammer kann er Blitze erzeugen. Er fährt in einem Wagen, der von zwei Ziegen gezogen wird, über den Himmel.« Er deutete mit der Hand zum Tor. »Es gibt eine Quelle tief im Wald, die Thor geweiht ist. Der Priester versenkt dort den goldenen Hammer als Opfer.«

Viviane erhob sich. »Das ist heidnischer Zauber. Ich glaube nicht daran.«

»Dann nimm dich in acht, dass du nicht den Zorn der Götter auf dich ziehst.«

»Trotzdem danke, Oleif, dass du mir diese Geschichten erzählt hast. Ich hoffe, du bekommst keinen Ärger mit deinem Lehrmeister.«

»Bestimmt nicht«, erwiderte Oleif. »Auch wenn du nur eine Sklavin bist, ich finde es wichtig, dass die Götter dich beschützen.«

»Ach, hier bist du.« Raudaborsti hüpfte über die Metallspäne, die sich neben Oleifs Arbeitsplatz angesammelt hatten. Wehe, wenn sie sich in die Fußsohlen bohrten! Sie rümpfte die Nase. »Kein guter Ort für eine junge Dame«, grinste sie.

»Verschwinde, du rothaariger Troll!« Oleif drohte Raudaborsti mit der Faust.

Sie zog Viviane am Arm. »Der haut wirklich zu«, flüsterte sie.

Sie liefen zurück zur Hütte. Dort wartete immer noch ein Berg von fettiger Wolle auf sie. Sie hockten sich nieder und begannen wieder, die Locken zu zupfen und von Verunreinigungen zu befreien.

»Oleif hat mir von euren Göttern erzählt«, begann Viviane.

»So, so.« Raudaborsti blickte nicht auf. »Der macht sich nur wichtig. Zwar ist er ein Freier, aber als Lehrling des Schmieds ist er zu Gehorsam und Respekt verpflichtet.«

»Aber sicher nicht den Sklaven gegenüber.«

»Nein, natürlich nicht. Er ist eigentlich ein netter Kerl. Früher hat er mich immer verprügelt, wenn ich ihm etwas geklaut habe.«

Viviane schüttelte lachend den Kopf. »Dann hast du die Prügel verdient.«

»Nein, ich war nur nicht schnell genug. Heute würde er mich nicht mehr kriegen.« Sie fuhr sich mit der Hand übers Gesicht und hinterließ einen fettig glänzenden schmutzigen Streifen. »Aber ich klaue ihm auch nichts mehr. Wir bekommen wirklich ausreichend zu essen.«

Eine Weile arbeiteten sie schweigend. »Die Götter musst du fühlen«, fuhr Raudaborsti plötzlich fort. »Und du musst sie fürchten. Sie sind mächtig, machen Wind und Donner, lassen die Früchte auf den Feldern wachsen und machen, dass die Tiere Junge bekommen. Wenn sie wollen, können sie auch alles wieder zerstören. So ist das eben.«

»Kennst du Thoralf schon lange?«, wollte Viviane wissen.

»So lange, wie ich auf Skollhaugen bin«, erwiderte Raudaborsti. »Mein ganzes Leben lang.«

»Wie alt bist du?«

»Weiß ich nicht. Ich kann nicht zählen. Doch! Eins, zwei drei, vier, viele. Ich bin viele Jahre alt.«

»Erzähl mir von Thoralf. Wie ist er, wenn er nicht auf Víking fährt?«

»Wie soll er schon sein? Er ist ein Fürstensohn, stolz und ehrenhaft. Björgolf hat ihn schon zeitig aufs Meer hinaus mitgenommen. Ich weiß noch, als er sein erstes Schiff bekam. Da wurde ein großes Fest auf Skollhaugen gefeiert. Eines Tages kehrte Björgolf zurück und hatte nur noch ein Bein. An diesem Tag hat Thoralf das Kommando über die Schiffe übernommen.«

»Er muss ein grausamer und böser Mensch sein, wenn er andere überfällt, beraubt und tötet. Und er ist auch noch stolz darauf.«

Raudaborsti schüttelte heftig den Kopf. »Er ist nicht böse. Er ist auch nicht grausam. Er hat noch nie einen der Sklaven geschlagen. Er schlägt nicht einmal einen Ochsen. Was wertvoll ist, muss man gut behandeln, sagt er immer. Frau Astrid achtet darauf, dass alle Leute auf dem Hof ordentlich gekleidet sind. Zu Mittsommer bekommen alle ein Stück Stoff für ein neues Kleidungsstück.«

»Und seine Braut? Warum wirbt er um sie, wo sie ihm doch als Kind versprochen wurde?«

»Du hast wirklich keine Ahnung von unseren Sitten«, stellte Raudaborsti kopfschüttelnd fest und streckte ihre dünnen Beine aus. »Gunnardvigas und Björgolfs Familien gehören zu den edelsten der ganzen Gegend. Alle besitzen viel Land. Gunnardvigas Vater Eirik fuhr immer in ein fremdes Land, das von großen Flüssen durchzogen war und Rus heißt. Man erzählt, dort leben wilde Menschen mit Gesichtern wie der Mond so rund und Augen wie die Schlitze in den Tontöpfen. Außerdem haben sie schwarzes struppiges Haar, als hätten sie im Feuer gelegen.«

Ärgerlich zog sie die Augenbrauen zusammen, als sie Vivianes skeptische Miene bemerkte.

»Das habe ich selbst gehört, als Eirik von einer dieser Fahrten zurückkam. Er erzählte, dass sie Blut trinken.«

»Bei Gott, warum fährt er denn da hin?«

»Diese Wilden handeln mit den herrlichsten Pelzen, die man je gesehen hat. Solche, wie Thoralf Gunnardviga einen geschenkt hat. Es gibt sie in den seltsamsten Farben, weiß, golden, blau und sogar silbern.« Raudaborsti seufzte. »Nun fährt er nicht mehr hin.«

»Warum nicht?«

»Weil er von der letzten Fahrt gar nicht wiedergekommen ist. Die Wilden haben ihn wohl aufgefressen.«

Viviane stockte der Atem. »Das ist ja entsetzlich.«

Die Kleine zuckte mit den Schultern. »Es war Gunnardvigas Gier, so viele schöne Pelze zu besitzen. Allerdings hat Eirik auch viele verkauft. Doch seit er tot ist, geht es mit dem Reichtum seiner Sippe abwärts. Die Mutter starb bald darauf an Gram, und Asgeir ist ein Nichtsnutz. Er fährt nicht auf Víking, kann nicht mal die Felder bestellen. Gunnardviga kümmert sich um die Ländereien und die Viehherden. Aber es macht ihr keinen Spaß, sie will lieber eine Fürstin sein. Jarl Ragnvald ist ihr Oheim, sie ist sein Mündel, und er kümmert sich um sie, bis sie verheiratet ist. Er weiß, dass sie Thoralf versprochen ist. In diesem Jahr wird es eine große Hochzeitsfeier geben. Den genauen Tag legen die Priester fest, wenn Odin im Moor geopfert wurde.«

Viviane schwieg und hing ihren Gedanken nach. Das Leben hier war so verschieden von dem, das sie in der Gemeinschaft ihres Dorfes verbracht hatte. Die fremden Sitten und Gebräuche ängstigten sie, für diese blutrünstigen Götter empfand sie nur Abscheu.

»Möchtest du nicht weg von hier?«

Raudaborsti blickte sie fragend an. »Wohin denn? Nein, nein, mir geht es gut. Ich bin froh, hier zu sein. Du nicht?«

Viviane schüttelte den Kopf. »Am liebsten würde ich sofort flüchten.«

»Und wohin?«

Ja, wohin? Wollte sie wirklich noch weg? Raudaborsti hatte recht, so schlecht ging es ihr hier wirklich nicht. Sie sollte sich mit ihrem Schicksal abfinden. Doch ihre innere Unruhe ließ sich nicht besänftigen.

Ein Schatten fiel auf sie. Die beiden hoben die Köpfe. Thoralf stand vor der Hütte und schaute ihnen zu. Viviane erschrak. Hoffentlich hatte er ihre Worte nicht vernommen.

»Kleine Füchsin, hast du ein Schaf gerissen?«

»Wie könnte ich, wo das Schaf doch schon tot war«, erwiderte sie.

Thoralf lachte auf. »Ich sehe, dir geht es gut, das freut mich. Wenn du auch so geschickt beim Spinnen und Weben bist, dann bekommst du eine besondere Aufgabe von mir.«

Verwundert blickte Viviane ihn an. Er hockte sich vor sie hin, sie waren nur durch ein kleines Häufchen Wolle getrennt.

Thoralf erwiderte den Blick, lange und intensiv. Viviane spürte, wie sie errötete.

»Deine Augen …« Er senkte die Stimme. »Dieses wunderbare Grün, ich habe so etwas noch nie gesehen. Ich will einen Mantel tragen aus fein gesponnener Wolle, gewebt in farbigen Streifen aus dem Grün deiner Augen, aus dem Rot deines Haares und aus dem Weiß deiner Haut.«

Viviane blieb vor Überraschung der Mund offen stehen, und ihre Stimme versagte. »Aber … aber …«, stammelte sie verwirrt.

»Ich weiß, niemand kann sagen, womit man die Wolle einfärben muss, um dieses Grün zu erhalten. Aber du wirst es herausfinden.« Er zwinkerte ihr belustigt zu. »Du bist klug und flink und besitzt eine gute Beobachtungsgabe. Finde das Mittel, und wenn du die Götter fragen musst, woraus sie deine Augen geschaffen haben.«

Er erhob sich und ging davon, mit kräftigen Schritten, geradem Rücken und stolzem Blick.

Aus Vivianes Brustkorb drang ein tiefer Seufzer.

Raudaborsti, die mit großen Augen ihr Gespräch verfolgt hatte, sprang wie ein Floh auf. »Bei Thors Hammer, das haut selbst eine dicke Eiche um! Jetzt ist er tatsächlich froh, dass er dich nicht verschenkt hat. Hm, vielleicht wollte er dich sogar von Anfang an behalten?« Sie ließ sich in den Wollberg plumpsen. »Du gefällst ihm. Ja, du gefällst ihm sogar sehr.«

»Du irrst dich, das kann nicht sein«, murmelte Viviane. »Ich bin doch nur eine Sklavin. Außerdem war er recht grob zu mir.«

Raudaborsti packte sie an den Schultern und schüttelte sie. »Begreifst du denn nicht, du gefällst ihm. Vor allem deine grünen Augen.«

»Mag sein. Hier haben alle Leute blaue oder braune Augen. Aber es hat doch nichts zu bedeuten.«

»Wenn jemand ein Tuch trägt mit den Farben einer bestimmten Frau, dann hat das was zu bedeuten.«

Viviane blickte Raudaborsti verblüfft an. Dann schüttelte sie entschieden den Kopf. »Was soll es denn bedeuten? Thoralf hat eine Braut, und keine ist schöner als sie.«

»Na und? Du gefällst Thoralf. Vielleicht macht er dich zu seiner Geliebten.«

Viviane stieß pfeifend die Luft aus. »Niemals! Du hast wohl zu viel vom Sauerbier getrunken?«

»Gefällt dir Thoralf nicht? Alle Mägde sind in ihn verliebt. Er ist stolz darauf.«

Viviane senkte den Kopf und kaute auf der Unterlippe. Etwas zu heftig rupfte sie an der Wolle.

»Ich habe ihn beobachtet«, gestand sie leise.

Raudaborsti riss ihre blauen Augen weit auf. Es sah lustig aus. »Wo?«

»In der Schwitzhütte.«

Raudaborstis Mund verzog sich zu einem breiten Grinsen. »Hast mir wohl nicht geglaubt?«

Viviane schüttelte den Kopf. »Truud hat ihn wirklich mit Zweigen geschlagen. Aber er war ganz tapfer. Nur als sie ihn mit kaltem Wasser übergossen hatte, hat er gebrüllt.«

»Das macht er immer so«, bestätigte Raudaborsti.

»Er war ganz nackt.«

»Na klar. Dachtest du, der sitzt mit seinen Kleidern im Bottich?«

»Aber ist das nicht unzüchtig, so nackt, mit einer Magd …«

Raudaborsti lachte. »Du bist wirklich ulkig. Wie soll es denn sonst gehen in einer Schwitzhütte? Na, du wirst schon sehen. Wenn der erste Schnee fällt, müssen wir alle da hinein.«

Viviane zuckte zurück. »Müssen?«

»Hm-hm. Das hat die Herrin so bestimmt. Sie mag nicht, wenn wir stinken. Außerdem werden wir dann im Winter nicht krank.«

»Und da werden alle mit den Ruten …« Viviane versagte die Stimme, so unvorstellbar war die ganze Sache.

»Ja, wir klopfen uns dann gegenseitig. Truud passt nur auf, dass wir es richtig machen.«

Viviane beschloss, sich gemeinsam mit Raudaborsti vor diesem zweifelhaften Vergnügen zu drücken. Allerdings …

»Sag mal, Raudaborsti, ob … ob ich etwas warmes Wasser bekommen dürfte?«

Der kleine Rotschopf schnappte nach Luft. »Warum das denn?«

»Das Wollfett geht so schlecht ab. Ich klebe am ganzen Körper und da … da dachte ich …«

»Frag Truud, ob du die Schwitzhütte benutzen darfst.«

Viviane hob entsetzt die Hände. »Nein, um Gottes willen, nein! Nur eine Schüssel mit warmem Wasser.«

»Na gut, ich frage Truud.« Gehorsam eilte Raudaborsti hinaus. Nach kurzer Zeit kam sie zurück, verärgert, die Unterlippe vorgeschoben.

»Sie hat es nicht gestattet, nicht wahr?«, fragte Viviane verzagt.

Trotzig hob Raudaborsti den Kopf. »Doch! Aber sie hat verlangt, dass ich mich auch wasche!«

Ergeben schürte die Kleine das Feuer an, während Viviane frisches Wasser vom Brunnen holte und es in den Kessel goss. Sie suchte die größte Schüssel aus, die an der Wand lehnte, und stellte sie in eine Ecke. Da sich in der Hütte nur Frauen befanden, musste sie keinen Vorhang aufspannen wie daheim. Selbst Raudaborsti zog ihren Kittel aus, und Viviane wusch ihr mit einem Moosschwamm den Rücken. Dann wechselten sie. Viviane empfand es als angenehm, das warme Wasser auf ihrer Haut zu spüren. Vor Raudaborsti schämte sie sich nicht ihrer Nacktheit. Die Berührungen des Moosschwammes waren wie ein sanftes Streicheln, eine Liebkosung, verursachten Wärme, Prickeln, Erregung.

Raudaborsti betrachtete Vivianes Körper. »Du bist schön«, stellte sie fest. »Nicht so wie die Mägde. Die sind viel dicker und kräftiger. Du bist so … beinahe wie Gunnardviga.«

Viviane lachte auf. »Mit ihr kann sich wohl niemand vergleichen. Sie ist wirklich schön, während ich … Ich habe noch nie über meinen Körper nachgedacht. Meinst du, das ist wichtig?«

»Es ist wichtig, schön zu sein, damit man einem Mann gefällt. Sagt jedenfalls Truud.« Raudaborsti kicherte. »Deswegen hat sie auch noch keinen Mann. Thoralf schaut nur nach schönen Frauen. Aber meist schaut er nach Gunnardviga.«

»Schließlich ist sie ja seine Braut.« Viviane seufzte. »Weißt du, ich will gar nicht schön sein«, murmelte sie. »Vor allem, wenn man dafür geschlagen wird.«

Und doch fühlte sie sich wie neugeboren, als sie sich neben Raudaborsti auf das Nachtlager legte. Mit der Hand tastete sie vorsichtig ihren Körper ab. So hatte sie ihn noch nie wahrgenommen. Ihre Haut duftete nach Moos, das warme Wasser hatte sie weich und geschmeidig gemacht. Und für einen Augenblick glaubte sie, dass eine andere Hand sie berührte und ihren Körper erkundete. Darüber schlief sie ein.

Das Krähen der Hähne und die Unruhe in der Hütte weckten Viviane am nächsten Morgen. Die Mägde kleideten sich für die Arbeit an. Truud verlangte, dass sie sich alle vorher mit dem eiskalten Wasser aus dem Brunnen wuschen, bis ihre Haut rosig wurde.

Oleif saß wieder vor der Schmiede, doch diesmal arbeitete

er nicht an dem Kupferkessel. Er half seinem Lehrmeister, Gold einzuschmelzen. Viviane erkannte ein Kreuz auf einem Sockel aus dunklem Holz.

»Diese Christen verschwenden tatsächlich Gold, um daraus solche Kreuze anzufertigen«, sagte Oleif, als er Viviane bemerkte. »Was haben diese Dinger denn für einen Sinn?«

Ihr stockte der Atem. »Es ist … es ist das Symbol der Christen für die Liebe ihres Gottes.«

Oleif lachte auf, während er vorsichtig den ledernen Blasebalg bediente, um das Feuer anzufachen. Der Schmied hatte eine offene Röhre vom Schmelztiegel zu einer Form aus Ton und Stein am Boden verlegt.

Viviane nahm das Kreuz in die Hand. Es war schwer, obwohl es nicht größer als zwei Handlängen war. »Es ist das Symbol für die Leiden von Jesus, Gottes Sohn, der sich für die Menschen geopfert hat.«

»So, so, und das hat euer Gott zugelassen? Ein Sohn kann ehrenhaft im Kampf sterben, aber doch nicht so, an einem Kreuz. Wenn er ein mächtiger Gott wäre, hätte er seinen Sohn retten können.« Er nahm Viviane das Kreuz aus der Hand, hieb mit einem Schlag den Holzsockel ab und legte das Metall in den Schmelztiegel. Dann schichtete er vorsichtig kleine Stückchen von Holzkohle um das Kreuz herum und obenauf. Er hockte sich wieder neben dem Blasebalg nieder. »Man muss genau auf die Hitze achten«, erklärte er Viviane. »Das sieht man an der Farbe des Feuers. Man darf nicht zu viel von der Holzkohle verwenden, aber auch nicht zu wenig. Und es darf kein Nadelholz dazwischen sein, denn durch das Harz springen die Funken und könnten das Gold verderben. Es muss flüssig werden, darf aber nicht verdampfen. Es ist ganz anders zu behandeln als Eisen, deshalb ist es eine Kunst, Gold zu schmelzen. Ich will es von meinem Meister lernen.«

»Nun schwatz nicht so viel, sondern arbeite«, fuhr ihn der Schmied an.

»Jetzt beginnt es zu schmelzen«, plapperte Oleif weiter. »Schau, wie wunderbar es aussieht.« Das geschmolzene Gold floss in einem dünnen Rinnsal die Röhre entlang und ergoss sich in die kleine Form in Gestalt eines Hammers. Fasziniert beobachtete Oleif die Schmelze. Auch der grobschlächtige Schmied bekam einen milden Gesichtsausdruck.

»Du sagst gar nichts, Viviane. Oh, du weinst ja!«

»Pass lieber hier auf«, schnauzte ihn der Schmied an. Oleif wandte sich schnell wieder seiner Arbeit zu. Viviane entfernte sich leise. Sie fühlte sich elend.

Das große Tor stand offen. Zwei Knechte hüteten draußen auf der Wiese die Kühe. Viviane lief zwischen den Kühen hindurch. Auf halbem Weg zum Wasser setzte sie sich nieder, stützte das Kinn auf ihre Knie und starrte auf die Schiffe im Fjord. Mit diesen Schiffen fing alles Unglück an.

Mit dem Handrücken wischte sie sich die Tränen aus den Augenwinkeln. Ein kühler Wind ließ sie frösteln. Schutzlos, hilflos, allein, es konnte nicht schlimmer kommen. Skollhaugen war nicht wirklich ihr Zuhause. Und doch musste sie froh sein. Sie lebte, sie hatte ein Dach über dem Kopf, zu essen und in Raudaborsti zumindest etwas Gesellschaft. Doch die Sehnsucht zerrte an ihrer Brust, eine unbestimmte Sehnsucht nach etwas, das sie nicht benennen konnte.

Sie bemerkte Oleif, der den Hang heruntergelaufen kam. Nein, er rannte. »Ich habe dich überall gesucht«, schnaufte er aufgeregt und ließ sich neben ihr ins Gras fallen.

»Hat Truud nach mir gerufen?«, wollte sie wissen.

»Nein, die weiß ja nicht, wo du bist. Ich habe gesehen, dass du traurig bist. Ich wäre auch traurig, wenn sie meinen Gott einschmelzen würden. Also …« Er räusperte sich und errötete plötzlich. Umständlich zog er etwas unter seinem Kittel hervor. Es war eine dünne Lederschnur mit einem Anhänger. Er nahm Vivianes Hand und legte den Anhänger hinein.

»Was ist das?«, wollte sie wissen und betrachtete den seltsam geformten Anhänger.

»Thors Hammer. Ich habe ihn selbst aus Kupfer getrieben. Er soll dich beschützen und alle mit Blitz und Donner strafen, die dir Böses wollen.« Oleif blickte sie erwartungsvoll an. »Na, was sagst du?«

»Ich ... ich weiß gar nicht, was ich sagen soll. Es ist sehr lieb von dir.«

»Siehst du, ich möchte, dass du wieder fröhlich bist.« Er hängte ihr die Schnur um den Hals und plazierte den Anhänger auf ihrer Brust.

»Ich könnte ihn verlieren.« So recht war Viviane nicht überzeugt von diesem neuen Heilszeichen.

»Kannst du nicht«, widersprach Oleif. »Wenn Thor seinen Hammer schleudert, kehrt er immer wieder zu ihm zurück.«

Die Nornen des Schicksals

Nachdenklich betrachtete Viviane den großen Korb voller Wolle. Gemeinsam mit Raudaborsti hatte sie sie gezupft und grobe Verunreinigungen entfernt. Die Schafe streiften überall herum, in ihrem Fell sammelten sich Grannen, Kletten, Tannennadeln, Schmutz und kleine Insekten. Je besser die Wolle vorbereitet wurde, umso feiner konnte sie gesponnen werden. Auch daheim hatte Viviane Wolle gesponnen, allerdings wesentlich gröber, denn die Stoffe wurden zur Herstellung von Bekleidung für Bauern, Fischer und Handwerker benutzt. Es waren grobe Stoffe mit Knoten und Verdickungen. Wichtig war, dass das Kleidungsstück lange hielt. Auf Farbe wurde wenig Wert gelegt. Die Frauen trugen manchmal Stoffe, die gelb oder bräunlich, manchmal auch dunkelrot eingefärbt waren. Die Männer waren mit den braunen Kitteln meist zufrieden. Nur zu Feiertagen wurden helle Leinenhemden daruntergezogen.

Viviane fragte Truud, doch auch die hatte keine Ahnung, wie Wolle in Grün, das der Farbe von Vivianes Augen entsprach, eingefärbt wurde. Da Thoralf bestimmt hatte, dass Viviane ihm diesen ganz besonderen Mantel herstellen sollte, ließ die Großmagd sie gewähren. Doch sie half auch nicht. So richtig verstand Truud nicht, warum dieser fremden, rothaarigen Sklavin ein derartiges Privileg eingeräumt wurde. Es wäre Gunnardvigas Aufgabe gewesen, ein Hochzeitsgeschenk für Thoralf anzufertigen. Doch Gunnardviga wusste nichts von Thoralfs Auftrag. Sie war auf ihren Hof zurückgekehrt, um sich um dessen Verwaltung zu kümmern. Einzig Asgeir drückte sich noch auf Skollhaugen herum. Das Gastrecht gebot, dass er so lange bleiben konnte, wie er selbst es wollte. Zudem war er ja Gunnardvigas Bruder und würde schon bald gänzlich zur Familie gehören. Er suchte Thoralfs Nähe und Vertrauen, verwickelte ihn in Gespräche, probierte in spielerischen Kämpfen Waffen aus den Vorratshäusern aus, wobei er ständig verlor. Das schien ihm aber nichts auszumachen. Er lachte darüber, gratulierte Thoralf zum Sieg, und beide begossen den Spaß mit Met.

Ab und zu begaben sich die Männer auf die Jagd. Asgeir nahm ständig daran teil, ebenso wie an den darauffolgenden Festmahlen. Sie brachten Hirsche, Rehe, Wildschweine, Wölfe, Bären und Füchse zur Strecke. Einmal töteten sie ein Tier, das Viviane noch nie gesehen hatte. Es war so groß wie ein Pferd, ähnelte einem Hirsch, und doch sah es ganz anders aus. Vielleicht war es ein Fabelwesen, eine Schimäre, ein Einhorn aus den Sagen der Alten?

Raudaborsti lachte Viviane aus. »Das ist ein Elch«, erklärte sie. »Man muss schon weit nach Norden reiten, um sie zu finden. Vielleicht hat er sich hierher verlaufen.«

»Wenn du alles so genau weißt, dann sag mir doch, wie man Wolle färbt. Wir haben zu Hause die Wolle nicht gefärbt. Wir besaßen braune Schafe.«

»Braune Schafe, so, so. Die haben sich wohl zuvor im Moor gewälzt?«

»Du glaubst mir nicht. Es ist aber so.«

»Du glaubst mir doch auch nichts. Weshalb ziehst du sonst immer deine Nase kraus, wenn ich dir etwas erzähle? Finde doch selbst heraus, wie man Wolle färbt.«

»Ich dachte, du bist meine Freundin.«

»Bin ich auch. Deswegen gebe ich dir den guten Rat, die Götter zu fragen.«

Viviane zuckte zurück. »Du weißt, dass ich nur an meinen Gott glaube. Ich habe ihn schon befragt, aber er hat mir nicht geantwortet.«

»Siehste!« Raudaborsti tippte an Vivianes Anhänger. »Hier herrschen andere Götter. Nun glaub es mir doch endlich.«

Hilflos hob Viviane die Hände. »Wie soll ich das denn machen? Soll ich sie anrufen? Und wenn sie mich nicht hören? Wie merke ich, dass sie mich erhört haben?«

»Fragen, Fragen, Fragen …« Raudaborsti seufzte und schlug sich mit den Händen auf die dünnen Oberschenkel. Das sah so lustig aus, dass Viviane unwillkürlich lachen musste.

»Zuerst musst du mal den Göttern opfern.«

»Was soll ich denn opfern? Ich habe nichts. Außerdem widerstrebt es mir, Tiere zu töten und das Blut …«

»Nein, nein, ein Bieropfer reicht. Hast du heute schon deine Ration Sauerbier getrunken?«

Viviane schüttelte den Kopf.

»Also, dann hol dir dein Bier und bringe es an einen heiligen Ort.«

»Wo finde ich einen heiligen Ort?«

»Du stellst dich wirklich an wie eine Jährlingskuh. Heilige Orte gibt es überall, ein Moor, eine Quelle, ein alter Baum, ein Hügel, ein einzelner Felsen, eine Höhle. Die Götter sind überall.«

Viviane beschloss, zunächst die Wolle vorzubereiten und den heiligen Ort später zu suchen. Mit Eifer machte sich Viviane an die Arbeit. Zunächst wusch sie die Wolle mit Regenwasser und hängte sie auf Holzgestellen zum Trocknen auf. Truud befahl den Mägden, sich nicht an dieser Wolle zu vergreifen. Thoralfs Wunsch war für alle Befehl. Und die fremde rothaarige Viviane schien Thoralfs besonderes Vertrauen zu genießen. Bislang hatte keiner festgestellt, dass Viviane außergewöhnlich schöne Stoffe herstellen konnte. Bislang hatte sie auch gar keine Gelegenheit dazu gehabt. Truud war nicht überzeugt, doch sie schwieg. Es stand ihr nicht zu, Thoralfs Entscheidung zu kritisieren.

Während die Wolle auf den Gestellen trocknete, suchte Viviane die Zutaten für die Farben zusammen. Für die weißen Streifen wählte sie besonders helle Wolle aus, die sie in die Sonne legte. So bleichte sie zusätzlich aus. Sie trennte sie sorgfältig von dem Rest, den sie einfärben wollte. Für die rote Farbe benutzte sie teuer eingetauschtes Krapp und Blätter der Eiche. Beides kochte sie in einem großen Kessel zu einer stinkenden Brühe von undefinierbarer Farbe. Vorsichtig tauchte sie ein Teil der getrockneten Wolle hinein, ließ sie aufkochen, beobachtete genau und hängte sie schließlich zum Trocknen auf. Aus der Farbe entwickelte sich nach und nach ein Rot, das aber nicht ihrer Haarfarbe glich. Noch war sie nicht zufrieden, setzte dem Färbewasser Eisenspäne zu, die die Farbe verdunkelten. Der Einsatz von Bartflechte verwandelte alles in ein dunkles Orange, letztlich glich die Farbe ihrem Haar, als hätte sie es in die Wolle hineingesponnen.

Dann nahm sie das gewünschte Grün in Angriff, doch das war ungleich schwieriger. Der Sud aus Schafgarbe, Goldrute, Birkenblättern oder Farn brachte nicht den gewünschten Erfolg. Immer glich das Grün einem Kuhfladen. Viviane verzweifelte.

Raudaborsti beobachtete Vivianes Färbeversuche mit gutmütigem Spott. Sie behängte sich mit den gefärbten Wollproben und verschreckte damit die anderen Mägde.

»Verschwinde, du Troll, du brauchst nicht diese hässlichen Flecken, um scheußlich auszusehen. Warum wälzt du dich nicht gleich in den Kuhfladen?«

»Vielleicht solltest du Kuhfladen nehmen«, schlug Raudaborsti schließlich vor, als sie Vivianes verzweifelte Miene bemerkte. »Kuhkacke ist auch grün, und wenn man sie aufkocht …«

Viviane warf eine Spindel nach Raudaborsti. »Dumme Sprüche bekomme ich schon genug zu hören«, schimpfte sie. »Sag lieber, was ich machen soll. Nichts hilft, ich habe alles ausprobiert.«

Raudaborsti holte tief Luft. »Du willst dich bei Thoralf einschmeicheln mit diesem Mantel.«

»Nein, es ist sein Befehl, und ich werde ihm gehorchen«, verteidigte sich Viviane.

»Ja, ja, rot wie dein Haar, grün wie deine Augen, weiß wie deine Haut …«

»Ich weiß gar nicht, wie meine Augen richtig aussehen«, erwiderte Viviane verstimmt. »Vielleicht ähneln sie wirklich der Farbe frischer Kuhfladen.«

Raudaborsti grinste. Hinter ihrem Rücken zog sie eine Spiegelscherbe hervor.

Viviane staunte. »Wo hast du die denn her?«

»Psst, die muss ich wieder zurückbringen. Sie gehört Astrid, aber sie hat sie lange nicht benutzt, weil sie zersprungen ist. Sie benutzt lieber poliertes Kupfer. Sie meint, es schmeichelt ihrem Gesicht mehr als diese graue Glasscherbe.«

Vorsichtig nahm Viviane das kostbare Stück Glas entgegen. Es war mit einem grauen Metall hinterlegt, und man konnte sich darin betrachten. Irgendwie war ihr Gesicht darin verzerrt wie das Spiegelbild im Wasser, doch das störte Viviane nicht. Sie versuchte, die Farbe ihrer Augen zu ergründen. Thoralf hatte recht, so eine Farbe hatte sie noch nirgendwo gesehen. Vielleicht in den Glasperlen, die die Händler manchmal anboten. Doch die hatte sie nie so genau betrachtet, weil sie sich ohnehin keine Glasperlenkette kaufen konnte.

Raudaborsti brachte einen gefüllten Bierkrug und drückte ihn Viviane in die Hand. »Dir wird wohl gar nichts anderes übrig bleiben, als die Götter um Hilfe zu bitten. Es sei denn, du willst Thoralf enttäuschen.«

»Er wird mich ins Wasser werfen, wenn ich nicht seinen Willen erfülle«, seufzte Viviane. Die heidnischen Götter um Hilfe zu bitten war wirklich der letzte Versuch. Doch wie opferte man heidnischen Göttern?

»Tut mir leid, aber da kann ich dir nicht helfen«, bedauerte Raudaborsti. »Du musst es schon selbst tun, sonst wirkt es nicht.« Sie überlegte kurz. »Einen halben Tag von hier gibt es einen einsamen See. Er ist der Göttin Frigg geweiht. Wenn du dich vor den anderen Göttern fürchtest, dann gefällt dir vielleicht Frigg, weil sie eine Frau ist und wir ihr für Fruchtbarkeit opfern. Steig in den See und leere den Bierkrug. Dann wirst du schon sehen, was passiert.«

Eine Göttin? Viviane überlegte. »Erzähl mir mehr über diese Göttin«, forderte sie Raudaborsti auf. Doch die Kleine schüttelte den Kopf. »Viel mehr weiß ich auch nicht. Frag Oleif, der lauscht immer den Skalden und weiß viel über die Göttersagen. Mir reicht es, wenn mir die Götter helfen und mich keine Trolle und Alben heimsuchen.« Sie deutete zu der kleinen Öllampe über der Tür, die die bösen Geister fernhalten sollte.

Viviane beschloss, Oleif zu befragen. Der hockte hinter der Schmiede und arbeitete an einem Schwertgriff.

»Kannst du mir helfen?« Viviane setzte sich neben ihn. Oleif überlegte, dann warf er ihr einen verschmitzten Blick zu. »Kommt darauf an, wobei.«

»Erzähl mir von der Göttin Frigg.«

Oleif hob verwundert die Augenbrauen. »Frigg? Willst du heiraten?«

»Wie kommst du denn darauf?«

»Weil Frigg … Also, was gibst du mir dafür?«

»Wofür? Dass du mir von der Göttin erzählst?«

Er nickte. »Es hat ja einen bestimmten Grund, dass du nach Frigg fragst. Odin beschützt dich, und Thor auch.« Er tippte auf den hammerförmigen Anhänger an Vivianes Hals.

»Sicher, sicher, und ich bin dir auch sehr dankbar für diesen Talisman. Aber ich benötige eine ganz spezielle Hilfe. Raudaborsti meinte, die Göttin könnte mir helfen.«

Oleif kniff die Augen zusammen. »Eine ganz spezielle Hilfe?« Er grinste über das ganze Gesicht. »Ich ahne es.«

»Also hilfst du mir?«

Er zeigte auf den Bierkrug. »Dafür gern.«

Viviane zuckte zurück. »Den wollte ich Frigg opfern, damit sie mir meinen Wunsch erfüllt.«

Oleif schob die Unterlippe vor. »Frigg ist die Beschützerin der Ehe und Mutterschaft. Nun ja, also, ich wünsche dir alles Gute für dein … dein Kind. Ich … ich hatte gehofft …« Er schluckte schwer.

Viviane benötigte einen Augenblick, um Oleifs Worte zu begreifen. »Nein, nein, das verstehst du falsch. Ich wollte Frigg bitten …«

»Ist schon gut«, unterbrach er sie mit erstickter Stimme. »Sie wird dir schon helfen.«

Viviane streckte ihm den Bierkrug entgegen. »Hier, nimm ihn. Und erzähl mir mehr über Frigg.«

Zögernd nahm Oleif das Bier entgegen, dann trank er einen tiefen Zug daraus. Nachdenklich leckte er sich die Lippen ab. »Also gut, wenn du unbedingt willst. Frigg ist Odins Gemahlin und zeugte mit ihm die Götter Baldur und Hösur und Hermor. Ach ja, und sie wohnt in Asgard im Fensal, dem Sumpfsaal. Um zu ihr zu beten, solltest du in einen Sumpf oder an einen sumpfigen See gehen. Sie beschützt die Ehe und die

Mütter und verhilft wohl auch zur Mutterschaft, wenn man ganz besonders darum bittet. Man kann sie auch darum bitten, dass sich jemand in einen verliebt.«

»Man kann sie um Liebe bitten?«

Oleif grinste wieder. »Möchtest du denn, dass sich jemand in dich verliebt? Vielleicht ist es schon geschehen, und du brauchst Frigg gar nicht zu opfern. Es sei denn, du willst schwanger werden.«

Viviane ließ den Kopf sinken. »Nein, das alles ist es nicht. Ich verstehe nicht, warum Raudaborsti sagte, ich solle zu Frigg beten. Ich will einen Stoff weben …«

»Ah, ich erinnere mich, Frigg soll die Wolken gewebt haben. Mit Weben kennt sie sich aus.«

Viviane fuhr hoch. »Das ist es! Danke, Oleif!« Sie packte seinen Schopf und presste ihm einen Kuss auf die Wange. »Das Bier kannst du behalten. Ich bekomme morgen eine neue Ration, die werde ich Frigg opfern. Wo liegt der See, der ihr geweiht ist?«

Oleifs Kopf verfärbte sich zu dunklem Rot. »Bei Thors Hammer, das ist eine Überraschung. Viviane, du bist wirklich ein liebes Mädchen. Ganz lieb … Also, du gehst auf die andere Seite des Fjords, über den Berg, über die Wiesen, in den Wald …«

»In den Wald?«, rief Viviane erschrocken.

»Der See liegt mitten im Wald, in einer Senke, rundum wächst Farn, und es blubbert aus dem Boden. Also, unheimlich ist es schon, und manchmal tanzen Nebel über dem Wasser. Ich selbst war noch nicht dort, aber vielleicht sollte ich …?«

»Raudaborsti meinte, ich muss es allein tun, nur dann geht meine Bitte in Erfüllung.«

»Götter sind launisch, Göttinnen noch mehr«, erwiderte Oleif. »Versuch es. Ich wünsche dir Glück.«

Viviane sprang auf, und Oleif bedauerte, dass sie ihn nicht noch einmal auf die Wange geküsst hatte. Aber das würde sie sicher nachholen, wenn Frigg ihr die Bitte erst erfüllt hatte.

»Ich muss es allein tun, ich muss es allein tun«, murmelte Viviane vor sich hin, als sie am nächsten Tag mit einem Krug voll Bier auf der Schulter auf die andere Seite des Fjords ging. Der Weg war steinig, uneben, teilweise tückisch glatt, bis sie die Weiden erreichte, auf denen Rinder grasten. Sie bemerkte zwei Hüteknechte, die keine Notiz von ihr nahmen. Hinter den Weiden begann ein ausgedehnter Landstrich voller Hügel, Senken, sumpfiger Stellen und lichtem Wald. Auf dieser Seite des Fjords wuchsen vor allem Birken, Erlen und Eschen, auch knorrige Eichen und Buchen. Dazwischen zwängten sich wenige dunkle Tannen.

Es beruhigte Viviane insofern, als sie vor allem der dunkle Nadelwald ängstigte und sie ihn wahrscheinlich nie allein betreten hätte. Eine innere Unrast trieb sie vorwärts. Es war nicht nur Thoralfs Befehl, diesen Stoff zu weben, dem sie nachkommen musste. Nein, ihr Gefühl sagte ihr, dass sie ihm diesen Wunsch unbedingt erfüllen wollte. Er sollte etwas von ihr tragen, ein Stück von ihr, in dem ihre Kraft, ihre Geschicklichkeit und ihre Wünsche und Sehnsüchte verarbeitet waren. Sie blieb plötzlich stehen. Welche Wünsche und Sehnsüchte hatte sie denn?

Ein dicker Kloß entstand in ihrem Hals und erschwerte ihr das Atmen. Oleif hatte von seltsamen Dingen gesprochen, von Liebe, Ehe, Mutterschaft. Darüber hatte sie nie nachgedacht, zumindest nicht mehr, seit sie von ihrer Insel verschleppt worden war. Sie dachte an Patrick, der ihr versprochen war. Doch sie konnte sich nicht einmal mehr an sein Gesicht erinnern. Sah er aus wie Oleif? Beide Gestalten verschmolzen zu einer. Da war die Schmiede, da war das Feuer, der Geruch nach Kohle und heißem Metall. War hier doch ihre neue Heimat, neben der Schmiede, bei Oleif?

Ein anderes Bild schob sich davor, das Bild eines stolzen Fürstensohnes mit blondem Haar und einem bunten Umhang. Dieses Bild wurde getrübt durch das Blitzen eines breiten Schwertes und das Rot von Blut. Im gleichen Augenblick verschwand das wohlige Kribbeln in ihrem Bauch, das sie bei dem Gedanken an Thoralf befallen hatte. Sie war verwirrt, sie sollte ihre Sinne zusammennehmen, um den Weg nicht zu verfehlen.

Doch wieder schweiften ihre Gedanken ab, während sie zielstrebig einen Fuß vor den anderen setzte. Wie sollte sie sich die Göttin Frigg vorstellen? Wie Mutter Maria? Gütig, mit dem Jesuskind auf dem Schoß, wie es ihr die Brüder aus dem Kloster erzählt hatten? Vielleicht war es sogar Mutter Maria, nur eben mit einem anderen Namen? Nein, Frigg war mit Odin verheiratet und Maria mit Josef. Frigg musste ein anderes Wesen sein. Das Unbehagen stieg in ihr auf wie düsterer Nebel. Sie wollte sich nicht fürchten. Trotzdem konnte sie es nicht verhindern. Zügig schritt sie vorwärts, wollte diese Opferung so schnell wie möglich hinter sich bringen.

Es war nicht schwer, den See zu finden. Er lag versteckt im Wald, gesäumt von Erlen, Weiden und Farnen. Einige Enten flogen erschrocken und mit lautem Schnattern auf, empört über die Störung. Viviane blieb stehen und betrachtete den stillen Weiher. Das Wasser lag glatt und silbern vor ihr. Sie überlegte, was nun zu tun sei.

Vorsichtig stellte sie den Bierkrug ab und blickte sich um. Sie war mutterseelenallein hier. Irgendwo in den Baumwipfeln zwitscherten Vögel, der Wind hatte sich gelegt. Die Sonne schickte schräge Strahlen durch die Äste der Bäume und zauberte wundersame Lichtpunkte auf die Oberfläche des kleinen

Sees. Viviane nahm allen Mut zusammen, löste ihren Gürtel und streifte ihr Kleid ab. Die Luft umhüllte ihren nackten Körper wie Seide, sanft, kaum fühlbar, etwas kühl und ungewohnt. Nur einmal hatte sie Seidenstoff mit den Fingern berührt, jedoch noch nie getragen. Und noch nie hatte sie nackt mitten im Wald an einem See gestanden. Sie nahm den Krug auf und hob den Blick zum Himmel. »Mutter Ma… nein … Frigg, du Göttin der Liebe, der Frauen, die du die Wolken gewebt hast. Ich opfere dir diesen Krug mit Bier, damit du mir deine Hilfe angedeihen lässt. Ich suche das Grün meiner Augen, damit ich es in den Mantel für den stolzen Fürstensohn Thoralf verweben kann. Vielleicht schenkt er mir dann die Freiheit. Nirgendwo finde ich dieses Grün, mit dem ich die Wolle färben kann. Deshalb erbitte ich deinen Beistand. Ich begebe mich in dein Reich, in deine Macht, in deinen Zauber …«

Vorsichtig einen Fuß vor den anderen setzend, schritt Viviane in den See hinein. Das Wasser war flach, der Grund schlammig. Der Schlick quoll zwischen ihren Zehen hindurch. Sie ignorierte das unangenehme Gefühl. Wie kalte nasse Hände stieg das Wasser an ihren Beinen empor, über die Waden, die Knie, die Oberschenkel. Als es ihren jungfräulichen Schoß erreichte, stockten ihr Atem und ihr Schritt. Doch nur kurz, dann tastete sie sich weiter. Das Wasser reichte ihr nun bis zum Bauch, dann benetzte es ihre Brüste. Sie zitterte vor Kälte, Angst und Aufregung. Sie spürte, dass sie jemand beobachtete. Ängstlich blickte sie sich um, konnte aber niemanden sehen. Und doch … Frigg war da!

Wie sprach man diese Göttin an? Viviane packte den Krug fester.

»Große Göttin, Gemahlin Odins, erhöre die Bitte eines unscheinbaren Menschen. Hilf mir, meine Aufgabe zu erfüllen, die für den großen Fürstensohn Thoralf so wichtig ist. Ich darf ihn nicht enttäuschen, und seine Freude wird auch meine Freude sein. Nimm diese Gabe als Opfer an und vergib mir unwürdigem Menschen, dass ich in dein Reich eingedrungen bin.«

Dann kippte sie den Krug, den sie auf dem Kopf getragen hatte, und schütte das Bier in den See. Sie wartete, doch nichts geschah. Sie warf den Krug hinterher. Doch es blieb still. Nur das Gefühl, dass die Göttin in der Nähe war, unsichtbar und doch anwesend, verließ sie nicht. Unentschlossen wandte sie sich um und stieg zögernd aus dem Wasser heraus.

Es waren zwei blaue Augen, die ungläubig, fasziniert und weit aufgerissen die Erscheinung im See beobachteten. Eigentlich hatte Thoralf nur auf Jagd nach Birkhähnen und Enten gehen wollen, allein, weil sein Herz schwer war. Er konnte sich seine melancholische Stimmung nicht erklären. Vielleicht war es auch nur die Langeweile nach den ausgiebigen Feiern anlässlich seiner Heimkehr, die ihn in die Einsamkeit trieb. Er mochte Asgeirs aufdringliche Nähe nicht besonders. Von Gunnardviga musste er sich zumindest körperlich fernhalten, bis sie endlich Hochzeit gefeiert hatten, und mit seinem Bruder Yngvar gab es immer wieder Streit. Thoralf war nicht als Bauer geboren, ihn zog es auf das Meer, er wollte mit dem Wind, den Wellen und der Midgardschlange kämpfen. Den Boden zu bearbeiten, Korn zu ernten und Rinder zu züchten, das war nicht sein Leben. Nicht dass er Yngvars Arbeit nicht achten würde. Es war der Glorienschein eines Helden und Eroberers, der Thoralf umgab und über Yngvar hinaushob. So sah ihn seine Umwelt, so sah ihn seine Sippe, und so sah er sich selbst. Dass er sich dabei nicht jederzeit glücklich fühlte, machte ihn betroffen. Jenseits der Jubelfeiern flaute das Gefühl des Stolzes plötzlich ab und machte einer dumpfen Leere Platz. Etwas fehlte in ihm, doch er wusste nicht, was es war.

Sein Pferd hatte er am Waldrand zurückgelassen, damit es mit seinem Schnaufen nicht die Enten aus dem Dickicht vertrieb. Thoralf wusste, dass es ein heiliger Ort war und die Menschen der Umgebung nur selten hierherkamen, um Frigg zu opfern. Umso mehr erstaunte ihn, dass jemand in diesem See badete. Mit einem Krug auf dem Kopf. Die Gestalt war zu weit entfernt, stand fast bis zum Hals im Wasser und drehte ihm zudem den Rücken zu, so dass er nicht erkennen konnte, um wen es sich handelte. Es war eine Frau, ohne Zweifel. Hier beteten die Frauen um die Erfüllung eines Kinderwunsches oder um die Zuneigung des oftmals gegen ihren Willen mit ihnen verheirateten Mannes.

Schon wollte er sich leise davonstehlen, weil es sich nicht ziemte, heimlich Zeuge einer so persönlichen Opferung zu sein, als sich die Gestalt umdrehte und langsam aus dem Wasser herausschritt. Thoralf besaß scharfe Augen, die er nun vor Erstaunen aufriss. Es war zweifellos Viviane, seine kleine Füchsin. Ihr Haar war feucht und somit etwas dunkler als sonst, lag dicht an ihrem Hals und an ihren Schultern an. Mit jedem ihrer vorsichtigen Schritte gab das Wasser des Sees ein Stück mehr von ihrem Körper preis. Wie ein überirdisches Kleidungsstück glitt das Wasser an ihr herab, zunächst über die Schultern, ihre Oberarme, gab die festen Rundungen ihrer Brüste frei, die nicht so klein waren, wie Thoralf erwartet hätte. Mit offenem Mund starrte er auf die zwei rosafarbenen Knospen, die durch die Kälte wie kleine feste Beeren abstanden. Zwei Wassertropfen umhüllten sie einen Herzschlag lang, um dann wie zwei Tränen herabzufallen. Sanft wie die Seitenlinie eines Wikingerschiffes verengte sich ihre Taille, und in ihrem Nabel glitzerte das Wasser wie ein kostbarer Edelstein.

Thoralf presste sich gegen den Baumstamm, der ihm Sichtschutz bieten sollte, und spürte sein Herz heftig schlagen wie Thors Hammer. Sein ganzer Körper geriet in Aufruhr, er musste seinen keuchenden Atem mit Gewalt bändigen, um sich nicht zu verraten. Immer weiter stieg Viviane aus dem See, immer tiefer sank das Wasser, strich kosend über die sanfte Wölbung ihres Bauches und ihrer Hüften, bis es den engen, einem Runenzeichen ähnlichen Schluss ihrer Schenkel erreichte. Thoralfs Mund blieb offen stehen, sein Atem setzte aus und beinahe auch sein Herzschlag. Fuchsrotes Haar, die kleinen Kringel vom Wasser schwer, verhießen mehr, als sie verhüllten. Schlanke, aber straffe Schenkel trugen diesen atemberaubenden Körper, der einer Feenwelt entstammen musste. Wie Perlmutt schimmerte Vivianes Haut, als das Wasser daran herabrann, das Thoralf in diesem Moment beneidete, weil es diesen Körper liebkosen durfte.

Ein unsagbarer Schmerz durchfuhr ihn, wühlte in seinen Eingeweiden und schnürte seinen Brustkorb zusammen. War das wirklich die kleine Sklavin, die ihm mehr Ärger und Verdruss als Gewinn und Freude bereitet hatte? Wo hatte er die ganze Zeit seine Augen gehabt?

Skolli, kleine Füchsin, du kannst nicht von dieser Welt sein! Es war eine Vision, ein Trugbild, ein Traum, eine Erscheinung. Er befand sich an einem verwunschenen See, einem heiligen Ort, wo alles Unmögliche möglich war.

Viviane betrat das Ufer, blieb stehen und reckte sich schließlich. Sie schien auf etwas zu warten. Aber es trat nicht ein. Langsam streifte sie sich ihr Kleid über, band den Gürtel und hängte sich die Lederschnur mit Thors Hammer um den Hals.

Lautlos entfernte sich Thoralf, verwirrt und betäubt von dem eben Erlebten. Er eilte zu seinem Pferd, warf sich auf dessen Rücken und trieb es heftig an. Erst als er die Wiesen erreichte und ihm die drahtige Mähne des Falben schmerzhaft ins Gesicht peitschte, schrie er seine Pein aus seinem Brustkorb heraus.

Viviane verließ enttäuscht den See. Sie hatte sich ein Zeichen der Göttin erhofft, einen Lichtstrahl vom Himmel, die Gestalt Marias, einen wirbelnden Nebel, irgendetwas. Doch nichts geschah. Diesmal schritt sie nicht zügig aus, ihr Schritt war schleppend und kraftlos. Den Blick zum Boden gesenkt, hing sie ihren Gedanken nach. Vielleicht waren diese Götter doch nicht allmächtig, vielleicht war das alles nur heidnischer Zauber, und sie hatte gesündigt. Vielleicht kam die Strafe Gottes über sie, vielleicht geschah überhaupt nichts …

Als sie aufblickte, erschrak sie. Hier war sie noch nie entlanggegangen. Das war nicht der Weg zum Fjord. Wo waren die Wiesen? Stattdessen befand sie sich in einem Waldstück, dunkel und unheimlich. Alte, knorrige Bäume verschlangen ihre Äste ineinander, so dass es kaum ein Durchkommen gab. Wurzeln bildeten gefährliche Fußangeln, glitschiges Moos überwucherte Steine und Baumstümpfe. Von den Ästen hingen lange Flechten wie alte Männerbärte herab.

Ein feines Surren lenkte Vivianes Aufmerksamkeit auf einen gewaltigen Baum, dessen Stamm hohl war. Einige Äste trugen noch Blattwerk, die anderen waren abgestorben. Direkt vor einem großen Loch, das wie eine offene Tür in den hohlen Baum führte, hockte ein altes Weib. Es hielt eine Spindel in der Hand, die sich in Windeseile drehte und mit ihrer Spitze über den Boden hüpfte. Die Alte zog an den bartähnlichen Flechten und verspann sie zu einem Faden.

»Gefällt dir, was du siehst?«, sprach die Alte sie an. Viviane wich zurück. Die Frau war alt und hässlich. Ihr Gesicht war ausgemergelt und von grauer Farbe. Ihre Nase stach wie ein Vogelschnabel daraus hervor, auch das Kinn wölbte sich nach vorn, während ihre Lippen nur dünne Striche waren. Sie schien keine Zähne zu besitzen, denn sie lispelte, während sie sprach. Ihr Haar wehte wie feine Spinnweben, das verschlissene Kopftuch konnte es nicht gänzlich verdecken.

»Komm her, versuch es selbst. Diese Flechten ergeben einen wunderbaren grünen Faden.«

»Grün?« Viviane überwand ihren Abscheu und trat näher. Tatsächlich, der Faden auf der Spindel schimmerte jadegrün. Es war genau das Grün, das sie für Thoralfs Mantel benötigte. Aber sah die Göttin Frigg so hässlich aus?

Plötzlich erschien eine zweite alte Frau hinter der Alten. Viviane hatte sie nicht kommen sehen, sie war einfach da. Die beiden alten Weiber ähnelten einander verblüffend. Irritiert blickte Viviane von einer zur anderen.

»Na komm, nimm die Spindel«, forderte sie die erste auf. Doch die zweite packte plötzlich die Alte und riss ihr das spinnwebenfeine Haar vom Kopf. Zugleich löste sich die graue Haut aus ihrem Gesicht. Entsetzt wich Viviane zurück.

»Dieser schreckliche Kerl will mich foppen«, schimpfte die zweite alte Frau. Aus der ersten war ein junger Mann mit etwas spitzer Nase geworden, der kichernd zur Seite sprang.

»Du fällst aber auch immer wieder darauf herein, Urd«, grinste er.

»Verschwinde, Loki! Mit dem Schicksal treibt man keine Scherze.«

Mit einer heftigen Bewegung stieß sie Loki beiseite.

Loki? Den Namen hatte sie doch schon einmal gehört. Viviane wollte sich schleunigst zurückziehen. Doch wohin?

Die Alte, die Loki Urd genannt hatte, winkte Viviane heran, während Loki sich kichernd ins Dickicht verzog.

»Du brauchst dich nicht zu fürchten. Vor dem Schicksal darf sich niemand fürchten, denn man kann ihm nicht entfliehen. Nur dieser Loki will alles durcheinanderbringen.« Sie blickte sich suchend um, doch Loki war verschwunden.

»Ich bin Urd, das Gewordene. Und das sind meine Gefährtinnen Verdandi und Skuld. Wir wohnen hier am Fuß der Weltenesche und spinnen oft am Brunnen.«

Erst jetzt entdeckte Viviane den Brunnen zwischen den Wurzeln des mächtigen Baumes und auch die beiden anderen Frauen.

»Was tut ihr hier?«, wollte Viviane wissen.

Urd lachte. »Wir sind Nornen und spinnen die Fäden des Schicksals. Auch deine.«

Abwehrend hob Viviane die Hände. »Wollt ihr mir Böses?«

Urd nahm die Spindel zur Hand, die Loki hatte fallen lassen, und spann den Faden weiter. Doch er war nicht grün, sondern schwarz wie Ruß.

»Ob es gut oder böse ist, liegt im Auge des Betrachters. Du bist in den See gestiegen und hast Frigg geopfert. Man opfert nur, wenn man sie gnädig stimmen will.« Sie lachte leise vor sich hin. Der rußschwarze Faden wickelte sich um die Spindel.

»Das ist das Gewesene, mein Kind. Deine Vergangenheit. Verdandi spinnt die Schicksalsfäden für das Werdende.«

Jetzt bemerkte Viviane, dass deren Spindel einen grünen Faden spann. »Es soll also sein, dass ich diesen Mantel webe?«, fragte sie beklommen.

Urd wies auf Skuld, die nicht spann, sondern dünne Stäbe schnitzte. Sie versah sie mit Runenzeichen und warf sie dann auf die Erde. »Das ist das Werdensollende, deine Zukunft, Viviane.«

Neugierig reckte Viviane den Hals. »Was bringt mir die Zukunft?«

»Ich sehe einen Mann und eine Frau«, murmelte Skuld. »Sie gehören zusammen, doch es trennt sie Wasser. Das Wasser weicht dem Feuer. Das Feuer weicht dem Stein. Der Stein weicht dem Eisen. Ich sehe ein Schwert. Es sprüht grüne Flammen. Ich sehe einen Baum. Ich sehe zwei Männer kämpfen.«

Viviane hielt den Atem an. »Wer sind die beiden Männer? Wie geht der Kampf aus?«

Doch statt einer Antwort verschwanden die Frauen wie im Nebel. Nur die Spule mit dem grünen Faden lag am Boden. Viviane hob sie zögernd auf. Sie musste diesen Mantel für Thoralf weben. Was die Zukunft bringen würde, wusste sie nicht.

Der Mantel

Viviane hockte vor dem großen Webstuhl, der in der Mitte des Haupthauses stand. Sie vermutete, dass Thoralf bestimmt hatte, dass sie den Mantel auf diesem Webstuhl herstellte. Hier wurden nur Stoffe für die Fürstenfamilie gewebt. Für die Sklaven, Knechte und Mägde befanden sich andere Webstühle in den Hütten. Langsam begriff Viviane, wie das große Anwesen funktionierte. Astrid, die Herrin, gebot über alles, was die Führung des Haushaltes, die Vorratshaltung, Tierhaltung und Herstellung betraf. Sie prüfte persönlich die Hütten der Mägde auf Ordnung und Sauberkeit. War sie nicht zufrieden, wurde zuerst Truud, die Großmagd, bestraft. Doch die war hinterher, sich nichts zuschulden kommen zu lassen. Umso mehr trieb sie die ihr anvertrauten Sklaven und Mägde an. Nur Viviane wagte sie kaum noch herumzuscheuchen. Thoralf hatte einen Wunsch geäußert, und der war auch für Truud Befehl. So ließ sie Viviane in Ruhe und beauftragte sie nicht mehr mit niederen und unangenehmen Arbeiten. Die musste nun Raudaborsti allein erledigen.

Der große Webstuhl war massiv gebaut und reichte bis an die Deckenbalken des Mittelraumes. Die Kettfäden wurden mit Steingewichten gespannt. Das erleichterte das Arbeiten und erzeugte einen gleichmäßigen Stoff. Viviane gab sich die größte Mühe, obwohl sie keine große Erfahrung damit hatte. Von fern hörte sie das metallische Hämmern aus der Schmiede. Lieber wäre sie zu Oleif gegangen und hätte ihm zugeschaut, wie er Messer oder Schwerter herstellte.

Das Weberschiffchen war lang, da der Stoff recht breit wurde. Sorgfältig hatte Viviane den Schussfaden daraufgewickelt. Im Mittelraum herrschte immer Geschäftigkeit, denn hier wurde gekocht, gegessen, geschlafen oder gespielt. Er war das Zentrum des Hauses, der lebendige Mittelpunkt. Von Thoralfs Schwestern wurde sie kaum beachtet, obwohl sich beide häufig hier aufhielten, sich mit Brettspielen vergnügten oder Handarbeiten erledigten. Sie webten an einem kleinen Rahmen bunte Bänder, mit denen sie ihre Kleidung schmückten. So etwas stand den einfachen Bewohnern von Skollhaugen nicht zu.

Viviane spürte, dass sie jemand beobachtete. Sie saß mit dem Rücken zum Raum auf einer Strohmatte, die Beine untergeschlagen. Mit einem breiten Holzkamm klopfte sie die Schussfäden fest. Es brannte in ihrem Rücken, als würde jemand ein glühendes Holzscheit daranhalten. Verunsichert drehte sie sich um. An den Türpfosten gelehnt, stand Thoralf da und beobachtete sie. Einen langen Augenblick verbanden sich ihre Blicke, dann wandte sich Thoralf ab. Fast beiläufig ließ er sich auf einer der mit Fell bedeckten Schlafbänke an der Wand nieder und zog sein Messer aus dem Gürtel. Damit schnitzte er an einem Stück Holz. Die feinen Späne fielen zwischen seine Füße. Viviane bemerkte, dass es ihr Messer war, das er immer noch bei sich trug.

Ihr Herz klopfte heftig, und ein beunruhigendes Gefühl erfasste sie. Ahnte Thoralf, dass sie die grüne Spule von einer Norne bekommen hatte? Oder war es gar Frigg selbst gewesen, die ihr dieses Geschenk auf wundersame Weise gemacht hatte?

Sie wandte sich wieder ihrer Arbeit zu, doch ihre Finger zitterten. Es war Thoralfs Nähe, die sie nervös machte. Sie konnte es sich selbst nicht erklären. Seit sie auf Skollhaugen lebte, wurde sie von allen möglichen Menschen kontrolliert, da sie in der Rangfolge ohnehin ganz unten stand. Doch Thoralfs Nähe verwirrte sie. Ob er ihre Webkunst nicht für gut genug hielt?

Sie erinnerte sich, wie sie ihn heimlich durch die Ritzen in der Schwitzhütte beobachtet hatte. Da hatte sie einen ganz anderen Thoralf gesehen, nackt, nass, mit glänzender Haut und schwellenden Muskeln. Der Gedanke daran ließ sie leise seufzen. Sie sollte sich eigentlich schämen, aber es gelang ihr nicht. Stattdessen kehrte dieses Bild immer wieder. Auf ihrer Haut kribbelte es wie von Ameisen, in ihrem Bauch prickelte es wie von frischem Met. Die Innenseiten ihrer Hände wurden feucht und ihr Atem ging schneller.

Sie warf das Schiffchen beiseite, erhob sich und verließ das Haupthaus. Draußen war es kühl. Wahrscheinlich hatte das Feuer sie so erhitzt, und der Rauch benebelte ihre Sinne. Sie ging zu dem Trockengestell, auf dem noch gefärbte Wolle hing, die sie verspinnen musste. Mit wenigen Griffen kontrollierte sie, ob sie getrocknet war. Das feuchte Klima und der Nebel, der oft vom Fjord heraufstieg, hatten das bislang verhindert. Auch diesmal war die Wolle noch zu feucht, so dass Viviane sie nicht verspinnen konnte. Aber sie hatte einen Vorrat für die nächsten zwei Tage zum Weben, dann würde sie wieder die Spindel in die Hand nehmen müssen.

Sie fröstelte und wandte sich um, um ins Haus zurückzukehren. Doch unvermittelt prallte sie gegen jemanden, der hinter ihr stand. Sie hatte niemanden kommen hören. Es war Thoralf. Geschickt fing er sie mit seinen Armen auf und hielt sie fest. Erschrocken blickte Viviane zu ihm auf.

»Herr, seid Ihr nicht zufrieden mit meiner Arbeit?«, stammelte sie.

Doch Thoralf lächelte. Sein Gesicht wirkte ungemein weich und anziehend.

»Kleine Skolli.« Auch seine Stimme war sanft. »Wie könnte ich …« Er blickte ihr tief in die Augen. »Ich bin sicher, der Mantel wird wunderschön. Aber …«

»Aber?«

Thoralf atmete tief durch. »Mach es mir doch nicht so schwer. Ich … ich habe dich …«

Sein Gesicht war nahe. Sie spürte seinen warmen Atem, seinen Körper, an den er sie gezogen hatte. Wie Schmetterlinge flatterte es in ihrem Bauch, etwas zog ihre Haut zusammen und ließ ihr Herz rasen. Sie hatte keine Angst vor ihm, obwohl sie ihn doch fürchten sollte. Sie spürte auch keinen Hass, obwohl sie ihn doch hassen wollte. In ihrem Kopf drehte sich alles, und doch sah sie sein Gesicht vor sich, die gebräunte Haut, strahlend blaue Augen, die jetzt dunkel wie die Tiefe des Meeres wurden, die kleinen Lachfältchen in den Augenwinkeln, die sonnengebleichten Augenbrauen, seine leicht geöffneten Lippen, seine Wangen, über denen sich eine sanfte Röte ausgebreitet hatte, als wäre er schnell gelaufen. Auch sein Atem ging schnell, und Viviane spürte seinen kräftigen Herzschlag unter seinem Hemd. Er trug nichts darüber, keine wollene Tunika, kein Lederwams wie zur Jagd oder zum Ausreiten. Fasziniert stellte Viviane in diesem Augenblick fest, dass sich unter diesem dünnen Stoff seine Haut befand, diesmal warm und trocken, lebendig und verführerisch. Sie war verwirrt, gleichzeitig empfand sie es als angenehm und anziehend, so in seinen Armen zu liegen. Sie konnte ihren Blick nicht von dem seinen wenden, auch ihre Lippen öffneten sich. Da beugte er sich zu ihr herab, nahm ihren Kopf in seine kräftigen Hände und suchte ihre Lippen mit seinen. Zuerst vorsichtig tastend, dann fordernder küsste er sie. Mit Erstaunen fühlte Viviane seine Lippen, den sanften Druck, eine Bewegung, dann die Spitze seiner Zunge, die ihre Lippen weiter öffnete. Sein Atem verschmolz mit ihrem, aus dem Druck wurde ein zartes Saugen, dann wieder ein Pressen. Durch den Vorhang ihrer Wimpern sah sie, dass er die Augen geschlossen hielt. Doch sie war zu überrascht, überrumpelt, um überhaupt noch klar denken zu können. Am liebsten hätte sie sich fallen gelassen, hätte ihn mit sich gezogen. In ihr brannte plötzlich das Feuer lichterloh, das sie erst als brennende Spitze im Rücken gespürt hatte. Nun hatte es sie erfasst, schien sie verschlingen zu wollen. Was war das?

Abrupt riss sich Thoralf von ihren Lippen los. Er betrachtete sie unter gesenkten Augenlidern, als wäre er gerade aus dem Schlaf erwacht, noch nicht ganz im Tag angekommen.

»Ach, Skolli«, stöhnte er, dann presste er ihre Wange an seine Brust. Wieder verspürte sie seinen Herzschlag, ja, sie hörte ihn nun, dumpf, kräftig, wie Hammerschläge.

Sie hatte die Arme um seinen Körper geschlungen, es war ihr nicht bewusst gewesen. So eng aneinandergepresst standen sie da, als gäbe es keine Welt um sie.

»Wärst du doch nicht die Sklavin von der fremden Insel.« Seine Stimme klang gepresst und dumpf, während sich Vivianes Wange an seinen Brustkorb schmiegte.

Langsam hob sie den Kopf zu ihm empor. »Was wäre dann?«, fragte sie leise.

Thoralf schwieg, dann stieß er sie plötzlich grob von sich. »Warum habe ich dich nicht in Ribe gelassen?« Es klang eher verzweifelt als wütend. Viviane erschrak. Womit hatte sie seinen Zorn geweckt?

Er drehte sich um und lief mit hastigen Schritten davon. Ratlos ließ Viviane die Arme hängen. Noch immer wirbelte alles in ihrem Innern durcheinander. Dann lief auch sie davon, in die Hütte der Mägde. Sie warf sich auf ihr Lager und presste ihr Gesicht auf die kratzige Felldecke. Sie wollte lachen, weinen, wütend sein und sich diesem aufwühlenden Prickeln hingeben. Aber nichts davon gelang ihr.

Ein Vögelchen setzte sich auf ihre Schulter. Doch als sie den Kopf hob, sah sie Raudaborsti, die sie mit ihrer kleinen Hand berührte.

»Was hast du denn?«, fragte sie besorgt. »Bist du krank?«

Viviane schüttelte verzweifelt den Kopf.

»Hat dich jemand geschlagen?«

»Nein, nein, ich … ich bin nur so … durcheinander. Er … er hat mich … geküsst.«

Raudaborstis Augen weiteten sich. »Wer?«

»Na, er … Thoralf.«

Raudaborsti plumpste neben Viviane auf das Strohlager. »Er hat dich – geküsst?«

Viviane nickte heftig, dann brach sie in Tränen aus. Tröstend streichelte Raudaborsti über ihre Schulter.

»Nimm es nicht so tragisch. Manchmal machen die Männer das. Sie haben das Recht, sich mit Sklavinnen zu vergnügen. Natürlich nur mit den unverheirateten. Es tut mir leid für dich. War es sehr schlimm?«

Viviane fuhr hoch. »Verstehst du nicht? Er hat sich nicht mit mir vergnügt. Er hat mich geküsst, wie … wie … Ach, ich weiß nicht, wie man eigentlich richtig küsst. Aber es war anders als all die Küsse, die ich bisher bekommen habe, von meiner Mutter, von meinem Vater, von … nein, Patrick hat mich nie geküsst. Das ziemt sich nur, wenn man verheiratet ist, und auch nur, wenn niemand zuschaut.«

»Hat jemand zugeschaut?« Raudaborsti rutschte neugierig näher.

»Nein, nein. Aber es war – es war nicht unangenehm. Es war – schön!«

»Tatsächlich? Warum weinst du dann?«

»Weil ich so durcheinander bin. Warum hat er mich geküsst? Ich kann doch niemals seine Frau werden.«

Die Kleine kratzte sich nachdenklich in ihrem roten Schopf. »Tja, das wohl nicht. Aber vielleicht gefällst du ihm, und er will dich als seine Geliebte haben.«

»Als Geliebte? Wie soll das denn gehen?«

Raudaborsti beugte sich zu Viviane herab und senkte ihre Stimme zu einem Flüstern. »Manchmal machen die Herren das eben so. Björgolf hatte auch einmal eine Geliebte, da besaß er noch beide Beine. Er brachte sie von einer Fahrt mit. Sie soll die Tochter eines Königs gewesen sein, er hatte sie geraubt und versklavt. Und sie teilte sein Lager, als Astrid schwanger war.«

Viviane schaute sie zweifelnd an. »Aber da hast du doch noch gar nicht gelebt.«

»Stimmt, aber Truud hat es erzählt, und Truud ist schon lange auf Skollhaugen.«

Mit dem Handrücken wischte Viviane ihre Tränen ab. »Was ist aus dieser Geliebten geworden?«

Raudaborsti setzte eine wichtige Miene auf. »Die ist ertrunken, unten im Fjord, als Björgolf wieder auf Víking fuhr. Man sagt, Astrid habe einem Knecht den Auftrag gegeben, sie ins Wasser zu werfen. Astrid selbst sagte, es sei ein bedauerlicher Unfall gewesen. Seltsam nur, dass dieser Knecht kurz darauf auch starb. Er wurde von einem fallenden Baum erschlagen.«

»Wie schrecklich!«

»Ja, ja, es geschehen seltsame Dinge auf Skollhaugen«, erwiderte Raudaborsti düster. »Du solltest dich in acht nehmen. Aber vielleicht will Thoralf dich gar nicht zur Geliebten haben und wollte nur prüfen, ob du zu viel vom Sauerbier getrunken hast.«

»Meinst du wirklich?«

»Na ja, warum sonst sollte er dich küssen?«

Ja, warum sonst? Viviane setzte sich auf. Wie konnte sie jetzt einfach wieder ins Haupthaus gehen und so tun, als wäre nichts geschehen? Nein, niemals wollte Thoralf prüfen, ob sie Bier getrunken habe. Obwohl das Kribbeln in ihrem Bauch dem ähnlich war, das man hatte, wenn man zu viel Bier trank.

Sie erhob sich, ordnete ihr Kleid und ihr Haar und verließ die Hütte und die ihr verwundert hinterherblickende Raudaborsti.

Im Haupthaus war niemand, nur eine Magd schüttete Wasser in den großen Kessel über dem Feuer. Viviane atmete auf. Sie hätte Thoralf jetzt nicht in die Augen schauen können. So hockte sie sich an den Webstuhl und setzte ihre Arbeit fort, wo sie sie unterbrochen hatte.

Thoralf ritt ziellos durch die Gegend. Er hatte nicht einmal seine Jagdwaffen dabei. Asgeir wollte ihn begleiten, doch Thoralf winkte mit einer herrischen Handbewegung ab. Er wollte allein sein.

Thoralfs Gefühlswelt war durcheinandergeraten. Überhaupt bemerkte er erst jetzt, dass er eine Gefühlswelt besaß. Bislang bestanden seine Gefühle aus Stolz, Hass, Freude, Zorn, Respekt vor seinen Eltern und den Göttern, Standesbewusstsein. Er war stolz darauf, dass die schöne Gunnardviga zu seiner Braut bestimmt war, und er tat alles, um Ruhm und Ehre zu sammeln, die ihn in Gunnardvigas Augen noch erhöhen sollten. Ja, er wollte ein Held sein, auch ihr Held, den sie verehren und anbeten sollte.

Doch auch Gunnardviga war eine stolze Frau, die erobert werden wollte, trotz des Heiratsversprechens, das ihre Familien bereits vor vielen Jahren ausgehandelt hatten. Es war ein Spiel, ein ernstes Spiel. Niemals hatte er geglaubt, dass er einer Frau gegenüber ein anderes Gefühl verspüren konnte als dieses

Werben und Präsentieren, als bewundert werden und sich seines Sieges sicher sein.

Doch nun war alles ganz anders. Er verspürte etwas in seiner Brust, das ihm neu, fremd und unheimlich war. Er fühlte sich zu Viviane hingezogen, nicht wie zu irgendeiner Sklavin, die er gerade körperlich begehrte. Dieses körperliche Begehren war ebenfalls da, seit er sie nackt im See gesehen hatte. Doch da war noch etwas anderes. Gleichzeitig scheute er sich davor, diesem Begehren nachzugeben, ja, er empfand es wie eine Schändung eines göttlichen Tabus. Viviane war nicht wie die anderen Sklavinnen. Zweifellos war sie eine Frau, eine junge, schöne, begehrenswerte Frau mit einem Körper, den die Göttin Frigg höchstpersönlich geformt haben musste. Aber sie schien so unerreichbar fern. In seinen Träumen streckte er die Hand nach ihr aus, doch immer war sein Arm zu kurz, erreichten seine Fingerspitzen sie nicht. Wie ein Lufthauch entkam sie ihm, verschwand im Dunst eines unheimlichen Nebels.

Je mehr sie sich ihm entwand, umso größer wurde seine Sehnsucht nach ihr. Ja, es war Sehnsucht, kein einfaches Begehren. Er wollte sie lieben, umarmen, beschützen wie … wie seine Frau.

Unmöglich! Sie war eine Sklavin und er ein Fürstensohn. Vielleicht hatte Loki seine Hand im Spiel und verwirrte ihm den Geist. Täuschung und Trug hatten sogar schon den Göttern den Geist verwirrt.

Und doch – er hatte Viviane geküsst. Und sie hatte seinen Kuss erwidert, voller Sinnlichkeit und Hingabe. Bei dem Gedanken daran wirbelte das Blut in seinem Bauch wie in einem tückischen Meeresstrudel, zog sich ein eisernes Band um seinen Brustkorb und wollte ihm sein Herz sprengen. Hier half keine Härte, hier half kein Stolz, und niemand konnte ihm helfen.

Er stieg vom Pferd und ließ sich unter einem Baum nieder. Mit dem Rücken lehnte er sich gegen den rissigen Stamm und blickte nach oben ins Geäst. So verwirrend wie die Krone des Baumes mit ihren vielen Verästelungen waren auch seine Gedanken. Er schloss die Augen und atmete tief den würzige Duft von Moos, Pilzen und Erde ein. Das Blinken der Sonnenstrahlen zwischen den Zweigen und Blättern drang durch seine geschlossenen Lider in roten und gelben Farben. Dann wurde das Blinken schwächer, wie über einem See, der sich nur sacht kräuselte. Dem Wasser entstieg, einer Göttin gleich, Viviane. Deutlich konnte Thoralf sie erkennen, ihren ebenmäßigen Körper, die sanften Rundungen, die Wassertropfen, die an ihm herabperlten. Verlangend streckte er die Arme aus. Diesmal entwich sie ihm nicht in einen diffusen Nebel. Die Sonnenstrahlen umhüllten sie wie eine goldene Aura, sie näherte sich ihm mit langsamen Schritten. Auf ihren Lippen lag ein sanftes Lächeln.

Ein tiefer Frieden breitete sich in ihm aus, alles war voll Wärme, Licht und Ruhe. Der Anblick ihres Körpers überwältigte ihn, und er sank vor ihr auf die Knie. Vorsichtig ergriff er ihre Hände, die sie ihm reichte. Mit der Zunge und den Lippen versuchte er, die Wassertropfen zu erhaschen, die von ihrem Körper rannen. Auf seinen Lippen verwandelten sie sich in Honig. Es schmeckte süß, ihn verlangte nach mehr.

»Ich liebe dich«, flüsterte er. »Meine Göttin …«

Sie beugte sich zu ihm herab. Ihr Nabel verschwand in einer kleinen Bauchfalte, der Wassertropfen, der sich darin befand, rann wie eine Träne heraus. Er zog eine Spur über ihren sanft gewölbten Bauch und verschwand in den kupferfarbenen Kräusellocken, die den dreieckigen Schluss ihrer Schenkel bildeten. Schon wollte er mit seinen Lippen dem Tropfen folgen, doch als er den Blick hob, nahmen ihn ihre vollen Brüste gefangen, die sich ihm verlockend entgegenwölbten. Sie waren das Leben an sich, prall und fest, mit zwei rosaroten Spitzen, die feucht glänzten. Überwältigt stöhnte Thoralf auf. Er wollte sie küssen, ihre Lippen, ihren schlanken Hals, ihre runden Schultern, die vollen Brüste, ihren Bauch, dieses lockige Geheimnis darunter. »Komm zu mir, du gehörst zu mir. Wir gehören zusammen. Ich liebe dich, Skolli, du Schöne. Geliebte …«

Sie beugte sich noch tiefer zu ihm herab. Ein bunter Stoff legte sich über ihren Rücken, weiße, fuchsrote und jadegrüne Streifen. Sein Mantel! Er hüllte sie beide ein, verbarg sie vor der Welt wie ein schützendes Nest, eine eigene Hütte, ein gesponnener Kokon. Es wurde dunkel. Gleichzeitig spürte er etwas Kratziges im Gesicht, dann ein heiseres Lachen. Entsetzt riss Thoralf die Augen auf – und blickte in Asgeirs Fratze!

»Wusste gar nicht, dass du auch Männer liebst«, grinste Asgeir. »Aber ich fühle mich geschmeichelt. Und ich habe auch gar nichts dagegen. Du bist ein ansehnlicher Mann, es wird bestimmt ein Vergnügen sein.« Er blickte sich kurz um. »Hier entdeckt uns auch niemand, falls du Wert auf dein Geheimnis legst.« Er ließ sich neben Thoralf ins Gras fallen und schob seine Hand unter dessen Wams.

Mit einem Satz sprang Thoralf auf die Beine und stieß Asgeir von sich.

»Was soll das? Was tust du? Bist du von Sinnen?« Er schüttelte sich wie ein nasser Hund.

Entgeistert starrte Asgeir ihn von unten herauf an. »Aber Thoralf, ich habe ganz deutlich gehört, was du zu mir gesagt hast. Ich konnte es selbst kaum glauben, du hast nie zuvor eine Andeutung gemacht. Aber ich weiß ja auch, dass so etwas nicht gern gesehen wird und man es besser für sich behalten soll.«

Thoralf wich zurück. »Du bist verrückt! Nichts hast du gehört. Nichts habe ich zu dir gesagt. Du irrst dich. Ich habe geträumt, geschlafen. Loki hat dich verwirrt.«

»Verstehe«, grinste Asgeir breit. »Du brauchst es nicht zuzugeben. Ich stehe zu deiner Verfügung, wann immer du Begehren empfindest.«

»Du hast mich nicht richtig verstanden«, schnaufte Thoralf. »Ich begehre dich nicht. Ich begehre überhaupt keinen Mann. Wie kommst du auf solch eine irrsinnige Idee? Ich begehre …« Er biss sich auf die Zunge. Was ging das Asgeir an? Er war Gunnardvigas Bruder.

»Du weißt schon«, murmelte er, während er den Zügel seines Pferdes packte. »Es dauert eben noch etwas bis zur Hochzeit.« Dann schwang er sich auf seinen Falben und schlug ihm heftig die Fersen in die Flanken. Asgeir starrte ihm mit einem nicht sehr geistreichen Ausdruck hinterher.

Dalla trat aufgeregt von einem Fuß auf den anderen. »Willst du ihn nicht suchen lassen?« Sie blickte ihre Mutter fordernd an.

»Er kommt von allein zurück«, erwiderte Astrid. »Es wird sich die Gelegenheit ergeben, mit ihm zu sprechen.«

»Mutter! Er ist dabei, eine Dummheit zu begehen. Und diese Sklavin muss sofort verschwinden. Verkaufe sie, wirf sie ins Wasser.«

Astrid fuhr herum, und eine steile Zornesfalte bildete sich zwischen ihren Augenbrauen. »Wie sprichst du mit deiner Mutter? Du hast mir nicht vorzuschreiben, was ich zu tun habe. Das weiß ich selbst. Thoralf ist mein Sohn. Auf seine Mutter wird er hören. Aber ich werde ihn nicht beschimpfen wie ein altes Weib. Und du wirst den Mund halten. Es ist meine Aufgabe, für den häuslichen Frieden zu sorgen.«

Dalla schob schmollend die Unterlippe vor. »Aber ich habe

es gesehen. Du nimmst es nicht ernst genug. Er hat sie geküsst, und sie hat ihn wiedergeküsst. Er hat sie sich nicht einfach genommen wie irgendeine Sklavin. Das … das war anders.«

»Was verstehst du von solchen Dingen? Du solltest dich nicht immer zwischen den Mägden und Knechten herumtreiben, dann siehst du auch nicht Dinge, die du nicht sehen solltest.«

»Ich habe es aber gesehen, und wir dürfen es nicht dulden.«

»Ich werde es nicht dulden«, erwiderte Astrid ungehalten. »Und nun kümmere dich um deine Aussteuer, sonst will dich kein Mann haben, wenn du nur herumschnüffelst und keifst.«

Beleidigt verschwand Dalla im Haus, nicht ohne der am Webstuhl arbeitenden Viviane einen giftigen Blick zuzuwerfen. Auch Astrid beobachtete Viviane durch die Türöffnung. Was war bloß in Thoralf gefahren? Doch es gab nichts, was sie bei ihrem Lieblingssohn nicht wieder richten konnte. Und so fasste sie sich in Geduld, bis Thoralf zurückkehrte. Es konnte einige Tage dauern. In der Zwischenzeit sollte Viviane den Mantel zu Ende weben. Danach würde sich Astrid auch für diese Sklavin eine Lösung einfallen lassen. Keineswegs würde die Hochzeit mit Gunnardviga gefährdet werden. Nicht wegen einer fremdländischen, rothaarigen Sklavin!

Thoralf ahnte nicht, dass seine geheime Leidenschaft beobachtet worden war. Er wähnte sich sicher, und es war doch nur ein Kuss gewesen, den er Viviane geschenkt hatte. Ein Kuss! Nein, es war mehr. Seine Träume verrieten es.

Er ärgerte sich über Asgeir, weil dieser ihm gefolgt und ihn in seinen Träumen beobachtet hatte. Ja, er wollte es als sein Geheimnis bewahren. Viviane war sein Geheimnis. Wie der Fuchs in seinem Bau sollte sie in ihm wohnen, und wehe dem Jäger, der sie da herausjagen wollte!

Ziellos irrte er durch die Gegend, wollte vergessen, was ihm seine Träume erzählten. Denn die Wirklichkeit sah anders aus. Er versuchte sich Gunnardvigas Gesicht, ihre Gestalt, den Klang ihrer Stimme ins Gedächtnis zu rufen. Alles, was er bisher getan hatte, seine Beutezüge, sein Handel, der Kampf um Ruhm und Ehre, hatte er für sie getan, um ihr zu imponieren, sie zu erobern. Ja, sie war ihm als Kind versprochen worden, doch was wäre er für ein Wikinger, würde er nicht auch ihr Herz, ihre Bewunderung, ihre Liebe erringen?

Liebe? Was war das eigentlich? Er hatte keine Ahnung. Er war bislang überzeugt gewesen, Liebe könnte er sich erkämpfen wie seine Beute. Liebe, war das nicht Respekt, Bewunderung, Hingabe? Oder war es Sehnsucht? Oder vielleicht sogar Schmerz, der Schmerz, den er in seiner Brust verspürte? Er wusste es nicht, und es machte ihn wütend und ratlos.

Er wendete sein Pferd und ritt zum Hof zurück. Je näher er kam, umso heftiger schlug sein Herz. Er wollte Viviane wiedersehen. Sie würde im Haupthaus sitzen und an seinem Mantel weben. Dieser Mantel würde ein Teil von ihr sein, etwas, das er sich um die Schultern legen konnte. Er verspürte ein Kribbeln unter der Haut. Dieser Mantel würde ihn mit Viviane verbinden. Er freute sich darauf.

Im Hof sprang er von seinem Falben und überließ ihn einem Knecht, der das schwitzende Pferd abreiben und versorgen würde. Er wollte ins Haus eilen, doch in der Tür stand seine Mutter, unerschütterlich und abweisend. Diese Haltung bildete einen Gegensatz zu ihrem milden Lächeln.

»Nicht so stürmisch, mein Sohn«, sagte sie und legte ihre Hände auf seine Schultern. »In der Eile vergisst man nachzudenken.«

»Worüber sollte ich nachdenken?«, erwiderte er verwundert.

Sie schob ihn sanft, aber bestimmt zur Tür hinaus. »Folge mir und lass uns etwas spazieren gehen.«

»Ich komme von einem Ausritt und bin müde«, protestierte er. »Ich will mich auf meinem Lager ausruhen.«

»Ausruhen kannst du dich auch draußen auf der Wiese vor dem Tor«, gab sie zurück. »Ich wünsche, dass du mich begleitest.«

Thoralf senkte ergeben den Kopf. »Wenn es dein Wunsch ist, Mutter, werde ich ihn befolgen.«

Astrid hatte nichts anderes erwartet. »Eines Tages wirst du Herr über Skollhaugen sein«, sagte sie, während sie neben ihm herschritt. Sie besaß eine hoheitsvolle Haltung und eine fürstliche Ausstrahlung, im Gegensatz zu ihrem Gatten Björgolf, der immer mehr an seiner Behinderung litt. Der Stumpf seines Beines hatte sich entzündet, und die Wunde fraß sich immer weiter ins gesunde Fleisch hinein. Aus dem stolzen Jarl war ein alter, kranker Mann geworden. In nicht allzu ferner Zukunft würde Thoralf seine Stelle einnehmen. Doch dazu musste er nicht nur mutig und ruhmreich, sondern auch klug und überlegen sein. Ein Hitzkopf konnte die fürstliche Macht gefährden.

»Du bist jung und kräftig, im besten Mannesalter, und die Säfte deines Körpers kochen wie in einem kupfernen Kessel. Doch wenn du diesen Kessel überkochen lässt, verdirbst du nicht nur die Säfte, sondern löschst das Feuer, das unter dem Kessel brennt.«

Thoralf blickte sie fragend an. »Was willst du mir damit sagen?«

Sie lächelte milde. »Es geht um deine Weisheit, mein Sohn. Du solltest sie über deine Leidenschaft stellen. Ein Fürst muss nicht nur stark und mutig, sondern auch klug und weise sein. Im Augenblick vermisse ich diese Weisheit bei dir.«

Thoralf blieb abrupt stehen. »Mutter, ich habe die halbe Welt befahren, um Ruhm und Ehre zu erringen. Die Beute, die ich heimbrachte, findet nirgendwo ihresgleichen. Bewunderung und Respekt sind uns sicher, vor allem von benachbarten Fürstengeschlechtern. Drei stolze Schiffe künden von unserem Ruhm. Und auf meinen Fahrten habe ich fremde Länder und außergewöhnliche Menschen kennengelernt. Das alles hat mich geschult, mich Klugheit und Weisheit gelehrt. Warum zweifelst du an mir?«

»Ich zweifle nicht an dir, ich möchte dich einfach vor einer Torheit bewahren. Außerdem bin ich die Hüterin des Hauses und des Familienfriedens. Zu einem starken Fürsten gehört auch eine kluge, weise Frau.«

Thoralf ergriff ihre Hand und führte sie an seine Lippen. »Das weiß ich. Aus diesem Grund verehre und respektiere ich dich.«

»Dann nimm den Rat deiner Mutter an und halte dich von dieser Sklavin fern. Zügele deine Leidenschaft und bewahre sie für die Frau, die in nicht allzu langer Zeit an deiner Seite liegen wird.«

Thoralf schluckte. »Du meinst …«

»Ich meine diese Viviane, die nach deinem Willen jetzt im Haus sitzt wie deine Gemahlin und dir einen Mantel webt. Das steht ihr nicht zu, und ich wundere mich über deinen seltsamen Wunsch. Warum lässt du nicht Gunnardviga diesen Mantel weben?«

»Weil … ich will, dass Viviane ihn webt. Es sind ihre Augen, die mich in den Bann gezogen haben. Ich bin überzeugt, dieser Mantel in den Farben ihrer Augen bringt mir Glück, beschützt mich.«

»Es sind offenbar nicht nur ihre Augen, sondern auch ihre Lippen, ihr Körper. Ich kann dir nicht vorschreiben, mit wem du dich körperlich vergnügst, mein Sohn. Aber ich weiß, dass diese Sklavin einen unheilvollen Einfluss auf dich ausübt. Es gibt genügend andere junge Mädchen, die dir gern Gefährtin für eine Nacht wären, bis du bei deiner Gemahlin liegen wirst. Aber nicht diese rothaarige Fremde.«

»Wie kommst du darauf, dass ich …«

Er bemerkte das wissende Lächeln seiner Mutter. Sie wusste es! Doch woher?

»Du hast sie geküsst. Das steht nur einer Gemahlin zu, und auch das nicht am helllichten Tag.«

»Woher weißt du das? Es war Asgeir, nicht wahr?«

Astrid schüttelte sacht den Kopf. Doch ihr Blick wurde streng. »Ich werde es nicht dulden. Diese Sklavin muss verschwinden.«

»Verschwinden? Ich habe sie gefangen, sie gehört mir«, widersprach Thoralf trotzig. »Du kannst sie nicht verkaufen.«

»Ich werde sie nicht verkaufen«, entgegnete Astrid gedehnt. »Aber sie gehört nicht hierher. Diese grünen Augen, das rote Haar, sie ist eine Fee oder eine Hexe. Wer seinen Blick in diesen grünen versenkt, der kehrt nicht wieder.«

Thoralf wich zurück. »Nein! Ich habe sie eurem Schutz anvertraut. Sie ist kein fremdes Wesen. Versprich mir, sie zu beschützen, Mutter, versprich es mir!«

Verwundert blickte Astrid ihren Sohn an. »So viel liegt dir an ihr?«

Thoralfs Schweigen war Antwort genug.

Astrid wandte sich ab. »Ich will nur verhindern, dass du eine Dummheit begehst. Wenn sie dich nicht mehr mit ihren grünen Augen verhext …«

»Mutter!« Entsetzt packte er sie und zwang sie, ihn anzuschauen.

Verärgert wehrte sie ab. »Was erlaubst du dir, Sohn? Noch

bin ich Herrin über Skollhaugen und bestimme, was geschieht. Ich werde nicht deine Hochzeit mit Gunnardviga und die ehrenvolle Vereinigung mit ihrer Sippe gefährden, indem ich dich gewähren lasse. Du erhöhst diese Sklavin auf ungebührliche Weise.«

»Indem sie webt?«

»Indem du sie küsst und sie dich wiederküsst.«

»Du hast uns beobachtet?«

»Ich weiß es, das muss dir genügen. Und nun erwarte ich, dass du ein folgsamer Sohn bist, der seiner Mutter nicht zuwiderhandelt.«

Thoralfs Brustkorb schnürte sich zusammen. Er rang nach Luft. »Natürlich respektiere ich deinen Wunsch, Mutter«, erwiderte er gepresst. »Ich werde mich von Viviane fernhalten. Aber respektiere auch bitte meinen Wunsch, dass sie diesen Mantel webt.«

Eine geraume Zeit blickte Astrid nachdenklich über den Fjord. »Ich respektiere deinen Wunsch. Sie wird diesen Mantel weben. Mehr nicht.«

Thoralf atmete erleichtert auf. Es würde eine Weile dauern, bis sie diesen Mantel fertiggestellt hatte. So lange würde ihr nichts geschehen. Und bis dahin würde ihm etwas einfallen, wie er beides miteinander in Einklang bringen würde – Gunnardviga zu heiraten und Viviane zu lieben.

Intrigen

Die Erntezeit stand bevor. Unruhe hielt auf Skollhaugen Einzug. Yngvar hatte alle Hände voll zu tun und trieb die Knechte und Mägde an, die Vorratshäuser in Ordnung zu bringen, die Wagen zu reparieren, die Gespanne zu kontrollieren, die Sicheln, Sensen und Blattmesser zu schärfen und Körbe bereitzustellen. Jede Hand wurde nun gebraucht.

Truud beschwerte sich bei Astrid, dass Viviane nicht für die Erntearbeiten herangezogen werden durfte. »Kann sie ihre Webarbeiten nicht unterbrechen? Dafür ist der lange Winter da. Bitte, Herrin, sonst schaffen wir das Einlagern des Wintervorrats nicht. Raudaborsti ist allein zum Blättersammeln unterwegs. Die Kleine schafft das nicht, Viviane muss sie unterstützen.«

Astrid neigte den Kopf. »Das sehe ich ein. Soll sie ihre Webarbeit unterbrechen, schließlich hat Thoralf nicht bestimmt, wann dieser Mantel fertig sein soll.« Mit einem Wink forderte sie Viviane auf, Truud zu folgen. »Nach der Ernte kannst du weiterarbeiten«, sagte sie.

Viviane musste wohl oder übel folgen. Einerseits war sie froh, das Haupthaus verlassen zu können. Das ständig brennende Feuer verqualmte den Mittelraum derart, dass sie ständig husten musste und ihre Augen tränten. In den langen Wikingerhäusern gab es keinen Rauchabzug. Im Sommer wurde manchmal eine Stelle im Dach geöffnet, doch jetzt im Herbst hielt man das Dach wegen der Kälte und der häufigen Regenfälle geschlossen. Sie war es ebenso wenig gewohnt, lange am Webstuhl zu hocken. Sie streckte ihre steifen Glieder und atmete tief durch. Gleichzeitig durchströmte sie ein Gefühl des Bedauerns. Dieser Mantel verband sie mit Thoralf auf eine wundersame Weise, auf göttliche Art. Noch hatte sie die grünen Streifen nicht begonnen, doch wie sie zu diesem Faden gekommen war, verursachte ihr immer noch Herzklopfen. Diese Götter, die Feen und Geister existierten wirklich. Die Spule mit dem jadegrünen Faden war der Beweis!

Raudaborsti kam ihr mit mehreren geflochtenen Weidenkörben entgegen. »Na, endlich bekomme ich Hilfe«, ächzte sie und drückte Viviane einen Korb in die Hand. Darin lag ein breites Messer. »Wir müssen Laub für das Vieh sammeln. Das Heu reicht nicht über den Winter. In den letzten Tagen hat es nicht geregnet, und es gab auch keinen Nebel. Das Laub ist trocken, so kann es eingelagert werden.«

Viviane freute sich, mit Raudaborsti zusammenarbeiten zu können. Sie mochte den kleinen lustigen Rotschopf mit den himmelblauen Augen und den vielen Sommersprossen im Gesicht. Ihr unerschöpfliches Geplapper lenkte sie von ihren Gedanken ab, die immer wieder zu Thoralf schweiften. Der hatte sich in den letzten Tagen nicht blicken lassen. Er begleitete Yngvar auf die vereinzelt um Skollhaugen herum gelegenen Bauernhöfe, um nach dem Fortgang der Ernte zu schauen und die Abgaben an den Fürstenhof einzufordern. Eigentlich hätte das Yngvar auch allein gekonnt, es war seine Aufgabe. In den Jahren zuvor hatte er sie sehr pflichtbewusst wahrgenommen. Doch Thoralf war froh, einen Grund gefunden zu haben, sich von Skollhaugen fernzuhalten. Die Warnung seiner Mutter war ihm wohl bewusst, und er wusste auch, dass er Astrids Wunsch als Befehl zu betrachten hatte. Noch war er nicht Herr auf Skollhaugen und hatte sich in Respekt und ohne Widerspruch unterzuordnen. Zwar befürchtete er nicht, dass Yngvar ihm seine zukünftige Stellung streitig machen würde, aber das Recht des Erstgeborenen war auch nicht unumstößlich, sondern ein Jarl wurde von seinen Mannen gewählt. Erwies sich der eine Sohn nicht als würdig, die Stellung einzunehmen, konnte die Wahl durchaus anders ausfallen.

Er fühlte sich zu Viviane hingezogen, aber unter den Augen seiner Mutter war ein Treffen, ja ein Blickkontakt unmöglich. Er wollte vor dieser Sehnsucht fliehen, es gelang ihm jedoch nur schlecht.

Yngvar übersah geflissentlich Thoralfs inneren Konflikt. Die Brüder verstanden sich ohnehin nicht besonders gut, war doch Thoralf von Anfang an besser ausgebildet und bevorzugt worden. Er hatte sogar nach Björgolfs Unfall die drei Schiffe der Flotte übertragen bekommen. Yngvar kümmerte sich indes jahraus, jahrein um die Landwirtschaft, um die Zucht der Rinder, um die Instandsetzung und Erweiterung des Fürstenhofes, um die Bauernhöfe im Herrschaftsgebiet, um Fischerei und Jagd. So mehrte er den Wohlstand des Hofes beträchtlich. Doch es wurde wenig gewürdigt. Dass es keinen Hunger im Winter gab, dass das Vieh genug zu fressen hatte, dass die Ställe warm und dicht und die Vorratshäuser bis unters Dach gefüllt waren, dass alle Bewohner des Hofes ordentlich gekleidet waren und auch die Bauern keine Not litten, dafür gab es weder Jubelfeiern, große Empfänge, Ruhmesreden oder die Bewunderung der Nachbarfürsten. Dies alles gebührte Thoralf, wenn er von einer erfolgreichen Fahrt zurückkam und seine erbeuteten Schätze präsentierte.

Yngvar hatte sich mit diesen Gegebenheiten abgefunden, allerdings hielt sich seine Solidarität mit Thoralf in Grenzen. Er war sein Bruder, er würde einmal Herr auf Skollhaugen sein und Yngvar ihm untertan und Respekt schuldig. Mehr konnte

Thoralf jedoch nicht von ihm erwarten. Und so würdigte er Thoralf keines Blickes, während sie nebeneinander herritten und die Bauernhöfe nacheinander kontrollierten. Thoralf brütete vor sich hin, mit steinerner Miene und abwesendem Blick. Für die Ernte interessierte er sich nicht.
Auf den Bauernhöfen lebten die meisten seiner Männer, die mit ihm auf Víking fuhren. Ihr Beuteanteil trug zum bescheidenen Wohlstand der Familien bei. Doch jetzt hatten sie mit dem Einbringen der Ernte zu tun. Sie begrüßten Thoralf mit lautstarken Rufen und ließen ihren Anführer hochleben, leerten gemeinsam einen Krug Met, doch dann kehrten sie zu ihrer Arbeit zurück, und Yngvar registrierte, was auf den einzelnen Höfen geerntet wurde und wie hoch der Anteil ihrer Abgaben sein würde.

Währenddessen blickte Thoralf sich gelangweilt um. In der Ferne bemerkte er zwei Frauen, die Laub sammelten. Zuerst glaubte Thoralf, dass es sich um Mägde des Bauernhofes handelte, doch dann sah er die roten Haare der beiden. Sie trugen keine Kopftücher, wie es bei den Mägden auf den Höfen häufig üblich war. Zwei Frauen mit rotem Haar … Sein Herz begann heftiger zu schlagen. Die eine war klein und dünn. Das war ohne Zweifel Raudaborsti, der lustige Troll von Skollhaugen. Und die andere …

Thoralf wurde unruhig. Er schaute zu Yngvar, doch der zählte das Vieh des Bauern und würde anschließend die abzuerntenden Felder besichtigen. Kurzentschlossen schwang er sich auf seinen Falben und trabte mit hängendem Zügel auf die beiden Laubsammlerinnen zu. Sie blickten auf, als sich der Reiter näherte.

Thoralf lächelte. »Was für ein schöner Tag«, begrüßte er die beiden, die sofort die Köpfe neigten. »Ich sehe, ihr wart fleißig, und die Körbe sind fast gefüllt. Ich erlaube euch, eine Pause einzulegen.«

»Danke, Herr«, murmelten sie.

»Raudaborsti, geh zum Hof und lass dir eine Schüssel Milch zur Stärkung geben«, sagte er und blinzelte der Kleinen zu. »Damit du wieder zu Kräften kommst.«

Raudaborsti wollte erwidern, dass ihre Kräfte noch längst nicht am Ende seien, aber dann begriff sie. »Danke, Herr«, wiederholte sie und eilte davon, so schnell ihre dünnen Beine sie tragen konnten.

Viviane errötete, als Thoralf vom Pferd sprang und sie ohne Zögern in die Arme zog. »Endlich«, flüsterte er und küsste sie auf die Stirn.

»Ich habe mich so nach dir gesehnt.«

»Wir sollten das nicht tun. Ich glaube, der Herrin missfällt es.«

»Die Herrin ist nicht hier, und niemand sieht uns, nicht einmal Raudaborsti.« Er lachte. »Es ist eine göttliche Fügung, dass ich dich hier getroffen habe.« Er zog sie mit sich zu einem kleinen Wäldchen aus Buchen und Birken. Es lag noch genug trockenes Laub auf dem Boden. Thoralf zog Viviane in seine Arme und suchte ihre Lippen. Viviane hatte sich vorgenommen, sich gegen Thoralfs Zärtlichkeiten zu wehren, aber es war unmöglich. Es kribbelte und prickelte in ihrem ganzen Körper, und eine unsichtbare Macht zog sie zu ihm hin. Wie war so etwas möglich, wo sie ihn doch hassen sollte? Aber der Grund für diesen Hass lag so weit weg, in der Vergangenheit, in einer anderen Welt, an die sie sich nicht mehr genau erinnern konnte. Gegenwärtig jedoch war dieses überwältigende Gefühl, wenn sie in seinen Armen lag. Sie konnte nicht anders, als diesen Kuss erwidern, ihm zeigen, wie gut ihr seine Zärtlichkeiten taten. Im Augenblick waren alle Skrupel hinweggewischt, es gab kein Skollhaugen, keine Astrid, keine Gunnardviga. Es gab nur Thoralf und sie und weiches, trockenes Laub, das unter ihnen raschelte. Sie hatte kaum bemerkt, wie er sie einfach hochgehoben und auf den Boden gelegt hatte, wie er sich neben sie legte, seinen Körper an ihren gepresst, seine streichelnden Hände überall auf ihrem Körper. Durch den Vorhang ihrer Wimpern sah sie sein Gesicht dicht über ihrem, spürte seinen Atem, vernahm zärtlich gemurmelte Worte. War das wirklich dieser harte, herzlose, stolze Thoralf, Anführer einer raubenden und mordenden Wikingerbande? Sie wollte nicht darüber nachdenken, sie wollte überhaupt nicht denken. Sie wollte nur in seinen Armen liegen, sich seinen Zärtlichkeiten hingeben, das Prickeln, Ziehen und das Feuer in ihrem Körper genießen.

»Es ist so schön«, hauchte sie. Seine Hand fuhr unter ihr Kleid, ertastete ihren Bauch und strich sacht darüber. Es kratzte etwas, seine Hand war schwielig und fest, doch das schürte ihre Leidenschaft nur noch mehr an.

»Liebe kleine Skolli«, flüsterte er ihr ins Ohr, während seine Hand weiter nach oben wanderte. »Du besitzt einen wunderschönen Körper, Brüste voller Honigtau, Schultern wie Schnee auf den Tannenzweigen.« Er schob ihr Kleid nach oben. Viviane spürte kühle Luft über ihre Brüste streichen, dann seine zärtlichen Lippen, die liebkosend darüberfuhren. Ihre Haut zog sich zusammen, die rosa Spitzen ihrer Brüste verhärteten sich. Thoralf bemerkte es mit Wohlwollen. Sacht saugte er daran. Wonnige Schauer durchströmten Viviane, sie fuhr mit den Fingern durch sein Haar und hielt seinen Kopf fest. Er sollte nicht aufhören damit, sollte fortfahren, etwas aus ihr herauszusaugen, das sich in ihre Brüste drängte. Gleichzeitig verspürte sie ein heftiges Feuer in ihrem Schoß, als flösse heißes Wasser aus ihrem Bauch heraus. Erschrocken wollte sie sich aufrichten, doch Thoralf ließ es nicht zu. Er lag schwer auf ihr. Mit einer Hand schob er ihre Schenkel auseinander. Sie ließ es zu, ja, sie wollte es so. Alles in ihr strebte nach ihm, nach seinem Körper, nach seinen Berührungen. Sie war willenlos, gleichzeitig wollte sie, was gerade geschah.

Thoralf spürte sehr wohl ihr Entgegenkommen, das leise Vibrieren ihres ganzen Körpers. Der Kessel begann zu sieden, tausende Bläschen befreiten sich aus dem Wasser, um nach oben zu streben, wie Perlen aus ihrem Gefängnis auszutreten. So stellte er sich die höchste Leidenschaft eines weiblichen Körpers vor, so hatte er Viviane gesehen, damals im See der Frigg. Viviane war keine Sklavin, sie war eine leibhaftige Göttin, und sie war ihm verheißen. Er nahm sich nur, was ihm gehörte. Er und Viviane, sie gehörten zusammen.

Seine Hand schob sich liebkosend die Schenkel hinauf und strich über das lockige, dichte Haar, das ihren Schoß verhüllte. Ein sehnsuchtsvoller Laut entrang sich seiner Brust, während Viviane den Atem anhielt.

»Ich … ich habe dich gesehen«, flüsterte er mit rauher Stimme. »Dieses Haar ist ebenso rot wie dein Haupthaar, mit goldenen Spitzen wie das Vlies einer Füchsin. Ich begehre dich, du bist mir bestimmt …«

Viviane wollte etwas erwidern, aufbegehren. Er hatte sie gesehen? Nackt? Wo?

Seine Hand vollführte kleine, kreisende Bewegungen. Etwas Gewaltiges zog sich in ihrem Innern zusammen, konzentrierte sich unterhalb des Nabels. Mit einem spitzen Schrei brach es aus ihr heraus, flutete nach unten, heiß, feucht, unaufhaltsam. Sie bäumte sich auf, ihr Blick verklärte sich, und sie presste Thoralf fest an sich. Mit Verwunderung und Begeisterung verspürte er diesen Ausbruch der Lust unter seinen Händen, sein Körper erhitzte sich, und er schob sich ganz auf sie. »Ich liebe dich, kleine Skolli, meine Viviane, ich liebe dich.«

Wie aus weiter Ferne drangen seine Worte in ihr Bewusstsein, erfüllten sie mit einer tiefen Befriedigung. Gleichzeitig nahm sein Gewicht ihr erneut den Atem. Bereitwillig spreizte sie die Schenkel, wollte eins sein mit ihm. Vergessen waren Angst und Abneigung, hinweggeschwemmt Scham und Zurückhaltung. Jetzt und hier wollte sie sich mit ihm vereinigen.

»Was machst du denn da?« Yngvars Stimme riss beide aus ihrem Taumel.

Verärgert sprang Thoralf auf, während Viviane verschämt ihr Kleid ordnete. Wie hatte sie sich so gehen lassen können? Mit rotem Kopf rappelte sie sich hoch. Zum Glück für sie begannen sich Thoralf und Yngvar zu streiten.

»Was fällt dir ein? Es geht dich gar nichts an, wenn ich mich mit einer Magd vergnüge.« Wütend strich er sich das Haar aus dem Gesicht.

»Wenn es irgendeine Magd wäre«, entgegnete Yngvar frostig. »Du setzt deine Hochzeit mit Gunnardviga aufs Spiel.«

»Unsinn«, knurrte Thoralf. »Sie muss es ja nicht erfahren.«

»Darauf würde ich mich an deiner Stelle nicht verlassen. Unterschätze Gunnardviga nicht. Zudem steht sie unter Jarl Ragnvalds Schutz. Willst du einen Krieg heraufbeschwören?«

»Du übertreibst«, wiegelte Thoralf ab. »Einem freien Mann steht es zu, sich vor der Hochzeit sein Vergnügen da zu suchen, wo er will. Was kann ich dafür, wenn du offenbar zu wenig Mann bist, dir dein Vergnügen zu suchen, und lieber zwischen Ochsen und Schweinen herumkriechst?«

Yngvar packte Thoralf am Wams. »Nimm dich in acht, Bruder! Dir sind deine Beutezüge wohl zu Kopf gestiegen? Du wirst von den Eltern bevorzugt, damit habe ich mich abgefunden, aber das gibt dir nicht das Recht, dir alles herauszunehmen. Unter einem Krieg würde nicht nur unsere Sippe leiden, sondern er würde auch die Bauern gefährden.«

»Was gehen mich die Bauern an?«, schnaubte Thoralf. Er

fühlte sich in seinem Stolz gekränkt. »Die liegen dir offenbar mehr am Herzen als die Ehre eines Wikingers.«

»Welche Ehre?«, entgegnete Yngvar kühl. »Indem du dich mit einer Magd vergnügst?«

»Nein, indem du meinen Willen missachtest. Es ist doch egal, mit wem …«

»Eben nicht! Ich bin nicht blind und habe bemerkt, wie du sie anschaust. Und wie sie dich anschaut.«

Thoralf warf den Kopf in den Nacken. »Du irrst dich«, knurrte er und wich Yngvars Blick aus. War es ihm wirklich anzusehen, was er für Viviane empfand?

Viviane nutzte die Gelegenheit, sich davonzustehlen. Sie hatte seine Worte vernommen: Sie war nur eine Magd, mit der sich der Fürstensohn vergnügte …

Was hatte sie sich eigentlich eingebildet? Dass Thoralf sie liebte? Dieses alles verbrennende Gefühl in ihrem Körper war nichts als sündige Leidenschaft. Jetzt erst begriff sie, wogegen damals die Mönche auf ihrer einsamen Insel immer gewettert hatten, gegen Lust, gegen Unzucht, gegen fleischliche Leidenschaft, gegen körperliche Sünde. Damals war sie zu jung gewesen, diese Warnungen zu begreifen. Doch jetzt hatte sie es am eigenen Leib erlebt. Welche Katastrophe konnte sich daraus entwickeln!

Sie fühlte sich schmutzig und erniedrigt, gleichzeitig war sie wütend auf sich selbst. Sie hatte einfach diesem Gefühl nachgegeben, sich überwältigen lassen. Sie musste beichten, ihre sündige Seele erleichtern. Doch wo? Bei wem? Hier gab es weder Priester noch Mönche, keine Kirchen, keine Christen.

Sie erschrak, als Raudaborsti unvermittelt vor ihr auftauchte. Viviane schlug die Hände vor der Brust zusammen. »Hast du mich jetzt erschreckt!«

»Sehe ich so schrecklich aus?«, wollte Raudaborsti wissen.

»Nein, nein, aber …«

»Du brauchst gar nicht zu stottern, ich habe gesehen, wie du dich mit Thoralf im Laub herumgewälzt hast.«

Viviane starrte die Kleine entgeistert an. »Ich … ich bin gestolpert und hingefallen …«

Raudaborsti winkte ab. »Jede Magd würde dich darum beneiden.«

»Um Himmels willen! Du darfst es nicht verraten. Es würde Krieg geben.«

Raudaborsti nickte ernsthaft. »Und Gunnardviga würde dir eigenhändig die Augen ausstechen.«

Sichtlich blass geworden, ließ sich Viviane auf dem gefüllten Korb nieder. »Wenn es niemand erfährt, dann können wir es vielleicht abwenden«, flüsterte sie und blickte flehend zu Raudaborsti auf. Die Kleine trat zu ihr heran.

»Ich denke, du hast dich in Thoralf verliebt.«

Viviane schüttelte heftig den Kopf. »Wie kommst du darauf? Ein Fürstensohn kann sich doch mit einer Magd vergnügen.«

Raudaborsti lachte auf. »Das hat Thoralf noch nie getan.«

»Hat er aber zu Yngvar gesagt«, verteidigte sich Viviane.

»Er wollte nur sein Gesicht wahren. Eigentlich sind beide ganz gute Kerle. Schade, dass sie sich nicht verstehen.« Damit war für sie das Thema erledigt. Sie packte ihren Korb und schulterte ihn. »Wir sollten zurückgehen.«

Viviane folgte ihr, doch in ihrem Kopf überschlugen sich ihre Gedanken. Konnte sie wirklich einfach wieder zum täglichen Geschehen übergehen? Hatte Raudaborsti recht damit, dass sie sich in Thoralf verliebt hatte? Wie konnte so etwas geschehen? Sie hatte Thoralf gehasst, verachtet, für seine Taten verflucht. Ja, zeitweise wollte sie sich an ihm rächen für all das, was er ihr angetan hatte. Und nun hätte sie sich ihm beinahe hingegeben.

»Sag mal, gibt es hier wirklich keine Christen?«

Raudaborsti blieb stehen und drehte sich um. »Wie kommst du denn darauf?«

»Ich muss unbedingt beichten. Ich brauche einen Priester.«

Nachdenklich kratzte sich Raudaborsti am Kopf. »Also, Björgolf als Jarl ist ja gleichzeitig der Hohepriester für die Opferungen und die Festtage auf Skollhaugen. Aber Christ ist er nicht.«

»Ich soll Björgolf beichten, dass ich mit Thoralf ...« Viviane schnappte nach Luft. »Nein, das geht nicht.«

»Das denke ich auch. Vergiss es einfach.« Sie schulterte wieder ihren Korb und ging weiter. Viviane starrte auf den gebeugten Rücken der Kleinen, ihre dünnen Beine, die erstaunlich sicher über den unebenen Waldboden stapften. Vielleicht sollte sie das wirklich alles vergessen. Doch allein bei dem Gedanken kribbelte es wieder in ihrem Bauch. Bestimmt hatte Thoralf sie verhext. Auf jeden Fall musste sie sich umhören, ob es nicht vielleicht doch irgendwo in erreichbarer Nähe ein Kloster, eine Kirche, einen Priester gab. Sonst würde sie nach ihrem Tod nicht in den Himmel kommen. Doch noch war sie lebendig, sehr lebendig.

Währenddessen schlängelte sich ein anderer Zug durch den Wald, ein weitaus prächtigerer. Auf zwei kräftigen Pferden saßen Dalla und Halveig in ihren besten Kleidern, begleitet von einem Dutzend bewaffneter Knechte und einigen Mägden. In Körben führten sie Gastgeschenke mit. Das war üblich, wenn sich gleichgestellte Personen besuchten. Ziel des Ausfluges war der Hof von Gunnardviga.

»Glaubst du wirklich, dass Gunnardviga etwas unternimmt?« Halveig zupfte ihren Umhang zurecht, den sie zum Schutz vor der kühlen Herbstluft über ihrem Kleid trug.

Dalla nickte heftig. »Wenn unsere Mutter nichts unternimmt und unser Vater sich wie immer aus dem Weiberkram heraushält, müssen wir eben handeln.«

Halveig seufzte. »Ich finde es ja auch unverschämt, wie sich diese rothaarige Magd aufführt. Ich hoffe nur, Gunnardviga reagiert besonnen.«

»Besonnen?«, ereiferte sich Dalla. »Umbringen soll sie diese Viviane. Sie ist doch nur eine Sklavin.«

»Die sie nicht mal geschenkt haben wollte«, ergänzte Halveig. »Meinst du, sie macht sich damit ihre Finger schmutzig?«

»Hauptsache, es fällt kein Verdacht auf uns«, entgegnete Dalla. »Ich verstehe Mutters Haltung nicht. Sie ist zu nachgiebig.«

Halveig zuckte mit den Schultern. »Ich glaube eher, Gunnardviga interessiert es gar nicht. Eine Sklavin ist keine Konkurrenz für sie. Thoralf wird sich schon wieder einkriegen. Es ist doch nur Übermut und Langeweile.«

Sie erreichten Grondalr, einen großen Hof in einem Tal, den ein dichter Tannenwald umgab. Um den Hof herum lagen Wiesen und Felder, etwas entfernt suchte sich ein schmaler Fluss seinen Weg, ein Stück weiter ruhte ein einsamer Weiher. Es war ein schönes Stück fruchtbares Land, das Gunnardviga besaß und das bald zu Skollhaugen gehören würde.

Einst hatte es Eirik gehört, einem erfolgreichen Seefahrer in Ragnvalds Diensten. Als Eirik fiel, übernahm Ragnvald den Schutz über Gunnardviga, Asgeir und den Hof Grondalr.

Gunnardviga war vom Besuch durch einen Boten unterrichtet worden und empfing die Schwestern hoheitsvoll. Zum wiederholten Male mussten die beiden feststellen, wie schön Gunnardviga war. Sie konnten sich Mühe geben und sich schmücken, wie sie wollten, Gunnardviga würden sie nie erreichen. Eigentlich bestand kein freundschaftliches Verhältnis zwischen den jungen Frauen. Gunnardviga mochte die beiden nicht besonders. Aber es waren Thoralfs Schwestern, die sie hinnehmen musste. Sie selbst würde die zukünftige Fürstin sein, an Thoralfs Seite, und auch diese beiden albernen Gänse würden sich ihr fügen und beugen müssen. Doch noch war es nicht so weit, und daher empfing sie ihren Besuch mit freundlichem Gesicht und einem gedeckten Tisch.

»Willkommen auf meinem bescheidenen Anwesen«, sagte sie und vollführte eine einladende Handbewegung. Sie wusste, was sich gehörte.

»Wir fühlen uns geehrt, liebe Gunnardviga«, säuselte Dalla. »Du weißt, wie stolz du auf dein Erbe sein kannst.«

»Das bin ich auch. Es ist ein angemessenes Brautgeschenk für Thoralf.« Sie hob das Trinkhorn, das sie eigenhändig mit Met gefüllt hatte. Dalla und Halveig nahmen ihre Trinkhörner aus dem hölzernen Ständer.

»Auf eure glückliche Hochzeit!« Alle nahmen einen tiefen Schluck.

Dalla wischte sich mit den Fingerspitzen die Lippen ab. »Und das meine ich, wie ich es sage.«

Gunnardviga hob ihre Augenbrauen. »Was sollte dem entgegenstehen?«

Dalla wechselte mit Halveig einen kurzen Blick. »Eine rothaarige nichtsnutzige Sklavin.«

Verständnislos schaute Gunnardviga von einer zur anderen. »Was wisst ihr, was ich nicht weiß?« Dabei war sich Gunnardviga sicher, in ihrem Bruder Asgeir einen eifrigen Spitzel zu haben, der ihr über alle wissenswerten Ereignisse auf Skollhaugen Bericht erstattete.

»Diese rothaarige Sklavin, diese falsche Füchsin, die Thoralf dir schenken wollte, erdreistet sich, unserem Bruder den Kopf zu verdrehen.«

Ein ungläubiges Lächeln umspielte Gunnardvigas Lippen. »Das meint ihr doch nicht im Ernst? Wie kann mir eine Sklavin, eine schmutzige Magd, Konkurrenz machen?« Sie schüttelte den Kopf, dass die kleinen Bronzeplättchen an ihrem Haarreif heftig klingelten.

Mit stillem Neid hatte Dalla festgestellt, dass Gunnardviga den Schmuck trug, den sie so gern selbst gehabt hätte. Thoralf hatte ihn gegen Raubbeute eingetauscht und seiner Braut geschenkt. Alles bekam Gunnardviga. Nicht, dass die beiden Schwestern keine Geschenke erhalten hätten. Aber die wertvollsten bekam Gunnardviga. Nur durch eine Heirat konnten sie wenigstens in die Nähe dieses Glanzes gelangen, vielleicht war sie ja eines Tages ihres Schmuckes müde und schenkte ihn weiter an die Schwestern.

»Sie scheint Thoralfs Geist verwirrt zu haben, denn er hat nur noch Augen für sie, hat sogar befohlen, dass sie einen Mantel für ihn weben soll.«

Eine steile Unmutsfalte bildete sich zwischen Gunnardvigas Augenbrauen. »Das steht nur der Gemahlin eines Jarls zu. Wie kann er so ein Ansinnen äußern? Es ist Aufgabe der Fürstin Astrid, dies zu verhindern.«

Dalla seufzte laut. »Unsere Mutter ist leider viel zu nachgiebig mit ihrem Lieblingssohn. Nun webt diese Fremde im Haupthaus den Mantel. Ein Troll muss ihr dieses jadegrüne Garn gegeben haben, das die Farbe ihrer Augen besitzt.«

»Jadegrün?«

»Sie hat grüne Augen, und Thoralf will, dass der Mantel die Farben ihrer Augen, ihres Haares und ihrer Haut hat.«

Zornig knallte Gunnardviga ihr Trinkhorn auf den Tisch. Das Bier schwappte über und ergoss sich auf den Tisch. »Das wagt er nicht!«

»Leider hat er es gewagt«, widersprach Dalla mit tiefem

Bedauern in der Stimme. Sie seufzte wieder. »Ich habe mit unserer Mutter gesprochen und sie auf eine erneute Unverschämtheit dieser Sklavin hingewiesen.«

»Noch eine?« Gunnardvigas Gesicht verfärbte sich.

»Sie hat Thoralf geküsst.«

Das Rot in Gunnardvigas Gesicht wechselte zu fahlem Weiß. »Nein«, ächzte sie. »Dann muss diese Sklavin eben verschwinden. Verkauft sie, werft sie ins Wasser, opfert sie den Göttern. Aber tut etwas!«

»Leider können wir das nicht, so gern wir sie aus dem Weg schaffen würden. Sie steht unter dem Schutz des Fürstenpaares. Thoralf hat Mutter das Versprechen abgenommen.«

»Und sie hat es getan ...« Gunnardviga ballte ihre Hand zur Faust. »Es ist einfach unglaublich!«

»Das finden wir auch«, erwiderte Dalla. »Und deswegen wollten wir dich davon unterrichten.«

»Damit ist das Problem aber noch nicht beseitigt.«

»Thoralf hält seine schützende Hand über diese Viviane, nennt sie Skolli, zieht sie allen anderen Mägden vor. Ja, er behandelt sie wie ... wie eine Freie.«

»Das werde ich zu verhindern wissen«, schäumte Gunnardviga.

»Was hast du vor?« In Halveigs Gesicht spiegelte sich Besorgnis.

Gunnardviga sprang auf und lief unruhig im Raum auf und ab. Das Licht der Fackeln spiegelte sich in ihrem Bronzeschmuck wider und verursachte kleine Blitze. Erneut stieg in Dalla Neid auf. Sie unterdrückte das Gefühl. Jetzt brauchte sie Gunnardviga als Verbündete.

Abrupt blieb Gunnardviga stehen. »Zunächst kühlen Kopf bewahren. Nichts Unüberlegtes tun. Ich werde Thoralfs Zorn nicht auf mich ziehen, nur wegen einer Sklavin. Und wenn sie unter seinem Schutz steht, dann muss er zuerst verschwinden, damit wir etwas unternehmen können.«

»Thoralf?«, riefen Dalla und Halveig wie aus einem Mund.

Gunnardviga nickte. »Soll er noch einmal auf Víking fahren, bevor wir heiraten.«

»Was?«

Sie verschränkte die Arme über der Brust. »Dann ist ihr Beschützer weit weg. Es könnte ein Unfall passieren. Bis Thoralf wiederkommt, haben sie längst die Raben gefressen.«

Dalla überlegte. »Na ja, der Gedanke könnte mir gefallen, aber …«

»Kein Aber! Wenn ich es verlange, wird er fahren. Und dann …«

Verschwörerisch blickten sie sich an. »Stechen wir ihr ihre grünen Augen aus.«

Halveig verzog angewidert das Gesicht. »Reicht es nicht, sie ins Wasser zu werfen?«

»Und wenn sie schwimmen kann?« Dalla ergriff ein Messer vom Tisch und rammte es in einen Brotfladen. »Erst das Haar, dann die Augen, dann die Haut!«

»Und wer soll es tun?«

Gunnardviga winkte ab. »Derjenige wird eben gut bezahlt. Von euch.«

»Von uns?« Dalla schnappte nach Luft.

»Natürlich«, erwiderte Gunnardviga kühl. »Immerhin ist es eure Familie, die mich entehrt.«

»Aber nein, das missverstehst du. Niemand will dich entehren. Im Gegenteil! Weil du uns so lieb und willkommen bist in unserer Familie, erzählen wir dir ja davon. Und wir werden dir auch helfen, aber Thoralf ist dein Bräutigam. Wie können wir seine Augen wieder auf dich lenken? Du musst ihn von seiner Verwirrung befreien.«

»Ich werde Frigg opfern«, versprach Gunnardviga. »Dann gewinne ich wieder seine Liebe. Und ihr lasst die Sklavin verschwinden. Natürlich erst, wenn Thoralf weg ist.«

Halveig biss sich auf die Unterlippe. »Ich weiß nicht … Mir klingt das alles zu blutrünstig. Außerdem würde es auffallen. Und wenn derjenige, den wir dafür bezahlen, uns verrät?«

Dalla erhob sich und blickte entschlossen in die Runde. »Niemanden werden wir dafür bezahlen«, sagte sie mit fester Stimme. »*Ich* werde es tun!«

Yngvar konnte es nicht glauben. »Jetzt, mitten in der Erntezeit?« Seine Augen sprühten zornige Blitze gegen Thoralf. »Warum tust du, was dieses Weib von dir verlangt?«

»Dieses Weib ist meine Braut«, zischte Thoralf. »Ich will sie erobern, will ihr schmeicheln. Sie ist nicht zufrieden, verlangt ein größeres Brautgeschenk. Ich werde noch einmal auf Víking fahren.«

»Die Männer müssen die Ernte einbringen und ihre Abgaben an uns entrichten. Wenn du sie jetzt wegholst, verdirbt die Ernte, und wir werden über den Winter hungern, ganz abgesehen von den Familien der Bauern.«

»Die Männer werden genug Beute von der Fahrt mitbringen, da braucht niemand zu hungern.«

»Ach, du meinst, sie können Gold und Bernstein essen?«, höhnte Yngvar. »Es sind Bauern, und sie müssen ihre Ernte einfahren und das Vieh über den Winter bringen. Du vergisst, dass sie mit ihren Abgaben auch uns nicht verhungern lassen.«

»Du stellst die Welt auf den Kopf«, rief Thoralf erbost. »Wir sind nicht abhängig von den Bauern. Wir sind das Fürstengeschlecht, uns kann niemand …«

»Du bist blind«, schnaubte Yngvar. »Wer sich nur auf dem Meer herumtreibt, verliert die Erdverbundenheit.«

»Und du ähnelst schon den Schweinen und Ochsen. Du bist ein Bauer geworden und hast vergessen, was für stolze und erfolgreiche Seefahrer wir sind. Hätte Vater nicht sein Bein verloren …«

»… müsstest du dich auch um das Land und die Menschen darauf kümmern.«

»Ich fühle mich verantwortlich für alle, die auf unserem Land leben.« Thoralf reckte sich stolz.

»Ja, besonders für eine rothaarige Sklavin.«

»Lass Viviane in Ruhe«, brauste Thoralf auf. Er griff nach einem Stock in seiner Reichweite und hob ihn drohend.

»Schlag doch zu«, höhnte Yngvar. »Für dich bin ich doch nicht viel mehr als ein Sklave des Bodens, weit unter deiner Würde.«

In Thoralfs Augen funkelte der pure Zorn. Doch plötzlich ließ er den Stock fallen. »Ich habe noch nie einen Sklaven geschlagen«, flüsterte er. »Und du – du bist mein Bruder.« Mit hängenden Armen ging er davon. Yngvar verfolgte ihn mit seinen Blicken, doch er bewegte sich nicht von der Stelle. So weit war es also schon gekommen!

Thoralf lief wie blind aus dem Hof hinaus. Was war nur in ihn gefahren? Was hatte ihm so die Sinne verwirrt? Natürlich wusste er, dass Yngvar es nicht gutheißen würde, wenn er jetzt die Männer auf die Boote rief. Aber er war Thoralf, der Älteste, er musste Yngvar nicht um Erlaubnis fragen. Auf dem Hof fühlte er sich nutzlos, überflüssig und fehl am Platze. Die Jubelfeiern waren vorbei, die Gäste abgereist, und ihn plagte die Langeweile. Er konnte nicht ständig auf Jagd gehen oder sich mit Asgeir dumme Jungenspiele ausdenken. War es Gunnardvigas Forderung nach einem größeren Brautgeschenk? Thoralf konnte und wollte sich nicht kleinlich zeigen, ja, Großzügigkeit empfand er als eine Tugend, die er sich gern nachsagen lassen wollte. Gunnardviga war es wert, noch ein letztes Mal auf Víking zu fahren, bevor er sie zu seinem Weib nahm. Umso größer würde die Vorfreude sein, sie endlich zu besitzen.

Er stutzte, als er eine zierliche Gestalt auf einem Felsvorsprung über dem Fjord sitzen sah. Augenblicklich schlug sein Herz schneller und in seinen Ohren rauschte das Blut. Es war Viviane!

Einen Moment zögerte er. Sollte er wirklich zu ihr gehen? Dann zog es ihn wie von unsichtbarer Hand zu ihr hin. Langsam näherte er sich ihr, blickte sich um, ob ihn jemand beobachtete. Doch sie waren allein, umgeben von Wald, Wind und Wasser. Er sog die Luft tief in sich ein.

»Du bist traurig«, stellte Thoralf fest.

Viviane fuhr erschrocken herum, dann wischte sie verstohlen ihre Tränen weg. Sie antwortete nicht. Warum sollte sie ihm von ihrem Kummer erzählen? Sie war tief in ihrer Seele gedemütigt.

Thoralf setzte sich neben sie. Beide starrten sie auf den Fjord hinaus.

»Ich wollte dir keine Gewalt antun«, begann Thoralf mit rauher Stimme. »Ich dachte, du magst es auch, wenn ich … wenn wir …«

Viviane wandte den Kopf ab. »Es ist dein Recht, dich mit Sklavinnen zu vergnügen.« Sie sprach leise, kaum vernehmbar.

»Ich wollte mich nicht einfach mit dir vergnügen, kleine Skolli. Eine unsichtbare Macht hat mich zu dir hingezogen.«

Auch sie hatte diese unsichtbare Macht gespürt. Sie zog sie unweigerlich zu Thoralf hin. Immer wieder hatte sie sich gefragt, was es bedeutete. War es eine Teufelei, die von ihr Besitz ergriffen hatte? Oder liebte sie diesen Mann, den sie gar nicht lieben durfte? Sollte sie ihm sagen, was sie fühlte, wie verwirrt sie war und dass sie das Gleiche verspürte wie er? Sie hatte niemanden gefunden, bei dem sie die Beichte ablegen, dem sie sich anvertrauen konnte. Was sollte sie bloß tun?

Viviane presste die Hände zusammen. »Ich habe meinen Gott verloren«, flüsterte sie mit erstickter Stimme.

Thoralf schüttelte den Kopf. »Du hast Odin, Thor, Freyr. Sie alle beschützen uns, auch dich. Du wirst dich noch an alles gewöhnen.« Er schaute sie lange an. »Du bist ein guter Mensch, Viviane. Ich glaubte, du müsstest mich hassen.«

»Das glaubte ich auch«, erwiderte sie. »Da kannte ich dich noch nicht richtig. Und auch nicht Skollhaugen.«

»Es ist schön, nicht wahr?« Stolz blickte er sich um. »Ich liebe dieses Land, die Berge, die Fjorde.« Er dachte an Yngvars Worte. »Eines Tages werde ich für immer hierbleiben. Noch bin ich nicht so alt, um mich nach einem geruhsamen Leben zu sehnen. Aber ich sehne mich nach einer Familie, einem Menschen, der mir nahe ist. Meine Söhne sollen mein Blut erben, meine Heldentaten fortsetzen.«

Erstaunt blickte sie ihn von der Seite an.

»Nun denke nicht, dass ich schwach bin«, sagte er. »Aber eines Tages bin ich Herr auf Skollhaugen. Ich werde dieses Land bewohnen, es zu weiterem Wohlstand führen. Mit all den Leuten, die darauf leben.«

»Ich ahnte nicht, dass du mit diesem Land so verbunden bist.«

Ich auch nicht, dachte Thoralf. Doch plötzlich öffneten sich ihm die Augen, begriff er Yngvars Worte. »Ist das nicht jeder mit dem Ort seiner Geburt?«

Viviane schluckte schwer. »Ja«, brachte sie gepresst hervor.

»Du denkst an deine Heimat?«

Sie nickte stumm und starrte wieder hinaus auf den Fjord. Thoralf folgte ihrem Blick. »Ich werde wieder auf Fahrt gehen«, sagte er unvermittelt.

Viviane hob den Kopf. Die Frage stand in ihren Augen. Thoralf mochte ihren Blick nicht erwidern. »Gunnardviga sagte, es sei nicht genug, was ich ihr zu Füßen legte. Sie verlangt mehr als Brautgeschenk. Zobelpelze will sie haben, Bernsteinschmuck und Jadeschnitzereien. In den nächsten Tagen werden wir in See stechen.«

Ihre Traurigkeit verstärkte sich. Sie knetete ihre Finger.

»Du brauchst keine Angst zu haben«, beruhigte Thoralf sie. »Du kannst auf Skollhaugen bleiben. Da gehörst du hin.« Sanft strich er ihr über das fuchsrote Haar. Vivianes Lippen zitterten. Sie hätte früher nicht vermutet, dass seine Hand so zart streicheln konnte. Sie hob den Blick zu ihm. Nun erwiderte Thoralf ihren Blick.

Ihr fiel auf, wie ebenmäßig sein Gesicht war. Die Haut von der Sonne gebräunt, die Augenbrauen und das Haar gebleicht. Seine blauen Augen leuchteten und schauten sie ebenso forschend an. Er besaß eine gerade Nase, sanft geschwungene Lippen über einem energischen Kinn. Seine Wangen hatte er glatt rasiert, das Haar sorgfältig gekämmt.

Viviane verspürte ein Kribbeln im Bauch, das sich zu einem beinahe schmerzhaften Ziehen verstärkte. Irritiert zuckte sie zurück. Sie durfte dieses Gefühl nicht wieder zulassen.

Er ließ seine Hand sinken, auf sein Knie fallen. Viviane legte vorsichtig ihre Hand darauf. Es war ein ungleiches Paar, die gebräunte, derbe, mit blondem Flaum überzogene Hand des Wikingers und ihre, klein, beinahe zerbrechlich, hell.

Thoralf lächelte. Sie hob den Blick und ihre Hand, dann strich sie ihm ebenso zart über sein Haar. Er hielt still, immer noch lächelnd.

»Warte auf mich. Mein Auge soll sich daran erfreuen, dich als Erste zu sehen, wenn ich mit meinem Schiff Skollhaugen erreiche. Ich werde dich nicht vergessen, auch wenn ich weit weg bin. Vielleicht bist du mein Schicksal. Die Götter haben es so bestimmt.«

»Wer auch immer es so bestimmt hat, wir werden uns fügen«, flüsterte sie. Plötzlich kam ihr alles so wunderbar vor. All ihr Groll, ihr Hass, ihre Angst waren wie weggeblasen. Das Ziehen in ihrem Bauch verstärkte sich weiter. Tränen traten in ihre Augen. Sie begriff, Thoralf war der einzige Mensch, der ihr jetzt wirklich nahestand. Sie hatte doch sonst niemanden.

»Nicht weinen, kleine Füchsin«, versuchte Thoralf sie zu trösten. »Wenn ich wiederkomme, wird ein großes Fest gefeiert. Dann werde ich Gunnardviga heiraten. Sie wird die schönste Frau weit und breit sein, in einem Umhang aus Zobelpelz, in einem Kleid aus Seide, wie es die Fürstinnen im Land der Rus tragen, mit einer Krone aus Jade und Bernstein auf dem Haupt. Sie wird meine Fürstin sein, ihr Land mit dem Hof Grondalr wird zu Skollhaugen gehören. Und ich trage den Umhang, den du mir webst, mit Streifen, grün wie deine Augen, rot wie dein Haar und weiß wie deine Haut. Wir werden das mächtigste Fürstengeschlecht der ganzen Küste sein.«

Thoralf erhob sich. Betroffen blickte Viviane ihm nach, wie er den Hang hinauf zum Gehöft stapfte, mit dem schweren Schritt eines Seemanns. Doch er hielt den Kopf gesenkt. Von seinem anmaßenden Stolz war nicht mehr viel zu bemerken. Gunnardviga hatte bestimmt, was er zu tun hatte.

Verrat

»Schau, hier wachsen viele Beeren«, jubelte Raudaborsti. Wie ein Hase sprang sie hin und her, wusste nicht, wo sie zuerst pflücken sollte. Sie wirbelte ihren Korb herum und verlor einen Teil dessen, was sie bislang gesammelt hatte.

Viviane blieb am Rand der Lichtung stehen. Es hatte sie eine große Überwindung gekostet, mit Raudaborsti in den Wald zu gehen. Er flößte ihr Angst ein. Doch Truud hatte darauf bestanden. Für den Winter wurden viele Vorräte benötigt, zusätzlich zu dem, was auf den Feldern geerntet wurde. Für das Vieh waren Laub und Heu eingefahren worden. Auf den Weiden grasten die Rinder, Ziegen und Schafe die letzten Grashalme ab. In den Vorratshäusern stapelten sich die Körbe mit Korn, wurde in großen Fässern Kraut gesäuert. Wenn der erste Frost kam, würden Schweine geschlachtet und das Fleisch würde geräuchert. Trockenfisch hing auf langen Stangen in der warmen Herbstsonne. Im Wald duftete es nach Pilzen. Raudaborsti kannte viele und wusste, welche essbar und welche giftig waren. Der Gedanke, ein einziger Pilz könnte den ganzen Hofstaat auf Skollhaugen dahinraffen, ließ Viviane erschaudern. Noch vor einiger Zeit hätte sie dieser Gedanke fasziniert. Die Aussicht auf Freiheit erschien ihr damals zu verlockend. Doch jetzt hatte sich alles verändert.

Es war ihr Verhältnis zu Thoralf. Aus Hass, Abneigung und Rachegelüsten war etwas anderes geworden, das Raudaborsti rundweg Liebe nannte. Doch was wusste die Kleine schon von Liebe?

Eine feindliche und bedrohliche Natur umgab sie. Unten im Fjord lag das Meer bleigrau und atmete Kälte und Tod aus. Hinter Skollhaugen erhoben sich Berge, Felsen, dazwischen die Felder und Weiden bis hin zum Waldrand. Dieser Wald war dunkel, unheimlich und beängstigend.

Viviane beneidete Raudaborsti, die scheinbar keine Furcht kannte, zielsicher zwischen den Bäumen hindurch auf die Lichtung zusteuerte. Und sie hatte recht. Auf der Lichtung wuchsen viele Beeren, kleine rote und blaue am Boden, andere in dornigen Hecken am Rand der Lichtung. Sie überwand ihre Beklemmung und bückte sich ebenfalls, um die Beeren einzusammeln. Nur ging sie dabei zielstrebiger vor, blieb an einer Stelle und erntete sie ab, immer wieder einen besorgten Blick in den Wald werfend. Raudaborsti hatte ihr erzählt, dass nicht nur viele wilde Tiere wie Bären, Wölfe, Eulen und Hirsche im Wald hausten, sondern auch Elfen, Trolle, Feen und böse Geister. Durch die Wurzeln der Bäume, aus Höhlen, Mooren und Senken kamen sie aus Utgard, der geheimnisvollen Unterwelt, herauf und ärgerten die Menschen. Mehr als einmal glaubte Viviane seltsame Gestalten zwischen den Bäumen zu sehen, kleine Männchen, verkrüppelt und bemoost. Doch es waren nur knorrige Bäume, Wurzeln und Steine.

Auch die Geräusche schreckten Viviane. Es wisperte, flüsterte, knackte und knarrte. Hoch oben in den Wipfeln der dunklen Tannen, in den knorrigen Eschen und Ahornbäumen heulte der Wind, zerrte an den Zweigen und wehte die welken Blätter umher. Unwillkürlich fasste sie an ihr Kleid, unter dem sie den Anhänger spürte, den ihr Oleif geschenkt hatte. Thors Hammer! Sie trug einen heidnischen Talisman. Im Augenblick war es ihr egal. Hauptsache, er beschützte sie.

Raudaborsti hob den Kopf. Ihr Gesicht war bis zu den Ohren mit rotem Beerensaft beschmiert. Als sie grinste, bemerkte

Viviane ihre blauen Zähne. »Du isst ja alle Beeren auf«, stellte Viviane nach einem Blick in Raudaborstis fast leeren Korb fest.

»Na klar, ich kann hungrig nicht arbeiten«, erwiderte sie. »Man muss die Zeit ausnutzen, wenn es frische Beeren gibt. Ich mag sie, aber noch mehr die Äpfel aus Gunnardvigas Obstwald.«

»Sie hat einen Obstwald? Was ist denn das?«

»Es ist kein richtiger Wald, nur eben viele Apfelbäume, die auf einer Wiese gepflanzt wurden. Gunnardvigas Vater hat sie früher von einer Fahrt mitgebracht.«

»Ist der weit weg von hier?«

Raudaborsti überlegte. »Nicht sehr weit. Warum fragst du?«

»Ich habe noch nie einen Apfelwald gesehen. Aber ich möchte lieber wieder zurückgehen.« Tatsächlich empfand sie die Welt innerhalb der Palisaden von Skollhaugen als sicher, als Schutz und Heim. Auch wenn Truud sie herumscheuchte und schnell mal eine Ohrfeige austeilte. Trotzdem war Viviane froh gewesen, als Truud sie zum Beerensammeln hinausgeschickt hatte. Es war ganz angenehm, für eine Weile aus ihrer Reichweite zu gelangen. Doch beim Anblick des dunklen und unheimlichen Waldes verließ Viviane der Mut. Nur widerwillig war sie Raudaborsti gefolgt und hatte ihr Herz gespürt, wie es bis zum Hals klopfte.

Raudaborsti schaute nachdenklich in ihren leeren Korb.

»Wir könnten zum Apfelwald gehen«, schlug sie vor. »Magst du Äpfel?«

Viviane nickte.

»Dann komm! Unterwegs sammeln wir noch Pilze. Truud darf natürlich nicht wissen, dass wir Äpfel stehlen.«

Ruckartig blieb Viviane stehen. »Stehlen?«

»Die Äpfel gehören Gunnardviga Eiriksdotter. Sie lässt sie streng bewachen. Eine Sippe bestiehlt keine andere. Das gehört zum Ehrenkodex der Sippen.«

»Und warum stiehlst du dann die Äpfel?«

»Weil ich nicht zu Björgolf Einbeins Sippe gehöre. Und ich gehöre auch nicht zu Gunnardvigas Sippe. Ich bin wie ein wildes Tier. Man darf sich nur nicht erwischen lassen.«

»Wir sollten besser zurückgehen«, wandte Viviane ein.

»Komm nur. Ich weiß, wie wir ungesehen an die Äpfel kommen. Auf Skollhaugen kenne ich ein Versteck, wo wir die Äpfel lagern können. Nachts gehen wir dann hin und essen sie.«

Viviane blickte Raudaborsti forschend an. »Hast du das schon einmal gemacht?«

Raudaborsti schüttelte den Kopf. »Nicht einmal – mehrmals.« Sie grinste über ihr klebriges Gesicht. Zielsicher stapfte sie voran, zwischen den Bäumen hindurch. Viviane musste ihr zwangsläufig folgen, wollte sie nicht allein zurückbleiben. Sie hätte nicht einmal nach Skollhaugen zurückgefunden.

Viviane versuchte, sich bestimmte markante Stellen im Wald zu merken, während sie hinter Raudaborsti herstolperte. Da war ein Baum, dessen Stamm sich geteilt hatte, dort eine abgebrochene Tanne, an einer lichten Stelle Morast und gelbes Gras mit vielen Moosbeeren, dann wieder ein schmaler Bach mit kühlem, klarem Wasser. Und doch hätte sie niemals zurückgefunden. Wenn sie sich umwandte, sah der Wald ganz anders aus.

Sie gingen lange, und der Weg war weit, viel weiter, als Viviane vermutet hatte. Es gab gar keinen Weg. Sie musste auf Raudaborstis Ortskenntnis vertrauen. Was aber, wenn Raudaborsti sich verirrte? Sie mochte nicht daran denken. Wahrscheinlich wäre sie vor Angst gestorben.

Ohnehin verspürte Viviane eine seltsame Traurigkeit in ihrem Herzen. Thoralf war fort. Wenige Tage nach ihrem Gespräch vor dem Tor von Skollhaugen hatte er mit seinen Männern das Schiff bestiegen, die Segel gehisst und war aus dem Fjord hinausgefahren. Zuvor hatten sie Odin und Thor geopfert, irgendwo in einem Moor, wo sie den goldenen Hammer versenkten, den der Schmied und Oleif aus dem eingeschmolzenen Kreuz gegossen hatten. Oleif hatte ihn kunstvoll verziert. Viviane hatte es so einrichten können, dass sie sich hinter einem Felsen versteckte, als die Bewohner des Gutshofes in einer langen Prozession zur Opferstelle zogen. Panik hatte Viviane erfasst, und sie hatte an die blutigen Opferungen gedacht, als sie auf Skollhaugen ankamen. Sie fand es einfach widerlich. Kein Wunder, dass die christlichen Priester immer wieder gegen diesen heidnischen Zauber wetterten und predigten.

Nur wenige Wachen blieben auf dem Hof zurück, alle, vom Fürstenpaar über die Familie bis hin zu den Mägden und Knechten, zogen hinaus. Auch Raudaborsti war mit dabei und hatte Viviane zuvor aufgeregt von dem mystischen Zauber erzählt, der dieser Opferung anhaftete. Mit Grausen dachte Viviane an das blubbernde Moor. Es gab auch eines auf ihrer Insel, das von allen Bewohnern gemieden wurde. Die Mönche des Klosters erzählten, dass man früher dort auch diese heidnischen Riten zelebriert hatte, ja, man habe sogar Menschen im Moor versenkt. Als die Mönche aber das Kreuz und das Christentum auf die Insel gebracht hatten, hörte dieser Zauber auf.

Viviane wollte Raudaborsti fragen, ob bei der Opferung auch Menschen im Moor versenkt würden, aber sie wagte es nicht. Sie zog es vor, sich der Prozession anzuschließen, da außer der Wache niemand auf dem Hof zurückbleiben durfte, und bei passender Gelegenheit zu verschwinden. Der Plan gelang. Sie ließ sich zurückfallen, lüpfte den Rock, als hätte sie ein dringendes Bedürfnis, und hockte sich hinter einen Felsvorsprung. Nur Raudaborsti bemerkte Vivianes Fehlen, doch sie lief weiter, wohl wissend, weshalb Viviane verschwunden war.

»Ich habe dich bei Thor und Odin entschuldigt«, sagte sie nach ihrer Rückkehr. »Odin wird es verstehen, denn seine Raben haben ihm sicher gesagt, dass es dir nicht recht war. Du brauchst noch etwas Zeit, um dich an die neuen Götter zu gewöhnen«, meinte sie zuversichtlich.

Viviane mochte Raudaborsti, die so offen und ehrlich und herzlich und hilfsbereit war. Mit dieser Opferung wurde Thoralf verabschiedet und die Götter für die neue Fahrt günstig gestimmt.

Viviane sah Thoralf plötzlich mit anderen Augen. Sie verspürte jedes Mal ein zartes Ziehen im Bauch, wenn sie an ihn dachte. Vielleicht war er doch nicht der grausame Räuber und Mörder, vielleicht musste er nur das ausführen, was die Sippe von ihm verlangte. Und Gunnardviga! Sie war wohl die treibende Kraft hinter Thoralfs Raubzügen. Und er tat alles, um die schöne Gunnardviga für sich zu gewinnen.

Dieses Gefühl, das sie beide zueinander hingezogen hatte, hielt Viviane inzwischen für einen Irrtum, eine körperliche Verwirrung, gegen die sie ankämpfen musste. Niemand konnte ihr dabei helfen, sie konnte weder beichten noch Gottes Beistand erbitten. Vielleicht halfen ja die Götter der Wikinger. Ihr mysteriöses Erlebnis am See der Frigg und die Spule mit dem grünen Faden hatten sie schließlich überzeugt, dass sie es sich mit Thor und seinen göttlichen Raufbolden nicht ganz verscherzen durfte.

Plötzlich siegte in Viviane die Neugier zu erfahren, wie Gunnardviga lebte. So folgte sie Raudaborsti, inzwischen ziemlich außer Atem.

»Ist es noch weit?«, wollte sie wissen.

»Weiß ich nicht«, gab Raudaborsti zurück. »Ich denke, wir sind bald da.«

Es dauerte doch noch einige Zeit, in der sie sich durch dichten Tann, eine weite Senke, die von mehreren Bächen durchflossen wurde, über eine große Bergwiese und einen felsigen Gipfel schlugen.

»Da unten liegt Grondalr.« Raudaborsti blieb stehen und zeigte mit der Hand ins Tal hinab. Es war wirklich ein grünes Tal, mit jungen Tannen bestanden, die das Anwesen umschlossen. Ähnlich wie auf Skollhaugen war der Hof von einem Palisadenzaun umgeben. Der Hof war kleiner als Skollhaugen, besaß keinen Zugang zum Meer, dafür gab es einen Fluss, der aus den Bergen hervorbrach und die vielen Felder um den Hof bewässerte. Es gab Weideflächen, auf denen prächtige Rinder standen, auch einige dieser kleinwüchsigen Pferde entdeckte Viviane. Und etwas abseits, am Südhang des Berges, befand sich der Apfelwald. Es war kein Wald, wie ihn Viviane fürchtete, sondern licht und überschaubar. Die Apfelbäume waren klein, standen weit auseinander, darunter wuchs Gras. Daneben gab es einen kleinen Weiher, umstanden von Schilf.

»Manchmal sitzt dort ein Junge, der Gänse hütet. Er passt auch auf die Apfelbäume auf. Siehst du die Äpfel? Man kann sie bald ernten. Ich denke, sie sind noch etwas sauer, aber später lässt Gunnardviga sie pflücken, dann können wir keine mehr holen.«

Obwohl Viviane Bedenken hatte, nickte sie.

»Gut, dann gehst du zum Weiher und passt auf, dass mich niemand entdeckt. Inzwischen pflücke ich die Äpfel. Wenn jemand kommt, dann bläst du auf einem Grashalm wie eine Ente. Kennst du das?«

»Ja, das kenne ich. So haben wir auch Enten angelockt.«

»Also, dann pass gut auf.« Geduckt schlich Raudaborsti

zum Apfelwald, während Viviane sich vorsichtig zum Weiher begab. Bislang hatte sie niemanden entdeckt, es gab keinen Jungen und auch keine Gänse. Es war still, nur der Wind raschelte in dem trockenen Ried.

Viviane pirschte sich durchs Schilf und entdeckte eine Stelle am Ufer des Weihers, von der aus sie das Tal überblicken konnte, ohne selbst gesehen zu werden.

Sie hockte sich hin, den Grashalm für den Notfall zwischen den Fingern. Sie fühlte sich unwohl dabei, einen Diebstahl zu decken. Auch wenn es Raudaborsti war. Lieber wollte sie Raudaborsti zur Ehrlichkeit bewegen. Und nun hockte sie hier.

Ihr Atem stockte, als sie eine Gestalt über die Wiese zum Weiher kommen sah. Schon von weitem erkannte sie, um wen es sich handelte. Der Buckel, die verzogenen Schultern, die langen Arme, die ungelenk am Körper schlenkerten – es war Asgeir, Gunnardvigas Bruder. Hatte er sie entdeckt?

Doch Asgeir schien es nicht eilig zu haben. Gemächlich schlenderte er heran, zog eine Schnur unter dem Kittel hervor und befestigte Köder daran. Offensichtlich wollte er Enten damit fangen.

Viviane konnte jedoch keine Enten entdecken. Weder im Schilf noch im Wasser hielten sich welche auf. War Asgeir blind? Fieberhaft überlegte sie, ob sie Raudaborsti warnen sollte. Wenn Asgeir nur noch ein Stück weiterging, könnte er sie entdecken. Doch wenn sie jetzt auf dem Grashalm blies, dachte Asgeir womöglich, er hätte einen Erpel an der Angel. Was sollte sie bloß tun?

Viviane verhielt sich ganz still, wagte kaum zu atmen. Sie konnte nur hoffen, dass Asgeir bald wieder verschwand, wenn er merkte, dass keine Enten da waren.

Durch die Halme der Binsen konnte sie ihn sehen, er war

ihr ziemlich nahe. Sie presste die Hände zusammen und schickte ein Stoßgebet gen Himmel. Asgeir wandte sich um. Jemand kam vom Waldrand herunter. Insgeheim atmete Viviane auf, es war nicht Raudaborsti. Es war ein Mann. Als er näher kam, erkannte sie auch ihn. Sven, der ständige Begleiter von Hoskuld.

Er war allein. Viviane wunderte sich. Nach Raudaborstis Erzählungen befand sich Bleytagarðr, der Hof des Jarls Ragnvald, beinahe zwei Tagesritte von Skollhaugen entfernt. Das Wikingerland musste ein großes Land sein, wenn die Gehöfte Tagesritte weit voneinander entfernt lagen.

Sven näherte sich im Bogen dem Weiher, blickte sich mehrmals prüfend um und hockte sich dann neben Asgeir.

»Hat dich jemand gesehen?«, wollte Asgeir wissen.

Sven schüttelte den Kopf. »Ich habe mein Pferd oben im Wald zurückgelassen.«

»Gut.« Asgeir nestelte an seinem Entenköder herum.

»Hast du mit Gunnardviga gesprochen?«

»Natürlich nicht«, fuhr Asgeir auf. »Thoralf ist mit drei Schiffen auf Víking gefahren.«

»Weil deine Schwester den Hals nicht voll genug kriegen kann«, erwiderte Sven. »Was, wenn er wieder mit Schätzen beladen heimkehrt?«

»Dann wird er Gunnardviga heiraten, und sie wird sich ihm nicht verweigern. Im Gegenteil, dann ist sie die reichste Frau im ganzen Land.«

»Und du bist ihr Bruder, wirst vom Reichtum genug abbekommen.«

»Pah, so freigiebig wird Thoralf nicht sein. Er wird alles Gunnardviga zu Füßen legen und dafür Grondalr bekommen. Ich habe dann nichts, bin nur ein besserer Knecht.«

»Siehst du, und das kannst du verhindern. Hoskuld bietet

dir ein kleines Vermögen, wenn du Gunnardviga überzeugst, Thoralf nicht zu heiraten.«

Asgeir lachte auf. »Wie sollte ich das? In ihren Augen glitzert die Gier. Er hat sie beschenkt, aber hast du gesehen, was auf Skollhaugen noch für Schätze liegen?«

»Er hat sie ja auch stolz präsentiert. Seine Vorratshäuser sind voll mit Beute und Waren, mit Waffen und Getreide. Und seine Rinderherde …«

»Hoskuld muss ihr eben mehr bieten als Thoralf«, warf Asgeir mürrisch ein. »Gunnardviga besteht auf einem großen Brautgeschenk. Sie weiß, dass sie sehr schön ist.«

»Hoskuld weiß das auch. Aber er kann ihr nicht das bieten, was Thoralf ihr bietet. Und wenn er erst von seiner Fahrt zurückkommt …«

»Weil Hoskuld nicht selbst auf Víking fährt. Er ist ein Feigling.«

Sven sprang auf und packte Asgeir am Kittel. »Halt's Maul und beleidige nicht den Sohn des Jarls Ragnvald! Du solltest dir lieber überlegen, auf wessen Seite du stehst. Willst du Knecht auf deinem eigenen Hof werden, wenn Thoralf zurückkommt? Oder willst du ein reicher Mann werden und Grondalr behalten?«

»Schwört Hoskuld, dass er mir Grondalr übergibt, wenn er Gunnardviga heiratet?«

»Er ist Fürst Ragnvalds Sohn«, empörte sich Sven. »Sein Wort ist ehrenhaft.«

»Schon gut, schon gut«, lenkte Asgeir ein. Sven ließ ihn los, und beide setzten sich wieder.

»Wirst du mit Gunnardviga sprechen?«

»Was soll ich ihr sagen? Wenn Hoskuld um sie werben will, muss er mehr bieten als Thoralf. Und das kann er nicht.«

»Vielleicht doch.« Sven grinste.

Asgeir riss die Augen auf. »Du meinst …«

Sven hob die Schultern. »Thoralf ist nicht da, seine Männer sind mit ihm auf Víking.«

»Skollhaugen ist gut befestigt. Und sie haben genügend Waffen.«

»Wer sagt denn, dass Skollhaugen angegriffen wird? Wo Kraft nicht ausreicht, muss List her.«

»Gunnardviga wird es nicht dulden.«

»Das ist deine Sache, ihr klarzumachen, dass ein armer Mann ihr nicht viel nützen wird. Dafür kann Hoskuld sie zur reichsten Frau machen.«

»Das weiß sie auch allein. Sie wird Thoralf niemals heiraten, wenn er nur noch einen rauchenden Aschehaufen besitzt.« Sie lachten beide.

Viviane durchfuhr es siedendheiß. Was die beiden da besprachen, war ein gemeiner Überfall auf Skollhaugen, um Thoralfs Schätze zu rauben. Offenbar hatte Hoskuld ein Auge auf die schöne Gunnardviga geworfen. Und Gunnardviga? Viviane traute ihr zu, dass sie Thoralf zurückweisen würde, wenn er keine Schätze mehr besaß. Und was bedeutete ein rauchender Aschehaufen? Hatten die Verschwörer die Absicht, Skollhaugen niederzubrennen?

Am liebsten wäre Viviane aufgesprungen und zu Raudaborsti gelaufen. Doch dann hätte sie sich verraten. Wenn die beiden Männer bemerkten, dass sie gelauscht hatte, wäre das ihr sicherer Tod!

Zitternd und zusammengekrümmt verharrte sie regungslos im Schilf. Ihre Gedanken überschlugen sich. Skollhaugen war in Gefahr. Sie musste Björgolf Einbein warnen. Doch würde er ihr glauben? Warum sollte sie Björgolf und seine Sippe retten? Sie war nur eine Sklavin, geraubt und verschleppt. Björgolf und seine Sippe waren Räuber, Mörder, gottlose Heiden, die sich mit ihren Taten brüsteten. Aber Skollhaugen war jetzt auch ihre Heimstatt. Was würde aus ihr werden, wenn Skollhaugen in Schutt und Asche fiel? Vielleicht würde sie sterben, vielleicht würde sie verschleppt, nach Bleytagarðr, wo immer das auch lag.

Einen Herzschlag lang sah sie Thoralfs Gesicht vor sich, so sanft wie an dem Tag, als er sich neben sie setzte. Sie hätte beinahe vergessen, dass es derselbe Thoralf war, der ihr Dorf überfallen hatte. Er besaß eine zweite Seite, eine milde, sanfte, verständnisvolle. Es kribbelte wieder in ihrem Bauch.

Ungeduldig wartete sie, bis sich die Männer trennten. Sven ging wieder hinauf zum Wald, während Asgeir seinen Entenköder unter den Kittel schob. Er wartete, bis Sven verschwunden war, dann ging er langsam zum Hof zurück.

Wie vom Teufel verfolgt, rannte Viviane zum Apfelwald. Raudaborsti hatte fleißig gepflückt. Beide Körbe waren bis zum Rand gefüllt.

»Da haben wir was zum Schleppen«, grinste sie. Ihre blauen Augen leuchteten. »Der Rückweg wird lange dauern.« Dann sah sie, wie blass Viviane war. »Ist dir nicht gut? Du siehst so seltsam aus.« Raudaborsti neigte den Kopf und schaute Viviane prüfend an.

»Skollhaugen ist in Gefahr! Wir können uns nicht mit den Äpfeln aufhalten«, keuchte Viviane.

Raudaborsti lächelte ungläubig. »Was ist denn mit dir los? Hat dir Loki die Gedanken verwirrt?«

Viviane sah die Körbe an. »Sag mal, müssen wir wirklich alle Äpfel mitnehmen? Wer soll die denn alle essen?«

Raudaborsti blickte sie erstaunt an. »Na, wir.«

Viviane ergab sich in ihr Schicksal. Doch was sie gehört hatte, versetzte sie in große Unruhe.

»Ich habe ein Gespräch belauscht, unten am Weiher, zwischen Asgeir und Sven.«

»Die beiden waren hier? Warum hast du mich nicht gewarnt?«

»Dann hätten sie uns entdeckt. Sie hatten auch etwas ganz anderes vor. Ich glaube, sie wollen Thoralfs Schätze stehlen.«

Skeptisch runzelte Raudaborsti die Brauen. »Skollhaugen ist befestigt und hat viele Männer. Niemand wagt es, den Hof anzugreifen. Außerdem würde keine Wikingersippe eine andere Wikingersippe überfallen. Das ist gegen die Ehre.«

»Wenn die Gier nach Gold größer ist als das Ehrgefühl, dann ist das eben doch möglich. Außerdem will Hoskuld Gunnardviga zur Braut.«

Schlagartig blieb Raudaborsti stehen. »Das ist Unsinn! Gunnardviga ist Thoralfs Braut. Ragnvald weiß das. Er würde sich nie mit Björgolf verfeinden.«

Viviane presste die Lippen aufeinander. Es hatte keinen Sinn, mit Raudaborsti zu diskutieren. Sie hatte kein Einsehen und verstand Vivianes Befürchtungen nicht.

»Du hörst die Mücken husten«, stellte Raudaborsti fest. »Nun, komm schon, sonst wird es dunkel, ehe wir zu Hause sind. Ich möchte nicht die Nacht hier verbringen. Im Wald hausen …«

»… Elfen und Trolle, ich weiß. Ich möchte auch nach Skollhaugen. Ganz schnell.«

So schnell ging es aber doch nicht. Die Apfelkörbe waren schwer, und die beiden hatten zu schleppen. Zudem war der Wald unwegsam, sie stolperten und ächzten.

»Wo sind eigentlich die Beeren, die wir gepflückt haben?«, wollte Viviane wissen.

Raudaborsti klopfte sich auf den Bauch. »Hier drin. Sie wären sonst von den Äpfeln zerdrückt worden.«

»Und was sagen wir Truud, wenn wir ohne Beeren zurückkommen?«

»Dass es keine gab.«

»Dann musst du zuvor dein Gesicht waschen. Da klebt der Saft aller Beeren.«

Viviane war erleichtert, als sie den Waldrand erreichten und Skollhaugen erblickten. Doch Raudaborsti änderte die Richtung, hinüber zu den Felsen.

»Wo willst du hin?«

»Die Äpfel verstecken. Dort gibt es eine Höhle.«

Viviane verlangsamte ihre Schritte. »Eine Höhle? Ich mag keine Höhlen.«

»Da gibt's keine Trolle. Ich zünde immer ein Licht über dem Eingang an.«

Die Höhle entpuppte sich als kleiner Felsvorsprung hinter einer hohen Tanne. Sie war auch nicht tief. Auf dem Boden lag getrocknetes Gras. Raudaborsti war offenbar schon öfter hier gewesen.

»Die Äpfel müssen auf dem Boden ausgelegt werden, sonst verfaulen sie«, ordnete Raudaborsti an. »Einer neben dem anderen.«

Viviane kippte ihren Korb aus. Dann verteilten sie die Äpfel in der Höhle.

»Jetzt muss ich noch einen essen«, meinte Raudaborsti. »Hier, koste mal.«

Skeptisch betrachtete Viviane die kleine grüne Frucht. Raudaborsti biss herzhaft hinein, weißer Saft spritzte heraus. »Hm, köstlicher als alle Beeren.«

Auch Viviane biss in einen Apfel und verzog das Gesicht. »Das soll schmecken? Das ist sauer und brennt auf der Zunge.« Sie schüttelte sich.

»Sind die überhaupt schon reif?«

»Nicht alle. Aber sie reifen, wenn man sie in eine kühle Höhle legt.«

»Wir müssen Björgolf mitteilen, was ich belauscht habe.«

Raudaborsti hielt im Kauen inne. »Lass es lieber bleiben, er wird dir nicht glauben. Es sei denn, du weißt, wann und wie der Überfall erfolgen soll. Hast du davon etwas gehört?«

»Nein, so genau nun auch wieder nicht«, gab Viviane zu. »Sie haben bloß über die Möglichkeit gesprochen. Sie wollen eine List anwenden.«

»Und welche?«

Viviane hob die Schultern. »Das haben sie nicht gesagt.«

Raudaborsti ergriff den nächsten Apfel. »Manchmal ist es besser zu schweigen. Niemand kann Skollhaugen erobern, auch Ragnvald und Hoskuld nicht. Gunnardviga würde es nicht zulassen. Und auch Ragnvald würde sein Gesicht verlieren. Das riskiert er nicht.«

»Wenn du meinst …« Viviane war nicht so recht von Raudaborstis Argumenten überzeugt. Sie würde sehen, ob sich eine Möglichkeit ergab, ihre Beobachtungen jemandem mitzuteilen.

Der lange Marsch hatte ihr zugesetzt, und sie war froh, als sie abends auf ihrer Strohschütte lag und sich die Decke über den Kopf ziehen konnte. Truud war nicht sehr erfreut gewesen, dass sie mit leeren Körben zurückgekommen waren.

»Nichtsnutziges Pack«, hatte sie gebrüllt. »Morgen sucht ihr an einer anderen Stelle. Es wäre das erste Mal, dass es keine Beeren und Pilze im Wald gibt.« Aber diesmal hatte sie zum Glück nicht zugeschlagen.

Mitten in der Nacht wurde Viviane von leisem Wimmern geweckt. Es kam von Raudaborsti. Sie lag mit angezogenen Knien auf ihrem Lager und biss in die Decke.

»Was hast du?«, fragte Viviane leise.

»Ein Troll … ein Troll hockt auf mir.«

Viviane fuhr mit der Hand durch die Luft über Raudaborstis Körper. »Hier ist nichts. Ich sehe auch nichts.« Wie jede Nacht glomm über der Tür der Hütte eine kleine Lampe mit Fischtran. Allerdings sollte sie nur böse Geister fernhalten, nicht die Hütte erhellen.

»Mein Bauch«, jammerte Raudaborsti. »Mein Bauch tut so weh.«

Viviane schob ihre Hand unter Raudaborstis Decke und ertastete ihren Bauch. Er war aufgebläht und hart. Die Kleine wand sich in Krämpfen.

»Bei allen Heiligen, was hast du?«

»Es tut so weh …«

»Ich koche dir einen Tee, der die Krämpfe vertreibt. Halte durch, ich muss das Feuer wieder entfachen.«

Truud hob verschlafen den Kopf, als Viviane an der Feuerstelle hantierte. »Was ist denn das für ein Krach? Warum schlaft ihr nicht?«

»Raudaborsti ist krank. Ich muss ihr einen Trunk bereiten.«

»Wegen dieses kleinen Trolls entfachst du das Feuer? Das ist Verschwendung. Soll sie sehen, wo sie bleibt, dieser Nichtsnutz.«

»Und wenn sie nun einen giftigen Pilz gegessen hat?«

Truud lachte auf. »Wahrscheinlich hat sie wieder heimlich Äpfel gegessen. Im vergangenen Jahr hatte sie auch Bauchschmerzen.«

Plötzlich sprang Raudaborsti auf und eilte wie ein Blitz aus der Hütte. Viviane lief ihr nach. »Wo willst du hin? Warte doch, du bekommst Medizin.«

»Bleib weg«, ächzte Raudaborsti vom Misthaufen her. Die

Geräusche, die Raudaborsti von sich gab, verrieten Viviane, dass sich die unreifen Äpfel ihren Weg bahnten.

»Ich bereite dir einen Tee aus Minze zu, der hilft gegen die Krämpfe«, versprach Viviane. Allerdings hingen die wertvollen Kräuter in der Küche des Haupthauses. Viviane entfachte einen Kienspan und lief hinüber zum großen Haus. Sie stieg über den schlafenden Wächter hinweg und öffnete die Tür. Der Kienspan leuchtete den Raum nicht aus, aber Viviane wusste, wo die Kräuter hingen.

Sie nahm einen Schemel und kletterte darauf, um an den Deckenbalken zu gelangen. Der würzige Duft verriet, wo die Minze hing.

»Halt, du Dieb! Was erlaubst du dir?«

Viviane verspürte einen kräftigen Schlag in den Rücken. Mit einem Aufschrei stürzte sie vom Schemel und schlug hart auf dem Boden auf. Der Kienspan entglitt ihr, aber sie hatte ein Bündel Minzestengel erwischt. Eine Fackel wurde entzündet.

»Sieh an, diese rothaarige Sklavin.« Es war Astrid, die sich über Viviane beugte. »Wolltest du am Mantel weiterweben? Du weißt doch, dass du vorläufig …«

»Was ist denn los?«, ließ sich Björgolf von seiner Bank her vernehmen. »Ist jemand vom Dach gefallen?«

Auch Dalla und Halveig standen plötzlich daneben. »Das ist doch die Höhe! Wusste ich's doch, dass sie etwas im Schilde führt. Wolltest du uns ermorden?«

»Ich … ich wollte Kräuter holen«, stammelte Viviane. »Das kleine Mädchen ist erkrankt.«

»Welches Mädchen?«

»Raudaborsti. Sie hat schlimmes Bauchweh und Durchfall und wird sterben, wenn ihr nicht geholfen wird.«

»Dazu stiehlst du Kräuter aus dem Herrenhaus?«, kreischte Dalla. Mit dem Fuß trat sie nach Viviane. »Totschlagen sollte man dich dafür. Was geht uns dieses schmutzige Wesen an? Die ist doch wie ein Tier.«

Vergeblich versuchte Viviane, sich vor Dallas Tritten zu schützen. Sie rutschte auf Knien zu Astrid. »Dröttning, Herrin, ich bitte Euch, helft Raudaborsti. Sie ist doch ein Mensch.«

»So, so, ein Mensch. Eine Sklavin ist sie, wie du. Nur dass sie niemand hier haben wollte. Und dich auch nicht. Ungehorsam muss bestraft werden. Und Diebstahl. Und Aufsässigkeit gegen die Fürstenfamilie.«

»Bestraft mich, wenn Ihr es für richtig haltet. Aber lasst mich Raudaborsti helfen.«

Sie erntete höhnisches Gelächter von Dalla und Halveig. »Hat man so etwas schon erlebt? Die ist verrückt! Will ein kleines wildes Tier retten und nimmt sogar eine Strafe in Kauf.«

Astrid beugte sich zu Viviane herab. »Wie kommst du zu so einem Ansinnen?«

»Mein Gott sagt mir, anderen zu helfen, auch wenn ich selbst Schaden nehme. Bitte, gebt Raudaborsti die Kräuter, damit sie von ihrem Leiden geheilt wird.«

»Dein Gott sagt dir das? Was ist das für ein wundersamer Gott?«

»Der da oben.«

»Sie ist verwirrt, siehst du das nicht?« Dalla versuchte, ihr wieder einen Tritt zu versetzen. »Sie ist krank im Kopf. Vielleicht steckt sie uns alle an.«

»Hör auf«, befahl ihr Astrid. Sie wandte sich an Viviane. »Hat dir dein Gott auch gesagt, dass du stehlen sollst?«

Viviane schüttelte stumm den Kopf. Zwei Tränen kullerten über ihre Wangen.

Mit einer herrischen Handbewegung scheuchte sie ihre beiden Töchter weg. »Du bist schon ein seltsames Wesen«, sagte Astrid. »Ich mag keine kranken Menschen hier auf meinem Hof haben. Wenn du sie heilen kannst, dann sollst du es tun. Aber bitte mich zuvor um die Medizin. Sie ist wertvoll, und nur ich bestimme, wer sie bekommen darf.«

»Ja, Dröttning, ich will es beherzigen. Ich danke Euch für Eure Güte.«

»Ich denke, du hast mich verstanden. Enttäusche mich nicht.«

»Nein, das werde ich nicht«, versprach Viviane. Sie rappelte sich auf und eilte zurück zur Hütte. Raudaborsti hockte mit bleichem Gesicht und spitzer Nase auf ihrer Strohschütte, eine Decke um ihren Körper geschlungen.

»Ich habe Kräuter von der Herrin bekommen. Jetzt kann ich dir einen Trank brauen.«

Truud, die bereits protestieren wollte, schwieg. Wenn es die Herrin befahl, dann ging das in Ordnung, auch wenn es Truud überhaupt nicht einsah, dass der verfressenen Raudaborsti geholfen wurde.

»Wieso bist du nackt?«, wunderte sich Viviane, während sie den Tee aufgoss.

Raudaborsti senkte verschämt den Kopf. »Habe meinen Kittel besudelt. In der Früh wasche ich ihn aus.«

»Hier, trink das. Morgen geht es dir wieder besser.« Sie reichte ihr die Schale mit dem duftenden Minztee. Raudaborsti schlürfte ihn dankbar. Dann kuschelten sich die beiden zusammen.

»Die Herrin Astrid ist sehr freundlich«, flüsterte Viviane. »Ich werde morgen zu ihr gehen und ihr von meiner Beobachtung erzählen. Ich bin sicher, sie wird mir glauben.«

Raudaborsti war zu müde und zu krank, um etwas zu entgegnen. Sonst hätte sie Viviane gewarnt.

Dalla stemmte empört die Fäuste in die Hüften. »Mutter, ich verstehe deine Nachsicht mit dieser Magd nicht. Sie erdreistet sich mehr, als je eine Freie wagen würde. Zudem lässt sie es an Respekt fehlen. Und ich erinnere dich an ihre Verführungskünste, die Thoralf beinahe ins Unglück gestürzt hätten. Bestimmt wollte sie uns alle ermorden. Sie muss endlich verschwinden.«

Astrid zog unwillig ihre Augenbrauen zusammen. »Ich habe Thoralf versprochen, dass sie den Mantel fertig weben darf. Dann werden wir weitersehen. Thoralf ist weit weg, und Odin möge ihn gesund und erfolgreich zu uns zurückführen. Diese Sklavin wird ihn nicht gefährden.«

»Wieso bist du dir so sicher? Vielleicht beherrscht sie einen Zauber, der Thoralf verwirrt? Sie ist eine Fremde. Wir wissen nichts über ihre Herkunft. Sie steht bestimmt mit dunklen Mächten in Verbindung. Schau dir doch nur ihre seltsamen Augen an. Kein Mensch hat so eine Augenfarbe. Sie schleicht sich nachts hier herein. Woher willst du wissen, dass sie uns nicht töten wollte?«

»Dann hätte sie es längst getan. Sie arbeitet gut, Truud ist mit ihr zufrieden.«

»Sie verstellt sich.« Dalla gab sich noch nicht geschlagen. »Soll erst ein Unglück geschehen?«

»Thoralf hat sie unter unseren Schutz gestellt. Dies dürfen wir ihr nicht verwehren.«

»Früher warst du nicht so nachsichtig«, erwiderte Dalla.

Astrids Gesicht verfärbte sich zornrot. »Was redest du da? Dir wird die Zunge abfaulen, wenn du solche Lügen verbreitest.«

Halveig zog ihre Schwester zurück. »Lass es gut sein. Die Sklavin wird zurechtgewiesen, notfalls mit der Rute.«

Dallas Augen blitzten. »Hast du vergessen, dass wir …«

»Pssst! Halt doch endlich den Mund!« Halveig stieß Dalla zurück. Wie konnte sich ihre Schwester nur so vergessen?

Astrid schaute verwundert von einer zur anderen. »Warum ereifert ihr euch wegen einer Magd? Für das Gesinde bin ich zuständig. Also haltet euch da raus.«

»Schert euch wieder in die Betten«, knurrte Björgolf Einbein von seinem Lager her. »Ich will schlafen. Schwatzhafte Weiber!«

Mit einem Grummeln im Bauch kroch Dalla unter ihre Decke. Vor den Augen der Eltern konnte sie Viviane nicht erdolchen, auch wenn sie es am liebsten sofort getan hätte. Ihr Hass auf die Fremde wuchs immer mehr.

Halveig hing im Dunkeln ihren Gedanken nach. Auch sie war der Meinung, dass Viviane verschwinden musste, aber sie war nicht so hitzig, wie sich Dalla verhielt. Auch Fürstentöchter konnten wegen Mordes verurteilt werden. Wesentlich einfacher wäre, wenn die Sippe sie wegen Zauberei oder einer Untat verurteilen würde. Dann wären sie beide fein heraus.

Auch Astrid lag noch lange wach. Von Anfang an gab es Probleme mit dieser Sklavin, die Thoralf aus einem nicht nachvollziehbaren Grund mitgebracht hatte. Es gab genug Mägde auf Skollhaugen, und auch Gunnardviga hatte keinen Bedarf an weiterem Gesinde. Lag vielleicht eine stille Absicht dahinter, dass Thoralf und diese Viviane …

Unsinn! Astrid schob den Gedanken beiseite. Thoralf war manchmal ein Hitzkopf. Sicher war nur seine männliche Leidenschaft mit ihm durchgegangen, ohne nachzudenken, dass er damit Gunnardviga kompromittieren könnte. Zum Glück hatte sie ihm ja ins Gewissen geredet, und er hatte sich in den letzten Tagen vor seiner Abreise von Viviane ferngehalten. Der Frieden auf dem Hof war wiederhergestellt. Den würde sie sich auch von ihren Töchtern nicht verderben lassen. Und was diese Viviane betraf – es gab genügend Zauber gegen Feen und Hexen. Es würde sich eine Lösung finden.

Dank Vivianes aufgebrühtem Minztee fühlte sich Raudaborsti am nächsten Morgen wieder besser. Truud lieh der Kleinen sogar einen neuen Kittel, bis ihrer ausgewaschen und getrocknet war. Freiwillig nahm Raudaborsti einen Korb, um Pilze suchen zu gehen. Sie zwinkerte Viviane zu.

»Die Herrin hat befohlen, dass du endlich den Mantel fertig webst«, fuhr Truud dazwischen. »Du solltest dich beeilen, weil ich dich auch brauche, um Holz zu holen, Beeren zu sammeln und Pilze zu putzen. Außerdem säuberst du noch unsere Hütte, weil du heute Nacht Asche aufgewirbelt hast.«

Viviane widersprach nicht. Zwar wäre sie gern mit Raudaborsti gegangen, um sie vom weiteren Apfelverzehr abzuhalten. Sie würde bestimmt kein zweites Mal von Astrid lindernde Kräuter erhalten. Aber wenn sie jetzt im Haupthaus am Webstuhl saß, ergab sich bestimmt die Gelegenheit, mit Astrid zu sprechen. Sie würde ihr von dem belauschten Gespräch erzählen. Die Gefahr für Skollhaugen war groß, das würde die Herrin sofort erkennen.

Viviane setzte sich auf die geflochtene Strohmatte, die etwas die Kälte des Fußbodens dämpfte. Einige Zeit hatte sie nicht mehr an dem Mantel gearbeitet, jetzt freute sie sich darauf. Dieser Mantel verband sie mit Thoralf, wo immer er sich auch gerade befand. Ein warmes Gefühl durchströmte sie. Sie wandte sich zu Astrid um, die auf einer der fellbedeckten Bänke saß und verschiedene Glasperlenketten betrachtete. Neben ihr beschäftigten sich Dalla und Halveig mit Näharbeiten. Dalla warf ihr immer wieder giftige Blicke zu, doch Viviane achtete nicht darauf. Astrid schien sehr milde gestimmt, sie lächelte und summte ein Lied vor sich hin.

Viviane erhob sich und kniete vor Astrid nieder. »Herrin, ich möchte Euch für Eure Güte danken. Raudaborsti geht es wieder gut, sie sammelt heute Pilze.«

»Das freut mich zu hören«, erwiderte Astrid. Sie blickte auf Viviane herab. »Du hast ein gutes Herz.«

Über Vivianes Gesicht huschte ein Lächeln. »So kann ich etwas zurückgeben von der Güte, die ich empfange.«

»Du fühlst dich hier wohl?«

Viviane nickte.

»Wen interessiert es, ob sich eine fremde Magd wohl fühlt?«, zischte Dalla. Dass sich ihre Mutter derart vertraut mit Viviane unterhielt, ließ ihr Blut kochen.

»Mich«, erwiderte Astrid. »Damit bleibt der Frieden auf Skollhaugen gewahrt.«

Das war für Viviane die Gelegenheit, endlich von ihrem Verdacht zu berichten.

»Dröttning, der Frieden auf Skollhaugen könnte gestört werden. Als ich mit Raudaborsti … also, ich habe zufällig ein Gespräch belauscht zwischen Asgeir und Sven. Sie planen einen Überfall auf Skollhaugen.«

Für einen Augenblick starrte Astrid sie sprachlos an. Auch Dalla und Halveig saßen wie erstarrt da. Dann schüttelte Astrid den Kopf. »Das ist unmöglich! Bald wird Asgeir zu unserer Familie gehören. Er ist Thoralfs Freund. Du hast bestimmt etwas falsch verstanden, weil du unsere Sprache noch nicht richtig sprichst.«

Dalla heulte plötzlich laut auf. »Sie stört den Frieden auf Skollhaugen. Begreifst du immer noch nicht, Mutter? Jetzt, wo Thoralf weg ist, versucht sie es durch schreckliche Lügen. Schneid ihr ihre verlogene Zunge ab!«

»Schweig! Ich entscheide, was mit ihr geschehen soll.« Astrid wandte sich wieder an Viviane. »Du hast also ein Gespräch belauscht. Du weißt, dass Sven der Freund von Hoskuld ist und dieser der Sohn von Jarl Ragnvald. Sie alle sind hoch angesehene Männer und zählen zu gern gesehenen Gästen auf Skollhaugen. Gunnardviga und Asgeir stehen unter Ragnvalds Schutz. Warum also sollten sie etwas gegen unsere Sippe planen?«

Viviane rang die Hände. Sie ahnte, dass es schwer werden würde, Astrid von dieser Ungeheuerlichkeit zu überzeugen. Doch jedes Wort war ihr noch in der Erinnerung.

»Hoskuld will Gunnardviga heiraten, aber er kann ihr nicht solche Brautgeschenke bieten wie Thoralf. Deshalb wollen sie Skollhaugen überfallen und abbrennen, damit Gunnardviga sich von Thoralf abwendet.«

Dalla sprang empört auf. »Du lügst«, schrie sie. »Was für eine erbärmliche Lügnerin. Sie selbst will Thoralf für sich allein haben, sie, die elende Sklavin aus der Mägdehütte! Mutter, wirf sie doch endlich ins Moor!«

»Es ist ungeheuerlich, was du da sprichst.« Astrid war blass geworden. »Niemals käme Hoskuld auf dieses Ansinnen. Alle wissen, dass Thoralf und Gunnardviga schon als Kinder einander versprochen wurden. Niemand würde so ein Versprechen brechen, ohne sein Leben zu verwirken.«

»Das weiß ich«, erwiderte Viviane. »Und doch habe ich es gehört, aus nächster Nähe. Das schwöre ich bei Gott.«

»Bei Odin? Bei Thor? Wenn du lügst, wird er Blitze schleudern, und du wirst tot umfallen.«

Doch nichts geschah. Viviane blickte flehend zu Astrid. »Dröttning, es geht um Skollhaugen, um Eure Sippe, um Thoralf.«

»Noch nie ist Skollhaugen überfallen und erobert worden«, widersprach Astrid. »Unsere Burg ist gut befestigt, es gibt genügend Männer zur Verteidigung und noch mehr Waffen. Asgeir wäre töricht, einen Angriff zu wagen.«

»Er sprach von einer List, um Skollhaugen zu überfallen.«

Stolz hob Astrid den Kopf, und ihre Miene spiegelte Herablassung wider. »Das Geschlecht des Björgolf wird respektiert und bewundert.«

»Und beneidet«, entgegnete Viviane. »Thoralfs Beute hat Begehrlichkeiten geweckt, weil Hoskuld selbst nicht zur See fährt. Damit will er Gunnardviga gewinnen.«

Astrid schüttelte den Kopf. »Sie wird nicht darauf eingehen. Damit wäre ihre Ehre beschmutzt. Außerdem liebt sie Thoralf, und er liebt sie.«

Viviane senkte den Blick. »Ich hoffe es für Thoralf«, flüsterte sie.

Dalla umklammerte mit den Fingern das kleine Messer, das sie benutzt hatte, um den Faden abzuschneiden. »Siehst du denn nicht, Mutter, dass sie uns verwirren will mit ihren Lügen? Angeblich sorgt sie sich um Skollhaugen. Glaubst du einer fremden Sklavin? Sie ist das Böse, das Skollhaugen vernichten will!«

»Ich weiß wirklich nicht, was ich glauben soll.« Forschend schaute Astrid Viviane in die Augen. Dieses Grün! Wie ein Tier …

»Wir werden den Göttern opfern und sie befragen, was mit ihr zu tun ist.«

»Das lasse ich nicht zu!« Dalla hielt das Messer in der erhobenen Hand und stach auf Viviane ein. Geistesgegenwärtig warf sich Viviane zur Seite, und Astrid fiel Dalla in den Arm.

»Die Augen, die Augen«, schrie Dalla und versuchte, gegen Astrids Widerstand mit dem Messer nach Vivianes Augen zu stechen.

Entsetzen packte Viviane. Sie rappelte sich auf und rannte in Panik aus dem Haus, während Astrid und Halveig verzweifelt versuchten, die tobende Dalla zu beruhigen. Dalla wand sich aus den Griffen ihrer Mutter und ihrer Schwester und eilte zum Webstuhl. Mit dem Messer stach sie wie von Sinnen auf den halbfertigen Mantel ein. Sie hielt erst inne, als der Stoff in Fetzen herunterhing.

Betroffen schauten Astrid und Halveig auf das Schlachtfeld. Das Geschrei hatte alle Bewohner von Skollhaugen aufgeschreckt. Sie kamen herbeigelaufen und starrten teils neugierig, teils erschrocken auf die Szene im Haupthaus. So etwas hatten sie noch nie erlebt.

Viviane rannte wie von Furien gehetzt aus dem Tor, den Hang hinab über den schmalen, steinigen Strand und auf der anderen Seite wieder hinauf. Sie blieb erst stehen, als der Waldrand dunkel und unheimlich vor ihr lag. Noch immer begriff sie nicht, was eigentlich geschehen war. Warum verfolgte sie Dalla mit einem derartigen Hass? Sie wollte doch Thoralf gar nicht für sich gewinnen. Oder doch?

Aus dem Dämmer des Waldes kam eine kleine Gestalt auf sie zu. Diesmal erschrak Viviane nicht. Es war kein Troll, es war Raudaborsti. Weinend fiel sie der Kleinen um den Hals. Beide ließen sich auf dem gelben Gras nieder. Tröstend strich Raudaborsti ihr über die Schulter. »Was auch geschehen ist, es wird alles wieder gut.«

Viviane schüttelte heftig den Kopf und wischte sich mit dem Handrücken die Tränen aus dem Gesicht. »Nichts wird gut. Ich kann nicht wieder auf den Hof zurückkehren. Dalla wollte mich ermorden.«

Yngvar

Mehr als einmal zweifelte Viviane daran, das Richtige zu tun. Aber sie hatte gar keine andere Wahl. Es war Raudaborstis Idee, und Viviane entschied sich nach einigem Überlegen, dass sie sie sofort in die Tat umsetzen musste. Allein. Denn Raudaborsti konnte sie nicht begleiten.

Viviane wollte die Kleine nicht in Gefahr bringen. Zudem stand der Winter vor der Tür. Da blieb man am besten an einem sicheren, geschützten Ort, wo es ein Feuer und etwas zu essen gab. Das alles gab es für Viviane nun nicht mehr. Nach Dallas Angriff mit dem Messer war sie nicht mehr sicher auf Skollhaugen. Sie hatte Angst. Von Astrid war Viviane enttäuscht. Die Herrin schenkte Viviane weder Glauben noch Vertrauen. Aber hatte Raudaborsti das nicht prophezeit? Es gab nur einen Menschen, der Viviane in dieser Situation überhaupt noch helfen konnte, auch im Interesse von Skollhaugen – Yngvar!

Ein eisiger Wind, vermischt mit einzelnen nassen Schneeflocken, blies Viviane ins Gesicht. Es war ein törichtes, ja lebensgefährliches Unterfangen, allein auf die Suche nach Yngvar zu gehen. Weder hatte sie Proviant bei sich noch warme, schützende Kleidung. Einzig einige Äpfel aus dem Höhlenversteck konnte Raudaborsti ihr zustecken. Dann musste die Kleine nach Skollhaugen zurückkehren, um sich nicht verdächtig zu machen.

Nachdem die Ernte eingebracht war und die Bauernhöfe

ihre Abgaben an den Fürstenhof geleistet hatten, hatte eine ruhige Zeit für Skollhaugen begonnen. Yngvars Arbeit war getan, und er hatte Zeit, die vollen Vorratshäuser mit frischem Fisch aus dem großen Fluss im Hinterland zu ergänzen. Der Fluss war fast zwei Tagesmärsche entfernt und teilte den Wald, der sich jenseits des Küstengebirges befand. Der Gedanke, dass Viviane allein diesen Wald durchqueren musste, bereitete ihr quälende Bauchschmerzen. Doch die Angst trieb sie vorwärts, die Angst vor einer Katastrophe, die Skollhaugen heimsuchen könnte. Sie war sich sicher, dass Asgeir seinen Plan in die Tat umsetzen würde.

Eine große Wegstrecke hatte Viviane bereits zurückgelegt, und mit jedem weiteren Schritt kamen ihr Zweifel, dass sie das Unterfangen durchhalten könnte. Die Kälte drang durch ihr grobes Wollkleid, die Schuhe aus dünnem Leder boten ihr kaum Schutz vor dem unebenen und steinigen Boden. Am meisten ängstigte sie jedoch der dichte Wald mit den hohen schlanken Tannen und Fichten. Auch Laubbäume gab es, deren Äste jetzt kahl und starr in den Himmel ragten. Raudaborsti hatte ihr die Richtung beschrieben, die sie einschlagen sollte. Sie folgte einem kleinen Bach, der in den großen Fluss mündete. So konnte sie ihn nicht verfehlen. Doch oft war es unmöglich, direkt am Ufer des Baches entlangzulaufen, weil das Gelände unwegsam war. So musste Viviane den Weg zwischen den Bäumen wählen, immer bedacht, nicht zu stürzen und sich nicht zu verirren. Die Furcht vor Trollen und Waldgeistern, wilden Tieren und die Angst, vor Hunger, Kälte und Erschöpfung zu sterben, blieben ihre ständigen Begleiter.

Diese Nacht verbrachte sie auf einer kleinen Anhöhe, einem eigenartigen Hügel, in den eine aus riesigen Steinen gebaute Öffnung führte. Erst glaubte sie, dass es sich um eine Behausung handelte, aber unmöglich konnten hier Menschen leben.

Der Hügel war mit Gras bewachsen, und nichts deutete darauf hin, dass es sich nicht um eine natürliche Geländeerhebung handelte. Außer der Öffnung.

Drinnen befand sich ein kleiner Raum, dessen Sinn sich Viviane entzog. Vielleicht hatten Jäger hier Schutz gesucht, wenn sie dem Wild tagelang folgten. Es war dunkel darin, und es roch nach Erde. Ihre Befürchtung, es könnte auch ein wildes Tier hier Schutz gesucht haben, bewahrheitete sich zum Glück nicht. Der Wind hatte Laub hereingeweht, das trocken und weich war. Sie brauchte nicht auf dem nackten Boden zu schlafen. So gut es ging, rollte sie sich in dem Laubhaufen zusammen und versuchte zu schlafen. Die Erschöpfung überwältigte sie, aber ihre Sinne blieben geschärft. Sie lauschte auf jedes Geräusch. Die Bäume ächzten und knackten, es raschelte und wisperte. Zum ersten Mal bedauerte sie, dass kein Tranlicht über der Tür brannte, um böse Geister fernzuhalten. Sie tastete nach ihrem Anhänger, den sie unter dem Kleid trug. Kurz bevor der Schlaf sie übermannte, betete sie zu dem fremden Gott, er möge sie beschützen.

Es war schon heller Tag, als Viviane erwachte. Wirre Träume hatten sie gequält, und sie war überzeugt, dass die Geister der Nacht sie heimgesucht hatten. Immer wieder hatte sie Asgeirs grinsendes Gesicht gesehen, seine stechenden Augen und seine verwachsene Gestalt, sie sah Skollhaugen und viele Menschen, darunter Hoskuld und Sven in ihren besten Kleidern. Sie sah Gunnardviga neben Astrid sitzen. Sie schauten unbeteiligt zu, wie Dalla mit dem Messer auf sie einstach. Sie schrie und schrie, während sich Thoralf besorgt über sie beugte. Viviane sah Blut, viel Blut. Und dann sah sie Thoralf neben sich liegen. Er war tot!

Schweißnass erwachte sie und benötigte einige Augenblicke, um sich klarzuwerden, wo sie sich befand. Eilig verließ sie den unheimlichen Hügel. Die kalte Morgenluft brachte sie endgültig zur Besinnung. Die Träume hatten ihr gezeigt, dass diese Bedrohung existierte. Und niemand schien sie zur Kenntnis nehmen zu wollen.

Vivianes Magen knurrte, doch sie verzichtete darauf, einen der drei Äpfel zu essen, die sie noch besaß. Sie wusste nicht, wie lange sie noch laufen musste. Und wie sollte sie Yngvar überhaupt finden?

Der Wald wurde licht und machte einer weiten Hochebene Platz. Gelbes, trockenes Gras raschelte im Wind. Unter ihren Füßen gab der Boden nach. Erschrocken wich sie zurück. In den Fußstapfen sammelte sich dunkles Wasser. Sie befand sich am Rand eines Moors. Ratlos schaute sie sich um. Der Wind heulte unheimlich über die Fläche, die sie kaum überblicken konnte. Hier und da standen einige verkrüppelte Bäume, lange weiße Graswedel beugten sich dem Wind. Noch einmal versuchte Viviane, die Grasfläche zu überqueren, doch schon nach wenigen Schritten gab sie es auf. Sie sank bis zu den Knien ein. Es gluckste im Boden, die kalte Nässe griff wie mit eisigen Fingern um ihre Beine. Krampfhaft hielt sie sich an einem dicken Grasbüschel fest, um nicht tiefer zu sinken. Panik erfasste sie. Aus Raudaborstis Erzählungen wusste sie, wie gefährlich ein Moor war, dass unheimliche Geister darin hausten und dass man nur an diesen Ort ging, um den Göttern zu opfern. Was einmal im Moor versank, das sah man nie wieder. Auf den Knien rettete sich Viviane wieder auf festen Boden. Es blieb ihr nichts anderes übrig, als das Moor weiträumig zu umgehen.

Gegen Mittag erreichte sie den Fluss. Schon von weitem hörte sie das strömende Wasser, ein seltsames Rauschen und Dröhnen. Der Wald endete plötzlich, ein schmaler Streifen aus Kies und grobem Gestein begrenzte den Fluss. Er war breit, sehr breit, und das kristallklare Wasser sprudelte über die in seinem Bett liegenden großen Steine. Noch nie hatte Viviane so einen gewaltigen Fluss gesehen, und sie blieb beeindruckt stehen. Er schien nicht tief zu sein, jedenfalls kam es ihr so vor. Doch überqueren konnte sie ihn nicht. Auch Yngvar hatte ihn sicher nicht überquert, und mit einem Boot war das wilde Wasser nicht befahrbar. Unschlüssig blickte Viviane nach beiden Seiten. In welche Richtung sollte sie gehen? Wo sollte sie Yngvar finden?

Sie beschloss, es zunächst flussabwärts zu versuchen. Das Gehen auf dem groben Schotter fiel ihr schwer. Ständig strauchelte sie. Schon bald lösten sich ihre Schuhe auf. Notdürftig versuchte sie, sie zusammenzubinden. So kam sie nur langsam vorwärts. Ihre Kräfte ließen nach, dafür packte sie die Verzweiflung. Wie konnte sie sich nur auf dieses aussichtslose Abenteuer einlassen? War der Plan, Skollhaugen zu retten, es wert? Skollhaugen war nicht mehr ihre neue Heimat, sie würde nie wieder dahin zurückkehren können. Eine geflüchtete Sklavin konnte keine Nachsicht erwarten. Und Dallas Hass auf sie, den sie sich nicht erklären konnte, hätte ihr nicht nur das Leben zur Hölle gemacht, sondern es wahrscheinlich auch bald beendet. Es gab nur einen, den sie retten und beschützen wollte – Thoralf!

Sie schluchzte und taumelte, stürzte und rappelte sich wieder auf. An den Steinen hatte sie sich die Knie aufgeschlagen, ihre Füße waren wund gelaufen, und die Kälte brannte rote und blaue Flecke auf ihre Haut. Kaum spürte sie noch ihren Körper. Nur der Gedanke an Thoralf trieb sie vorwärts. Für ihn tat sie das alles, für ihn wollte sie Skollhaugen retten. Thoralf! Einen Herzschlag lang verspürte sie das Prickeln im Bauch, das Brennen der Sehnsucht in ihrer Brust. Nur noch einmal wollte sie seine zärtliche Hand spüren, seinen Blick, seine Lippen. Nur noch einmal wollte sie ihm über sein Haar streichen, seine Stimme hören: »Kleine Skolli …«

Es war der Geruch von Rauch, der sie aus ihren Tagträumen riss, während sie vorwärtstaumelte. Rauch, Feuer, Skollhaugen brennt! Sie riss die Augen weit auf, doch sie befand sich immer noch am Fluss. Eine Landzunge schob sich in dessen Lauf, hell und rund wie der Buckel eines auftauchenden Wals. Von dieser Landzunge stieg eine dünne Rauchsäule auf, neigte sich in ihre Richtung. Sie erkannte ein Feuer, eine sitzende Gestalt. Etwas weiter entfernt stand ein gelbliches Pferd und knabberte an einem Fichtenzweig. Sie hatte Yngvar tatsächlich gefunden!

Mit ausgestreckten Armen wankte sie auf ihn zu. Zuerst hob das Pferd den Kopf und schnaufte kräftig durch die Nüstern. Dann wandte sich auch Yngvar um. Viviane sah noch seinen erstaunten Gesichtsdausdruck, bevor sich alles um sie drehte und die Welt im Dunkel versank.

Es war der Rauch des Feuers, der in ihrem Hals brannte und einen Hustenreiz auslöste. Sie öffnete die Augen und blickte sich verwirrt um.

»Was für ein seltsamer Fisch ist mir da vor die Füße gesprungen?« Yngvar blickte auf sie herab. Sie lag auf dem groben Kies des Flussufers. Nach und nach kroch die Kälte in ihren Körper. Yngvar hatte feuchtes Holz ins Feuer geworfen, doch es qualmte mehr, als dass es wärmte. Ächzend rappelte Viviane sich hoch. Doch ihre Beine gaben nach. Yngvar fing sie auf und setzte sie dicht am Feuer nieder, darauf bedacht, dass sie den Rauch nicht abbekam.

»Welcher Troll hat dir den Geist verwirrt, dass du allein durch den Wald irrst?«

Viviane zitterte so stark, dass sie nicht sprechen konnte.

Yngvar schüttelte den Kopf. »Verrücktes Weib! Dabei dachte ich, du fürchtest dich vor dem Wald.«

Viviane nickte heftig und rang nach Worten. Ein Hustenanfall schüttelte sie. Yngvar reichte ihr eine Schale mit heißem Wasser, in die er eine Handvoll getrocknete Kräuter streute. Erst jetzt bemerkte Viviane den kleinen eisernen Kessel im Feuer und einige Fische, die auf dem Kies lagen.

»Es war kein guter Fang«, sagte Yngvar. »Es hat sich nicht gelohnt hierherzukommen.« Er hob den Blick. »Warum bist du hier?«

Viviane nahm einen Schluck aus der Schale und räusperte sich. »Es droht Gefahr für Skollhaugen.«

»Hat man dich geschickt?«

Sie schüttelte den Kopf. »Niemand glaubt mir. Aber ich schwöre, dass ich es mit eigenen Augen gesehen und mit eigenen Ohren gehört habe.«

Interessiert beugte sich Yngvar vor. »Was hast du gesehen und gehört?«

»Ich habe ein Gespräch zwischen Asgeir und Sven belauscht. Hoskuld will Gunnardviga zur Braut haben, doch er kann ihr nicht die wertvollen Brautgeschenke bieten wie Thoralf. Deshalb plant er einen Überfall auf Skollhaugen, und Asgeir soll ihm dabei helfen.« Sie bemerkte Skepsis in Yngvars Blick. »Ich habe es der Herrin erzählt, aber sie hat mir nicht geglaubt.«

»Es klingt auch wirklich unglaubwürdig. Warum sollte Hoskuld einen Überfall wagen, wenn er doch keine Aussicht auf Erfolg hat? Skollhaugen ist zu stark befestigt, als dass es gelingen könnte. Ragnvald würde es nicht zulassen.«

»Das hat Frau Astrid auch gesagt. Aber die beiden sprachen von einer List.«

Yngvar schob die Unterlippe vor. »Was hätte Asgeir davon?

Als Gunnardvigas Bruder würde er alle Annehmlichkeiten und Vorzüge unserer Familie in Anspruch nehmen können.«

»Genau das bezweifelt er. Er würde nur der Knecht auf dem eigenen Hof sein, da Grondalr dann dem Fürstenhof Skollhaugen zufallen würde. Sven hat ihm eine Belohnung zugesichert, wenn er …«

Yngvar sprang auf und lief erregt hin und her. Seine Schritte knirschten im groben Kies. »Asgeir ist hinterhältig und niederträchtig. Ich würde ihm zutrauen, zum eigenen Vorteil Verrat zu begehen. Es wäre jedoch töricht, denn er würde mehr verlieren als gewinnen.«

»Er hat auf Skollhaugen die Lagerhäuser ausspioniert. Ich habe ihn dabei überrascht. Er ist böse geworden.«

»Es könnte etwas dran sein an deinem Verdacht. Und doch …« Er warf ihr einen zweifelnden Blick zu. »Asgeir steht unter Ragnvalds Schutz. Und zudem würde Gunnardviga es nicht zulassen. Sie ist Thoralf versprochen.«

»Würde sie auch noch dazu stehen, wenn Thoralf alles verloren hätte?«

Abrupt blieb Yngvar stehen, dann hockte er sich neben Viviane nieder und schaute sie eindringlich an.

»Du liebst Thoralf, nicht wahr?«

Viviane schlug die Augen nieder. »Ich möchte ihn vor Unheil schützen.«

Yngvar verzog die Lippen zu einem schiefen Grinsen. »Was hättest du davon? Du bist eine Sklavin, eine Magd. Thoralf ist ein Fürstensohn. Du bist ihm nicht ebenbürtig.«

»Das weiß ich.« Trotzig hob Viviane den Kopf. »Skollhaugen ist jetzt auch mein Zuhause. Warum sollte ich es nicht schützen wollen?«

Er rümpfte die Nase. »Ich habe euch überrascht, wie ihr euch miteinander vergnügt habt. Und ich habe deine Augen dabei gesehen. Du kannst mir nichts vormachen. Es geht dir um Thoralf.«

»Thoralf und Skollhaugen sind eins.«

Unwillig wandte Yngvar sich ab. »Ja, er wird einmal alles übernehmen, er wird der Herr sein, ihm wird alles gehören.«

»Es ist nicht Thoralfs Schuld, dass er der Erstgeborene ist«, erwiderte sie. »Ja, es geht mir um Thoralf und dass er glücklich wird.«

»Mit Gunnardviga?«

Sie nickte zögernd.

»Du bist ein seltsames Mädchen. Ich weiß nicht, warum ich dir glauben soll, aber mein Gefühl sagt mir, dass du es ehrlich meinst.« Er zog ein Messer aus seinem Gürtel und zerteilte zwei Fische. Die Stücke warf er in den Kessel. »Du trägst keinen Proviant bei dir. Ich nehme an, du bist hungrig.« Mittlerweile brannte das Feuer ruhiger. »Und du trägst weder richtige Kleidung noch ordentliches Schuhwerk. Du bist Hals über Kopf davongelaufen.«

»Die Herrin hat meinen Worten keinen Glauben geschenkt und Dalla hat … sie hat … wollte …« Ihre Stimme versagte. Dann fasste sie sich. »Sie hat mich der Lüge bezichtigt und wollte mir mit dem Messer die Augen ausstechen.«

Überrascht blickte er auf. »Tatsächlich? Nun, sie ist etwas hitzig und eigensüchtig. Das geht natürlich zu weit. Es ist Sache der Herrin, so etwas zu verhindern.«

Viviane kämpfte gegen die Tränen.

»Sie hat den Mantel zerfetzt, den ich für Thoralf webe. Sie sagt, es stehe mir nicht zu, so etwas zu tun. Es war Thoralfs Wille, den ich erfülle.«

Yngvar seufzte. »Sie befürchtet wohl, dass du der Grund bist, dass Thoralfs Gedanken nicht bei seiner Braut weilen. Irgendwie kann ich das verstehen.«

»Deshalb werde ich auch nicht nach Skollhaugen zurückkehren«, erwiderte sie leise.

»Ich begreife nicht, was dich zu solchen Tollheiten treibt. Du liebst Thoralf, wirst ihn aber nicht für dich gewinnen können; du willst Skollhaugen schützen, willst aber nicht dahin zurückkehren. Ja, was willst du denn?«

»Ich weiß, dass niemand versteht, was mein innigster Wunsch ist. Mein Gewissen sagt mir, dass ich so handeln muss. Es sind viele unschuldige Menschen in Gefahr.«

»Du beschuldigst einen hochrangigen Mann aus Eiriks Sippe. Wer sollte dir glauben? Selbst wenn Björgolf ein Gericht einberuft, so hättest du keine Chance.«

»Ich weiß. Aber dann wäre es zu spät. Ich bin sicher, dass Asgeir einen Überfall plant. Selbst wenn er zum Scheitern verurteilt ist, so wird es vielleicht Tote geben.«

Yngvar zuckte mit den Schultern. »Dazu sind die Männer da. Sie schützen die Burg.«

»Die meisten sind mit Thoralf gefahren«, warf Viviane ein. »Ich glaube auch nicht, dass er einen offenen Angriff wagt.«

»Eine List«, sinnierte Yngvar. »Aber welche?«

Verzagt senkte Viviane den Kopf. »Das weiß ich auch nicht. Darüber haben sie nicht gesprochen.«

Mit einem Stock fischte Yngvar die Fischstückchen aus der Brühe und reichte Viviane die Schale. »Stärke dich erst einmal, dann kehren wir nach Skollhaugen zurück. Es lässt mir keine Ruhe, und ich werde ergründen, was Asgeir vorhat.«

Viviane atmete auf. »Danke, dass du mir glaubst, Yngvar. Aber ich kann nicht zurückkehren. Dalla wird mir weiter nach dem Leben trachten.«

»Wenn du gelogen hast, dann wird es deine gerechte Strafe sein«, erwiderte er.

Viviane schwieg und aß hastig. Der Gedanke, nach Skollhaugen zurückzukehren, bereitete ihr Unbehagen. Sie hatte ein reines Gewissen, konnte bei Gott schwören, was sie gehört und beobachtet hatte, doch würde die Fürstenfamilie das auch so sehen? Die Erfahrung hatte sie etwas anderes gelehrt. Sie blickte Yngvar fragend an. »Ich habe Angst«, flüsterte sie. »Ich bin nur eine Sklavin. Aber ich stehe zu meinen Worten.«

Er nickte. »Dann komm. Dir wird Gerechtigkeit widerfahren, wenn du die Wahrheit gesagt hast. Dafür werde ich sorgen.«

Er packte seine wenigen Sachen zusammen und band sie auf den Rücken seines Pferdes. Er schwang sich hinauf und hielt Viviane die Hand hin. »Zu Fuß schaffst du den Rückweg nicht.« Er zog sie zu sich aufs Pferd. Sein Umhang bot ihr ebenfalls Schutz, sie spürte die Wärme des Tieres an ihren Schenkeln. Sie sehnte sich nach der Hütte, ihrem Strohlager, nach Raudaborsti. Mit Yngvars Hilfe würde alles wieder gut werden.

Viviane saß zum ersten Mal in ihrem Leben auf einem Pferd. Erstaunt stellte sie fest, wie einfach und schnell man vorwärts kam, obwohl Yngvar das Tier nur im Schritt laufen ließ. Die Wärme des Pferdekörpers breitete sich in ihr aus, zudem bot ihr Yngvar Schutz und Halt. Sie gab sich dem sanften Wiegen des Pferdes hin. Es war noch kälter geworden, immer wieder tanzten vereinzelte Schneeflocken durch die Luft. Der Himmel war bleigrau verhangen, und die hohen Bäume ächzten und knarrten unter den Windstößen. Viviane zog den Kopf ein und mochte sich nicht umblicken. Die Furcht kehrte wieder zurück. Der ihr unheimliche Wald atmete Gefahr aus. Auch das Pferd schien diese unsichtbare Gefahr zu spüren. Es schnaubte nervös und warf den Kopf zurück. Yngvar blickte sich um.

»Es ist nichts«, murmelte er. »Nur dieses Grab. Es ist verflucht.«

Viviane fuhr auf. Sie befanden sich nahe des Hügels, in dem sie übernachtet hatte.

»Was ist das für ein Grab?«, wollte sie wissen.

»Man sagt, ein Riese sei darin begraben«, erwiderte Yngvar. »In der Götterwelt kämpften sie gegen die guten Mächte. Und am Ende der Welt werden die bösen Mächte gewinnen.«

Viviane schauderte. Und darin hatte sie die Nacht verbracht! Wenn sie das gewusst hätte …

»Die Menschen meiden diesen Ort, und selbst die Tiere spüren das Böse.« Yngvar trieb sein Pferd an. Doch der Weg nach Skollhaugen war noch weit. Besorgt blickte Yngvar zum Himmel. Bleigrau und tief hingen die Wolken. Es roch nach Schnee.

Plötzlich befanden sie sich in einem weißen Wirbel. Man konnte die Hand vor Augen nicht erkennen.

»Wir verirren uns«, rief Viviane gegen den Sturm an.

Yngvar antwortete nicht. Er trieb das Pferd noch mehr an, das angstvoll wieherte und tänzelte. Viviane musste sich an Yngvar festhalten, um nicht herabzustürzen. Er lenkte das Pferd zu einer Felswand, die im Schneetreiben kaum zu erkennen war. Bäume und Büsche verdeckten den Eingang zu einer Höhle.

»Hier werden wir Schutz suchen, bis der Sturm vorbei ist.« Er sprang vom Pferd und führte es zur Höhle. Inzwischen fielen die Flocken dichter und dicker, sie bedeckten den Boden in kurzer Zeit knöchelhoch. Auch Viviane glitt vom Pferd und flüchtete sich in die Höhle. Diese war flach und breit, eine überhängende Steinplatte schützte den Eingang. Aufatmend ließen sie sich im Trockenen nieder. Der Boden der Höhle war mit trockenem Laub bedeckt, das der Wind hereingeblasen hatte. Yngvar brach einige Zweige und Äste von den Büschen am Eingang ab und schichtete sie zu einem Haufen auf. Er entzündete das trockene Laub mit einem Feuerstein, den er auf ein Stück Eisen schlug. Die Funken sprangen ins Laub, bildeten kleine Rauchfäden und wollten verlöschen. Vorsichtig blies Yngvar hinein. Plötzlich züngelte eine dünne Flamme empor, fiel zusammen, um dann an anderer Stelle wieder aufzuleuchten. Endlich fraß sich das Feuer durch die Zweige, es knackte und knisterte, dann verbreitete das Feuer Licht und etwas Wärme.

Das Pferd hatte es vorgezogen, vor der Höhle stehen zu bleiben. Es ließ sich einschneien, sein dichtes fahlgraues Fell schützte es vor der Kälte.

»Pferde fürchten das Feuer«, erklärte Yngvar. Er breitete seinen Umhang aus. In seinem Gepäck befanden sich zwei gegarte Fische, die jetzt gefroren waren. Er legte sie nahe ans Feuer, um sie aufzutauen. Das Pferd wieherte und schnaubte nervös.

»Es ist ihm doch zu kalt«, mutmaßte Viviane.

Yngvar schüttelte den Kopf. »Es spürt etwas, eine Gefahr.« Weiter kam er nicht. Aus der Tiefe der Höhle ertönte ein Grollen und Brummen. Noch ehe Yngvar aufspringen konnte, stürzte ein dunkler Schatten auf ihn zu. Seine Schmerzensschreie mischten sich in das wütende Brummen des Bärs, der mit seinen gewaltigen Pranken nach Yngvar schlug.

Entsetzt stürzte Viviane aus der Höhle hinaus. Das Pferd lief laut wiehernd davon. Doch der Bär, der sich in seinem beginnenden Winterschlaf gestört fühlte, ließ seinen Zorn an Yngvar aus. Außer einem dünnen Speer, den er zum Stechen der Fische benutzt hatte, sowie einem Messer und einer Axt trug Yngvar nichts zu seiner Verteidigung bei sich. Viviane konnte auch nicht sehen, wo sich diese Waffen befanden. Der furchterregende Bär stellte sich auf die Hinterbeine, schlug mit den Pranken und brüllte dabei markerschütternd. Sie sah Yngvar blutend am Boden liegend. Der nächste Prankenschlag würde für ihn tödlich enden.

Verzweifelt rang sie die Hände, doch hier halfen weder Gebete noch Furcht. Wild entschlossen, nicht untätig zuzusehen, wie der Bär Yngvar zerfleischte, lief sie in die Höhle zurück. Sie packte einen brennenden Ast aus dem Feuer mit beiden Händen und schlug damit auf den Bären ein. Augenblicklich ließ das Tier von Yngvar ab und flüchtete aus der Höhle.

Keuchend und zitternd ließ Viviane die Fackel fallen. Ihr Blick wanderte zu Yngvar. Er lag regungslos in seinem Blut. Erst jetzt schnürte Angst ihre Kehle zusammen. Yngvar durfte nicht sterben!

Sie hockte sich neben ihn, tupfte vorsichtig das Blut von den Wunden. Der Bär hatte ihn an der Schulter und am Kopf verletzt. Vor allem die Kopfwunde blutete stark. Yngvar war nicht bei Bewusstsein, doch er lebte. Mit Streifen aus seinem Umhang verband Viviane die gröbsten Wunden, presste Laubknäuel darauf, um die Blutungen zu stoppen. Yngvars Atem ging flach, sein Pulsschlag war kaum spürbar. Und dann faltete Viviane doch die Hände und betete. Wer auch immer von den Göttern Yngvar erretten würde, sie mussten es einfach tun.

Sie eilte aus der Höhle, um weiteres Brennmaterial zu holen. Sie brach Zweige von den kahlen Büschen ab, aber achtete nicht darauf, dass Schnee darauf lag. Yngvar würde erfrieren, wenn sie nicht das Feuer am Leben erhielt. Etwas abseits sah sie das Pferd stehen. Es kaute an einem Tannenzweig und schien den Schrecken über das Raubtier überwunden zu haben. Sie konnte sich jedoch nicht um das Pferd kümmern. Sie hastete zurück in die Höhle, warf die Zweige ins Feuer, das beinahe erloschen war. Im gleichen Augenblick schrie sie auf. Es zischte und qualmte, der schmelzende Schnee erstickte die letzte Glut, dann war das Feuer aus. Dunkelheit legte sich über sie. Verzweifelt fuhr sie sich durch das Haar. Wie hatte sie nur so unüberlegt handeln können? Tränen stiegen ihr in die Augen und ließen die Szenerie verschwimmen. Sie fiel neben Yngvar auf die Knie und rieb sein Gesicht mit ihren kalten Händen. »Yngvar, Yngvar, wach auf! Du darfst nicht erfrieren.«

Er stöhnte, seine Lider zuckten. Ohne Feuer würden sie beide hier erfrieren. Zudem konnte der Bär wieder zurückkehren. Dann hätte sie nichts, womit sie ihn vertreiben konnte. In der Ferne sah sie das Pferd stehen. Es schnaubte nervös. Sie musste Yngvar nach Skollhaugen bringen!

Sie lief hinaus und versuchte, das Pferd einzufangen. Immer wieder wich es ängstlich vor ihr aus. »Ruhig, ruhig«, redete sie auf das Tier ein. Endlich konnte sie es am Zügel fassen. Vorsichtig führte sie es in die Höhle hinein. »Bitte bleib stehen, lauf nicht davon«, flüsterte sie beschwörend. Dann beugte sie sich zu Yngvar hinab. »Steh auf, du musst aufstehen. Ich bringe dich nach Skollhaugen, aber steh auf!«

Doch Yngvar konnte sich nicht bewegen. Beherzt packte sie ihn an der Schulter, richtete ihn auf und legte seinen Arm um sich. »Komm, halt dich an mir fest. Ich helfe dir aufs Pferd. Du musst, Yngvar, du musst aufstehen!«

Yngvar ächzte. Viviane hätte nicht geglaubt, wie schwer er war. Er stützte sich auf sie. Mit einem Ruck zog sie ihn hoch, doch seine Beine versagten, noch bevor sie ihn zum Pferd führen konnte.

»Noch einmal, Yngvar, bitte!« Keuchend zerrte sie an seinem Körper.

Vor Schmerz schrie Yngvar auf, doch es brachte ihn zu Bewusstsein. Mit letzter Kraft erhob er sich. Auf Viviane gestützt, wankte er zu seinem Pferd. Er legte sich über den Pferderücken, Viviane schob sein Bein hinauf, bis er endlich saß. Dann nahm sie das Pferd am Zügel und führte es aus der Höhle.

Der Rückweg war lang und beschwerlich. Immer wieder sackte Yngvar zusammen, war kaum bei Bewusstsein. Viviane befürchtete, dass er vom Pferd fallen könnte. Noch einmal würde sie es nicht schaffen, ihm hinaufzuhelfen. Ihre Schuhe lösten sich endgültig auf, mit jedem Schritt verlor sie Fetzen, bis sie barfuß durch den Schnee lief. Sie spürte ihre Füße nicht mehr, sie spürte überhaupt nichts mehr. Sie wurde nur noch von der Angst getrieben, Yngvar könnte sterben.

Sie vertraute dem Pferd, das den Rückweg besser kannte als sie. Je näher sie Skollhaugen kamen, umso schneller schritt es.

Yngvar war wieder bewusstlos geworden. Viviane hatte ihn mit dem Deckengurt des Pferdes festgebunden. Doch es war eine unsichere Angelegenheit. Während sie wie eine Holzfigur durch den Schnee stakste, betete sie immerfort in Gedanken. Zum Sprechen war sie zu schwach. Und zum Gehen bald auch. Sie taumelte, doch der warme Pferdekörper neben ihr ließ sie immer wieder aufschrecken.

Am liebsten hätte sie sich in den Schnee fallen lassen und wäre liegen geblieben, eingeschlafen, um nie mehr aufzuwachen. Vor sich sah sie eine Gestalt, groß, kräftig, mit wehenden blonden Haaren.

»Thoralf! Thoralf, du bist da!« Ihr Schritt beschleunigte sich, sie streckte die Arme vor. Doch die Gestalt verwandelte sich, wurde zu einem seltsam geformten Baum, von dessen Ästen der Schnee in dünnen Schleiern herabwehte. Viviane presste die entzündeten Augen zusammen. Die Helle des Schnees blendete sie, vielleicht narrte sie der böse Gott Loki. Vielleicht war auch alles nur ein schrecklicher Traum, aus dem sie gleich aufwachen würde, auf ihrem Lager aus Stroh, neben dem Wärme spendenden Feuer.

»Thoralf!« Es war das Letzte, was über ihre von der Kälte aufgeplatzten Lippen kam. In der Ferne sah sie die schneebedeckten Palisaden von Skollhaugen. Es erschien ihr so verlockend nah. Hinter den Palisaden, aus dem Innenhof, stieg eine dünne Rauchsäule vom Feuer auf. Viviane glaubte, den Duft von gebratenem Fleisch zu riechen. Bestimmt war Thoralf angekommen. Doch auf dem bleigrauen Wasser des Fjords waren keine Drachenboote zu sehen. Sie wankte, griff hilfesuchend in die Luft. Dann stürzte sie. Das Pferd mit seiner bewusstlosen Last lief zielsicher auf das offen stehende Tor von Skollhaugen zu.

Das Urteil

Es waren viele gekommen. Lange war kein Thing einberufen worden. Dieses Mal jedoch hatten sich alle verfügbaren Männer eingefunden, drei mal zwölf Männer, alles Freie unter der Herrschaft des Björgolf Einbein und des Ragnvald. Schließlich ging es um die Rechtsprechung in einer schier unglaublichen Angelegenheit.

Kaum fanden alle Platz auf dem Hügel. In der Mitte erhob sich einsam ein verkrüppelter Baum, vom Wind und den wechselnden Temperaturen gezeichnet, mit knorrigen Ästen und jetzt, im Winter, kahl und starr wie die Finger eines Toten. Unter dem Baum brannte ein Feuer und tauchte alles in ein gespenstisch flackerndes Licht.

Um den Hügel herum zog sich ein Graben, der dem Ort eine besondere Bedeutung verlieh. Der Thingplatz befand sich im Herrschaftsgebiet von Björgolf Einbein, und er war es auch, der alle freien Männer eingeladen hatte. Selbst Ragnvald war gekommen. In einen dicken Pelzmantel gehüllt, saß er im Kreis und blickte auf Björgolf, der, auf einen Stock gestützt, in der Mitte stand.

»Mein Sohn, mein geliebter Sohn, liegt im Todeskampf«, rief er und hob beschwörend seine freie Hand zum dunklen Himmel. »Und Schuld hat diese rothaarige Sklavin, die Unheil über Skollhaugen brachte. Odin ist mein Zeuge, in welchem Zustand sich Yngvar befand, als er die Burg erreichte. Noch immer liegt er im Fieber, und nur die Nornen wissen, welches Schicksal ihn erwartet. Es ist eine Schande für einen Nordmann, nicht im Kampf oder bei der Jagd zu sterben, sondern von einem Weib verhext zu werden.«

»Was ist mit mir?«, ließ sich Asgeir vernehmen. »Du sprichst immer nur von deinem Sohn. Möge Thor ihn am Leben erhalten oder auch nicht, wir werden es nicht beeinflussen können. Was aber ist mit den Anschuldigungen dieser Sklavin gegen mich und gegen Hoskuld? Du solltest endlich Recht sprechen und den Stab über diese Hexe brechen.«

Björgolf wandte sich zu Asgeir um und kniff die Augen zu engen Schlitzen zusammen. »Es ist der Schmerz eines Vaters, der in mir wütet, wenn er einen Sohn verliert. Ich bin Gerichtsherr auf Skollhaugen, und diese Sklavin gehört zu meinem Gesinde.«

»War es nicht so, dass Thoralf sie meiner Schwester schenkte? Somit ist Fürst Ragnvald zuständig, sie zu verurteilen.«

Ragnvald zog seinen Umhang enger um die Schultern. »Björgolf soll erzählen, wessen er dieses Weib beschuldigt. Ist es wirklich so viel Aufhebens wert, dass dafür ein Thing einberufen wird? Schließlich ist sie nur eine Sklavin.«

»Wenn es um schwerwiegende Beschuldigungen gegen Freie oder Mitglieder der Fürstenfamilie geht, schon«, erwiderte Björgolf und klopfte mit seinem Stock auf den Boden. Der Schnee der letzten Tage war geschmolzen, und eine ungewöhnliche Wärme hatte den Boden auftauen lassen. Trotz untergelegter Felle und Leder saßen die Männer im Matsch.

»Sie beschuldigt tatsächlich Asgeir und Hoskuld, einen Überfall auf Skollhaugen zu planen und meine Schätze rauben zu wollen.«

Er erntete lautes Gelächter. Nach kurzem Zögern stimmte Asgeir mit ein und lachte am lautesten, während Hoskuld die Lippen zusammenpresste. »Sie hat den Tod verdient«, zischte er zwischen den Zähnen.

»Wie kommt sie auf so eine absurde Aussage?«, wollte einer der Männer wissen.

»Angeblich hat sie ein Gespräch zwischen Asgeir und Sven belauscht.«

Asgeir wurde blass, doch im roten Feuerschein bemerkte das niemand. »Sie hat zu viel Sauerbier getrunken«, rief er.

Björgolf wandte sich ihm wieder zu. »Es ist nur des Rechts wegen, das ich spreche, Asgeir, gab es dieses Gespräch zwischen dir und Sven?«

Erbost sprang Asgeir auf. »Was unterstellst du mir? Glaubst du dieser Sklavin etwa?«

»Ich habe dir eine Frage gestellt, die du beantworten sollst«, gab Björgolf zurück. »Diese Magd beteuerte, ein Gespräch belauscht zu haben, und zwar am Weiher von deinem Anwesen.«

Asgeir schluckte und warf Sven einen kurzen Blick zu. Sven erwiderte den Blick eindringlich und beschwörend.

»Dieses Gespräch hat es nie gegeben.« Asgeir trat in den Ring. »Warum wirfst du diese Magd nicht einfach in den Fjord?«

»Weil ich Recht spreche«, schnaubte Björgolf. »Es muss alles seine Ordnung haben. Wenn es so ist, wie du sagst, dann hebe deinen Arm mit dem Schwert zum Himmel und schwöre bei Thor und Odin, dass du die Wahrheit sagst.«

»Was soll ich?« Asgeir heulte auf. »Ich soll mich gegen eine Sklavin verteidigen? Was ist das für ein Recht, das du sprichst?«

»Ich vertraue auf Thors Urteil. Sagst du die Wahrheit, dann hast du nichts zu befürchten. Lügst du, schickt Thor einen Blitz auf dich herab.«

Wütend hüpfte Asgeir im Kreis herum. »Ein Freier, der Sohn von Eirik, dem Seefahrer, muss sich gegen eine Sklavin verteidigen! Björgolf, das lasse ich mir nicht gefallen!«

»Recht hat er«, stimmten die Männer Björgolf zu. »Schwöre, Asgeir, du hast ja nichts zu verbergen.«

»Ich werde nicht schwören«, widersetzte sich Asgeir. »Ich bin ein freier Mann. Ihr Wort hat keinen Wert.«

Ungeduldig stampfte Björgolf mit dem Stock auf. »Ich gebe zu, diese Sklavin hat einige Unruhe auf meinen Hof gebracht. Thoralf hat sie unter unseren Schutz gestellt. Und um das Weibergezänk habe ich mich nicht geschert. Das ist Aufgabe von Astrid. Doch es gab bereits einige Vorkommnisse, die mir zu denken gegeben haben. Trotzdem war mir die Bitte meines Sohnes Thoralf eine Vaterpflicht. Allerdings berichtete mir meine Tochter Dalla, dass diese Sklavin Thoralf verhext habe, dass er sich ihr zuwandte. Sie wollte ihn und Gunnardviga entzweien.«

Die Männer raunten. »Das ist doch nicht möglich!« – »Hat sie das wirklich getan?« – »Dann hat sie den Tod verdient.«

»Das ist eine Beleidigung für mein Mündel«, ließ sich nun Fürst Ragnvald vernehmen. »Schließlich sind Gunnardviga und Thoralf seit Kindertagen einander versprochen.«

»Und was ist mit Yngvar geschehen? Man sagt, ein Bär habe ihn angefallen.«

»So ist es«, bestätigte Björgolf. »Die Sklavin ist Yngvar an den großen Fluss gefolgt, wo er zum Fischen war. Allein, ohne unser Wissen. Dort hat sie ihn unter einem Vorwand in eine Höhle gelockt, in der ein Bär schlief. Der hat sich dann auf Yngvar gestürzt. Mutig hat er den Bären vertrieben und sich auf dem Rücken seines treuen Pferdes bis nach Skollhaugen geschleppt.«

»Und die Sklavin?«

»Die hat er gefangen genommen und mitgebracht, damit ich sie der gerechten Strafe zuführen kann.«

Die Männer nickten zustimmend. »Dann sprich endlich Recht.«

»Es sind zwei verschiedene Vergehen, auch wenn es sich um die gleiche Verbrecherin handelt. Yngvar hat so gesprochen, und sie ist dieses Vergehens schuldig. Für die Anschuldigung gegen Asgeir, Sven und Hoskuld jedoch brauche ich einen Schwur. Einer der drei reicht. Also, Asgeir, es ist doch für dich kein Problem, bei Thor und Odin zu schwören, dass du die Wahrheit sagst. Damit sind auch Hoskuld und Sven entlastet.«

»Nun schwöre endlich«, herrschte ihn Hoskuld an, der bislang schweigend neben seinem Vater gesessen hatte. Ihm war sichtlich unangenehm, dass dieses Thema überhaupt öffentlich verhandelt wurde. Dieser Björgolf war schon wirr im Kopf, wegen der Lügen einer Sklavin ein derartiges Aufsehen zu erregen und sogar einen Thing einzuberufen. Sklaven waren nichts wert und konnten ohne Rechtsprechung bestraft werden.

Asgeir wand sich wie eine Schlange. »Ich sehe es nicht ein«, schrie er. »Björgolf, dazu hast du kein Recht.«

»Hier geht es nicht um das Recht allein«, erwiderte Björgolf ungehalten. »Ich bin auch der oberste Priester und muss die Götter versöhnen. Yngvar soll leben, also brauche ich das Wohlwollen der Götter. Wir sind nur Menschen in Midgard, die sich dem Willen der Götter fügen werden.«

Mit einem schiefen Blick schaute Asgeir zum Himmel. Äußerst zögerlich und zitternd hob er den Arm mit seinem Schwert hoch, dabei presste er Augen und Lippen zusammen, als erwarte er, Thors Blitz könnte in sein Schwert fahren. Doch nichts geschah. Je länger er so dastand, umso sicherer wurde er. Er öffnete die Augen wieder, schaute triumphierend in die Runde und schrie befreit auf. »Thor hat entschieden, Thor hat gerichtet. Die Sklavin ist schuldig! Brich endlich den Stab, Björgolf!«

»Ich weiß selbst, was ich zu tun habe!« Verärgert zog Björgolf die Augenbrauen zusammen. Asgeir untergrub eindeutig seine Autorität. Wie sollte das erst werden, wenn Thoralf und Gunnardviga verheiratet waren? Er hoffte, Thoralf würde ihn dann in die Schranken weisen.

Unter seinem Mantel zog er einen Stab hervor, den er den Männern zeigte. Er ließ seinen Stock fallen, ergriff den Stab mit der anderen Hand und brach ihn unter lautstarkem Jubel in der Mitte entzwei. Dann warf er ihn ins Feuer.

Von den Männern unentdeckt, beobachteten zwei brennende Augen das Geschehen auf dem Thingplatz. Vor Angst, Kälte und Aufregung zitternd, lag Raudaborsti im Graben. Frauen waren beim Thing nicht zugelassen, Sklaven erst recht nicht. Und doch musste Raudaborsti wissen, wie das Urteil ausging. Fieberhaft überlegte sie, wie sie Viviane retten könnte. Aber ihr fiel nichts ein. Noch ehe die Männer sich erhoben, rappelte sich Raudaborsti auf und lief eilig zurück nach Skollhaugen. Es war dunkel, sie konnte die Hand vor Augen nicht sehen und aus Sicherheitsgründen auch keine Fackel benutzen. Doch das brauchte sie auch nicht. Mit dem Instinkt eines Tieres fand sie den richtigen Weg. Sie kannte jeden Baum, jeden Stein, jede Wurzel. Doch ob das reichte, Viviane zu warnen, wusste sie nicht. Viviane wurde gefangen gehalten in einem verschlossenen Verschlag neben dem Lagerhaus. Eine Wache stand davor, und Fackeln erhellten den Platz, so dass sich niemand ungesehen nähern konnte.

Im Haupthaus saßen Astrid, Dalla und Halveig am Lager des schwer verletzten Yngvar und wechselten die blutgetränkten Verbände und kühlende Wickel gegen sein Fieber. Trotzdem erlangte er das Bewusstsein nicht wieder. An Vivianes Erklärungen glaubten sie nicht.

»Habe ich es dir nicht gesagt, dass sie Unglück über uns

bringt?«, rief Dalla zum wiederholten Mal mit schriller Stimme. Astrids Gesicht wirkte blass und müde. Der ganze Hof befand sich in heller Aufregung. Niemals würde sie den Anblick vergessen, wie das Pferd mit dem leblosen Körper durchs Tor kam.

Yngvar wurde ins Haus getragen, die Frauen kümmerten sich um seine Wunden, während Viviane unsanft vor Björgolf gezerrt wurde. Mit Schlägen wurde sie wieder zu Bewusstsein gebracht, während Yngvar mehr tot als lebendig war.

Raudaborstis Entsetzen war groß, doch sie war die Einzige, die Vivianes Worten glaubte. Deshalb schlich sie sich auch zum Thingplatz, um zu erfahren, wie das Urteil ausfallen würde. Aber eigentlich hatte sie es schon geahnt. Diesmal wusste sie nicht, wie sie Viviane noch retten konnte. Wäre Viviane doch niemals nach Skollhaugen zurückgekehrt!

Raudaborsti ließ sich neben dem Tor nieder und weinte. Zum ersten Mal in ihrem kläglichen Leben hatte sie einen Menschen gefunden, dem sie vertraute, der gut zu ihr war und dem sie selbst nur Gutes tun wollte. Wenn doch Thoralf hier wäre! Doch der befuhr die Meere auf der Jagd nach weiteren Schätzen. Als wenn Gunnardviga ihn dann mehr lieben würde! Nein, diese Frau war ebenso schön wie gierig und selbstsüchtig. Allerdings war Raudaborsti davon überzeugt, dass Ragnvalds Sohn Hoskuld hinter dieser Intrige steckte und Asgeir als sein willfähriges Werkzeug benutzte. Viviane hatte keine Chance. Zwei mächtige Fürstenfamilien waren gegen sie.

Das wurde auch Viviane mit aller Grausamkeit bewusst. Sie starrte gegen die geflochtenen Wände der Hütte, in der sie gefangen gehalten wurde. Sie schwankte zwischen Aufbegehren und Verzweiflung. Gleich wie das Urteil des Thing ausfallen würde, niemand würde sie freisprechen, niemand an ihre Unschuld glauben. Und das nur, weil sie eine Sklavin, eine Gefangene, eine Fremde war.

Es war ungerecht! Yngvar könnte sie mit seiner Aussage entlasten. Ihm würden sie glauben. Doch Yngvar lag im Fieber, schwer verletzt, ohne Bewusstsein. Niemand wusste, ob er überhaupt überleben würde. Zu schwer waren seine Verletzungen, zu widrig die Umstände. Zwar hatten die Frauen Yngvars Wunden versorgt, sie genäht und verbunden, ihm fiebersenkende Tränke eingeflößt und sofort ein Blutopfer an Odin ins Herdfeuer gegossen, doch Viviane spürte körperlich die Ablehnung aller, die auf Skollhaugen lebten. Ihr gaben sie die Schuld an dem schrecklichen Geschehen. Und dass sie Thoralf liebte, das war wohl ihr größtes Verbrechen.

Thoralf! Etwas zog sich schmerzhaft um Vivianes Brustkorb zusammen. Wenn sie darüber nachdachte, so hatte Thoralf sie tatsächlich bevorzugt behandelt. Seine anfängliche Rauhheit war verflogen, er hatte Verständnis für sie gezeigt, Wärme, Zuneigung. Er hatte sich mit ihr unterhalten, über ihre Gefühle, ihre Situation. Er hatte versucht, sie zu verstehen und ihr eine neue Heimat zu bieten. Er hatte sie berührt, zärtlich, liebevoll, sogar geküsst, wie man nur einen geliebten Menschen küsst. Er hatte ihr eine Aufgabe übertragen, die nur einer Braut zustand – den Mantel zu weben. Warum hatte er das alles getan? Es gab nur eine Antwort darauf: Thoralf liebte sie!

Es bebte am ganzen Körper, sie spürte wieder das Feuer in ihrem Bauch auflodern, dieses Gefühl des sprudelnden Blutes, das sie fast schon vergessen hatte. Nein, Thoralf hatte in ihr dieses Feuer entfacht und es loderte noch immer.

Thoralf könnte sie retten, doch er war weit weg und würde erst in Wochen oder Monaten wiederkommen. Plötzlich überwältigte Viviane die Verzweiflung. Sie schlug die Hände vors Gesicht und fing hemmungslos an zu weinen. Ihre Situation war so aussichtslos, dass sie nun verzagte. Die kleinen Hoffnungsschimmer, die immer wieder aufglimmten wie Funken in einem sterbenden Feuer, erloschen nun in der Asche.

Sie hörte etwas an der Wand kratzen. Wahrscheinlich waren es Mäuse auf der Suche nach etwas Fressbarem.

»Pssst! Viviane, ich bin es, Raudaborsti.«

»Raudaborsti! Sei vorsichtig! Die Hütte wird bewacht.«

Doch da öffnete sich die Tür, und Raudaborstis magere Gestalt erschien. Dann fiel die Tür hinter ihr zu.

»Oh, meine Kleine!« Die beiden fielen sich in die Arme. Es war so wohltuend, einen menschlichen Körper zu spüren. Viviane kämpfte erneut gegen die Tränen. »Wie kommst du hier herein? Bist du auch gefangen?«

»Nein, nein, ich habe den Wächter bestochen. Mit Äpfeln. Ich kann nicht lange bleiben. Bekommst du genug zu essen?«

»Wie kannst du denn jetzt an Essen denken?« Vivianes Stimme versagte, und sie räusperte sich heftig.

»Hier, ein paar Äpfel. Schließlich hast du sie auch mit hierhergeschleppt.« Im Dämmerlicht der Hütte bemerkte Viviane Raudaborstis schiefes Lächeln.

»Wie geht es Yngvar?«

Raudaborsti senkte den Kopf. »Leider nicht besser. Er ist noch immer nicht bei Bewusstsein, erzählt Truud. Ich darf nicht ins Haupthaus hinein. Sie haben ihn wohl in dicke Felle gewickelt und werfen Kräuter in das Feuer. Ein Heilkundiger ist gekommen, aber auch er hat nicht viel erreicht. Sie wollen Odin und Thor um Beistand bitten.« Verstohlen wischte sich Raudaborsti eine Träne aus dem Augenwinkel. »In der Nacht hat der Thing beraten, und sie haben es beschlossen.«

Viviane starrte Raudaborsti mit weit aufgerissenen Augen an. Ihr Herz schlug bis zum Hals. »Woher weißt du das?«

»Ich habe sie belauscht, versteckt im Graben. Sie haben das Urteil gesprochen, den Stab gebrochen. Über dich.«

Viviane schluckte schwer. »Sie haben …«

Raudaborstis magere Schultern zuckten. Es dauerte eine Weile, bis sie die Sprache wiederfand. »Sie haben dich für schuldig befunden daran, dass Yngvar vom Bären angefallen wurde. Und dass du Gunnardviga und Thoralf entzweien wolltest. Und dass du Hoskuld und Asgeir Verrat unterstellst. Und dass du damit zwei hohe Familien entehrt hast. Und dass du einen bösen Geist über Skollhaugen gebracht hast. Und dass du Thoralf verhext hast, dass er sich zu dir hingezogen fühlt. Und dass …«

»Hör auf!« Viviane presste die Hände auf die Ohren. »Das ist doch alles nicht wahr!«

»Das wissen nur ich und du.«

»Und Yngvar. Er hat mir geglaubt.«

»Er kann dir nicht helfen. Und ich … ich würde dir so gern helfen, weil ich dir glaube und ich dich gern habe.«

Viviane zog Raudaborsti wieder in ihre Arme. »Das weiß ich«, flüsterte sie. »Du bist ja auch nur eine Sklavin. Du musst selbst sehen, dass du überlebst. Das Leben ist eben so.«

Raudaborsti nickte stumm und wischte ihr schmutziges, tränennasses Gesicht an Vivianes Kittel ab.

»Was … was wird man denn mit mir machen?«, fragte Viviane mit stockender Stimme.

Raudaborsti zögerte mit der Antwort. »Björgolf will Odin um Beistand für Yngvar bitten, damit er wieder gesund wird. Deshalb … deshalb muss er ihm ein großes Opfer im Moor bringen.«

»Ein großes … Du meinst …?«

Raudaborsti nickte wieder. Das Schreckliche konnte sie nicht über die Lippen bringen.

Das Entsetzen legte sich wie ein eisiger Hauch über sie. Schweigend klammerten sie sich aneinander fest, als könnten sie sich so gegenseitig retten.

»He, komm wieder raus«, zischte der Wächter von außen. »Ich kriege sonst Schwierigkeiten.«

Raudaborsti wischte sich über die Wangen. »Ich habe dich wirklich sehr gern«, schluchzte sie. »Noch nie hatte ich jemanden so gern wie dich. Am liebsten möchte ich mit dir im Moor sterben, aber ich fürchte mich so davor.«

»Ich fürchte mich auch«, flüsterte Viviane. »Aber vielleicht hilft mein Opfer wirklich, dass Yngvar wieder gesund wird.«

Sie drückten sich zum Abschied fest aneinander, dann ließ der Wächter Raudaborsti wieder hinausschlüpfen. Viviane blickte zum Dach der Hütte empor. Es war dicht gedeckt, kein Lichtschimmer drang hindurch. Es gab keine Möglichkeit zu fliehen.

Eine tiefe Resignation ergriff von ihr Besitz. Sie, die versucht hatte, in jeder Lebenslage alle Prüfungen zu meistern, sich selbst und ihrem Glauben treu zu blieben, musste einsehen, dass sie in der seltsamen Welt der Wikinger gescheitert war. Dabei hatte sie gerade begonnen, daran Gefallen zu finden. Der Grund war Thoralf, auch wenn sie sich das lange nicht eingestanden hatte. Sie empfand etwas für ihn, das sie noch nie zuvor für einen anderen Menschen empfunden hatte, ein tiefes, warmes, aufregendes wie schmerzliches Gefühl, eine Sehnsucht, die beinahe übermächtig war. Selbst jetzt, in ihrer aussichtslosen Lage, verspürte sie das feine Kribbeln und Vibrieren in ihrem Körper, wenn sie nur an Thoralf dachte. Gleichzeitig erfüllte es sie mit unendlicher Traurigkeit, dass er so weit weg war, nicht in diese schrecklichen Geschehnisse eingreifen konnte. Sie war überzeugt, Thoralf hätte ihr geglaubt und ein Unheil abwenden können.

Aber bislang war ja nichts passiert, kein Überfall, kein Raub, einfach nichts. Sie nagte an ihrer Unterlippe. Vielleicht hatte sie sich getäuscht, die Worte falsch verstanden, weil sie die

Sprache der Wikinger nicht so gut beherrschte? Spielte ihre Abneigung gegen Asgeir eine Rolle?

Sie lehnte sich gegen die geflochtene Wand der Hütte und schloss die Augen. Verwirrende Bilder erschienen ihr wie in einem Alptraum, in schneller Folge und ungeordnet. Doch es waren Bilder aus ihrer Erinnerung, selbst ihre Heimatinsel, wie sie als schmaler Landstreifen am Horizont versank. Sie sah die abschreckenden Drachenköpfe der Boote über sich, bunte Wollfäden an einem Webstuhl, hohe Holzpalisaden und rauchendes Feuer. Und immer wieder sah sie Gesichter, das von Dalla, Truud, Gunnardviga, Astrid, Asgeir, Raudaborsti, Yngvar, Björgolf, Sven, Halveig, Oleif, Ragnvald. Nur Thoralfs Gesicht wollte ihr nicht erscheinen. Sie streckte die Hände in der Dunkelheit aus, als könne sie ihn ertasten. Doch da war nichts.

Sie griff nach dem Anhänger unter ihrem Kittel. Mit Wehmut dachte sie an Oleif, der ihr gewünscht hatte, dieser kleine Anhänger möge ihr Glück bringen. Wie anders war doch alles gekommen. Hieß das, die alten Götter besaßen keine Macht mehr?

Doch auch ihr Gott schien sie vergessen zu haben. Vielleicht hatte er im Land der Wikinger keine Macht.

Viviane legte sich hin, zog sich die klamme Wolldecke über die Schultern und suchte Vergessen im Schlaf.

Sie schreckte hoch, als die Tür aufgerissen wurde und grelles Tageslicht hereindrang. Sie musste lange geschlafen und den Lärm draußen überhört haben. Der Wächter fuhr sie an: »Los, steh auf und komm raus! Du wirst schon erwartet.«

Für einen winzigen Moment keimte in Viviane ein Funke der Hoffnung auf, Thoralf sei zurückgekehrt. Sie stolperte ins Helle und blickte sich blinzelnd um. Auf dem Hof wimmelte es von Menschen und Pferden. Ihr Herz schlug höher. Endlich, endlich hatten Gott oder Thor oder Odin sie erhört!

An den prachtvollen Decken der Pferde erkannte sie den hohen Besuch. Es musste Fürst Ragnvald mit seinem Gefolge sein. Auch eine Sänfte stand vor dem Haupthaus. Wenn Gunnardviga hier war, dann war Thoralf …

Der Wächter stieß sie unsanft vorwärts. Mehrere Knechte erwarteten sie schon, alle mit ausdruckslosen Gesichtern. Es bedeutete nichts Gutes. Einer packte sie und fesselte ihre Handgelenke mit einem groben Strick. Björgolf Einbein kam aus dem Haus gehumpelt und blieb vor Viviane stehen.

»Das Thing hat sich zusammengefunden, das Thing hat beraten, Björgolf, der Hohepriester seines Volkes, hat Recht gesprochen. Du, Sklavin Viviane, hast dich mehrerer Verbrechen schuldig gemacht, die den Unmut der Götter auf uns gezogen haben. Um die Götter zu versöhnen, werden wir ihnen dich als Opfer bringen.«

Er wandte sich ab und ließ sich auf sein Pferd helfen. Ihm folgten Fürst Ragnvald mit seinem Sohn Hoskuld, begleitet von seinem Freund Sven, Asgeir und Gunnardviga in der Sänfte. Astrid, die Schwestern und beinahe das gesamte Gesinde vom Hof folgten ihnen zu Fuß. In einer langen bunten Schlange glichen sie einer Prozession, und nichts anderes war es. Viviane wurde an ihren gefesselten Händen hinter Björgolf hergezerrt. Finster dreinblickende Wächter flankierten sie an beiden Seiten.

Der Zug kam nur langsam vorwärts, doch niemand schien Eile zu haben. Seltsame Gesänge begleiteten den Marsch, unterbrochen von wüsten Ausrufen. Dabei rissen die bewaffneten Männer ihrer Schwerter, Äxte oder Speere hoch, als wollten sie damit ihre drohenden Schreie noch abschreckender machen.

In Serpentinen wand sich der Menschenwurm am jenseitigen Ufer des Fjords hinauf. Es war der gleiche Weg, den Viviane auf der Suche nach Yngvar gegangen war. Viviane ahnte, in welches Moor sie geführt werden sollte, und schauderte. Auf der Höhe des Ufers warf sie einen verzweifelten Blick zurück. Da lag Skollhaugen, fest, unerschütterlich, schicksalsschwer. Es hätte ihre neue Heimat werden können. Der kleine Funke Hoffnung, Thoralf sei zurückgekommen, war erloschen, bevor er überhaupt richtig aufgeglommen war. Außer einigen Fischerbooten am Ufer lag der Fjord einsam und still zwischen seinen steinernen Wangen. Fast alle Bewohner von Skollhaugen hatten sich auf Björgolfs Befehl hin dem Zug angeschlossen. Dazu kam das zahlreiche Gefolge von Fürst Ragnvald und von Gunnardviga. Yngvar befand sich aus verständlichen Gründen nicht unter ihnen, auch Raudaborstis roten Schopf konnte Viviane nicht entdecken. Es war schon verwunderlich, welche Aufmerksamkeit ihre Verurteilung erregte. Wahrscheinlich war einfach eine Abwechslung im grauen Einerlei des Winteralltags willkommen. Viviane erstaunte die starke Religiosität der Menschen, von Fürst Ragnvald bis hin zur niedrigsten Magd. Niemand schien Mitleid mit Viviane zu haben, niemand schien hierbei ein Unrecht zu empfinden. Im Gegenteil! Das Wohlwollen der Götter zu erringen konnte gerade jetzt im Winter nicht schaden. Auch die in ihrer Ehre verletzten Ragnvald, Asgeir, Hoskuld und Sven forderten Genugtuung. Dass sie dabei persönlich der Opferung beiwohnten, zeigte, wie tief sie sich von Vivianes Anschuldigungen entehrt fühlten. Der Frieden musste wiederhergestellt werden, ein Frieden, den Viviane gestört hatte.

Plötzlich kam ihr dieser tödliche Entschluss mit aller Gewalt zu Bewusstsein. Sie spürte eine eisige Hand um ihren Hals. Sie rang nach Luft. Ihre Beine wollten ihren Dienst versagen, doch die Knechte zerrten sie vorwärts. Sie starrte auf das schaukelnde Hinterteil des Pferdes von Björgolf, das vor ihr ging. Der Schwanz war sorgfältig gekämmt und mit einer bunten Kordel verziert. Viviane versuchte, die Windungen zu zählen. Es war irrsinnig, worauf sie sich konzentrierte, aber es lenkte von der grausigen Vorstellung ab, wie schon bald das kalte, nasse Moor sie verschlingen würde. Sie hoffte, es würde schnell gehen. Sie wollte nicht leiden, sie wollte keine Schmerzen erdulden. Sie war nicht zur Märtyrerin geboren. Sie wollte doch leben!

Beim letzten Mal war ihr der Weg wesentlich länger vorgekommen, auch als sie den verletzten Yngvar nach Skollhaugen zurückbrachte. Sie hob den Kopf, als der Zug stockte. Mit einer Handbewegung dirigierte Björgolf die Menschenmenge zu einem Kreis, in dessen Mitte nur er und Viviane mit ihren Wächtern blieben. Für einen Augenblick traf sich ihr Blick mit dem von Oleif. Er starrte sie an, um dann die Lider zu senken. Sie hatte Angst, Entsetzen, Mitleid, aber auch Resignation gesehen. Er war ein Wikinger wie alle hier. Es war ihre Welt, ihr Glauben, ihre Ansicht von der Ordnung der Welt. Die hatte sie gestört, ohne es zu wollen. Und doch …

Sie reckte sich und hob den Kopf. Ihr Blick wanderte zum Himmel. Sie hob ihre gefesselten Hände und faltete sie, so gut es ging. »Herr im Himmel, wenn du mich erblickst, so erbarme dich meiner und lass mir deine Gnade zuteilwerden. Vergib mir all meine Sünden und nimm mich gnädig auf in dein Reich. Ich begebe mich in deine Obhut. Schenke mir den Frieden des Himmels, denn ich habe alles aus Liebe getan. Liebe ist etwas Gutes, das du den Menschen gegeben hast. Der Tod ist nicht das Ende. Er wird mich ins … ins … Paradies führen.« Sie schluckte und warf einen scheuen Blick auf die schwarze Pfütze neben sich. Sie spürte den Boden wanken. Trotz der Kälte war das Moor nicht zugefroren. Nur auf den Grashalmen hatte sich weißer Reif in bizarren Kristallen abgesetzt.

Feine Dampfschwaden stiegen aus dem Moor empor, manchmal gluckste es. Irgendwo schrie ein Vogel.

Die Angst schnürte Vivianes Brust zusammen. Sie verstummte, als die Umstehenden in einen Singsang einfielen. Immer lauter wurde der von Schreien und Rufen unterbrochene Gesang, mit winzigen Schritten kamen sie näher, der Kreis wurde enger, die Menschenmauer dichter. Ragnvald reichte Björgolf eine lange Lanze, deren Schaft mit eingebrannten Runenzeichen verziert war. Er reckte die Lanze zum Himmel und rief die Götter Asgards an. Viviane senkte den Kopf. Sie war nicht tapfer. Tränen liefen ihr über die Wangen, sie schluchzte verzweifelt. Sie wollte mit dem Bild Thoralfs im Herzen sterben. So war ihr Tod wenigstens nicht vergebens.

Björgolf senkte die Lanze und drückte sie mit dem stumpfen Ende in Vivianes Rücken. So würde er sie ins Moor stoßen.

»Bindet ihr die Füße zusammen«, befahl er. »Sie darf keine Möglichkeit haben, sich zu wehren.«

Einer der Knechte bückte sich, um Vivianes Füße zu fesseln. Sie zitterte am ganzen Leib, ihre Lippen murmelten stumme Gebete. Ein anderer legte ihr einen Strick um den Hals und wollte dessen Ende in Björgolfs Hand legen.

»Diese Ehre kommt Asgeir zuteil«, sagte Björgolf würdevoll. »Damit ist sein Ansehen wiederhergestellt.«

»Und das meines Sohnes?«, fragte Ragnvald.

»Dann soll Hoskuld ebenfalls den Strick ergreifen«, bestimmte Björgolf.

Der Knecht drehte sich um und stutzte. »Da … da … es brennt!«

Alle hatten sich bislang auf die Opferungszeremonie konzentriert, die Augen nicht von Viviane gelassen. Jetzt wandten sie sich um und blickten in die Richtung, in die der Knecht zeigte. Eine dunkle Rauchsäule stieg zum Himmel.

»Aber … das ist … Skollhaugen …« Björgolf richtete sich auf dem Pferderücken auf. »Skollhaugen brennt!«

Asgeir und Hoskuld wechselten einen kurzen Blick.

»Du irrst dich, Björgolf. Das ist nicht Skollhaugen.«

»Doch, doch! Skollhaugen brennt!« Er warf einen verzweifelten Blick auf seine Leute. Fast alle hatte er zur Opferung befohlen. Skollhaugen war kaum bewacht. Wer würde es auch wagen, die Burg anzugreifen?

Irritiert blickte er zu Asgeir. Er war hier, ebenso Hoskuld, Ragnvald, Sven, Gunnardviga. Hatte Viviane doch die Wahrheit gesprochen?

Seine Gedanken überschlugen sich. Wie konnte er nur so leichtsinnig sein und den Hof so schlecht bewachen? Vielleicht war das Feuer außer Kontrolle geraten. Er hatte Truud, die Großmagd, bei Yngvar zurückgelassen.

»Yngvar!« Es war Astrids Aufschrei, der ihn wieder zur Besinnung brachte. Yngvar lag hilflos im Haupthaus.

Im nächsten Augenblick geriet alles in Aufruhr. »Wir müssen Yngvar retten!« – »Wir müssen Skollhaugen retten!« – »Die Schätze!« – »Verrat!« Es war ein heilloses Durcheinander. Mehrere Leute gerieten ins Moor und schrien um Hilfe. Andere versuchten, sie herauszuziehen. Die Pferde tänzelten, Björgolf wurde von seinem Pferd abgeworfen. Er fluchte fürchterlich. Niemand kümmerte sich mehr um Viviane.

Verächtlich blickte Asgeir auf Björgolf herab. »Du jämmerlicher Wurm«, spuckte er. »Du willst Hohepriester sein. Nicht einmal eine Opferung bringst du fertig. Kein Wunder, dass die Götter uns nicht gnädig sind.«

»Du steckst dahinter«, empörte sich Björgolf. »Du hast uns verraten. Du hast auf dieser Opferung bestanden. Skollhaugen war unbewacht.«

»Klug erkannt«, höhnte Asgeir. »Und du warst so eitel, darauf hereinzufallen. Schutt und Asche bleiben dir statt Gold und Edelsteinen, Vieh und Waffen. Du wolltest mächtiger als alle anderen sein, du halber Mann. Dabei hat dein Sohn Thoralf dir deinen Reichtum ermöglicht.«

»Warum fahrt ihr nicht selbst auf Víking, du und Hoskuld?«, schrie Björgolf. »Ihr seid ehrlose Verbrecher, habgierige Lumpen. Es war eine Intrige, ein List.«

»Ganz recht«, grinste Hoskuld. »Aber wir sind Krieger, deshalb kämpfen wir jetzt Mann gegen Mann.« Er entriss dem auf dem Boden liegenden Björgolf den Speer, drehte ihn und durchbohrte Björgolf damit. Im Todeskampf bäumte der sich auf, sein grausiger Schrei ließ einen Schwarm schwarzer Krähen von einem verkrüppelten Baum auffliegen.

»Odins Raben kommen!«

»Vater!« Dalla kreischte ohrenbetäubend und versuchte, den Speer aus seiner Brust herauszuziehen.

»Rettet Yngvar!« Es war Astrids Stimme, die sich kaum gegen Dalla durchsetzen konnte. »Yngvar, mein Sohn!«

Doch sie wurden von Ragnvalds Leuten angegriffen. Eingekreist im Moor, hatten sie kaum Chancen zu entkommen.

In all dem Durcheinander, das sie gar nicht so recht begreifen konnte, spürte Viviane plötzlich, wie jemand ihre Fußfesseln durchschnitt. »Lauf, Viviane, lauf!« Es war Oleif, der ihr das kleine Messer zwischen die gefesselten Hände drückte. »Nun lauf doch!«

Einen Moment zögerte sie, dann sprang sie wie ein Hase davon, hüpfte von einem dicken Grasbüschel zum anderen, ohne sich umzuschauen. Sie hielt das Messer umklammert, das Blut pochte in ihren Ohren, ihr Atem ging keuchend und stoßweise. Sie konnte nicht anhalten, Luft holen, nachdenken. Sie musste fort, fort, fort. Sie lief um ihr Leben, und sie fand die Kraft, dem tödlichen Moor und der tobenden Menschenmenge zu entkommen. Dort entbrannte eine erbitterte Schlacht zwischen den Leuten von Skollhaugen und Ragnvalds und Asgeirs Männern. Sie kämpften gnadenlos und unerbittlich. Es ging um viel. Es ging um die Macht.

Das alles konnte Viviane nicht mehr sehen. Wie ein Tier auf der Flucht lief sie um das Einzige, was sie besaß, um ihr Leben. Die bis dahin so kraftlosen Beine trugen sie plötzlich, als wäre sie eine Feder. Nichts schreckte sie mehr, kein Wald, keine Kälte, kein Moor, auch keine Menschen. Als sie endlich einhielt, stand sie vor dem hügelförmigen Grab, in dem sie auf der Suche nach Yngvar übernachtet hatte. Gott musste sie hierhergeführt haben. Hier war sie in Sicherheit!

Der Stein aus dem Himmel

Über Nacht war Schnee gefallen, viel Schnee. Er hüllte den Hügel in eine dicke weiße Decke. Viviane hatte sich völlig entkräftet und von panischer Angst getrieben in das uralte Grab gerettet. Diese Angst überwog auch die Furcht vor dem Bösen, das nach Yngvars Worten in diesem Hügel hauste. Schon einmal hatte sie hier eine Nacht verbracht, und es war ihr nichts geschehen. Es blieb ihr überhaupt keine andere Wahl. Ihre Beine versagten den Dienst, die kalte Luft bohrte sich schmerzhaft in ihre Lungen. Mit dem kleinen Messer, das Oleif ihr zugesteckt hatte, versuchte sie, die Fesseln an ihren Handgelenken aufzuschneiden. Sie klemmte das Messer zwischen ihre Füße und rieb den groben Strick an der Schneide. Mit einem kurzen Ruck kamen ihre Hände frei. Dann kroch sie in die Höhle. Das Laub lag noch immer in der Ecke. Sie rollte sich zusammen und fiel sofort in einen todesähnlichen Schlaf.

Es war kalt, doch sie spürte die Kälte kaum. Am liebsten würde sie schlafen und nie wieder aufwachen. Der Schnee bedeckte das Grab wie mit einem kalten Leichentuch. Er verwischte ihre Spuren, die sie auf ihrer panischen Flucht hinterlassen hatte. Doch niemand folgte ihr. Vielleicht waren sie alle tot. Es gab kein Skollhaugen mehr. Viviane wollte weinen, aber es kamen keine Tränen. Zum zweiten Mal in ihrem Leben hatte sie alles verloren.

Sie wusste nicht, wie lange sie so gelegen hatte. Ihre Glieder waren vor Kälte erstarrt, ihre Gedanken arbeiteten langsam. Sie hielt die Augen geschlossen, es war still. Sie roch den modrigen Geruch des Laubes, in das sie sich hineingekuschelt hatte. Doch es wärmte nicht. Sie würde hier erfrieren, verhungern, an Entkräftung sterben. Es konnte nicht mehr lange dauern. Der Winter war ebenso grausam wie gnädig. Erfrieren war wie Schlaf. Nur endgültig.

Sie ergab sich dem Schlaf und dem Traum, der sie hinwegführte aus der dunklen Höhle. Auf dem Fjord schaukelten die Drachenköpfe der Schiffe. Früher hätte sie diesen Anblick gefürchtet, jetzt erfüllte er sie mit großer Freude. Der Schnee war geschmolzen, die Wiesen grünten, und um ihre Füße scharten sich sternförmige weiße Blumen. Sie winkte hinunter zu den Männern, die zurückwinkten. Sie bemerkte Thoralfs hohe Gestalt. Mit großen Schritten eilte er auf sie zu. Ihr Herz schlug schneller, die freudige Erregung rötete ihre Wangen. Sie streckte ihre Hände nach ihm aus.

»Viviane, die Herrin von Skollhaugen, begrüßt den tapferen und ruhmreichen Thoralf Björgolfsson, der heimkehrt von erfolgreicher Fahrt.«

»Thoralf begrüßt seine geliebte Braut Viviane, die ihn mit glühendem Herzen erwartet hat und nun seine Frau wird.« Er sank vor ihr in die Knie, nahm ihre Hände und küsste sie.

Sie blickte auf sein blondes Haupt hinab. Er hob den Kopf, seine blauen Augen strahlten mit dem Himmel um die Wette, seine Lippen entblößten zwei tadellose Zahnreihen. Kleine Lachfältchen bildeten sich in seinen Augenwinkeln. Die südliche Sonne hatte seine Haut gebräunt.

»Ich heiße dich willkommen in meinem Haus. Meine Sehnsucht hat endlich ihre Erfüllung gefunden.« Sie beugte sich zu ihm hinab und küsste ihn. Er erhob sich, ohne seine Lippen von ihren zu lösen. Eine heiße Welle überrollte ihren Körper. Von fern hörte sie den jubelnden Beifall der Umstehenden.

Der innige Kuss endete erst, als Viviane beinahe der Atem versagte. Thoralf legte seinen Arm um ihre Schulter. Gemeinsam gingen sie die wenigen Schritte durch das Tor auf den Hof. An der Schwelle zum Haupthaus blieb Viviane stehen. Auf ihren Armen lag, fein säuberlich zusammengelegt, der fertige Mantel, in roten, weißen und jadegrünen Streifen gewebt.

»Mein Brautgeschenk für dich«, flüsterte sie.

Feierlich nahm Thoralf das Geschenk entgegen. Er legte sich den Mantel um, Viviane schloss ihn mit einer kunstvoll getriebenen Fibel aus Bronze.

»Kleine Skolli«, murmelte er gerührt. Dann reckte er sich stolz, wandte sich um und ließ sich von seinen Männern bewundern und bejubeln.

»Ich habe dir dieses Hochzeitsgeschenk mitgebracht.« Unter seinem Hemd zog er eine Kette hervor und legte sie ihr um den Hals. Sie bestand aus schimmernden Jadeperlen, doch als sie genauer hinsah, waren es keine Perlen, sondern Augen. Die starrten sie an. Sie schreckte zurück, wollte sich die Kette vom Hals reißen. Dallas durchdringende Schreie gellten in ihren Ohren. Thoralfs Schwester fuchtelte mit einem kleinen spitzen Messer in der Luft. »Die Augen, die Augen, ich habe sie alle ausgestochen!«

Hilfesuchend wollte Viviane sich in Thoralfs Arme retten, doch er war plötzlich verschwunden.

»Thoralf!« Sie fuhr hoch. Eisige Luft umgab sie und Dunkelheit. Nur durch einen kleinen Spalt am Eingang drang etwas Tageslicht herein. Die Höhle war fast gänzlich zugeschneit. Viviane benötigte einige Augenblicke, um zu begreifen, dass sie geträumt hatte. Kalter Schweiß bedeckte ihren Körper, mit grausamer Deutlichkeit wurde ihr ihre aussichtslose Lage bewusst. Sie hatte geträumt, von Thoralf, dass er wiederkam. War es nur ein Wunsch, oder zeigten die Nornen des Schicksals ihr ihre Zukunft?

Um die Antwort zu erfahren, musste sie leben. Doch wenn sie weiter tatenlos liegen blieb, würde sie in kürzester Zeit erfrieren. Sie spürte noch seinen Kuss auf den Lippen, der ihr Lebensodem eingehaucht hatte. Entschlossen erhob sie sich. Die Höhle war niedrig, sie konnte darin kaum stehen. Das hatte jedoch den Vorteil, dass man sie gut aufheizen konnte. Sie brauchte nur Holz zu sammeln und Feuer zu entfachen. Sie besaß ein Messer und konnte damit auf einem Stein Funken schlagen.

Mit den Händen erweiterte sie den zugeschneiten Eingang. Nicht zu sehr, denn der Schnee schützte sie, sondern so, dass sie gerade hinauskriechen konnte. Geblendet schloss sie die Augen. Alles war in eine dicke Schneedecke gehüllt, die ihr bis weit über das Knie reichte. Langsam gewöhnte sie sich an das gleißende Licht und blickte sich um. Niemand war ihr gefolgt, niemand würde ahnen, dass sie sich hier versteckt hielt. Das musste auch so bleiben. Es konnte durchaus sein, dass Asgeirs Männer den Wald durchsuchten. Bei diesem Gedanken schnürte sich wieder ein unsichtbarer Reif um ihre Brust. Nur um Haaresbreite war sie dem Tod entronnen.

Dieser Teufel hatte es also wahr gemacht! Skollhaugen lag in Schutt und Asche, die Schätze geraubt und seine Bewohner wahrscheinlich allesamt niedergemetzelt und im Moor versenkt.

Viviane ließ sich in den Schnee sinken und begann zu schluchzen. Sie dachte an Raudaborsti und Oleif, an Truud und Yngvar, auch an Astrid, die ihr nicht vertraut hatte. Warum nur war alles so gekommen? Ihre Finger krallten sich in den Schnee. Sollten ihre Tränen zu Eisperlen gefrieren?

Plötzlich gewann ihr Lebensmut wieder überhand. Sie erhob sich und stapfte weiter auf der Suche nach Zweigen und kleinen Ästen. Sie brauchte nicht weit zu gehen. Der Schnee hatte einige von den umstehenden Bäumen abgebrochen. Sie brauchte sie nur über dem Knie zu brechen und in die Höhle zu schaffen. Eifrig machte sie sich ans Werk. In kurzer Zeit hatte sie ein kleines Bündel zusammengetragen, das sie sich unter den Arm klemmte und in die Höhle brachte.

Doch dann gab es ein Problem. Zwar besaß sie das Messer, das Oleif ihr in die Hände geschoben hatte, doch woher sollte sie einen Stein nehmen, um daraus Funken zu schlagen? Der Schnee lag so hoch, dass es unmöglich war, mit bloßen Händen nach einem Stein zu graben. Außerdem gab es hier oben im Hochmoor keine Steine. Dafür wuchsen Büsche und Laubbäume, Gras und Beerensträucher. War ihr Überlebenskampf doch noch zum Scheitern verurteilt? Sie blickte hinauf zur Höhlendecke. Dieser Hügel bestand aus Erde. Vielleicht gab es dazwischen einen Stein, den sie benutzen konnte. Es war dunkel, sie konnte fast nichts erkennen. Mit den Händen tastete sie an der Wand entlang. Die Erde war über die vielen Jahrhunderte fest geworden, fast wie Stein. Sie kratzte mit den Fingernägeln. Vergeblich! Vorsichtig tastete sie weiter. Im hinteren Teil der Höhle veränderte sich das Material. Viviane schien, dass es nicht so fest gestampft war. Plötzlich gab die Wand unter ihren Händen nach. Es ertönte ein dumpfer Laut, dann stürzte sie ein. Ein großes, dunkles Loch klaffte darin, das konnte Viviane in dem wenigen Licht, das durch den Eingang fiel, erkennen. Sie hielt den Atem an. Vielleicht gab es ein wildes Tier hier drinnen. Sie dachte mit Grausen an den Bären, der Yngvar angefallen hatte. Doch das war nicht möglich, die Wand war ja geschlossen gewesen. Aber vielleicht hausten hier Trolle und Geister oder gar ein Riese, der kein Licht brauchte? Sie wich bis zum Eingang zurück und wartete. Aber nichts passierte.

Viviane nahm allen Mut zusammen und ging Schritt für Schritt auf das klaffende Loch zu. Dahinter war es stockfinster. Es schien aber einen weiteren Raum zu geben. Mit pochendem Herzen stieg sie durch das Loch. Hier herein drang fast kein Licht mehr. Sie stieß schmerzhaft mit dem Schienbein gegen einen Holzpflock. Scharf sog sie die Luft durch die Zähne. Dann beugte sie sich vor und tastete mit den Händen. Ihre Finger erfühlten verschiedene Gegenstände, eine Schüssel aus Kupfer, einen Tonkrug, der unter ihren Händen zu Staub zerfiel, morsches Holz, dann einen Knochen. Sie zuckte zurück. Hier war jemand begraben worden, und ringsum lagen Grabbeigaben. Der Tote, wer auch immer das gewesen war, sollte es auch im Jenseits gut haben. Doch er brauchte es nicht. Viviane war sich sicher, dass man im Paradies keine irdischen Gelüste mehr haben würde, dort gab es weder Hunger noch Kälte, weder Schmerz noch Leid. Demzufolge benötigte der Tote auch die Gegenstände nicht. Weshalb sonst standen sie noch da?

Sie nahm allen Mut zusammen und tastete sich weiter. Die Schüssel, einen Kessel, eine bronzene Axt und ein Trinkhorn konnte sie gebrauchen, ebenso eine Sichel, verschiedene Axtblätter aus Stein und Tongefäße. Der Tote lag in einem ausgehöhlten Baumstamm, die Steinplatte darauf war zur Seite gekippt, als der Baum langsam verrottete. Zu Füßen des Toten fand Viviane etwas, das sie zunächst nicht deuten konnte. Es war ein Stein, sehr schwer und seltsam abgerundet. Sie schaffte alles, was sie meinte brauchen zu können, in den vorderen Raum. Mit den aus Feuerstein gefertigten Axtblättern konnte sie Funken schlagen. Mit Hilfe einer Handvoll des trockenen Laubes gelang es ihr. Bald züngelten kleine Flammen empor, die die sorgsam darübergeschichteten Zweige und Äste erreichten. Es knackte leise, dann immer lauter, es rauchte, und bald verbreitete das Feuer Wärme. Es erhellte auch den Raum.

Viviane blickte sich um. Wände und Decke bestanden aus dunkler Erde, stark verfestigt und teilweise durchwurzelt. Nur so hatte der Raum überhaupt bestehen können und war nicht zusammengebrochen. Sie nahm einen brennenden Ast aus dem Feuer und leuchtete in die Grabkammer. Aus dem Eichenbaumsarg ragten Fetzen von Fell oder Leder empor. Sie verzichtete darauf, sie genauer zu untersuchen. Die meisten Krüge aus Ton waren zerfallen, der Inhalt nicht mehr zu erkennen.

Viviane beschloss, das Loch zur Grabkammer wieder zu verschließen. Gemeinsam mit einem Toten die Nacht zu verbringen, dazu konnte sie sich nicht überwinden. Es war nicht einfach, die Erdklumpen wieder aufzuhäufen. Zuletzt stellte sie einige Kiefernzweige vor die Wand. Sie verströmten einen intensiven Duft und verdeckten das restliche Loch, das sie nicht schließen konnte. Dann wandte sie sich den Dingen zu, die sie aus der Grabkammer genommen hatte. Der Kessel war unbenutzt, wenn auch mit einer dicken Schmutzschicht überzogen. Viviane schmolz Schnee und putzte den Kessel damit sauber. Zumindest würde sie nicht verdursten. Mit den kleinen Äxten konnte sie Äste und Zweige abhacken, auch wenn diese Werkzeuge offenbar nicht dafür vorgesehen waren. Sie waren ebenso unbenutzt wie der Kessel. Sie würde auch nicht erfrieren. Aber sie würde wahrscheinlich verhungern, denn wovon sollte sie sich ernähren? Der Schnee hatte alles zugedeckt, sie würde weder Beeren noch Pilze finden, vielleicht ein paar Nüsse. Sorgfältig legte sie weitere Äste ins Feuer, um es am Leben zu erhalten. Es blieb ihr nichts anderes übrig, als hinaus und auf die Suche nach etwas Essbarem zu gehen. Sie besaß weder Speer noch Pfeil und Bogen und konnte etwas Derartiges auch nicht herstellen. Eine Jagd war unmöglich.

Die Kälte hatte zugenommen. Ihr dünner Kittel, der verschlissene wollene Überwurf, die löcherigen Schuhe schützten sie nicht. Blaue Flecken bildeten sich an ihren Beinen. Sie musste sich warmlaufen, bewegen. Der Hunger trieb sie vorwärts. Sie vergaß nicht die Vorsicht vor Asgeirs oder Hoskulds Männern, die vielleicht im Wald nach ihr suchten. Doch es blieb still, nur ab und zu fiel etwas Schnee von den Bäumen. Die Ausbeute war mehr als gering. Sie fand einige Nüsse an einem Strauch, einen lederartigen Pilz an einem Baumstamm, einige dünne Zweige mit Knospenansätzen für das nächste Frühjahr. Niemals würde sie hier überleben können.

Mutlos blieb sie stehen. Sie suchte nach einem Ausweg aus ihrer prekären Lage. Sie war vor dem Tod geflüchtet. Doch wohin nun? Nach Skollhaugen konnte sie nicht zurück, das gab es nicht mehr. Es gab Grondalr, wo Gunnardviga lebte – und Asgeir. Es gab Fürst Ragnvalds Hof. Unmöglich, dorthin zu gehen. Hoskuld steckte mit Asgeir unter einer Decke. Und Ragnvald hatte, wohl um nicht das Gesicht zu verlieren, dieses üble Spiel mitgespielt. Nein, das war kein Spiel gewesen, das war feiger Mord. Viviane glaubte nicht, dass Fürst Ragnvald Zeugen dieses Verrats würde davonkommen lassen. Wer nicht getötet worden war, den hatte er bestimmt gefangen genommen.

Einen kurzen Augenblick überlegte sie, zum Moor zurückzugehen und zu schauen, ob sie eine Lanze oder andere Waffen finden könnte, um damit zu jagen. Gleich darauf verwarf sie den Gedanken wieder. Es hatte bestimmt viele Tote gegeben, ,und die würden noch dort im Moor liegen. Niemand würde sich die Mühe gemacht haben, sie zu begraben. Es reichte schon, dass ein Toter im Nebenraum der Höhle lag. Sie seufzte. Der Traum kam ihr wieder in Erinnerung. Thoralf! Ja, sie lebte für Thoralf. Eines Tages würde er wieder zurückkommen. Dann musste sie für ihn da sein. Bis dahin musste sie versuchen, irgendwie zu überleben.

Sie hatte das Gefühl, dass jemand sie beobachtete. Unbehaglich drehte sie sich um. Auf dem untersten Ast eines Baumes saß eine Eule. Sie hatte ihr Gefieder dick aufgeplustert und starrte Viviane aus runden gelben Augen an. Dieser Blick fesselte sie. Noch jemand, der Hunger hatte und wahrscheinlich auf eine Maus wartete, die unvorsichtig aus der Höhle schaute. Aber sicher hielten die Tiere ihren Winterschlaf, in Höhlen, vollgepackt mit Vorräten, die sie über den Sommer und Herbst gesammelt hatten. Viviane sollte nach diesen Höhlen graben und würde vielleicht sogar Nüsse und Getreide finden. Doch angesichts der Schneehöhe war das wohl ein aussichtsloses Unterfangen.

Vielleicht sollte sie eine Schlinge auslegen. Sie besaß schließlich noch den Strick, mit dem ihre Hände gefesselt waren. Sie hatte im Schnee eine Hasenspur entdeckt. Sie wollte ihr folgen. Mit etwas Glück könnte sie den Hasen fangen. Doch der Blick auf den kurzen Strick, den sie um ihre Hüfte gebunden hatte, ließ sie mutlos werden. Kein Hase würde sie so nahe herankommen lassen. Und wenn sie nun nach Skollhaugen ginge? In den Trümmern würde sie vielleicht etwas Getreide finden, ein paar Vorräte, die die Plünderer übersehen hatten.

Doch auch diesen Gedanken ließ sie schnell wieder fallen. Sie musste sich von allen Höfen fernhalten. Auch wenn die Menschen hier weit auseinander lebten, die Nachrichten verbreiteten sich schnell. Und für eine entflohene Sklavin gab es keine Gnade.

Mutlos ließ sie die Arme sinken. So intensiv sie auch nachdachte, sie fand keinen Ausweg. Sie musste in dem grausigen Hügelgrab bleiben und irgendwie die Zeit überstehen, bis Thoralf zurückkam. Das konnte Monate, ja Jahre dauern …

Am Himmel schrie ein Raubvogel. Es war ein Seeadler. Viviane musste die Augen beschatten, um ihn zu erkennen. Er kreiste im kristallklaren Himmelsblau, ohne einen Flügelschlag. Auch er war auf der Suche nach etwas Fressbarem. Plötzlich stürzte er wie ein Stein herab. Offenbar hatte er Erfolg bei der Jagd.

Viviane stand wie erstarrt, dann begann sie zu laufen, so schnell sie konnte. Es war nicht weit von ihr entfernt, vielleicht auf einer Lichtung. Sie musste sich beeilen, bevor der Raubvogel seine Beute selbst verschlang. Ihr Atem keuchte, ihre Wangen röteten sich. Sie kam im hohen Schnee nur schlecht vorwärts, doch jetzt zählte jede Minute. Im Laufen ergriff sie einen abgebrochenen Ast.

Auf einer freien Schneefläche sah sie den Adler sitzen. Sein Gefieder war struppig, er hielt die Schwingen ausgebreitet, als wolle er seine Beute schützen. Mit scharfem Blick wandte er den Kopf zu Viviane.

Sie hob drohend den Knüppel. Der Adler hüpfte nur ein kleines Stück beiseite. Sie sah im Schnee einen Hasen liegen. Er war tot. Der Raubvogel hatte begonnen, das Fell zu rupfen. Blut hatte den Schnee rot gefärbt. Erst jetzt erkannte Viviane, wie groß der Vogel war. Seine Flügelspannweite war größer, als wenn sie selbst ihre Arme ausbreitete. Und er besaß mächtige Krallen an seinen gelblichen Zehen. Wenn der Adler sie angriffe, hätte sie keine Chance. Doch wenn sie aufgab, hatte sie nichts zu essen. Der Adler oder sie! Sie musste um den toten Hasen kämpfen.

Viviane schrie aus Leibeskräften, während sie mit dem Ast nach dem Vogel schlug. Doch auch der Adler kämpfte um seine Beute. Er riss seinen Schnabel auf, schlug mit den Flügeln. Er sprang auf Viviane zu, hüpfte wieder zurück. Es war ein ausgewachsenes Tier mit dunkelbraunem Gefieder und einem weißen Schwanz. Wahrscheinlich hatte er am Fluss keine Fische mehr fangen können.

»Ari, gillir, weiche!« Fast beschwörend hob Viviane die Hände. Sie hielt dem Blick des Adlers stand. Der Vogel stutzte einen Augenblick, dann hob er schwerfällig ab, als könnte er kaum noch fliegen. Der Boden war nicht sein Reich. Mit wenigen kräftigen Flügelschlägen schraubte er sich in die Höhe. Er stieß einen klagenden Schrei aus, bevor er verschwand.

Viviane stürzte zu dem toten Hasen und hob ihn triumphierend in die Höhe. Dann band sie ihn an den Hinterläufen zusammen, hängte ihn an den Knüppel und beeilte sich, zur Höhle zurückzukommen. Sie hoffte, das Feuer war in der Zwischenzeit nicht erloschen.

Jetzt bemerkte sie Schnee und Kälte nicht mehr. Das Jagdfieber hatte sie erhitzt. Sie hockte sich neben die Feuerstelle, nachdem sie die Flammen wieder entfacht hatte, und häutete mit dem kleinen Messer den Hasen. Aus dem Fell würde sie sich Schuhe fertigen. Sorgfältig nahm sie das Tier aus, legte die Innereien in den Kessel. Daraus würde sie Suppe kochen. Einen Teil des Fleisches briet sie im Feuer, auf kleine Stöcke gespießt, den größeren Teil aber wollte sie im Schnee frosten. So würde sich das Fleisch lange halten, und sie könnte eine geraume Weile davon leben, wenn sie sparsam damit umginge.

Nach langer Zeit konnte sie das erste Mal wieder essen, bis sie satt war. Sie zwang sich, das Fleisch nicht zu verschlingen, obwohl der Hunger fast übermächtig wurde. Ihr Magen war nicht mehr ans Essen gewöhnt, die Todesangst hatte alles zusammengeschnürt. Das Fleisch schmeckte rauchig und stellenweise verbrannt, aber es erschien ihr das köstlichste Gericht, das sie je gegessen hatte.

Trägheit erfasste sie, und eine tiefe Ruhe breitete sich in ihr aus. Sie würde überleben. Sie besaß den Willen dazu und jetzt auch die Möglichkeiten. Yngvar hatte gesagt, dass die Menschen das Grab fürchteten und mieden. Sie hoffte, dass niemand sie hier finden würde. Wer wäre so verrückt, sich ausgerechnet in den Grabhügel eines Riesen oder Ungeheuers der grauen Vorzeit zu flüchten?

Sie schob das Laub zusammen und legte sich hinein, das Gesicht dem Feuer zugewandt. Es war angenehm warm. Ihr Blick fiel auf den seltsamen Stein. Wieso legte man einem Toten einen Stein ins Grab? Was war so wertvoll an dem Brocken, dass man ihn mit auf den Weg ins Jenseits geben würde?

Entweder war es ein Zauberstein, der dem Riesen auch in der anderen Welt Macht verlieh, oder er bestand aus einem Material, das überaus wertvoll und kostbar war. Kostbarer als Sicheln, Messer und Krüge mit Met und Getreide.

Viviane richtete sich wieder auf und nahm den Stein in die Hand. Er war etwa so groß wie der Kopf eines Kindes, aber sehr schwer, von dunkler, fast schwarzer Farbe und seltsam abgerundet, als hätte er schon einmal in einem sehr heißen Feuer gelegen.

Viviane drehte ihn nach allen Seiten. Die Form war unregelmäßig, wie eine dicke Knolle, stellenweise glänzte der Stein fettig. Wenn sie mit dem Messer dagegenklopfte, klang es metallisch. Er konnte aus Eisen sein, aber auch aus einem anderen Metall. Damit kannte sie sich aus. In der Schmiede ihres Vaters hatte sie selbst schon mit Eisen gearbeitet. War es eine besondere Art von Erz? Doch woher kam es?

Solch einen Stein hatte sie noch nie gesehen. Solch einen Stein konnte es auf der Erde gar nicht geben. Sie war überzeugt, er war vom Himmel gefallen.

Ehrfürchtig legte sie ihn wieder neben das Feuer. Wenn es ein Stein aus dem Himmel war, dann würde er ihr Glück bringen. Langsam dämmerte sie in den Schlaf hinüber. Von fern hörte sie Wölfe heulen. Seltsamerweise schreckte es sie nicht. Sie fühlte sich gut beschützt.

Im Halbschlaf glaubte sie sich auf einem Schiff, das sanft auf dem Meer schaukelte. Sie sah ein Segel über sich, am Heck stand Thoralf, das Steuer fest in der Hand. Die Wogen hoben und senkten das Schiff, einmal war Thoralf oben, dann wieder tief unten. Viviane beobachtete das seltsame Spiel. Die Wellen spielten mit den beiden Menschen, hoben und senkten sie nach Lust und Laune. Es war wie ihre Liebe, einmal wunderschön und jubelnd, überschwenglich und berauschend auf dem Gipfel, dann stürzten sie wieder hinab in ein tiefes dunkles Tal. Doch die nächste Woge hob sie wieder hinauf ins helle Glück. Zum ersten Mal seit langer Zeit war sie sich sicher, dass die Liebe sie aus diesem Wellental wieder herausheben würde. Thoralf müsste nur zurückkommen.

Viviane hielt den Traum fest. Es war ihr Traum, niemand konnte ihn ihr nehmen, niemand konnte zuschauen. Sie befand sich mit Thoralf allein auf dem Schiff. Sie brauchte sich nicht zu überwinden, ihm zu winken. Thoralf lächelte, dann band er das Steuer mit einem Seil fest. Mit schnellen Schritten kam er über die schwankenden Planken herüber und beugte sich zu ihr herab. Sie lag auf einem geöffneten Ballen von feinstem Baumwollstoff, der sich angenehm auf der Haut anfühlte. Sie blickte an ihrem Körper herab und stellte erstaunt fest, dass sie keine Kleidung trug. Nur der feine Stoff umhüllte sie. Sie kam nicht dazu, darüber nachzudenken, ob sie sich wohl selbst entkleidet hatte. Nur die Wärme in ihrem Gesicht verriet ihre schamhafte Erwartung.

Zärtlich strich Thoralf über ihr Haar. Dann richtete er sich wieder auf und löste seinen breiten Gürtel mit dem kunstvoll geschmiedeten Verschluss aus Bronze. Es war ein Drachen, der sich selbst in den Schwanz biss. Viviane starrte darauf, wie sich der Gürtel öffnete. Sie beobachtete seine braunen, kräftigen Hände, die so einfühlsam und zart sein konnten. Achtlos ließ er den Gürtel auf das Deck fallen. Sein schlichtes Leinenhemd flatterte im Seewind. Sie konnte einen Blick darunter, auf seinen straffen, muskulösen Bauch erhaschen. Thoralf kreuzte die Arme, fasste den Saum des Hemdes und zog es sich über den Kopf. Seine Haut hatte einen kupferfarbenen Glanz, bedeckte straff und makellos seine Muskeln. Nur auf der Schulter erinnerte eine dünne, aber lange Narbe an einen Schwerthieb, den er einmal abbekommen hatte. Die Anstrengungen der Seefahrt hatten diesen Körper geformt und gestählt. Die helle Narbe verlieh ihm einen Hauch von Verwundbarkeit, was in Viviane ein warmes Gefühl der Mütterlichkeit auslöste. Sie streckte verlangend die Arme nach ihm aus. Thoralf ließ sich nicht lange bitten und legte sich neben ihr nieder. Auf einem Arm aufgestützt, betrachtete er Viviane voller Zärtlichkeit. »Wie schön du bist«, flüsterte er.

»Wirklich? Ich habe mich nie als schön empfunden. Ich habe noch nie darüber nachgedacht …«

Mit einem zarten Kuss brachte er sie zum Schweigen. »Wunderschön«, murmelte er. Er strich ihr das Haar aus der Stirn und hauchte einen Kuss darauf. Seine Lippen wanderten hinab über die Lider ihrer Augen, die Spitze ihrer Nase, ihre leicht geöffneten Lippen, durch die sie nach Atem rang, entlang ihres schlanken, biegsamen Halses. Es kitzelte angenehm, gleichzeitig bekam sie eine Gänsehaut. Lustvoll rekelte sie sich, legte ihren Kopf in den Nacken, um seine Küsse noch mehr zu genießen. Seine Lippen wanderten tiefer, über ihre Schulter bis zum Ansatz ihrer Brüste. Ein Seufzer entrang sich der Tiefe ihres Daseins, das Kribbeln auf der Haut verstärkte sich zu einer warmen Flut. Wie heißes Wasser überspülte sie die Lust an diesen Zärtlichkeiten.

Die Wärme verstärkte sich, als Thoralf den Stoff, der ihre Brüste bedeckte, vorsichtig beiseiteschob. Mit einem scharfen Laut sog sie die Luft tief ein. Seine Berührungen wurden intensiver. Vorsichtig umfasste er ihre Brüste, drückte sie sanft zusammen und streichelte sie mit den Lippen. Sie spürte seinen Atem, der schneller ging und heißer wurde. Seine Zunge umkreiste die rosa Spitzen ihrer Brüste, die plötzlich hart und fest wurden. »Nicht aufhören«, stöhnte sie. »Bitte hör nicht auf.«

Sie nahm seinen Kopf in die Hände, hielt ihn fest, streckte ihm ihre Brüste entgegen. Die Wärme in ihrem Körper verwandelte sich in Hitze. Kleine Schweißperlen bildeten sich auf ihrer Haut, während Thoralf an den kleinen festen, zwei Himbeeren ähnlichen Brustwarzen saugte. Ihr Seufzen wurde lauter, sie wand sich unter seinem Körper, der ihren bedeckte und beschützte. Sie fühlte sich wunderbar geborgen, geliebt. Voller Hingabe schenkte sie ihm ihren Körper, ihre Gefühle, ihre Liebe. Sie strich über sein Haar, seine Schultern, seinen Rücken. Unter den Fingerspitzen fühlte sie seine glatte Haut, die festen Hügel seiner Muskeln, das langgestreckte Tal seines Rückgrats. Wie ein verheißungsvoller Weg führte es geradewegs unter den Rand seiner aus derbem Tuch gefertigten Hose. Des Gürtels beraubt, bot sie nur wenig Halt auf seinen Hüften. Viviane schob ihre Finger darunter, tastete sich Stück für Stück weiter auf seiner Haut. Er hob den Kopf für einen kurzen Augenblick. Eine zarte Röte hatte sich über seinem Gesicht ausgebreitet, sein Blick schien entrückt, als träumte auch er. Aber das war kein Traum. Sie beide hatten sich gefunden, in ihrer Liebe verschlangen sich ihre Körper wie die Linien des unendlichen Knotens, ohne Anfang, ohne Ende, ohne sich zu lösen.

Ihre Hände ertasteten das Ende des Tales seiner Wirbelsäule. Der Weg führte auf zwei feste, muskulöse Hügel. Sie konnte sie nicht sehen, doch sie wusste, wie diese beiden Hügel aussahen. In der Schwitzhütte hatte sie sie erblickt, als sie ihn atemlos beobachtet hatte. Von Wasser und Hitze glänzend, geheimnisvoll im Dämmerlicht entblößt und doch verborgen.

Nun stöhnte Thoralf auf. »Viviane, meine Geliebte, ich werde dich nie wieder loslassen. Du bist mein Leben, du bist das Blut in meinen Adern, das Feuer in meinem Herzen, der Schmetterling in meiner Seele. Wie habe ich mich nach dir gesehnt. Welchen Schmerz hat mir die Trennung zugefügt. Doch jetzt sind wir vereint, für immer und ewig.«

Er schob sich über sie, während der Stoff von seinen Hüften glitt. Bereitwillig öffnete sie sich ihm, vom Feuer ihrer Leidenschaft erglüht. Eine heiße Woge nach der anderen überrollte sie. Unfähig, sich dagegen zu wehren, ergab sie sich dem Verlangen. Sie wollte eins sein mit ihm, mit ihm verschmelzen wie das Gold in der Form. Niemand und nichts würde sie trennen können. Jetzt war der Augenblick gekommen, jetzt, jetzt …

Sie bäumte sich auf, als eine heftige Woge der Lust sie überrollte und mit sich riss. Sie wollte sich an Thoralfs breiten Schultern festhalten, doch ihre Hände griffen ins Leere.

»Thoralf!« Ihre Stimme klang dumpf. Sie lag gefährlich nahe am Feuer – und sie war allein! Ihr Herz klopfte so heftig, dass sie es bis in den Hals spürte. Feine Schweißtröpfchen bedeckten ihr Gesicht, und in ihrem Bauch zog sich etwas schmerzhaft zusammen. Hatte sie wirklich alles nur geträumt?

»Er kommt zurück«, flüsterte sie. »Ich weiß es, er kommt zu mir zurück.«

Während Viviane sich am Feuer diesen angenehmen Träumen ergab, zogen die Wölfe ihre Kreise immer enger um den eingeschneiten Hügel. Es war der Geruch des Fleisches, der in ihre feinen Nasen drang. Was Viviane das Überleben sichern sollte, konnte ihr nun zum Verhängnis werden.

Täglich ging sie auf die Suche nach Feuerholz und etwas Essbarem. Doch außer einigen gefrorenen Beeren und Nüssen fand sie nichts. Von Kiefernrinde raspelte sie die weiche Innenseite ab und kochte daraus einen Brei. Er schmeckte scheußlich, füllte aber den Magen. Stundenlang hockte sie am Ufer eines Baches, um Fische zu fangen. Doch es ließ sich nicht einer sehen. Als sie zu ihrem Unterschlupf zurückkam, hatten sich die Wölfe bis zum Eingang vorgewagt. Sie blickte in die seltsam hellen Augen des Leitwolfs. Sein Nackenfell sträubte sich, er senkte den Kopf und fletschte die Zähne. Offenbar war er bereit, um die letzten Knochen des Hasen zu kämpfen. Viviane hatte das Fleisch portionsweise im Schnee vor dem Höhleneingang eingefroren.

»Verschwinde, du Untier!« Sie warf einen Knüppel nach dem Tier. Der Wolf sprang nur zur Seite, ließ sich aber nicht verscheuchen. Unschlüssig blieb Viviane stehen. Sie wusste nicht, ob der Hunger der Wölfe so groß war, dass sie auch einen Menschen angreifen würden.

Während mehrere Tiere des Rudels ihren Anführer mit drohendem Knurren und gefletschten Zähnen sicherten, grub der Anführer das gefrorene Fleisch aus. Hilflos musste Viviane mit ansehen, wie er die Beute wegtrug. Die anderen Wölfe folgten ihm, nicht ohne sich mehrfach nach ihr umzusehen.

Resigniert hockte sich Viviane ans Feuer. Nun besaß sie nur noch ein paar Nüsse. Sie sollte nach Wurzeln graben. Doch in dem gefrorenen Boden war das beinahe unmöglich. Sie hatte die Tage nicht gezählt, seit sie in diesem unheimlichen Hügel hockte. Wahrscheinlich würde sie hier sterben und neben dem unbekannten Toten nebenan auch zu einem Skelett zerfallen. Der Winter konnte noch lange dauern, und die Wölfe würden wiederkommen. Sie unterdrückte die aufsteigenden Tränen. Sie musste jetzt stark sein. Thoralf würde zurückkehren, und bis dahin musste sie überleben.

Sie wusste nicht, woher sie die Kraft nahm, die nächsten Tage zu überstehen. Sie spürte den Hunger nicht mehr, auch die Kälte nicht. Aus dem Fell des Hasen hatte sie sich Schuhe geschnitten: zwei starre Fellstücke, die sie mit dem aufgedrehten Strick zusammenband. So konnte sie besser durch den Schnee laufen, ohne dass ihre Zehen erfroren. Feuerholz gab es zur Genüge, so dass sie sich nach ihren Ausflügen aufwärmen konnte. Einmal fand sie einen erschöpften Vogel im Schnee. Er ergab nur eine kleine Mahlzeit. Aus Zapfen pulte sie die Samen heraus und zerrieb sie zu Brei. Zusammen mit einigen Nüssen war er genießbar. Aber sie spürte, dass es nicht ausreichte, sie bei Kräften zu halten.

Mit Wehmut dachte sie an die gut gefüllten Vorratshäuser von Skollhaugen zurück. Da gab es zweimal täglich stets einen frisch gekochten Brei aus Gerste oder Hafer, verfeinert mit Zwiebellauch, Erbsen, Kräutern und Dickmilch oder Käse, Räucherfleisch, Steckrübensuppe und frisch gebackene Brotfladen. Sie hatte keinen Tag Hunger leiden müssen. Zudem wurden alle Mahlzeiten mit gesammelten Früchten, Gemüse aus den umliegenden Gärten sowie Kräutern und Honig aus dem Wald aufgewertet. Jeder bekam eine ausreichende Menge Dünnbier, Buttermilch oder Skyr, ein Milchgetränk mit Blaubeersaft, zu trinken. Mochte sie auch Astrid zürnen, weil sie ihr nicht geglaubt hatte, hungern lassen hatte sie Viviane aber nie. Die Herrin hatte ihren Irrtum sicher mit dem Leben bezahlt, war von Ragnvalds Leuten hingemetzelt worden oder im Moor versunken. Seltsamerweise empfand Viviane Trauer und Mitleid.

Lange Stunden hockte sie jeden Tag am Feuer. Immer wieder betrachtete sie den seltsamen Steinklumpen. Fremd und doch irgendwie vertraut lag er neben dem Feuer, spiegelte dessen Schein auf seiner fettig glänzenden Oberfläche mit den rotbraunen Flecken wider. Was hatte er zu bedeuten? Er war eine Grabbeigabe an den Toten. Also musste er etwas Seltenes, Außergewöhnliches sein. Vielleicht doch ein Stein aus dem Himmel? Ihr Vater hatte davon gesprochen, dass es solche Steine gebe.

Schmiede konnten daraus magische Waffen fertigen. Viviane hatte solche Geschichten immer für eine Mär gehalten. Die Alten erzählten oft wundersame Geschichten von Ereignissen aus einer fernen Vergangenheit, die sie sich nicht vorstellen konnte. Doch inzwischen hatte sie so viel Neues erfahren, von fremden Göttern, heiligen Amuletten, verwunschenen Seen und alten Frauen, die das Schicksal spannen. Es gab viel mehr auf dieser Welt, als sie es sich je hatte vorstellen können. Warum nicht auch ein Stein aus dem Himmel?

Sie nahm ihn wieder in die Hand. Er war sehr schwer, schwerer als ein Stein dieser Größe sein konnte. Es musste Eisen sein, vielleicht auch noch ein anderes Metall darinnen. War es ein schicksalhafter Hinweis, so wie die Spule mit dem grünen Faden? Doch die hatte ihr Unglück gebracht. Thoralf würde nie einen Mantel von ihr tragen. Er würde auch kein Jarl sein. Skollhaugen gab es nicht mehr.

Von fern hörte sie das Heulen eines Wolfes. Sie waren wieder da! Es klang schauerlich. Vorsichtig streckte Viviane den Kopf aus der Höhle. Ein zweiter Wolf antwortete, dann ein dritter. Jetzt kam das Heulen von der anderen Seite. Sie hatten sie umzingelt, sie waren überall!

Viviane kämpfte ihre Angst nieder. Solange das Feuer brannte, würden die Wölfe sie nicht angreifen. Wölfe waren feige, sie fürchteten das Feuer. Sie zog einen brennenden Ast aus der Feuerstelle und trat vor die Höhle. Sie würde den Untieren das Fell verbrennen, dass sie sich nie wieder hertrauten. Ein Wolf befand sich ganz in ihrer Nähe. Sein Fell war dick, grau und besonders struppig. Er bewegte sich eigenartig, als wäre er verletzt. In der anbrechenden Dunkelheit konnte Viviane das nicht so genau erkennen. Doch sie würde ihm schon zeigen, wer hier das Platzrecht hatte. Laut schreiend lief sie mit dem brennenden Ast auf ihn zu, bereit, ihn damit in die Flucht zu schlagen. Das Tier flüchtete nicht, sondern krümmte sich zusammen. In dem Augenblick, als Viviane ihm die Fackel über den Rücken ziehen wollte, richtete es sich auf. Sie blickte in ein kleines, verfrorenes Gesicht mit leuchtend blauen Augen. »He, ich bin es doch!«

Vor Überraschung ließ Viviane die Fackel fallen. »Raudaborsti!«

Fürst Ragnvald

Ragnvald lehnte sich in seinem aus Ästen kunstvoll gebauten Thronsessel zurück und zupfte nachdenklich an seinem Bart. Sein wenig freundlicher Blick galt seinem Sohn Hoskuld.

»Wie stehe ich nun da? Wie konntest du mich nur in solch eine Situation bringen?«

Hoskuld warf den Kopf in den Nacken. »Du solltest mir dankbar sein. Ich habe dir einen lästigen Konkurrenten vom Hals geschafft.«

»Björgolf war mir kein Konkurrent. Dieser Greis hatte keine Macht mehr.«

»Aber Reichtümer. Und einen Sohn namens Thoralf.«

»Es ist gegen die Ehre eines Wikingers, einen benachbarten Fürsten zu überfallen.«

Hoskuld verzog spöttisch die Lippen. »Plagt dich ein schlechtes Gewissen? Was bist du für ein Krieger, der Mitleid mit seinen Feinden empfindet?«

Ragnvald schnaubte ungehalten. »Du musst mich nicht belehren, Sohn! Du lässt den nötigen Respekt gegenüber deinem Vater und Fürsten fehlen. Du hast diesen Überfall hinter meinem Rücken geplant, gemeinsam mit dieser Krähe Asgeir.«

»Asgeir ist der Bruder meiner Braut und wird bald zu unserer Familie gehören«, entgegnete Hoskuld.

»Ich habe die beiden nur Eirik zuliebe in meinen Schutz genommen. Ihm war ich es schuldig, mich um seine Kinder zu kümmern. Für Gunnardviga wäre es das Beste gewesen, sie hätte Thoralf geheiratet.«

»Das wird sie nun nicht tun. Zwar gibt sie sich, als würde sie trauern, aber ich habe ihre begierigen Augen gesehen. Ich werde ihr ein prächtiges Brautgeschenk zu Füßen legen, wie es noch kein Fürstensohn für seine Braut getan hat. Einige kleine Geschenke hat sie bereits mit Freuden angenommen.«

»Du meinst Thoralfs Schwestern?«

»Ja, diese beiden dummen Gänse. Sie waren so stolz und hochmütig, dass es mir eine rechte Genugtuung ist zu sehen, wie sie Gunnardviga nun als Mägde dienen müssen. Ich bin sicher, auch für Gunnardviga ist es ein Vergnügen.«

Ragnvald richtete sich plötzlich auf. »Die Hochzeit muss möglichst bald erfolgen, bevor Thoralf zurückkommt.«

»*Wenn* er zurückkommt.«

»Das denke ich wohl.«

»Dann findet er nur noch Trümmer und kalte Asche vor. Seine Viehherde, seine Waffen und Kleider, sein Gold und seine edlen Steine und Pelze, selbst die fremden Gewürze und Götterstatuen gehören nun mir.«

»Uns«, fiel ihm Ragnvald ins Wort. »Du vergisst, dass ich der Fürst von Bleytagarðr bin.«

»Und du vergisst, dass ich den Plan hatte und ihn auch ausgeführt habe. Diesen Reichtum hast du mir zu verdanken.«

»Björgolf war tatsächlich ein Narr. Er hatte es nicht verdient, Fürst über Skollhaugen zu sein.«

»Nun gehören uns das ganze Land und die Bauern. Sie alle müssen ihre Abgaben an uns zahlen.«

»Thoralfs Männer werden sich dagegen auflehnen.«

Hoskuld griff nach seinem Schwert, das er am Gürtel trug. »Mit denen werden wir fertig. Alle anderen sind versklavt. Und die, die sich retten konnten, werden verhungern oder erfrieren.« Er brach in heiseres Lachen aus. »Der Winter ist mit uns. Und unsere Vorratshäuser können die Menge an Getreide, Schinken, Met und Kohl kaum fassen. Unsere Männer arbeiten Tag und Nacht, um den Anbau des Stalles fertigzustellen. Die wertvollen Rinder und Ziegen müssen vor den kalten Winden geschützt werden.«

»Du hast vergessen, auch Laub und Heu mitzubringen. Wie willst du das Vieh füttern?«

»Dann werden eben einige Ochsen geschlachtet. Wir veranstalten große Feste zu Ehren Odins.«

»Die anderen Fürsten werden mich verachten …«

»Du bist der mächtigste Fürst in ganz Vik. Wer sollte dir etwas anhaben? Nein, sie haben Achtung vor dir, Respekt, Furcht.« Er grinste wieder. »Du solltest endlich stolz auf deinen Sohn sein, was für ein furchtloser Krieger er ist.«

Ragnvald seufzte. »Das war kein Kampf, das war ein Überfall. Aber sei es drum, wer sollte davon erfahren? Björgolf Einbeins Sippe wird ausgelöscht, und dann gibt es nur noch meine Sippe, die des Fürsten Ragnvald.«

Hoskuld trat zu seinem Vater. »Endlich siehst du es ein, dass alles nur zu unserem Wohle war. Du bist der größte, mächtigste und reichste Mann entlang der ganzen Küste des Nordlandes bis hinauf zu den weißen Eisbergen.« Er beugte sich vertraulich zu seinem Vater hinab. »Und dein Reichtum wird sich noch mehren, wenn nämlich Thoralf mit voll beladenen Schiffen zurückkehrt.«

Genau das erfüllte Ragnvald jedoch mit Unbehagen. Er würde auf die Beute gern verzichten, wenn Thoralf überhaupt nicht wiederkäme. Das Meer war tückisch, Odin launisch. Vielleicht hatte ihn auch die Midgardschlange verschluckt, die rund um das Weltenmeer lebte. Denn Thoralf würde sich nicht kampflos ergeben und sich seine Schätze abjagen lassen. Vor allem fürchtete er Thoralfs Rache. Hoskuld hatte gegen Thoralf keine Chance, sollte es zum Zweikampf kommen. Und er selbst? Er war nicht mehr jung genug, um Thoralfs Kräften überlegen zu sein. Und was sollte er mit drei Schiffen anfangen? Sein Sohn wurde augenblicklich seekrank, wenn er nur die Planken betrat. Es war eine Schande!

Hoskuld wurde nicht von solchen Gedanken geplagt. Draußen vor der Halle erwartete ihn sein Freund Sven. Sie beide fühlten sich unschlagbar.

»Weißt du, was mich traurig macht, mein Freund?« Hoskuld schlug Sven jovial auf die Schulter. »Ich werde bald die schönste Frau heiraten, die es auf der Erde gibt. Und du? Wer teilt des Nachts dein Lager?«

»Mach dir darüber keine Sorgen. Ich werde mir eine Prinzessin kommen lassen, eine, die jenseits des Meeres lebt und die ich gegen Gold eintausche. Sie wird Pelze, Seidenkleider und Perlen tragen und mir die Tage erhellen und die Nächte versüßen.«

»Sie darf aber nicht so schön wie Gunnardviga sein«, wandte Hoskuld ein.

»Warum nicht?«

»Weil sie keine schöne Frau neben sich duldet. Und ich auch nicht. Gunnardviga muss die Schönste sein, und alle sollen sie bewundern und mich um sie beneiden.«

Sven blickte Hoskuld aus verengten Augenschlitzen an. »Wer sagt denn, dass ich mit meiner Braut hier leben werde?«

»Willst du nicht? Wo willst du denn hin?«

»Vielleicht besteige ich eines von Thoralfs Schiffen und fahre dahin, wo es solche Prinzessinnen gibt. Im Gegensatz zu dir macht es mir nichts aus, aufs Meer zu fahren.«

»Wie redest du mit mir?«, begehrte Hoskuld auf. »Das lasse ich nicht zu. Du bleibst hier!«

»Du kannst mich nicht zwingen, ich bin ein freier Mann. Mit meinem Anteil der Beute von Skollhaugen kann ich machen, was ich will.«

»Ich gebe dir kein Schiff. Ich lasse Thoralfs Schiffe verbrennen.«

Sven warf Hoskuld einen geringschätzigen Blick zu. »Was gibt es denn schon hier auf Bleytagarðr? Nur Sumpf ringsum, dunkle Wälder …«

»In denen du nach Lust und Laune jagst«, warf Hoskuld verärgert ein.

»Immer nur jagen ist langweilig«, gab Sven zurück. »Ein Wikinger braucht Herausforderungen.«

»War der Überfall keine Herausforderung?«

»Vergiss nicht, die Führung habe ich übernommen, mich mit Asgeir abgesprochen, die Männer eingeteilt …«

»Der Plan stammte von mir. Ohne mich …«

»… wäre es besser gelaufen. Du hast alles durcheinandergebracht, indem du Gunnardviga bedrängt hast. Wie oft musste ich nach Grondalr reiten …«

»Sollte ich etwa selbst hinreiten? Es ist Sitte, dass ein Vermittler die Hochzeit einfädelt.«

»Von Vermitteln konnte gar keine Rede sein«, widersprach Sven heftig. »Schließlich war Gunnardviga schon versprochen. Wenn du nicht zu feige gewesen wärst …«

»Nenn mich nicht noch einmal feige!«

»… nicht zu feige gewesen wärst«, fuhr Sven ungerührt fort, »deinen Vater zu bitten, die Verlobung von Gunnardviga zu lösen …«

»… und einen Krieg mit Björgolf zu riskieren …«

»Deine List war ja auch eher ein Zufall. Wenn diese rothaarige Sklavin nicht gewesen wäre …«

»Das Thing hat entschieden, das war kein Zufall.«

»Asgeir hätte uns beinahe verraten.«

Wie aufs Stichwort kam Gunnardvigas Bruder um die Ecke. Er trieb sich in der letzten Zeit recht häufig auf Bleytagarðr herum.

Hoskuld grinste leutselig. »Nun, Asgeir, mein Fast-Schwager, hast du Nachrichten von meiner schönen Braut?«

»Sie wartet auf die Hochzeit«, erwiderte Asgeir. Sein unsteter Blick wanderte zwischen Sven und Hoskuld hin und her. Er misstraute beiden, zumal er immer noch nicht seinen kompletten Anteil am Raub von Skollhaugen erhalten hatte.

»Ich auch«, stellte Hoskuld fest. »Ich habe ihr eine Zusammenstellung aller Geschenke zukommen lassen, die sie zur Hochzeit erhalten wird. Sie hat sich noch nicht dazu geäußert.«

»Hat sie schon. Du sollst noch etwas drauflegen.«

Hoskuld zog verärgert die Augenbrauen zusammen. »Sie bekommt mehr, als Thoralf ihr geboten hat.«

»Aber nicht genug, um zufrieden zu sein.«

»Was soll das?«, ereiferte sich Hoskuld. »Sie bekommt alles, alles, alles, was ich besitze.« Er holte mit den Armen weit aus und stieß dabei gegen Sven.

»Und was hast du dann noch?«, spottete dieser.

»Ich habe Gunnardviga, und damit besitze ich wieder das, was ich besessen habe, und sie dazu.« Selbstzufrieden strich Hoskuld sich über die Brust.

»Und wann bekomme ich endlich meinen Anteil?« Asgeir reckte sein spitzes Kinn vor. Mit seinem dunklen, kurz geschnittenen Bart wirkte er wie eine Krähe, die auf Hoskuld einhacken wollte.

»Nach der Hochzeit«, erwiderte dieser kühl. »Du hast doch schon etwas bekommen.«

»Ganz recht, etwas«, keifte Asgeir. »Dafür hätte ich nicht mal einen Fuß aus Grondalr gesetzt.«

»Raffgierig bist du. Absprache ist Absprache. Du bekommst deinen Teil zur Hochzeit.«

»Warum erst zur Hochzeit? Gunnardviga ist dir sicher, wird Thoralf nicht heiraten, auch wenn er zurückkommen sollte. Er besitzt ja nichts mehr, keinen Hof und keine Reichtümer.«

Mit geschwellter Brust stolzierte Hoskuld um Asgeir herum. »Du könntest sie beeinflussen, mich doch nicht zu heiraten. Ich traue dir nicht.«

»Was, du traust mir nicht?« Asgeir packte Hoskuld am Mantel und schüttelte ihn. »Ich habe alles riskiert, damit du deinen Willen bekommst. Gunnardviga ist nicht versessen auf dich, du bist nicht der Held, den sie sich als Mann wünscht. Du kannst von Glück sagen, dass sie so selbstsüchtig ist und mehr nach Schmuck, Kleidern und Pelzen schielt als nach dir.«

»Das sagst ausgerechnet du verkrüppelter Baum«, wehrte sich Hoskuld. »Du solltest froh sein, wenn du an meinem Tisch sitzen …«

Weiter kam er nicht. Ein Faustschlag Asgeirs, genau auf Hoskulds Kinnspitze gerichtet, streckte ihn nieder.

»Was fällt dir ein?«, brüllte Sven und schlug seinerseits auf Asgeir ein.

»Er ist ein Betrüger. Er will mich um meinen Anteil bringen.«

»Du beleidigst den Sohn des Jarls!« Sven versuchte, mit der Faust Asgeirs Gesicht zu erreichen, doch Asgeir konnte ihn mit seinen langen Armen erfolgreich abwehren. »Was wollt ihr von mir?«, schrie er. »Ich war doch immer euer Freund. Hätte ich sonst bei dem Überfall mitgemacht?«

»Nur weil du gierig auf deine Belohnung warst«, erwiderte Sven. »Bis jetzt warst du Thoralfs Hund, der ihm ständig hinterhergelaufen ist.«

»Doch nur zum Schein«, wehrte sich Asgeir. »Wie sonst sollte ich alles auf Skollhaugen ausspionieren?«

»Spioniert hast du, aber im Auftrag deiner Schwester. Und jetzt spionierst du wohl hier?«

»Wie kommst du darauf? Natürlich nicht!«

»Bloß damit du es weißt«, mischte sich Hoskuld ein, der sich wieder aufgerappelt hatte und sich mit dem Ärmel über sein blutendes Kinn wischte. »Wenn ich Gunnardviga heirate, dann hat sie mir zu gehorchen. Sie war zu lange allein, um sich einem Mann unterzuordnen. Ich werde sie gefügig machen, darauf kann sie sich verlassen.«

»Ist mir doch egal. Ich bin froh, wenn sie mir nicht immer Befehle erteilt. Asgeir, mach dies, Asgeir, mach das. Was tut sich auf Skollhaugen, was hat sich verändert? Ich will nicht mehr ihr Laufknecht sein. Du hast mir versprochen, dass ich dann Herr auf Grondalr bin.«

»Ja, ja, wenn es so weit ist«, wich Hoskuld aus. »Ich sagte doch, nach der Hochzeit.«

»Wann findet denn nun endlich die Hochzeit statt?«

»Zu Ostara, der Tag- und Nachtgleiche. Das ist schon bald. Gunnardviga wird sonst ihr edles Kleid beschmutzen.«

»Ach was! Sie besitzt Pelze und schöne Lederstiefel. Ihr könnt ebenso gut jetzt heiraten.«

»Ich bestimme, wann geheiratet wird«, widersprach Hoskuld. »Und nun troll dich, du hast hier nichts verloren.«

»Ihr habt etwas vor mir zu verbergen, aber ich werde es herausfinden. Wenn ihr mich betrügt, dann wird meine Rache schrecklich sein. Und Gunnardviga wird dich nicht heiraten!«

Sven und Hoskuld brachen in höhnisches Lachen aus. Beleidigt kletterte Asgeir auf sein Pferd, das ebenso krumm und verwachsen wirkte wie er selbst.

Währenddessen stand Gunnardviga mitten im Küchenraum ihres Hauses. Es war nicht so groß wie das von Fürst Ragnvald, besaß nur eine kleine Halle, die jetzt mit Fellen und Decken zugehängt war. Die Wärme musste im Mittelraum gehalten werden, wo sich alle aufhielten, sowohl Herrin Gunnardviga als auch das Gesinde, das arbeitete. Neben der Feuerstelle kniete eine Magd und scheuerte mit Sand einen großen Eisentiegel.

»Der ist nicht sauber genug. Putz weiter!«

Empört hob die Magd den Kopf. Es war niemand anders als Dalla. »Wie behandelst du mich?«, fauchte sie. »Wir waren einmal Freundinnen.«

»Stimmt, das waren wir. Aber das ist ja nun vorbei. Ihr seid Sklaven wie alle anderen auch, und ich behandle euch wie all mein Gesinde.« Gunnardviga griff zu einer Rute. »Und wenn du es noch einmal wagst, die Stimme gegen deine Herrin zu erheben, wirst du meine Rute zu spüren bekommen. Arbeite endlich!«

Widerwillig beugte sich Dalla wieder über die Pfanne. In ihr gärte ohnmächtige Wut. Dass es einmal so kommen würde, hätte sie in ihren schlimmsten Träumen nicht geahnt. Dabei verspürte sie noch den Nachhall des Triumphes, als die verhasste Viviane zum Tode im Moor verurteilt worden war und sie bei der Opferung dabei sein konnte. Mit eigenen Augen wollte sie sehen, wie diese Verbrecherin und Unruhestifterin im Moor versank, auf dass sie und ihr böser Geist nie wiederkehren mögen. Zu verlockend war die Zukunft auf einem großartigen Fürstenhof, in der Nähe der reichen und schönen Gunnardviga, die bald ihre Schwägerin werden würde. Sich in ihrer Nähe zu sonnen, etwas von dem Glanz abzubekommen, war Dallas ersehntes Ziel. Allein dadurch hoffte sie, auch einen mächtigen und reichen Fürstensohn als Bräutigam auf sich aufmerksam machen zu können. Und sie wusste zu schmeicheln, hätte sich von Gunnardviga bestimmt viele schöne und begehrenswerte Dinge wie Kleider, Schmuck, Pelze, Zierrat und Leckereien erbettelt. Und jetzt kniete sie hier neben der rußenden Feuerstelle und scheuerte eine fettige Pfanne!

Die Tür zum Stall öffnete, sich und Halveig kam mit zwei vollen Milcheimern herein. Gleichzeitig wehte ein beißender Geruch vom Stall herüber. Im Dämmerlicht standen über dreißig wohlgenährte Kühe und Ochsen, dazu Ziegen, Schafe und Schweine. Zusammen mit den fast sechzig Rindern, zweihundert Ziegen und Schafen und den Schweinen von Skollhaugen wäre Gunnardviga die reichste Frau von ganz Nordland gewesen. Doch das war ihr nicht genug gewesen. Halveig keuchte. Sie war es nicht gewohnt, derart schwere körperliche Arbeit zu verrichten. Auch sie war wütend und maßlos enttäuscht. Im Gegensatz zu Dalla hütete sie jedoch ihre Zunge, um Gunnardvigas Zorn nicht herauszufordern. Und Gunnardviga schien es zu genießen, die Schwestern zu schikanieren. Nie war sie mit deren Arbeit zufrieden, immer mehr gab sie ihnen auf, und sie schreckte nicht davor zurück, sie auch zu züchtigen.

Halveig sah Gunnardviga mit erhobener Rute neben Dalla stehen. »Bitte nicht«, flüsterte sie.

»Dann bring deine Schwester dazu, sich zu fügen und mir nicht zu widersprechen, sonst wird es ihr schlecht ergehen.«

Zum Glück für Dalla ließ Gunnardviga die Rute sinken. Auf dem Hof hatte es laut gekracht, zwei Ochsenkarren waren zusammengestoßen.

Gunnardviga raffte ihre Röcke und eilte hinaus. »Diese Tölpel, diese Nichtsnutze! Denen werde ich ihre Ungeschicklichkeit austreiben.« Mit der Rute schlug sie auf die Knechte ein, die vergebens versuchten, die beiden verhedderten Ochsengespanne wieder voneinander zu trennen. Die Schläge trugen nicht dazu bei, das Chaos zu entwirren.

»Bin ich froh, wenn ich endlich an den Hof Ragnvalds übersiedeln kann und mich nicht mehr mit solchen niederen Arbeiten beschäftigen muss. Ich will endlich das Leben einer Fürstin führen, wie es mir gebührt. Und wo steckt mein nichtsnutziger Bruder? Soll er sich um dieses Pack kümmern.«

Sie warf die Rute in den Schlamm auf dem Hof und eilte zurück ins Haus. Wütend riss sie die Decken und Felle im Durchgang zur Halle herunter.

»Richtet mir den Thron her und feuert die Schale in der Halle an, damit ich es warm habe«, befahl sie den Schwestern.

»Welchen Thron denn?«, fragte Dalla und erhielt eine schallende Ohrfeige von Gunnardviga.

Es gab keinen Thron in der Halle, aber einen einfachen Stuhl. Halveig beeilte sich, drapierte Decken und Felle darauf, schmückte sie mit farbigen Bändern und Kordeln aus Gunnardvigas Truhen. Sie legte sogar ein Lederkissen auf den Boden. Dalla brachte Glut aus der Feuerstelle des Mittelraumes in einer eisernen Schale und stellte sie in einen Ständer. Sie legte zwei Holzstücke darauf.

»Kohle, leg Kohle auf«, forderte Gunnardviga.

»Aber die ist kostbar«, wandte Halveig ein, presste gleich darauf die Lippen zusammen. Es stand ihr nicht zu, Gunnardviga zu kritisieren. Außerdem war es Gunnardvigas Kohle, die mit Gold aufgewogen wurde. Im Lande Vik gab es keine schwarzen Steine, die brennen konnten, aber in den langen kalten Wintern wusste man sie an den Fürstenhöfen zu schätzen. Allerdings nur an den reichen Fürstenhöfen. Die Kohle wurde übers Meer gebracht aus Ländern, wo man sie aus der Erde grub. Thoralf hatte dafür kein Verständnis gehabt, derart wertvolle Steine einfach zu verbrennen. »Dazu gibt es genügend Holz in den Wäldern. Man muss es nur schlagen und heranschaffen.«

Allerdings hatte Gunnardviga festgestellt, dass dieses schwarze Kohlegestein die Wärme wesentlich länger und besser hielt als Holz. Es würde jedoch eine Weile dauern, bis es in der Halle leidlich warm werden würde. Mit einer Handbewegung forderte sie Halveig auf, ihr einen Pelzumhang umzulegen. Jetzt fehlten nur noch die Menschen, die sie bewunderten. Doch niemand war da. Es wurde Zeit, dass sie endlich nach Bleytagarðr übersiedelte. Mochte sich Asgeir weiter mit dem Hof Grondalr herumplagen.

Sie lehnte sich zurück und streckte wohlig die Beine aus. Sie hatte etwas Zeit benötigt, um der plötzlichen Wendung ihres Schicksals eine positive Seite abzugewinnen. Ihr war natürlich nicht entgangen, dass Hoskuld ein Auge auf sie geworfen hatte, doch lange hatte sie seine ungeschickt vorgetragenen Huldigungen ignoriert. Hoskuld war ein Großmaul, ein Blender und Feigling. Er fuhr nicht auf Víking, handelte nicht mit kostbaren Waren, er hatte keine Schlacht gewonnen, und auch sonst tat er nicht viel, was ihm Ruhm und Ehre einbringen würde. Ragnvald war ein willensstarker Mann und sehr reich. Doch es war nicht abzusehen, wann er einmal seinem Sohn das Feld räumen würde. Noch war er im Vollbesitz seiner Kräfte, regierte sein Reich mit harter Hand und hielt sich an den Ehrenkodex. Als Gunnardvigas Vater Eirik noch lebte, hatte dieser ihre Ehe mit Thoralf Björgolfsson ausgehandelt. Ragnvald fühlte sich an das Versprechen gebunden und übersah geflissentlich Hoskulds halbherzige Avancen. Einmal hatte er ihm deutlich zu verstehen gegeben, dass er an dem Eheversprechen mit Thoralf nichts ändern würde, auch um Björgolf Einbein nicht zu entehren. Danach hatte sich Hoskuld zurückgehalten und seine Anstrengungen über seinen Freund Sven und Asgeir verstärkt. Ragnvald hatte davon nichts mitbekommen. Mehr als einmal hatte Asgeir Gunnardviga einzureden versucht, dass Hoskuld der bessere Ehemann für sie wäre, würde er doch einmal Bleytagarðr übernehmen, wenn Ragnvald nicht mehr lebte. Aber das konnte noch dauern. Ragnvald war reich, aber auch Björgolf war reich. Ständig kehrte Thoralf mit neuen Schätzen von seinen Beutezügen zurück. Zudem war Björgolf alt und kränklich. Der Machtwechsel würde in nicht allzu ferner Zukunft liegen.

Hoskuld war kein strahlender Held, er sah nicht annähernd so gut aus wie Thoralf. Da war Thoralf ein ganz anderer Kerl. Zum einen war er der wilde und todesmutige Wikinger, der über das gefährliche Meer segelte und mit Schätzen beladen heimkehrte. Zum anderen konnte er ein stolzer und herrschsüchtiger Mann sein, willensstark und mit wachem Geist ausgestattet, der sich von niemandem etwas vormachen ließ. Auch wenn er in Gunnardvigas Nähe weich wie das Wachs in den Bienenstöcken werden konnte, so spürte sie doch, dass sie ihn nicht so um den Finger wickeln konnte wie ihre dicken Zöpfe. Doch sie wollte selbst herrschen, dazu brauchte sie keinen starken Mann. Lange hatte sie hin und her überlegt, ob sie die Verlobung mit Thoralf lösen sollte. Doch das hätte zu einem Krieg geführt. Björgolf Einbein hätte sich für diese Entehrung gerächt. Außerdem hätte Ragnvald diesem Schritt niemals zugestimmt.

Asgeir hatte angedeutet, dass es ihr die Wahl wohl etwas erleichtern würde, wenn Thoralf all seine Schätze verlöre. Sie konnte sich nicht vorstellen, wie das gelingen sollte. Ein Überfall auf Skollhaugen war unmöglich. Doch eines war auch sicher: Einen verarmten Thoralf würde sie nicht heiraten.

Sie musste zugeben, das hatte sie Hoskuld nicht zugetraut. Es war eine kluge List, die Abwesenheit der Bewohner Skollhaugens zu diesem Überfall zu nutzen. Es schien alles reibungslos zu verlaufen. Hoskulds Leute hatten Skollhaugen überfallen, die wenigen Wachen überrannt und getötet, dann das Vieh hinausgetrieben, die Schätze und Vorräte aus den Lagerhäusern gleich auf die Ochsenkarren geladen und dann das Gehöft niedergebrannt.

Als die schwarze Rauchsäule in den winterlichen Himmel stieg, bemerkten auch die Teilnehmer an der Opferung im Moor, was geschehen war.

Im Moor hatte eine grausame Schlacht stattgefunden. Zunächst saß Fürst Ragnvald wie erstarrt auf seinem Pferd. Von dieser Intrige hatte er keine Ahnung gehabt. Zumindest hatte er nicht geglaubt, dass sein Sohn Hoskuld sie tatsächlich geschmiedet hatte. Doch als Hoskuld Björgolf mit dem Speer durchbohrte, arbeitete sein Verstand blitzschnell und präzise. Ihm wäre niemals eingefallen, Björgolf zu überfallen und zu berauben. Doch es war zu spät, um sich aus diesem feigen Verrat zurückzuziehen. So trat er die Flucht nach vorn an.

»Sind es unsere Männer in Skollhaugen?«, wollte er von seinem Sohn wissen.

»Natürlich«, erwiderte dieser und schlug mit seiner Axt auf Björgolfs Männer ein. »Mach dir keine Sorgen, es bleiben keine Zeugen übrig. Mit der Handvoll Knechte in der Burg werden sie spielend fertig, und hier darf niemand entkommen. Dann holen wir uns die Schätze, die Björgolf gehortet hat.«

Dazu hatte Ragnvald nichts mehr zu sagen. Er hätte ohnehin nichts mehr ändern können. Trotzdem zitterte er vor ohnmächtiger Wut. Er konnte und wollte nicht akzeptieren, dass sein Sohn etwas hinter seinem Rücken getan hatte. Er fühlte sich übergangen, in seiner Macht beschnitten, lächerlich gemacht. So zeigte er gute Miene zum bösen Spiel, riss die Führung des Kampfes an sich und sorgte dafür, dass alle Menschen von Skollhaugen entweder getötet oder gefangen wurden. Es durfte keine Zeugen für diesen Verrat geben.

Im Durcheinander der Schlacht war er sich allerdings nicht sicher, ob es wirklich keine Flüchtigen gegeben hatte. Viele waren in ihrer panischen Flucht im Moor versunken. Doch wer sollte gegen ihn Anklage erheben?

Gunnardviga hatte mit all diesen Dingen gar nichts zu tun. Sie beugte sich nur der Übermacht. So jedenfalls stellte sie es dar, so redete sie es sich selbst ein, und sie fand, dass diese Lösung nicht die schlechteste war. Außerdem erfüllte es sie mit einer gewissen Genugtuung, dass Thoralfs Schwestern als Gefangene in Ragnvalds Besitz gekommen waren. Hoskuld hatte ihr die Sklavinnen zum Geschenk gemacht. Das war nichts Wertvolles, aber sie war trotzdem erfreut darüber. Sie hatte diese beiden Gänse nie leiden mögen. Jetzt bekam sie die Gelegenheit, sich an ihnen zu rächen. Sie hatte nicht vergessen, wie die beiden damals zu ihr gekommen waren und von Viviane berichtet hatten. Natürlich hatte Gunnardviga bemerkt, dass sie die rothaarige Fremde gern losgeworden wären, letztlich sollte jedoch Gunnardviga das erledigen. Nur Dallas unbeherrschtem Verhalten hatte sie es zu verdanken, dass es doch anders gekommen war. Gunnardviga wollte ihre Hände nicht in Blut baden. Andererseits hätte sie wohl alles getan, um eine lästige Konkurrenz auszuschalten. Die Verurteilung und die Opferung im Moor waren für alle die beste Lösung. Allerdings konnte sie sich nicht entsinnen, Viviane tatsächlich im Moor versinken gesehen zu haben. Das Durcheinander war zu groß gewesen. Aber niemand hätte entkommen können, und wenn doch, dann gab es keinen Ort, wohin sie hätte flüchten können. Der Winter war mit ihr, mit Gunnardviga.

Sie zog den Pelzumhang fester um ihre Schultern. Sie mochte den Winter eigentlich nur, weil sie ihre wertvollen Pelze tragen konnte. Jedermann sollte sehen, wie wohlhabend sie war.

Nun würde sie also Hoskuld zum Mann bekommen. Einen

flüchtigen Moment überlegte sie, wie es sein würde, mit Hoskuld das Lager zu teilen. Mit Thoralf stellte sie es sich wesentlich aufregender und prickelnder vor. Aber das Leben bestand nicht nur aus Nächten. An den Tagen wollte sie Fürstin sein, ihren Reichtum zur Schau tragen und ein angenehmes Leben führen. Das aufkommende Bedauern unterdrückte sie. Hoskuld war wesentlich leichter zu beeinflussen, sie konnte ihn nach ihrem Willen tanzen lassen, da war sie sich sicher.

Dalla und Halveig kehrten an ihre Arbeit im Mittelraum zurück. »Du redest dich noch um Kopf und Kragen«, zischte Halveig. »Und mich dazu.«

»Sie behandelt uns wie Sklavinnen«, empörte sich Dalla.

»Das sind wir ja nun auch«, erwiderte Halveig.

»Ich finde mich aber nicht damit ab. Thoralf wird kommen und uns befreien.«

»Wer weiß, wann er kommt und ob er überhaupt wiederkommt. Eirik ist damals auch nicht zurückgekehrt.«

»Thoralf kommt wieder, das weiß ich bestimmt. Er wird sich rächen, an Ragnvald, an Hoskuld, an Asgeir und auch an Gunnardviga.«

Halveig schüttete die Milch ins Butterfass. Ihre Hände schmerzten vom Melken, doch wenn sie mit dem Butterstößel stampfen musste, würde es noch schlimmer werden. Blasen und Schwielen hatten sich auf ihren Handflächen gebildet.

»Thoralf wird wissen wollen, was geschehen ist. Dann müssen wir ihm auch erzählen, dass Viviane recht gehabt hat.«

»Erinnere mich bloß nicht an die«, grollte Dalla. »Ich mochte sie nicht leiden. Dass sie auch noch recht hatte mit ihren Verdächtigungen, finde ich schrecklich.«

Halveig nickte »Thoralf wird uns zürnen, dass wir ihr nicht geglaubt haben.«

»Ist das ein Wunder? Sie war eine Sklavin!«

»Das sind wir jetzt auch. Ob er uns deswegen nicht glauben wird?«

»Unsinn! Wir sind seine Schwestern. Das ist etwas ganz anderes.«

»Das finde ich nicht. Viviane war auch einmal frei.«

»Nun nimm sie auch noch in Schutz«, erregte sich Dalla. »Sie wollte Thoralf für sich haben. Das konnten wir doch nicht zulassen.«

»Was haben wir denn nun davon? Vater ist tot, Mutter ist tot, Yngvar ist tot, wir sind versklavt, Skollhaugen liegt in Schutt und Asche.«

»Warum erinnerst du mich daran? Du hättest es doch verhindern können. Dein Wort hat bei Mutter immer mehr Gewicht gehabt als meins.«

»Du hast Mutter bedrängt, Viviane verschwinden zu lassen. Du wolltest ihr eigenhändig die Augen ausstechen.«

»Hätte ich es nur getan, dann wäre es nicht so weit gekommen.«

»Nein, wenn du nichts getan hättest, wäre es nicht so weit gekommen. Du warst diejenige, die immer wieder gegen Viviane gehetzt hat.«

»Also bin ich daran schuld, dass Skollhaugen überfallen wurde?«

Dalla, die sich vor die Pfanne gekniet hatte, um sie weiter zu putzen, sprang auf. Wütend riss sie ihre Schwester an den Haaren.

»He, lass das«, kreischte Halveig auf. Sie packte den Butterstößel und schlug damit auf Dalla ein. Diese schlug zurück, trat mit dem Fuß und traf das Butterfass. Es kippte um, die Milch ergoss sich über den Boden.

Die anderen Mägde griffen nicht ein. Die beiden Björgolf-

Schwestern waren ihnen verhasst. Dass sie nun ebenfalls schmutzige Arbeit verrichten mussten, war nur ausgleichende Gerechtigkeit.

Der Lärm riss Gunnardviga aus ihren Gedanken. Sie eilte in den Mittelraum und stand mit den Füßen in der Milch. »Ihr nichtsnutzigen, keifenden Hexen«, schrie sie. Die Rute lag in ihrer Reichweite. Ohne zu zögern, schlug sie damit auf die beiden ein. Augenblicklich ließen sie voneinander ab, um nun auf Gunnardviga einzuschlagen. Ihr glitzerndes Diadem mit den spiegelnden Plättchen fiel ihr aus dem Haar, ihr Pelzumhang schleifte in der verschütteten Milch, und mit einem lauten Ratschen zerriss ihr Kleid. Für einen Moment war sie zu überrascht, um reagieren zu können. Noch nie hatte sie jemand geschlagen, abgesehen von ihrem Bruder in tiefsten Kindertagen. Aber als sie älter wurde, war ihr der Bruder körperlich unterlegen gewesen, was sie gnadenlos ausgenutzt hatte. Seitdem hielt Asgeir immer sicheren Abstand zu ihr. Es war aber ein Unding, dass sie jemand vom Gesinde angriff. Schließlich gab es eine klare Hierarchie, die solche Übergriffe streng bestrafte.

»Was – erlaubt – ihr – euch«, tobte sie. Bei jedem Wort schlug sie mit der Rute zu. Doch Dalla entriss ihr den Weidenzweig. Im Ringen stürzten beide zu Boden, wälzten sich in der mittlerweile schmutzigen Milch. An Gunnardviga blieb nichts Hoheitsvolles. Ihr Haar löste sich in wirre Strähnen auf, ihre Kleider wurden nass und schmutzig, ihr zornrotes Gesicht bekam schwarze Schlieren. Dann blutete sie aus ihrer aufgeschlagenen Lippe. Mit den Fäusten setzte sie sich zur Wehr.

Keine der umstehenden Mägde griff ein. Sie starrten auf die wüste Prügelei, ungläubig, dass sie so etwas auf Grondalr erleben durften.

In diesem Moment trat Asgeir zur Tür herein.

Feuer am Himmel

Bei Odin, das ist verrückt! Ja, du bist verrückt!« Raudaborsti starrte auf den Grabhügel. »Du wohnst wirklich da drin?«

»Komm mit, schau es dir an«, forderte Viviane sie auf.

Raudaborsti blieb wie angewurzelt stehen. »Niemals«, widersetzte sie sich entschieden. »Da hausen Trolle und die Geister der Toten.« Sie blickte Viviane von unten herauf an. »Aber du lebst. Das ist wirklich ein Wunder.«

»Ist es nicht«, widersprach Viviane. »Dieser Grabhügel hat mich gerettet. Die Verfolger haben sich nicht hierhergetraut.« Sie stockte. »Eigentlich war es Oleif, der mir die Fußfesseln zerschnitt und mir die Flucht ermöglichte.« Sie schluckte schwer. »Er ist sicher auch tot.«

Raudaborsti schwieg und senkte den Kopf, doch dann zog sie unter ihrem Fell einen Brotfladen hervor. »Du hast bestimmt Hunger.«

Viviane wollte ablehnen. »Es ist deine Wegzehrung. Sag mal, wo kommst du denn eigentlich her? Und wieso bist du hier?«

Raudaborsti drückte ihr das Brot in die Hand. »Ich habe es für dich mitgebracht. Du hast bestimmt kein Brot hier.«

»Stimmt. Aber woher weißt du …«

Die Kleine seufzte laut und ließ mit einer komischen Bewegung die Arme fallen. »Ich habe dich gesucht.«

»Dann wusstest du, dass ich lebe?«

Sie schüttelte den Kopf. »Nein, aber ich habe es gehofft.

Yngvar erzählte, du hättest in einem Grabhügel übernachtet, als du auf der Suche nach ihm warst.«

»Yngvar? Er lebt?«

»Ja, ja, er lebt. Und er hat erzählt, wie es sich wirklich zugetragen hat mit dem Bär, der Höhle, und wie er nach Skollhaugen kam.«

»Das ist ja nun wohl alles zu spät. Ich habe gesehen, wie Björgolf getötet wurde. Und ich war sicher, auf Skollhaugen hat auch niemand überlebt. Ach, ich bin ja so glücklich, dass du lebst!«

Sie schloss Raudaborsti in die Arme und drückte sie ganz fest an sich. Raudaborsti drückte Viviane ebenfalls.

»Du bist tatsächlich noch ein Mensch, kein Geist«, meinte sie schließlich. »Könnte ja sein, in diesem Grab …«

Viviane lachte auf. Es war das erste Mal seit langer Zeit, dass sie wieder lachen konnte.

»Unsinn! Es ist tatsächlich ein Grab, und die Grabbeigaben haben mir das Überleben gesichert. Es war allerdings nicht üppig, und Brot gab es auch nicht.«

»Dann iss endlich. Du brauchst Kraft.«

»Wozu?«

»Komm zurück.«

»Nach Skollhaugen? Gibt es das noch?«

»Nicht wirklich. Hoskulds Männer haben ganze Arbeit geleistet. Alles ist niedergebrannt.«

»Wie konntet ihr überleben?«

»Das erzähle ich dir später. Komm endlich, hier will ich keinen Augenblick länger bleiben.«

»Das geht nicht, es wird bald dunkel. Wir können nicht in der Nacht laufen. Ringsum lauern Wölfe.«

»Die fürchte ich nicht so sehr wie die Geister aus der Unterwelt.« Raudaborsti rührte sich nicht von der Stelle.

Viviane versuchte, die Kleine zu überreden. »Drinnen brennt ständig ein Feuer. Das hält Geister wie Wölfe fern.«

»Trotzdem. Wir nehmen Fackeln mit.«

»Warte! Noch einmal laufe ich nicht so einfach davon«, erwiderte Viviane. »Ich bin eine Gesetzlose, eine geflohene Verurteilte. Wenn mich einer von Ragnvalds Leuten erwischt … Außerdem habe ich hier einen Unterschlupf, Feuer, manchmal auch etwas zu essen.«

»Es ist nicht gut, mit Geistern zu leben. Davon wird man verrückt im Kopf.« Raudaborsti tippte sich an die Stirn. »Als Yngvar erzählte, wo du vielleicht zu finden wärst, habe ich mich auf den Weg gemacht. Du musst zurückkommen.«

»Du weißt doch, warum ich nicht zurückkehren kann.«

Raudaborsti trat von einem Fuß auf den anderen. »Dalla und Halveig sind nicht mehr da, auch fast alle anderen Leute von Skollhaugen sind wohl tot. Nur Astrid kam zurück, gemeinsam mit zwei Mägden und einem alten Knecht. Sie erzählten von dem furchtbaren Gemetzel im Moor.«

»Wie konntet ihr den Überfall überleben?«

»Als Hoskulds Leute angriffen, haben die wenigen Wachen natürlich versucht, sie abzuwehren. Sie hatten keine Chance, aber es gab uns etwas Zeit, uns zu verstecken. Truud hat Yngvar aus dem Haupthaus herausgetragen und in den Brunnen hinabgelassen. Dort konnte ihm das Feuer nichts anhaben.«

»Und du?«

»Ich habe mich in den Misthaufen eingegraben. An dem hatten sie kein Interesse. Alles andere aber ist fort, geraubt oder niedergebrannt.«

»Dort kann man doch nicht mehr wohnen. Wohin seid ihr denn geflüchtet?«

»Nirgendwohin. Wir leben jetzt in der Höhle, wo wir die Äpfel versteckt haben. Wir wollen nicht so weit von Skollhaugen weg. Yngvar kann kaum gehen, außerdem würden wir Gefahr laufen, Hoskulds Leuten aufzufallen. Nach Skollhaugen kommen sie nicht mehr, es ist ja nichts zu holen. Sie denken, wir sind alle tot.«

»Wo habt ihr denn das Brot her?«

»Wir haben aus den Trümmern verbranntes Getreide aufgelesen. Es war nicht viel, aber es hat uns einige Tage überleben lassen. Der Mahlstein ist nicht verbrannt, auch haben uns einige unserer ehemaligen Bauern heimlich etwas zu essen gegeben. Ich bin nachts zu ihren Höfen geschlichen. Sie gehören jetzt zu Ragnvald, müssen ihm Abgaben leisten, aber sie helfen uns trotzdem. Wir alle hoffen, dass Thoralf bald wieder zurückkommt und mit seinen Männern diesen feigen Überfall rächt.«

»Ich weiß, dass Thoralf bald zurückkommt. Nur diese Hoffnung hat mich am Leben erhalten«, flüsterte Viviane.

Mitleidig blickte Raudaborsti sie an. »Du hast ihn sehr lieb, nicht wahr?«

Viviane nickte stumm.

»Er kommt wieder zurück, da sind wir alle ganz sicher. Und dann …«, sie boxte sich mit der Faust in die Handfläche, »… zeigen wir es diesem Hoskuld und Ragnvald und dem hässlichen Asgeir.«

»Und Gunnardviga?«

»Pah, die hat sich von Thoralf längst abgewendet. Sonst hätte sie den Überfall doch verhindert. Auf den Höfen flüstert man, dass sie Hoskuld heiraten wird.«

Viviane hockte sich in den Schnee und biss in den Brotfladen. Es schmeckte verbrannt, süßlich, und der Abrieb des Mahlsteins knirschte zwischen ihren Zähnen. Aber es war Brot.

»Astrid wird mich nicht wieder aufnehmen«, sagte sie kauend. »Sie wollte doch auch, dass ich verurteilt werde.«

»Sie hat es längst bereut, und es tut ihr schrecklich leid«, erwiderte Raudaborsti. »Yngvar hat ihr alles erzählt.«

»Ja, er war der Einzige, der mir geglaubt hat. Und du. Leider hat alles nichts genützt. Skollhaugen ist zerstört. Selbst wenn Thoralf wiederkommt, wird er nichts ausrichten können. Seine Leute müssen nun Fürst Ragnvald folgen.«

»Das wird Thoralf nicht zulassen. Er wird dem verräterischen Ragnvald das Gesicht zu Brei schlagen.«

»Ach, Raudaborsti, du bist so lieb und willst mir Mut machen. Aber das kann er nicht schaffen. Das Beste wird sein, wir alle gehen auf sein Schiff und fahren mit ihm davon.«

Raudaborsti wich zurück. »Nein«, ächzte sie. »Ich gehe da nicht drauf. Das schaukelt so, und mir wird dann ganz schlecht. Nein, nein, ich gehöre hierher.«

»Allein kannst du nicht leben. Wo willst du denn hin?«

»Wohin wollt ihr fahren? Da draußen lauern die Midgardschlange und all diese Seeungeheuer. Und in anderen Ländern leben andere Fürsten.«

Viviane sammelte sorgfältig die letzten Krümel des Brotfladens auf. »Ich werde mit Thoralf gehen, wohin er auch fährt. Wenn er mich will …«

Raudaborsti grinste. »Sicher will er dich. Aber mit ihm auf Víking zu fahren ist nicht das angenehmste Leben.«

»Ich will kein angenehmes Leben«, widersprach Viviane. »Ich will bei Thoralf sein. Ich habe lange nachgedacht, was diese ganze Wendung bedeutet. Ich liebe ihn. Da bin ich mir jetzt ganz sicher. Aber ich bin mir nicht sicher, ob auch er mich liebt. Er weiß ja gar nicht, was hier geschehen ist.«

»Deshalb leben wir ja auch in der Nähe von Skollhaugen und warten auf den Tag, wenn er heimkehrt.«

»Heimkehrt … Er besitzt kein Heim mehr, kein Haus, kein Vieh, keinen Hof. Und er besitzt kein Ansehen mehr, keine

Freunde, keine Verbündeten. Wie will er sich gegen Ragnvald erwehren? Vielleicht überfallen sie ihn wieder, weil sie annehmen, er bringt neue Schätze mit.«

»Ganz sicher nehmen sie das an, und ich will hoffen, dass es so ist. Denn damit kann er Skollhaugen wieder aufbauen.«

Vor Vivianes Augen erschien ein anderes Bild. Sie glaubte es längst vergessen zu haben, doch plötzlich war es, als sei alles gestern gewesen. Schreie, Flammen, Tote und Verletzte, verzweifelte Menschen und ein zerstörtes, geplündertes Dorf. Es lag weit weg auf dieser Insel, die einmal ihre Insel war. Sie hatte ihre Heimat verloren, ihre Eltern, Patrick, den sie heiraten sollte. Sie hatte nichts retten können als ihr nacktes Leben. Den Mann, der dafür verantwortlich war, der keine Skrupel kannte, ihnen dieses Leid zuzufügen, hatte nun das gleiche Schicksal ereilt.

Es lag ihr fern, deshalb Schadenfreude oder gar Genugtuung zu empfinden. Es schockierte sie. Sie wollte Thoralf trösten, ihm Mut machen, ihn unterstützen. Es war verrückt, doch ihr Gefühl bestimmte ihr Denken. Sie schaute zu Raudaborsti auf, die noch immer an derselben Stelle stand. »Gut«, sagte sie entschlossen. »Ich komme mit.«

Raudaborsti atmete erleichtert auf. Sie warf einen schrägen Blick auf den Grabhügel. »Lassen wir die bösen Geister ruhen.«

»Moment, wir nehmen brennende Äste mit. Ich fürchte mich vor den Wölfen mehr als vor bösen Geistern.«

Ruckartig blieb sie stehen, als es plötzlich hell um sie wurde. Die Dämmerung hatte schon begonnen und alles in ein unwirkliches Zwielicht gehüllt. Doch nun leuchtete alles in einem seltsam grünen Licht, der Schnee, die Bäume, der Hügel. Sie blickte auf zum Himmel und erstarrte. Der Himmel stand in grünen Flammen! Riesige Schlangen aus grünem Feuer wanden sich in der Höhe, zuckend und furchteinflößend.

Auch Raudaborsti schaute hinauf und schrie auf. Augenblicklich warf sie sich in den Schnee und presste ihr Gesicht hinein. Auch Viviane wurde von diesem Schauspiel überwältigt. Sie sank auf die Knie. »Was ist das?«, flüsterte sie.

Raudaborsti antwortete nicht. Viviane befürchtete, die Kleine würde im Schnee ersticken. Sie packte sie wie einen Hasen am Fell und zog sie hoch. »Was ist das?«, wiederholte sie.

Raudaborsti schlug die Hände vors Gesicht. »Ich will das nicht sehen«, schrie sie.

Es war tatsächlich gespenstisch. Die Schlangen aus grünem Feuer bewegten sich über den ganzen Himmel, aus ihren Leibern stiegen strahlende Flammen empor. Viviane glaubte, dass die Schlangen sie verschlingen würden. Sie hatte so etwas noch nie gesehen. Feuerzeichen am Himmel waren ein böses Omen. Einmal hatten die Mönche des Klosters auf ihrer Insel von einem Kometen berichtet, einem Feuerstern, der über den Himmel fuhr und den Menschen großes Unheil brachte. Doch dies war kein Feuerstern, sondern der ganze Himmel stand in Flammen. Das Ende der Welt war nahe!

Raudaborsti hielt sich noch immer die Augen zu. Sie zitterte vor Angst. Ihre Haut hatte sich grünlich verfärbt, aber Viviane schob es auf das grüne Licht. Sie zog Raudaborsti fest in ihre Arme. »Ich bin ja hier, ich beschütze dich.«

Raudaborsti presste ihren Kopf an Vivianes Brust. »Danke.«

Viviane strich ihr tröstend übers Haar. Mit Verwunderung stellte sie fest, dass sie mutiger, selbstbewusster und stärker geworden war. Sie konnte sich von dem Anblick am Himmel kaum lösen. Das grüne Licht verfärbte sich, rote, blaue und violette Flammen mischten sich darunter. Sie bemerkte erleichtert, dass diese Feuerschlangen am Himmel blieben. Sie hatten nichts zu befürchten.

»Kennst du solches Licht?«, wollte sie von Raudaborsti wissen. Die Kleine nickte, ohne ihr Gesicht von Vivianes Brust zu nehmen.

»Das sind die Walküren, die über den Himmel reiten. Das tun sie immer nach einer Schlacht. Sie wählen die Helden aus, die an Odins Tafel speisen sollen.« Raudaborsti klammerte sich ängstlich an ihr fest und drehte den Kopf nur so weit zur Seite, dass sie sprechen konnte. Die Augen hielt sie fest zusammengekniffen.

»Walküren? Was ist das?«

»Es sind Geisterwesen, Frauen, die Rüstungen tragen. Sie reiten über den Himmel und suchen auf dem Schlachtfeld die Leichen der in Ehren Gefallenen. Die gehen in Walhall ein und dürfen dann an Odins Tafel speisen.«

»Du meinst, sie sind so etwas wie Todesengel?«

Raudaborsti zuckte mit den Schultern. »Keine Ahnung. Oleif wusste darüber besser Bescheid.«

»Ob er auch in Walhall ist?« Viviane wurde bei dem Gedanken an Oleif traurig. Sie hatte den kecken Schmiedegesellen gemocht.

»Das wissen nur die Walküren. Ich weiß nur, dass es das Mondlicht ist, das sich auf ihren Rüstungen spiegelt. Je mehr Licht am Himmel ist, umso mehr Walküren reiten durch die Luft. Ich habe Angst.«

»Das musst du nicht. Denk dir nur, es ist hell, da werden wir den Weg nach Skollhaugen nicht verfehlen.«

»Du willst jetzt gehen?« Entsetzen klang in Raudaborstis Stimme.

»Dann bleiben wir hier. Komm in die Höhle.«

»Nein!«

»Gut, dann gehen wir.«

»Nein!«

»Was willst du denn?«

Raudaborsti rollte sich zu einer Kugel zusammen. »Ich bleibe hier, bis alles vorbei ist.«

Viviane blickte hinauf, doch die leuchtenden Schlangen züngelten weiter über das Himmelszelt. Jetzt, wo es gänzlich dunkel geworden war, waren diese Erscheinungen noch deutlicher zu sehen. Wie feine Schleier aus Licht zogen sie über ihren Köpfen dahin. Dahinter funkelten vereinzelt Sterne. Sie musste zugeben, dass diese seltsamen Geisterwesen sie ängstigten, aber vor Raudaborsti wollte sie das keineswegs zugeben.

»Ich beschütze dich«, versprach Viviane.

»Gegen die Walküren gibt es kein Mittel«, schnaufte die Kleine. »Vielleicht holen sie mich.«

»Ich denke, sie holen nur die toten Kämpfer? Schau, sie leuchten uns zurück nach Skollhaugen.«

Zögernd hob Raudaborsti das Gesicht. »Meinst du wirklich?«

Viviane nickte. »Und jetzt bin ich auch ganz sicher, dass ich zurück nach Skollhaugen will. Dort werden wir gemeinsam auf Thoralfs Rückkehr warten.«

Raudaborsti holte tief Luft. »Ich bin wirklich froh, dass du lebst«, meinte sie treuherzig. »Auch wenn du nicht meine Mama bist, so wie du hätte ich sie mir gewünscht.«

Viviane drückte sie lachend an sich. »Das ehrt mich wirklich. Nun lass uns gehen. Vorsichtshalber nehmen wir brennende Zweige mit.«

Raudaborsti rang mit sich, ob sie Viviane in die Höhle begleiten oder unter den über den Himmel reitenden Walküren warten sollte. Sie hockte sich wieder hin und wartete zitternd, bis Viviane mit den Fackeln zurückkam. Doch sie brachte noch etwas anderes mit.

»Was ist das?«, wollte Raudaborsti wissen. »Was zu essen?«

»Leider nicht«, bedauerte Viviane. »Es gibt nur etwas Brei aus Kiefernrinde.«

Raudaborsti verzog das Gesicht. »Es gibt noch jede Menge Äpfel«, meinte sie dann zuversichtlich. »Was hast du da?«

»Einen Stein«, erwiderte Viviane.

»Du schleppst einen Stein mit?« Da war es wieder, was Raudaborsti an Viviane nicht verstehen konnte.

»Es ist ein ganz besonderer Stein, der vom Himmel gefallen ist«, erklärte Viviane, bevor sie losgingen. »Ich glaube, das Licht da oben ist ein gutes Zeichen. Und dieser Stein ist ein Sendbote, dass sich alles zum Guten wenden wird.«

Es war ein beschwerlicher Weg. Das lag nicht nur an dem hohen Schnee, an ihrer mehr als mangelhaften Bekleidung, ihrem Hunger. Immer wieder blickten sie zum Himmel, wo die Feuerschlangen sich wanden und ab und zu ihre Farbe veränderten. Sie tauchen die Umgebung in ein gespenstisches Licht. Raudaborsti fürchtete sich noch immer, und selbst Viviane sprach sich im Stillen Mut und Zuversicht zu. Sie hatte Raudaborstis Hand ergriffen. Die brennenden Äste waren längst erloschen, doch die Wölfe hatten sich offenbar von den unheimlichen Himmelserscheinungen beeindrucken lassen. Sie waren weder zu sehen noch zu hören.

Viviane und Raudaborsti liefen, ohne einmal stehen zu bleiben oder zu rasten. Ihr Atem ging keuchend. Vivianes Gedanken wanderten nach Skollhaugen, zum Fjord, wo sie die Drachenboote so schnell wie möglich wiederzusehen hoffte. Einst hatte sie diesen Anblick gefürchtet, weil sie Angst und Schrecken verbreiteten. Doch nun sehnte sie sich danach, hoffte auf eine glückliche Rückkehr. Alles hatte sich verändert. Vor allem aber hatte sich ihr Verhältnis zu Thoralf verändert. Lange schon hatte sie es gespürt, aber sie hatte es nicht wahrhaben wollen. Erst in ihren schwersten Stunden war ihr klargeworden, wie sehr sie ihn liebte. Aber keiner wusste, wo sich Thoralf befand. Und Thoralf konnte nicht wissen, was hier auf Skollhaugen inzwischen geschehen war.

Der Anblick der abgebrannten Burg erschütterte sie, als sie im Morgengrauen den Fjord erreichten. Noch war ihr der Anblick ihres zerstörten Dorfes in Erinnerung, weit weg zwar, doch nicht vergessen. Als sie die traurigen Überreste erblickte, schwarz und verstümmelt wie faulige Zähne, versetzte es ihr einen Stich in den Magen. Sie wollte es sich nicht eingestehen, aber Skollhaugen hatte sie als neue Heimat empfunden. Sie kannte jeden Winkel im Hof, jedes Vorratshaus, jeden Stamm der Palisaden. Jetzt waren davon nur noch verbrannte Stummel übrig, alle Häuser zu dunklen Häufchen verbrannt. Kein Tier belebte den düsteren Ort, nicht einmal die Hunde mit den geringelten Schwänzen waren noch da. Ochsen, Pferde, Schafe und Ziegen, Gänse, Hühner und Jungschweine, nichts von alledem gab es mehr.

»Komm!« Raudaborsti zog Viviane mit sich. Sie mussten das Tal durchqueren, die Apfelhöhle lag auf der anderen Seite des Fjords.

Viviane war froh, dass ihre Wanderung endlich ein Ende hatte. Trotzdem fühlte sie sich bang. Schon bald würde sie Astrid gegenüberstehen. Wie würde sie sie aufnehmen?

Die Apfelhöhle lag gut versteckt hinter Tannen, auf unwegsamem Gelände zwischen den Felsen. Im Schnee waren keine Spuren zu sehen. Wahrscheinlich verließen die Bewohner die Höhle nicht, aus Furcht, von Ragnvalds Leuten entdeckt zu werden. Vivianes Schritt verlangsamte sich, während Raudaborsti vorauseilte.

»Ich hab sie gefunden, ich hab sie gefunden«, jubelte sie. Im nächsten Augenblick gewahrte Viviane eine Bewegung hinter den Bäumen. Wie damals, als Viviane auf Skollhaugen ankam, trat Astrid vor ihr Heim. Aber was war das für ein Heim? Und wie sah Astrid aus?

Ihr Haar war schlohweiß geworden, tiefe Falten hatten sich in ihr Gesicht gegraben. Ihre einstmals schönen Kleider waren zerrissen und zerschlissen, notdürftig geflickt und nicht gewaschen. Dunkle Flecken zeugten vom Kampf im Moor. Ein Wunder, dass Astrid entkommen konnte. Doch ihre hoheitsvolle Haltung besaß sie noch immer. Viviane blieb stehen. Ein Kloß steckte in ihrem Hals und verhinderte, dass sie sprechen konnte. So standen sie sich gegenüber, schweigend, unsicher, durch die kalte Winterluft getrennt und doch in ihrem Unglück vereint. Astrid streckte Viviane die Hände entgegen.

»Sei willkommen«, sagte sie leise, und ihre Stimme klang rauh, als schmerzte ihr Hals. »Odin hat es so bestimmt, dass du lebst. Verzeih mir, dass ich nicht daran glauben wollte. Meine Blindheit ist nicht nur mir zum Verhängnis geworden.«

Viviane schluckte schwer. Astrids Anblick erregte ihr Mitgefühl. Einen Herzschlag lang zögerte sie, dann trat sie auf Astrid zu. Beide Frauen umarmten sich und weinten.

»Ich bin froh, dass Ihr überlebt habt, Dröttning«, erwiderte Viviane, nachdem sie sich gefasst hatte.

»Nenn mich nicht Dröttning. Du sollst frei sein, denn deine Treue zu uns hast du sehr teuer bezahlen müssen.«

Sie trat beiseite, damit Viviane in die Höhle gehen konnte. Es duftete immer noch nach Äpfeln, doch es roch auch nach Rauch und Fisch. Neben dem Eingang brannte ein kleines Feuer. Daneben sah sie eine Gestalt liegen, die sich bei ihrem Eintreten aufrichtete.

»Yngvar!« Viviane hockte sich erfreut zu ihm nieder.

Yngvar ergriff ihre Hand. »Viviane! Odin sei gelobt, dass er dich leben ließ. So kann ich dir danken, dass du mein Leben gerettet hast.«

Sie senkte den Kopf. »Das würde ich immer wieder tun, und für jeden anderen auch. Das Leben ist so kostbar, dass man es nicht wegwerfen darf.«

Astrid setzte sich zu ihnen. »Du hast ein gutes Herz, Viviane, das weiß ich. Yngvar ist mein einziges Kind, das mir noch geblieben ist.« Ihre Hände zitterten.

»Ich bin doch kein Kind mehr«, erwiderte Yngvar in gespielter Empörung.

»Für eine Mutter bleiben es immer ihre Kinder. Umso schlimmer ist es, wenn sie sterben.«

Viviane blickte sich um. Erst jetzt bemerkte sie Truud, zwei weitere Mägde und den alten Knecht Arnulf, die sich in den hinteren Teil der Höhle zurückgezogen hatten.

»Dalla und Halveig sind…« Sie wagte den Satz nicht zu Ende zu sprechen.

»Tot, gefangen, wir wissen es nicht. Wir werden es wohl auch nicht in Erfahrung bringen, denn Ragnvalds Leute dürfen uns nicht entdecken. Einmal waren sie noch hier, haben die Gegend durchsucht. Wir konnten uns zum Glück verstecken, so dass sie uns nicht gefunden haben. Nun denken sie, dass wir auch tot sind.«

Astrid reichte Viviane ein Stück Baumrinde mit einem gegarten Fisch darauf. »Du hast sicher Hunger. Viel haben wir nicht, aber wir teilen es gern mit dir. Raudaborsti schleicht manchmal zu den Bauernhöfen. Die Leute sind arm, Ragnvald hat sie alle ausplündern lassen. Nun sind sie ihm tributpflichtig. Ohne ihre Männer können sie sich nicht dagegen auflehnen, aber sie hoffen, dass Thoralf und seine Leute eines Tages zurückkehren. Deshalb helfen sie uns.«

Vivianes Magen krampfte sich schmerzhaft zusammen, so hungrig war sie. Sie bekam ein schlechtes Gewissen, denn auch die anderen hatten ja kaum etwas zum Überleben. Astrid bemerkte ihr Zögern.

»Du kannst es ruhig essen. Arnulf fängt jeden Tag Fisch oben am Wasserfall, so dass wir gar keinen mehr sehen können.«

Als Viviane den Fisch mit den Fingern zerteilte, stellte sie fest, dass er mit Apfelstücken gefüllt war. Es duftete köstlich, und es schmeckte ebenso.

»Es war eine Idee von Truud, denn wir haben hier so viele Äpfel. Wenn Raudaborsti sie alle roh isst, bekommt sie wieder Bauchweh.«

Alle lachten, außer Raudaborsti. Die hatte sich neben Truud gekuschelt und müde ihren Kopf an die Großmagd gelehnt. Truud war ungewöhnlich sanft, aber es war ja auch kein Wunder nach diesen schrecklichen Ereignissen. Sie legte schützend den Arm um den kleinen Rotschopf.

»Wenn Raudaborsti mich nicht gesucht und gefunden hätte, hätte ich niemals erfahren, dass ihr überlebt habt.« Viviane fühlte sich nach der Mahlzeit deutlich besser. Sie streckte ihre schmerzenden Beine aus. Astrid legte ihr ein zerschlissenes Fell darüber.

»Ruh dich aus. Welche Qualen musst du erlitten haben. Wo hast du dich versteckt gehalten?«

»In einem Hügelgrab. Bereits auf der Suche nach Yngvar habe ich dort übernachtet. Ich wusste nicht, welche Bedeutung der Hügel hat. Erst Yngvar hat es mir gesagt. Ich wäre sicher nie dorthin zurückgekehrt, aber ich hatte keine andere Wahl. Die Angst vor bösen Geistern hat wohl meine Verfolger abgehalten, mich dort zu suchen.«

»Haben sie dich heimgesucht, diese Geister?«

Viviane dachte an ihren Traum und lächelte sanft. »Sie haben mir einen Blick in die Zukunft geschenkt. Ich bin sicher, es wird sich alles zum Guten wenden.«

Yngvar zog die Augenbrauen zusammen. »Ich bin mir nicht sicher. Die Walküren sind über den Himmel geritten. Das ist kein gutes Zeichen.«

»Man muss nur fest daran glauben. Ich weiß, dass Thoralf wiederkommt.«

»Und bis dahin müssen wir überleben.« Entschlossen erhob sich Yngvar. »Komm, Arnulf, wir holen Holz zum Feuern, und die Frauen sollen den Rest Getreide mahlen und Brotfladen backen.«

Viviane blickte den beiden Männern nach, als sie die Höhle verließen. Mit einem Tannenzweig verwischten sie sofort ihre Spuren hinter sich. Ihr fiel auf, dass Yngvar das linke Bein nachzog.

Truud und die beiden Mägde rückten den schweren Mahlstein herbei. »Zum Glück hat er das Feuer überstanden«, erklärte sie. »Wir haben in den Trümmern gesucht, was wir gebrauchten könnten. Viel ist nicht übrig geblieben. Ein kaputter Kessel, etwas verschüttetes Getreide. Vielleicht liegt noch einiges unter den Trümmern der Häuser, aber wir können sie nicht abtragen, ohne Verdacht zu erregen.«

Während die Mägde arbeiteten, schlief Raudaborsti zusammengerollt wie ein Igel. Viviane streichelte sacht über ihren schmalen Rücken.

»Die Kleine hat nicht aufgegeben und behauptete immer wieder, sie wisse, dass du lebst«, sagte Astrid. »Sie wollte unbedingt auf die Suche nach dir gehen und fürchtete nicht einmal die bösen Geister aus dem Grab.«

»Dort hat sie mich auch gefunden.« Ein warmes Gefühl durchflutete Viviane. »Tapferer kleiner Rotschopf.«

Sie wandte sich wieder Astrid zu. »Wie ist es Yngvar ergangen?«

»Es ist Truud zu verdanken, dass Yngvar ein zweites Mal gerettet wurde. Im kalten Wasser des Brunnenschachts kam Yngvar zu sich.« Sie wischte sich über die Augen. »Die Wachen sind alle tot. Arnulf und die beiden Mägde befanden sich im Wald, als es geschah. Raudaborsti hat ihnen alles erzählt, und sie haben Yngvar und Truud aus dem Brunnen geholt.« Sie stockte wieder und presste ihre Hände gegeneinander, als wollte sie die schreckliche Erinnerung vertreiben. »Im Moor haben die Verräter auf alle eingeschlagen, die von Skollhaugen stammten. Und wen sie nicht erschlagen haben, den haben sie wohl gefangen genommen. Ich bin einfach nur gelaufen, gelaufen, gelaufen. Die Angst um meinen Sohn hat mich fast wahnsinnig gemacht.«

Viviane konnte es gut nachfühlen. Auch sie war gelaufen wie ein wildes Tier, aus Angst um ihr eigenes Leben. Astrid hatte nicht an sich gedacht, nur an ihren Sohn. Wie groß musste das Herz einer Mutter sein!

»Das kalte Wasser aber hat sein Fieber vertrieben. Raudaborsti erzählte von dieser geheimen Apfelhöhle, und wir haben Yngvar hierhergebracht.«

»Er hat sich gut erholt«, bestätigte Viviane. Sie erhaschte einen Blick durch die Bäume hindurch. Und wenn Thoralf bald käme …

Sie nahm die Felldecke und legte sich neben Raudaborsti. Sie war unendlich müde und doch glücklich. Das Feuer am Himmel war verloschen, ein neuer Tag brach an, der ihnen Hoffnung gab. Viviane wollte nur noch schlafen und von Thoralf träumen. Hier war sie ihm ein kleines Stück näher.

Thoralfs Rückkehr

Das Überleben in der Apfelhöhle war nicht einfacher als in dem Hügelgrab. Die Höhle war kleiner, sie waren zu mehreren, lebten in bedrückender Enge, und es fehlte so gut wie alles, um sich zu ernähren, zu wärmen oder gar Kleidung herzustellen. Sie behalfen sich mit dem, was sie hatten. Jeder besaß nur die Kleider, die er am Leibe trug. Lediglich drei verschlissene Felle hatten sie von einem Bauernhof bekommen. Mit diesen Fellen deckten sie sich nachts zu. Das Lager bestand aus etwas Stroh, Heu und Laub, trockenen Zweigen und Kiefernnadeln. Das Feuer glomm und wurde nur zur Zubereitung einer Mahlzeit stärker angefacht. Die Angst, entdeckt zu werden, war zu groß. Nachts schliefen sie eng nebeneinander, wärmten sich gegenseitig und gaben sich auch durch die Nähe Mut. Raudaborsti schlief zwischen Viviane und Truud. Viviane war froh, nicht mehr allein zu sein. Sie war auch froh, dass Astrid sie mit offenen Armen empfangen hatte. Astrid hatte einen großen Verlust erlitten, und Viviane verspürte Mitleid mit ihrer ehemaligen Herrin. Nun war Viviane frei, aber es änderte nichts an ihrer Situation. Sie war auf den kläglichen Rest des Hofstaates von Skollhaugen angewiesen, wollte sie den Winter überstehen.

Manchmal wurde diese Nähe aber zu bedrängend. Dann ging sie hinaus an den Fjord, begleitete den alten Arnulf zum Angeln an den Wasserfall oder half Truud beim Zubereiten der kärglichen Mahlzeiten. Die flinke und listenreiche Raudaborsti schlich sich zu den Bauernhöfen und erbettelte etwas zu essen:

Käse, ein wenig Mehl, Sauerkohl oder Dörrfisch, sogar eine Kanne Bier brachte sie eines Tages mit. Und sie wusste Neuigkeiten zu berichten.

»Die Bauern sind sehr unzufrieden, wie Ragnvald sie behandelt. Er hat ihnen einen großen Teil der Wintervorräte einfach weggenommen. Nun befürchten sie, dass sie den Winter nicht überstehen. Sie haben schon fast alles Vieh geschlachtet.« Sie hielt ein Stück Pökelfleisch hoch. »Es ist sehr großzügig, dass sie uns von dem wenigen noch etwas abgeben.«

»Wir werden es ihnen nicht vergessen«, sagte Astrid. »Und wenn Thoralf wiederkommt …«

Yngvar fuhr herum. »Wenn ich kein Krüppel wäre, bräuchten wir nicht auf Thoralfs Rückkehr zu warten!«

Alle starrten ihn an. »So war das doch nicht gemeint.« Astrid fasste ihn an der Schulter, doch Yngvar schüttelte ihre Hände unwillig ab. Das alte Problem brach immer wieder auf.

»Thoralf wird es nicht allein richten können, er braucht alle seine Männer dazu. Dann kann er es schaffen.« Viviane versuchte zu schlichten. Einen Moment lang fühlte sie sich mitschuldig an Yngvars Verletzungen. Wenn sie ihn nicht gedrängt hätte, nach Skollhaugen zurückzukehren …

Wütend verließ Yngvar die Höhle. Mit schleppendem Schritt ging er davon. Viviane wechselte einen kurzen Blick mit Astrid, dann folgte sie ihm. Er setzte sich auf einen vorspringenden Felsen am Fjord. Er hielt seinen Arm, der durch große, blutrote Narben verunstaltet war.

Viviane setzte sich zu ihm. »Man müsste die Narben mit Bärenfett einreiben«, sagte sie. »Dann schmerzen sie nicht so und verheilen besser.«

»So schnell möchte ich keinem Bären wieder begegnen«, erwiderte Yngvar und verzog das Gesicht. »Nicht einmal um seines Specks wegen.«

Dann schwiegen beide und blickten auf den Fjord hinaus.
»Tut mir leid, ich wollte dich nicht kränken«, sagte er plötzlich. »Du hast mir das Leben gerettet. Dabei wäre es meine Aufgabe, meine Sippe zu rächen. Vielleicht macht mich nur diese Untätigkeit krank.«

»Du kannst nichts dafür. Niemand kann etwas dafür. Es bringt auch nichts, sich gegenseitig die Schuld zuzuschieben. Wir allein können nichts ausrichten. Ragnvald würde uns nur gefangen nehmen und vielleicht sogar umbringen.«

Ihre Gedanken wanderten wieder auf den Fjord hinaus. Wo befand sich Thoralf im Augenblick? Könnte keine weiße Taube ihm die Nachricht überbringen, was hier geschehen war?

Yngvar schien ihre Gedanken zu erraten. »Wir alle warten auf Thoralfs Rückkehr. Aber du – für dich wird es ein besonderer Tag sein.«

Sie lächelte. »Ein besonderer Tag wird es sein, voll Freude und voll Bangen.«

»Du liebst ihn, das weiß ich. Du liebst ihn so sehr, dass du für ihn und sein Glück dein Leben gegeben hättest.«

»Ich bange, weil ich nicht weiß, ob er mich auch liebt. Er war doch Gunnardviga versprochen.«

»Versprochen heißt nicht, dass er sie liebt. Und Gunnardviga hat nur seinen Reichtum gesehen.« Er legte seine Hand auf ihre. »Ich bin sicher, auch er liebt dich. Ich habe seine Augen gesehen, als er dich betrachtete.« Er lachte leise. »Mag sein, dass wir uns nicht immer gut verstanden haben, aber so gut kenne ich meinen Bruder, dass ich in seinem Gesicht lesen kann. Die Umstände haben verhindert, dass er zu seiner Liebe stehen konnte.«

»Du meinst, weil ich eine Sklavin bin … war.«

»Auch. Aber der Stolz eines freien Wikingers steht über

allem. Der Bruch einer Vereinbarung käme der gesellschaftlichen Vernichtung gleich. Dann lieber tot als ehrlos.«

»Ob Ragnvald und Hoskuld auch so gedacht haben, als sie Skollhaugen überfielen?«

»Ich hätte es den beiden wirklich nicht zugetraut, so ehrlos zu sein. Sie verdienen keine Nachsicht, sie haben ihr Ansehen verwirkt. Leider wird sie niemand verurteilen oder richten, nicht einmal der große König Olav Tryggvason. Die Jarls haben ihre Angelegenheiten immer untereinander geregelt.«

Er erhob sich, um in die Höhle zurückzukehren. Sein Gesicht war blass, er fühlte sich nicht wohl. Und doch war Viviane froh, ihn so zu sehen. Die schrecklichen Bilder nach dem Angriff des Bären waren ihr noch gut im Gedächtnis.

Sie folgte ihm in gemessenem Abstand. Noch war ihr fremd, dass sie wieder eine Freie war, wenn auch keine Fürstentochter. Niemand ahnte, wer sie wirklich war. Wie konnte sie diesen Menschen hilfreich sein?

In der Höhle brannte das Feuer etwas kräftiger und qualmte. Die beiden jungen Mägde hatten etwas Getreide gemahlen und daraus einen unansehnlichen Teigbrei angerührt. Die zerbrochene Pfanne wurde einfach umgedreht und ins Feuer gelegt. Auf ihrer Rückseite buken sie die Fladen.

Viviane bereute, dass sie den Kessel aus dem Grab nicht mitgenommen hatte. Er hätte ihnen hier nützlich sein können.

Während alle auf die Fladen starrten und ihren Hunger im Zaum halten mussten, erschien plötzlich eine Gestalt vor der Höhle. Der Schreck war groß. Waren sie entdeckt worden?

Yngvar griff zu einem Knüppel, auch Arnulf sprang auf, während sich die Frauen und Raudaborsti an die Wand im Hintergrund der Höhle drückten.

Es war ein junger Mann, er starrte vor morastigem Schmutz. Sein Haar stand stachelig wie bei einem Schwein vom Kopf ab. Seine Segelohren wirkten wie zwei Henkel, seine Nase war dick, unförmig aufgequollen und blau. Nur seine hellen Augen kamen Viviane bekannt vor.

Sie starrte den jungen Mann an. »Oleif?«

Er grinste schief. »Ja, ja, ich bin es.«

»Um Gottes willen, was ist dir geschehen?«

»Ich bin geflüchtet. Ragnvald hat mich nach Bleytagarðr verschleppt.« Er wankte, und Arnulf stützte ihn. Langsam ließ er sich neben dem Feuer nieder und warf einen begehrlichen Blick auf den ersten Brotfladen. Astrid, die langsam aus dem Dunkel der Höhle hervorgekommen war, reichte ihm das warme Brot. Gierig schlang Oleif es herunter, dann hustete er heftig.

»Du bist verletzt. Was haben sie mit dir gemacht?«

»Nichts. Sie haben mich nicht angefasst. Die Nase habe ich selbst in den Dreck gebohrt.«

»Du bist ein Held! Aber woher wusstest du, dass wir hier sind?«

Oleif zeigte auf Raudaborsti. »Ich habe mich im Wald versteckt. Bis ich diesen roten Troll sah, wie er durchs Gebüsch huschte. Ich bin nur dem Geruch gefolgt.«

Raudaborsti drohte ihm mit der Faust, aber dann zog sie den Kopf ein. Sie war nicht vorsichtig genug gewesen, auch wenn es in diesem Fall Glück für Oleif gewesen war.

»Was weißt du von unseren Leuten? Wie viele leben noch?« Astrid setzte sich neben Oleif und reichte ihm die Hälfte des zweiten Brotfladens.

»Man sagt, Dalla und Halveig würden leben«, erzählte er kauend. »Gunnardviga hat sie als Sklavinnen genommen, und sie müssen bei ihr die niedersten Arbeiten verrichten. Ich war nicht in Grondalr, aber Asgeir kam öfter nach Bleytagarðr und erzählte davon.«

Astrid brach in Tränen aus. »Welch eine Schande«, schluchzte sie. »Und ich habe Gunnardviga wie eine eigene Tochter behandelt. Aber wenigstens leben die beiden.«

»Gunnardviga wird Hoskuld heiraten zu Ostara. Darüber spricht ganz Bleytagarðr. Ragnvald ist ja nun der reichste Fürst, und sein Sohn wird einmal alles erben. Aber irgendwie gibt es keinen Frieden, denn Asgeir und Hoskuld haben sich zerstritten, und Sven und Hoskuld sind auch keine dicken Freunde mehr.«

»Vielleicht hat der Reichtum nun ihr Herz gänzlich böse werden lassen«, vermutete Viviane. »Gier und Neid, Hass und Missgunst haben schon lange ihre Seelen vergiftet.«

»Warum haben wir das bloß nicht erkannt?« Astrid rang die Hände.

Viviane schwieg. Astrid hatte es nicht erkennen wollen. Anzeichen gab es schon lange, die Viviane sehr wohl bemerkt hatte. Nur wurde ihren Worten kein Glauben geschenkt. Doch jetzt hatte sich die bis dahin geltende Ordnung auf den Kopf gestellt. Aus den Herren wurden Sklaven, aus den Sklaven wurden Vogelfreie. Für Astrid war das schwerer zu ertragen als für Viviane.

So sehr sie sich freuten, dass Oleif lebte und ihm sogar die Flucht von Bleytagarðr gelungen war, so wurde es nun doch schwieriger in der kleinen Höhle. Der Platz wurde weniger, das Essen auch. Zudem war Oleif verletzt. Er schwieg hartnäckig darüber, aber es war offensichtlich, dass er schwer misshandelt worden war. Er hatte ohnehin sein Leben verwirkt, denn einem entflohenen Sklaven drohte der Tod.

Oleif schien das alles nichts auszumachen. Mit stets guter Laune hielt er sich so oft wie möglich in Vivianes Nähe auf, beglückte sie mit kleinen Aufmerksamkeiten, mal einem hübschen Kiefernzapfen, mal einer aus einem Knochen geschnittenen Pfeife, mal einem Armband aus geflochtenem Rindenbast oder einer aus Fischschuppen gefädelten Kette.

»Ich bin so froh, dass dir die Flucht gelungen ist«, flüsterte er ihr zu.

»Und ich bin dir für ewig dankbar, dass du mir diese Flucht ermöglicht hast«, erwiderte sie. »Schau, das kleine Messer trage ich immer bei mir. Es hat mir geholfen, in der Wildnis zu überleben.«

Oleif errötete vor Stolz. »Raudaborsti sagte, du hättest dich in einem Riesengrab versteckt?«

»Das stimmt. Ich kannte diesen Grabhügel bereits und wusste, dorthin wird niemand mir folgen.«

»Du bist wirklich mutig für eine Frau«, sagte Oleif mit ehrlicher Bewunderung. »Die Geister der Toten haben dir nichts angetan?«

Sie schüttelte lachend den Kopf. »Im Gegenteil! Einige Grabbeigaben haben mir gute Dienste geleistet. Übrigens war das kein Riese, sondern ein ganz normaler Mensch, der da begraben war. Vielleicht war es ein früherer Fürst, denn es lagen viele Gaben um ihn herum.«

Oleif erschauerte. »Du hast den Toten gesehen?«

»Nicht so richtig, auch habe ich die Kammer schnell wieder verschlossen.«

Oleif tippte auf Vivianes Anhänger. »Der hat dich beschützt, stimmt's?«

»Stimmt! Und du bist so etwas wie mein Schutzengel.«

»Was ist ein Schutzengel?«

»Ein guter Geist, der über mir wacht.«

»Ich bin kein Geist, ich bin noch ziemlich lebendig, Odin sei Dank! Jetzt passe ich aber auf dich auf, damit dir nicht noch einmal so etwas Schreckliches passiert.«

»Das ist lieb von dir, Oleif, aber du musst jetzt auf dich selbst aufpassen. Wir halten uns hier versteckt, damit Ragnvalds Leute uns nicht entdecken, und warten auf Thoralfs Rückkehr. Ich spüre, dass er nicht mehr weit ist.«

»Tatsächlich? Wie kannst du das spüren? Besitzt du übernatürliche Kräfte?«

Viviane schüttelte stumm den Kopf. Wie sollte sie Oleif erklären, was ein liebendes Herz fühlte?

Mitten in ihre Unterhaltung platzte Raudaborsti, atemlos vom schnellen Laufen den Berg herauf. »Boote! Ich habe Boote auf dem Fjord gesehen!«

Augenblicklich sprangen alle auf und wollten zum Wasser hinunterlaufen. Astrid versperrte den Höhleneingang und hob gebieterisch die Hand. »Wir warten hier«, bestimmte sie. »Es könnten auch Fremde sein.«

»Es ist Thoralf! Ich spüre es.« Vivianes Wangen hatten sich vor Aufregung gerötet. Auch Yngvar drängte zum Ausgang.

»Selbst wenn es Thoralf ist«, erwiderte Astrid. »Wir werden ihn angemessen empfangen, so wie es sich geziemt. Wir werden nicht klagen, sondern Stolz und Würde zeigen.«

Einen Augenblick herrschte Schweigen. Viviane bewunderte diese starke Frau, die in einer solch schrecklichen Situation nicht ihren Stolz verlor. Auch wenn Viviane vor Ungeduld beinahe zerrissen wurde, so musste sie sich jetzt fügen und warten, was geschah.

Zu gern hätte sie zugeschaut, wie die Drachenboote in den Fjord glitten, majestätisch mit ihren hochgezogenen Steven, die überall Angst und Schrecken verbreiteten. Nun waren sie für Viviane ein willkommener Anblick, vertraut und ersehnt. In ihrem Bauch begann es zu kribbeln und zu prickeln, wie kochendes Wasser im Kessel. Ihr schwindelte bei dem Gedanken, gleich Thoralf gegenüberzustehen. Gleichzeitig nagten heftige Zweifel an ihr. Wie würde er ihr entgegenkommen? Freudig? Gleichgültig? Abweisend?

Astrid schickte Raudaborsti vor, die von einem sicheren Ausguck von den Felswänden hinab die Boote beobachten sollte. Gleichwohl konnten es fremde Wikinger sein, die Ragnvald herbeigerufen hatte. Immerhin gab es viel Wild in den Wäldern und viel Holz zu schlagen. Astrids Vorsicht war angebracht.

Viviane ballte ihre Fäuste, dass die Knöchel weiß hervortraten. Sie hoffte, betete, bangte. »Lieber Gott, lass es Thoralf sein! Mein Herz sagt mir, dass er ganz nahe ist. Lass ihn gesund und unversehrt zurückkommen. Und lass ihn … lass ihn mich lieben.« Die letzten Worte flüsterte sie fast unhörbar. Die Ungewissheit zerrte an ihr wie an einer Angelschnur, es schmerzte in ihrer Brust, gleichzeitig klopfte ihr Herz heftig, und trotz der Kälte glühte ihr Gesicht wie von heftigem Feuer.

Oleif warf ihr irritierte Blicke zu, dann aber hockte er sich neben Yngvar an den Höhleneingang und erwartete wie alle anderen Raudaborstis Rückkehr.

Thoralf hatte die Segel raffen lassen, sobald sie in den Fjord hineinfuhren. Die Männer hielten die Ruder hoch, nur in großen Abständen ließ Thoralf das Kommando zum Eintauchen ertönen. Verwundert blickte er sich um. Kein Hörnersignal ertönte, das seine Rückkehr ankündigte. Es war unheimlich still. Kein Hund bellte, kein Jubel erklang. Niemand ließ sich sehen. Er starrte nach vorn, wo am Ende des Fjords Skollhaugen auftauchte. Doch je näher er kam, umso beklemmender wurde es. Skollhaugen hatte sich verändert. Es gab keine Dächer mehr, die Palisaden waren bis auf klägliche Reste heruntergebrannt. Mit offenem Mund und brennenden Augen starrte er auf das, was von der einst stolzen Fürstenburg übrig geblieben war. Ungläubiges Entsetzen malte sich auf seinem Gesicht. Auch die Männer schwiegen betroffen.

Thoralf hob befehlend die Hand. Mit den Ruderblättern hielten die Männer die Boote auf der Stelle. Aufmerksam suchte Thoralfs Blick die Wände des Fjords ab. Es könnte eine Falle sein. Er wollte sich den Rückweg offen halten. Doch was war hier geschehen? Wo waren all die Menschen, die zu Skollhaugen gehörten?

Die anhaltende Stille war gespenstisch. Nirgendwo bewegte sich etwas, und doch hatte Thoralf das Gefühl, beobachtet zu werden. War es ein schreckliches Unglück, oder hatte tatsächlich jemand gewagt, Skollhaugen anzugreifen? Doch wer? Und warum? Tausend Fragen schwirrten durch seinen Kopf. Gleichzeitig lähmte ihn das Entsetzen. Er selbst hatte Schrecken, Feuer und Tod verbreitet, ohne jemals darüber nachzudenken. Doch dass es einmal Skollhaugen treffen könnte, wäre ihm nicht im Traum eingefallen. Sein Traum! In den letzten Wochen hatten ihn schreckliche Träume heimgesucht. Er hatte es auf die schlechte Nahrung geschoben, das eisige Trinkwasser auf den Schiffen. Doch dann kam das Himmelsfeuer über sie. Die Walküren ritten über das Firmament und verkündeten, dass irgendwo eine große Schlacht geschlagen wurde. Es war keine Seltenheit, denn überall auf der Welt bekämpften sich die Mächtigen, um Land, Reichtum, Macht. Thoralf selbst hatte in letzter Zeit mehr Freude am Handeln gefunden. Seltsamerweise störte ihn nun, wenn an seiner Beute Blut klebte. In den großen Handelsstädten wie Ribe und Haithabu aber gab es genug zu handeln, Waren kamen von überall auf der bekannten Welt zusammen, und jeder Händler verdiente bei jedem Verkauf genügend, auch wenn die meisten jammerten und klagten, als wären sie kurz vor dem Verhungern.

Eine ihm nicht erklärliche Unruhe hatte ihn jedoch erfasst, so dass er seine Handelsgeschäfte kurzerhand abgebrochen hatte, als das Feuer am Himmel erschien, und die Heimreise befohlen hatte.

Seine Männer waren damit herzlich wenig einverstanden gewesen. Diesmal hatten sie so gut wie keine Beute gemacht, und was Thoralf da eingehandelt hatte, war nur ein Bruchteil der letzten Víking.

Auch wenn er es niemals für möglich gehalten hatte, dass jemand es wagen würde, Skollhaugen zu überfallen, so schien ihn sein beunruhigendes Gefühl nicht getäuscht zu haben. Vielleicht war das Himmelsfeuer sogar das Zeichen für eine Schlacht gewesen, die hier stattgefunden hatte?

»Thoralf, sieh! Dort …«

Aus dem Wald auf der nördlichen Seite des Fjords kam eine kleine Gruppe von Menschen, zögerlich und eng zusammengedrängt. Am Waldrand blieben sie stehen. Sie waren noch zu weit weg, um die einzelnen Personen unterscheiden zu können, aber drei kamen ihm sehr bekannt vor. Ganz vorn stand ein Kind mit leuchtend rotem Haar. Das war Raudaborsti. Und dahinter standen … »Mutter! Viviane! – Anlanden!«

Die Männer senkten eilig die Ruderblätter, die Schiffe schoben sich bis ans Ufer. Mit einem Satz sprang Thoralf über Bord und watete an Land.

Seinen Blick starr auf die kleine Gruppe gerichtet, hastete er den Hang hinauf.

Astrid bemühte sich um Haltung. Stolz und aufrecht stand sie da, doch ihre verschmutzte, zerrissene Kleidung, ihr weißes Haar, ihr eingefallenes Gesicht und die tiefen Falten zeugten von etwas anderem.

»Astrid grüßt den heimgekehrten Thoralf, der mit Ruhm

und Ehre …« Sie stockte, dann brach sie in Tränen aus. Viviane trat neben sie und stützte Astrid. Doch Astrid fing sich schnell und schüttelte Vivianes Hand ab. Es war ihr peinlich, Schwäche zu zeigen.

»Viviane!« Thoralfs Stimme klang leise. Ihre Blicke lagen ineinander, lange und intensiv. Er trat zu ihr. Die Frage stand in seinen Augen, doch er brachte keinen Ton mehr heraus. Und dann lagen sie sich in den Armen.

»Du lebst«, flüsterte er. »Du lebst, du lebst!« Er presste sein Gesicht in ihr Haar, spürte ihren Körper an seinem. Er umschlang sie, als wollte er sie nie wieder loslassen.

Sanft wand sich Viviane aus seinen Armen. Er bemerkte Tränen in ihren Augen, doch sie lächelte tapfer. »Wir können dir und deinen Männern keinen besseren Empfang bereiten«, entschuldigte sie sich. Sie trat beiseite, damit Thoralf seinen Bruder Yngvar begrüßen konnte. Er bemerkte Yngvars mühevolle Bewegungen. Wortlos umarmten sich die Brüder. Truud, Arnulf, Oleif, die beiden Mägde und Raudaborsti blieben in angemessenem Abstand stehen, doch auch sie wurden von Thoralf mit Handschlag begrüßt.

Seinem Gesichtsausdruck war jedoch anzusehen, dass er seine Ungeduld kaum noch im Zaum halten konnte. »Was ist geschehen? Wer war das?«

Astrid wandte sich um. »Tritt ein in unser Heim. Es ziemt sich nicht, wichtige Dinge abseits des Feuers zu besprechen.«

Mit erstarrter Miene folgte Thoralf seiner Mutter, die mühsam den Berg hinaufstieg. Er wandte sich nach Viviane um, um sich zu vergewissern, dass sie ihnen folgte.

Sie hielt ihren Blick gesenkt. Dass er sie umarmt hatte, hatte wohl nicht viel zu bedeuten. Er war geschockt und hatte mit diesem Empfang nicht gerechnet. Ja, er begriff langsam, dass ihre gesamte Existenz zerstört worden war.

Entsetzt blieb er stehen, als Astrid die Apfelhöhle betrat. »Hier lebt ihr jetzt?«

Astrid setzte sich ans Feuer, während Arnulf eilfertig einige Zweige nachlegte. Mit einer einladenden Handbewegung forderte sie Thoralf auf, sich neben sie zu setzen. Nur zögernd setzte er sich nieder und blickte sich um. Er sah Viviane am Höhleneingang stehen.

»Komm zu mir«, forderte er sie auf. Er hatte sofort bemerkt, in welch schrecklichem Zustand sie war. Ihre Kleidung bestand nur noch aus Fetzen, ihre Füße steckten in unförmig gewickelten Fellstücken, und ihr wundervolles Haar war seit langer Zeit nicht mehr gekämmt worden. Doch sie hatte sich verändert. Ihr Blick, ihre Haltung, sie war reifer geworden, selbstsicher. Er streckte die Hände aus.

»Komm zu mir, Viviane. Ich habe mir gewünscht, dass du mich empfängst, wenn ich zurückkehre. Aber … aber …«

»Nicht so, das weiß ich«, erwiderte sie. »Gern hätten wir dir einen besseren Empfang bereitet.«

Thoralf verzog schmerzvoll das Gesicht. »Wer hat euch das angetan?«

»Es war Ragnvald«, erwiderte Astrid leise. »Dahinter steckt sein Sohn, der eine üble Intrige gesponnen hat. Es war Neid, Gier und Eifersucht. Er wollte unbedingt Gunnardvigas Gunst erringen.«

»Mit unseren Schätzen?« Thoralfs Augen weiteten sich. »Was hat Gunnardviga dagegen unternommen?«

»Nichts. Zu Ostara werden sie heiraten.«

Thoralf schluckte schwer. Viviane ahnte, dass ihm dies gegen seinen Stolz ging. Im Schein des Feuers sah sie, wie seine Kiefernmuskeln spielten. Er hielt die Lippen zusammengepresst, die Hände zu Fäusten geballt.

Astrid bemerkte ebenso, wie Thoralf mit sich kämpfte. »Wir

alle haben nur überlebt, um auf deine Rückkehr zu warten. Du wirst uns rächen.«

Thoralf wollte aufspringen, doch Viviane legte ihre Hand auf seinen Arm. »Im Augenblick kannst du gar nichts tun, willst du dich nicht selbst in Gefahr bringen. Du bist unsere große Hoffnung, doch wir müssen besonnen sein.«

Es fiel Thoralf schwer, sich zu beherrschen, er wunderte sich über Vivianes überlegte Worte. Doch sie hatten Erfolg. Er hielt ihre Hand fest, während er sich an Yngvar wandte. »Wo ist Vater, wo sind die Schwestern?«

Yngvar ließ sich neben ihnen nieder. Er stocherte im Feuer herum und blickte Thoralf nicht an. »Vater ist tot. Dalla und Halveig gefangen und versklavt. Wenn ich nicht so schwer verletzt wäre, hätte ich schon selbst …«

»Bitte, Yngvar, du kannst doch nichts dafür«, mischte sich Astrid ein.

»Hast du gegen Ragnvald gekämpft?«, wollte Thoralf wissen.

Yngvar schüttelte stumm den Kopf. Auch er presste die Lippen zusammen, doch seine Augen sprühten Blitze. »Wegen mir ist doch alles erst geschehen«, sagte er schließlich.

»Nein, wegen mir«, rief Viviane. »Hoskuld hat es ausgenutzt, als ich … als …«

Astrid hob die Hände. »Nein, wir haben Viviane nicht geglaubt, und so ist das furchtbare Unglück über uns gekommen. Viviane, du hast so viel für uns getan, nur haben wir es nicht erkannt.«

Verständnislos blickte Thoralf von einem zum anderen. »Nun sagt doch endlich, was wirklich geschehen ist.«

Astrid wechselte mit Yngvar einen Blick, dann mit Viviane. »Ich werde dir alles erzählen, so wie es war, ohne etwas zu beschönigen. Es ist eine lange, schreckliche Geschichte. Doch zuvor solltest du Wachen aufstellen, denn Ragnvald wird schon bald erfahren, dass die Drachenboote in den Fjord eingelaufen sind. Wir haben uns hier versteckt, damit Ragnvald nicht erfährt, dass es Überlebende gibt.«

»Bei Odin, was habt ihr gegessen?«

»Mal dies, mal das«, antwortete Astrid ausweichend. Es fiel ihr sichtlich schwer, vor ihrem Sohn so schwach und Hunger leidend dazustehen. Doch Thoralf sah auch so, dass sich alle in einem beklagenswerten Zustand befanden.

»Bringt Brot und Salzfleisch von den Schiffen hoch und Bier und Fisch. Kocht einen Brei aus Mehl und Erbsen und würzt ihn mit Walspeck. Diese armen Menschen hier stehen vor dem Hungertod«, sagte er zu seinen Männern.

Eilfertig brachten sie Lebensmittel und Schüsseln herauf, doch auch auf ihren Gesichtern stand große Sorge. Sie konnten nicht zu ihren Höfen und Familien zurückkehren.

Umsichtig verteilte Thoralf die Wachen, teils auf den Schiffen, teils in der Umgebung. Es würde nicht lange dauern, bis Ragnvald von Thoralfs Rückkehr erfuhr. Dann kehrte er in die Höhle zurück. Das Essen war fertig, alle hatten sich ums Feuer versammelt. Thoralf sprach kein Wort, aber die Handvoll Überlebenden hauste hier wie die Wilden. Es schmerzte ihn ungemein, und er warf sich vor, Gunnardvigas Drängen nachgegeben und auf Víking gefahren zu sein.

Noch etwas beunruhigte ihn bis ins Innerste – Viviane. Auf seiner Reise hatte er oft an sie gedacht. Manchmal hatte er sie mit Gunnardviga verglichen. Doch sie waren zwei völlig verschiedene Frauen. Gunnardviga war sehr schön, hoheitsvoll und edel, stolz und schön in ihrer wertvollen Kleidung und mit dem blinkenden Schmuck. Aber sie zeigte keine Gefühle, glich einem Eiszapfen, und selbst ihr Lächeln schien wie gefroren. Thoralf hatte gehofft, sie würde sich ihm öffnen, wenn sie erst verheiratet wären und das gleiche Lager teilten. Doch bei Viviane hatte er erfahren, dass es zwischen Mann und Frau noch etwas anderes gab. Es war Herzlichkeit, Zuneigung, Hingabe, Leidenschaft, aber auch eine offene Seele, ein gutes Herz, Liebe.

Das Wort Liebe gewann für ihn eine ganz neue Bedeutung. Liebe, das war Viviane. Es war kein schlichtes Begehren, es war keine animalische Leidenschaft. Es war die Liebe, die schmerzte, die ihn zu ihr hinzog, die seine Gedanken, Wünsche und Träume beherrschte.

Und jetzt saß sie neben ihm, blickte ihn immer wieder an. Etwas sprach aus ihren Augen, den wunderschönen grünen Augen, die ihn von Anfang an in ihren Bann gezogen hatten. Hätte er doch auf diese Augen, ihre Blicke, ihre Lippen gehört! Dann wäre das alles hier nicht passiert.

»Und jetzt will ich endlich wissen, was genau geschehen ist«, verlangte Thoralf ungeduldig.

Eine kleine Weile erntete er Schweigen aus der Runde. Yngvar hielt den Kopf gesenkt und schlürfte den Brei aus seiner Schüssel. Astrid räusperte sich. Sie war die Einzige, die kaum etwas gegessen hatte. Ein Stück Brot lag auf ihrem Schoß, während sie die Hände rang. »Also – es ist eine lange Geschichte, voller schrecklicher Missverständnisse und Menschen, die sich schuldig gemacht haben.« Sie hob plötzlich den Kopf. »Ja, auch ich habe mich schuldig gemacht, weil ich Vivianes Worten keinen Glauben geschenkt habe.«

»Ich verstehe nicht«, erwiderte Thoralf irritiert.

Astrid holte tief Luft, als wollte sie sich Mut machen. »Ich werde alles von Anfang an erzählen und nichts auslassen und keinen verschonen.«

Es wurde eine lange Nacht, in der das Feuer am Brennen gehalten werden musste. Astrid erzählte schonungslos und offen. In Thoralfs Ohren klangen diese Schilderungen ungeheuerlich. Er hätte es nicht geglaubt, wenn es nicht seine eigene Mutter gewesen wäre, die diese furchtbaren Ereignisse schilderte. Selbst der rote Feuerschein täuschte nicht darüber hinweg, dass er blass geworden war. Er fasste unwillkürlich nach Vivianes Hand und hielt sie fest, als wenn er sie so beschützen könnte. Viviane ließ ihre Hand in seiner verweilen, genoss die Berührung wie eine Zärtlichkeit.

»So sehr liebt sie dich, dass sie für dein Glück auf ihre große Liebe verzichtet hätte«, meldete sich nun Yngvar zu Wort. Im Kontrast zu seiner gekrümmten Haltung war seine Stimme laut und klar, sogar scharf und anklagend.

Thoralf fasste sie fester. »Und ich ahnte von alldem nichts«, flüsterte er mit rauher Stimme.

»Vater war der Erste, den sie töteten.«

Thoralf sprang auf. Empörung stand auf seinem Gesicht geschrieben. »Meine Rache wird furchtbar sein«, zürnte er. »Jeden einzelnen Toten und Gefangenen werde ich rächen.« Sowohl Viviane als auch Astrid zogen ihn wieder auf den Boden.

Nur zögernd setzte er sich. Er wandte sich an Viviane. »Und du?«

Vivianes Stimme versagte. Die schreckliche Zeit in dem Hügelgrab hätte sie am liebsten aus ihrer Erinnerung gestrichen.

»Im Grab eines Riesen hat sie gehaust«, ließ sich plötzlich Raudaborsti aus dem Hintergrund vernehmen. »Sie hat den Geistern der Toten, den Trollen und Wölfen ebenso getrotzt wie diesem verräterischen Ragnvald.«

Eine steile Falte hatte sich zwischen Thoralfs Augenbrauen gegraben, und seine blauen Augen sprühten eisige Blitze, so ungeheuerlich waren die Geschehnisse.

»Blinde Rache nützt keinem etwas«, sagte Astrid. »Selbst mit all deinen Männern von den Booten kannst du Ragnvald nicht überwältigen. Du musst klug überlegen, denn jetzt bist du der Herr auf Skollhaugen.«

Thoralf lachte trocken auf. »Der Herr wovon? Von einem Haufen Asche?«

Viviane blickte ihn eindringlich an. »Es ist deine Heimat, Thoralf. Die darfst du nicht aufgeben. Du musst darum kämpfen. Nicht Rache ist der Weg, sondern der Aufbau von Skollhaugen und der Widerstand gegen die Verräter.«

Sie hielt selbstbewusst den Kopf erhoben und schob das Kinn vor. In einer Mischung von Erstaunen und Bewunderung schaute er sie an. Viviane hatte sich verändert. Ja, sie war schmaler geworden, die Strapazen hatten sie gezeichnet. Aber sie strahlte Stärke, Willenskraft und Würde aus. Aus der kleinen, flinken und fluchtbereiten Füchsin war eine kluge, kämpferische und schöne Frau geworden. Frau? In ihm pulsierte es. Auch er war bislang mit Blindheit geschlagen gewesen. Gleichzeitig fühlte er Beschämung. Viviane öffnete ihm gerade die Augen.

»Und alles nur, weil wir verblendet waren von Stolz und vom Glanz des Reichtums.« Seine Stimme klang belegt. Er blickte zu Yngvar. »Nicht Gold, Walrosszahn und Bernstein sind wichtig, sondern Korn, Vieh und die Menschen, die den Boden bearbeiten. Ich wollte das lange nicht begreifen, so wie ich auch Vivianes Liebe nicht erkannt habe.«

Sein Blick wanderte zu Astrid. »Mutter, ich muss dir sagen, dass ich für Viviane mehr empfinde, als du es mir zugestehst. Auf der langen Fahrt hatte ich viel Zeit, darüber nachzudenken. Wie die Augen eines Blinden plötzlich wieder sehend werden, habe ich nun erkannt, was mein Herz mir doch die ganze Zeit über sagen wollte.«

»Nein, mein Sohn, du musst dich nicht rechtfertigen. Auch ich sehe, wer die richtige Frau an deiner Seite ist. Ich habe Viviane freigegeben.«

Er zog Viviane in die Arme. »Verzeihst du mir, Viviane? Verzeihst du einem Mann, der vor eitlem Stolz die Liebe nicht erkannte?«

»Es gibt nichts zu verzeihen«, erwiderte sie leise. »Du bist wieder da, nur das ist wichtig. Ich habe nicht daran gezweifelt, auch wenn es eine sehr harte Probe war, die Gott … auf die uns die Götter gestellt haben.«

»Ihr seid die wahren Helden. Was habt ihr erleiden müssen an Demütigung, Schmerz und Leid, an Hunger und Kälte, Angst und Verzweiflung. Wie habt ihr gekämpft, um dies alles zu überstehen. Wir alle mussten einen hohen Preis zahlen, einen zu hohen Preis.«

Er sprang plötzlich auf und lief aus der Höhle. Es war mitten in der Nacht, kalt und still. Er atmete tief durch. Es war eine Katastrophe! Wut, Verzweiflung, Schuldgefühle und Rachegelüste kämpften in ihm. Er war zur Untätigkeit verdammt, wo er doch am liebsten die Schlacht seines Lebens geschlagen hätte. Er starrte auf den Fjord hinaus, wo irgendwo unten in der Dunkelheit die drei Drachenboote lagen. Wozu hatte er all die Fahrten unternommen, wozu alles geraubt, erbeutet? Er zweifelte am Sinn seines ganzen Tuns.

Als er eine leise Berührung gewahrte, brauchte er sich nicht umzudrehen, um zu wissen, wer es war. Viviane war ihm gefolgt, nachdem sie einen kurzen Blick des Einverständnisses mit Astrid gewechselt hatte. Sie ahnte, wie es in Thoralf aussah.

Er tastete nach ihrer Hand, dann zog er sie wortlos in seine Arme. Es tat so gut, ihre Nähe zu spüren, ihren biegsamen

Körper, ihre Wärme. Sie lehnte den Kopf an seine Schulter und blickte ebenso wie er in die Dunkelheit. So standen sie, bis er spürte, wie sie zitterte.

»Es ist kalt«, sagte er mit leiser Stimme.

»Wenn du bei mir bist, fühle ich die Kälte nicht mehr«, erwiderte sie. »Für diesen Tag habe ich gelebt.«

»Ich ebenso. Es war unerträglich ohne dich. Es verging kein Tag, an dem ich nicht an dich dachte, mich nicht nach dir gesehnt habe.«

»Ich war immer bei dir, hast du das nicht gespürt?«

»Doch! In der Nacht, da war es, als wärst du bei mir … Oh, Viviane, ich habe das Gefühl, ich fliege. Plötzlich fällt alles Schwere ab. Gleichzeitig schmerzt es hier drin.« Er hielt ihre Hand und presste sie auf seine Brust. Viviane spürte seine Haut unter dem Hemd, das dumpfe Pochen seines Herzens klang wie eine Verheißung.

»Auch ich verspüre diesen Schmerz, das Ziehen und Bohren, als wenn mir jemand dieses Herz rauben wollte.«

»Vielleicht will ich das. Vielleicht will ich dich behalten, dein Herz, deinen Körper, dich. Nein, Viviane, ich werde niemals wieder etwas rauben. Ich will nie wieder Menschen ins Unglück stürzen. Jetzt erst begreife ich, wie es ist, überfallen, beraubt, niedergebrannt zu werden. Bei Odin, was habe ich getan? Was habe ich dir angetan? Das, was mir geschehen ist, ist dir auch geschehen. Durch mich.«

»Wir sollten nicht mehr an die Vergangenheit denken. Ich bin überzeugt, die Nornen des Schicksals spinnen die Fäden, die uns auf einen gemeinsamen Weg leiten. Ich war bei dir auf dem Schiff, wir beide ganz allein, im Traum. Es war wie … wie ein Blick in die Zukunft.«

»Ein Traum? Es braucht kein Traum zu bleiben.«

Er fasste ihren Arm und führte sie sicher durch die Dunkelheit den Berg hinab. Am Strand hob er sie kurzerhand auf seine Arme und watete ins Wasser hinein. Das Schiff lag nahe am Strand. Mit Schwung schob er sie über die Bordwand und kletterte hinterher.

»Bezieht Wache am Strand«, befahl er den Männern, die auf dem Schiff verblieben waren. »Etwas weiter weg, bitte.«

Mit einem verständnisvollen Grinsen verzog sich die Besatzung an Land. Mit wenigen Handgriffen stellte Thoralf mehrere Ruderstangen um den Mast herum wie zu einem Zelt zusammen, öffnete das Segel und wand es um die Ruder. Den Boden bedeckte er mit Fellen.

»Darf ich bitten? Ein besseres Haus kann ich dir leider nicht bieten, aber für den Augenblick wird es reichen.«

»Es ist … wie in meinem Traum.« Mit klopfendem Herzen betrat sie das provisorische Zelt. Der derbe Stoff streifte sie sacht wie eine Liebkosung. Sie ließ sich auf den Boden nieder und streckte die Hand nach ihm aus. Es war zu dunkel, um seine Gestalt klar zu erkennen. Ein wenig bedauerte sie es, doch das fehlende Licht schärfte ihre anderen Sinne. Nur schemenhaft zeichnete sich sein Profil gegen das Tuch ihres Zeltes ab. Als er sich neben ihr niederließ, schloss sie die Augen. Sie brauchte nichts zu sehen. Und vielleicht war die Dunkelheit auch so gnädig, dass er ihre zerrissene Kleidung, ihren kläglichen Zustand nicht allzu deutlich bemerkte. Doch ihre Kleidung schien ihn nicht zu interessieren. Er presste wieder sein Gesicht in ihr Haar und sog tief ihren Duft ein. »Meine geliebte Skolli, wie ich mich danach gesehnt habe«, stöhnte er. Seine Hände wurden unruhig, gruben sich in ihr dichtes Haar, seine Fingerspitzen fuhren die zarte Linie ihrer Ohrmuschel entlang. Es kribbelte unter ihrer Haut, als er tastend ihr Gesicht erkundete. Er streichelte die sanften Bögen ihrer Augenbrauen, berührte ihre geschlossenen Lider, fuhr den scharfen

Grat ihrer Nase entlang bis zu den schmalen Nasenflügeln. Er verspürte den Hauch ihres Atems wie den Flügelschlag eines Schmetterlings. Seine Lippen folgten seinen Fingern, bis sie ihre Lippen erreichten. Sie vereinigten sich in einem innigen Kuss. Feuer floss von seinem Körper in ihren, Leidenschaft von ihrem Körper in seinen. Ihre Lippen lösten sich erst, als ihnen der Atem ausging.

Sie bog den Kopf in den Nacken, ließ seine Finger weiter an ihrem Hals entlangstreifen. Ihr Atem ging heftig, ihre Brüste hoben und senkten sich. Thoralfs Lippen sprühten tausend Küsse ihren Hals hinab. Als er den Ansatz ihrer Brüste erreichte, seufzte sie leise. Ihr Traum wiederholte sich, doch diesmal war es Realität. Sie fuhr mit den Fingern durch sein Haar, zerzauste es, hielt seinen Kopf fest, damit er ihr weiter seine Zärtlichkeiten schenkte. Beinahe unwillig schob er ihr Kleid beiseite, es war nicht mehr nötig. Unter dem kratzigen Stoff bot sich ihm ein unvergleichlich schöner Anblick, ein Körper, warm, weich, anschmiegsam und bebend vor Leidenschaft und Verlangen. Seine Hände zitterten, seine Beherrschung erreichte die Schmerzgrenze. Sie hatte es verdient, mit Zärtlichkeit erobert zu werden, ihr all das zu schenken, was sie sich so sehr wünschte und was er ihr zu geben vermochte. Dieses warme Gefühl der Zuneigung, dieses Sehnen und bedingungslose Hingeben an sie war neu für ihn und doch so bekannt, als hätte er dies schon immer für Viviane empfunden. Jetzt aber waren diese Gefühle frei. Wie ein warmes Tuch legte er sie über Viviane, hüllte sie ein in seine Liebe.

Ihre Brüste waren voll und fest, wie er sie gesehen hatte, damals am See. Nie im Leben würde er dieses Bild vergessen. Wohl von diesem Augenblick an hatte es sich in seine Seele eingegraben, wo es für immer blieb. Seine Viviane! Er verteilte kleine Küsse auf diesen wundervollen Hügeln, die so rund und angenehm in seinen Händen lagen. Mit den Lippen umschloss er die kleinen, versteiften Knospen, die Krönung dieser weiblichen Attribute, immer abwechselnd, was Viviane einen erneuten Seufzer entlockte.

Sie wollte, dass er nicht mehr aufhörte. Sie wollte mehr, mehr, mehr. Ihr ganzer Körper bebte, Wellen der Erregung durchfluteten sie. Sie drängte sich ihm entgegen, ihre Leidenschaft mischte sich mit Ungeduld. Jetzt, wo sein Körper auf ihrem lag, Haut an Haut, gab es nichts, was sie noch an ihrer Hingabe hindern könnte.

Einen kurzen Augenblick legte er seine Wange auf ihre Brüste, hörte ihren Herzschlag, schnell, kräftig, wie der Hufschlag eines Fohlens. Erneut durchströmte ihn eine Welle von warmer Zuneigung. Es war wie eine Heimkehr, er fühlte sich am Ziel einer langen Reise. Ihr Bauch war flach, wölbte sich im Rhythmus ihres Atems. Seine Zunge fand die kleine Senke ihres Nabels. Wieder erschien ein Bild vor seinem inneren Auge, ein Edelstein aus Wasser, der im Sonnenlicht blinkte, funkelte, aus dem Nabel herausrollte, über ihren Bauch bis hinab zu dem engen Schluss ihrer Schenkel. Da war es mit seiner Selbstbeherrschung vorbei. Er richtete sich etwas auf und drückte mit den Händen sacht ihre Schenkel auseinander. Dann strich er daran hinab, bis er das feine, gekräuselte Haar unter seinen Fingern spürte.

Viviane sog scharf die Luft durch die Zähne. Wonnige Schauer fluteten über sie, die Hitze in ihrem Körper ballte sich unterhalb ihres Nabels zusammen. Das Gefühl wurde immer drängender, als wollte ein Sturzbach heißen Wassers aus ihr herausdrängen. Einen winzigen Moment wollte sie sich wehren, ihre Scham bedecken, weil sie nicht wusste, was mit ihr geschah. Doch der Drang, sich ihm völlig hinzugeben, überwältigte sie.

So vorsichtig er konnte, schob er sich zwischen ihre Schenkel. Er bemerkte, wie sie kurz erstarrte.

»Keine Angst, ich tu dir nicht weh«, flüsterte er. Seine Stimme klang seltsam fremd, gepresst und atemlos. Sie streckte die Arme nach ihm aus, suchte tastend in der Dunkelheit. »Komm«, hauchte sie. »Komm, komm!«

Sein Körper war schwer, doch sie spürte es nicht. Alle ihre Sinne konzentrierten sich auf das eine Gefühl, als sich seine harte Männlichkeit gegen ihren Schoß presste. Erschrecken, Lust, Schmerz, Verlangen vereinigten sich zu einem Aufschrei. Sie zuckte kurz zurück, um sich dann gegen ihn zu pressen. Blutrotes Feuer ergoss sich vor ihren Augen, Hitze raste durch ihren Körper wie ein Blitz. Sie wollte Thoralf in sich aufsaugen, mit ihm eins werden.

Sie hielten sich eng umschlungen, klammerten sich aneinander, als wollten sie sich nie wieder loslassen. Langsam begann er sich in ihr zu bewegen. Mit jeder Bewegung drang er ein wenig tiefer in sie ein. Ihr ganzer Körper loderte in einem unsichtbaren Feuer. Kleine Schweißperlen bildeten sich auf ihrer Stirn, ihre Schenkel pressten sich gegen seine Hüften. Sie fügte sich in seinen Rhythmus, kam ihm entgegen, immer schneller, immer heftiger, bis sie glaubte, das Feuer nicht mehr ertragen zu können. Ein kehliger Schrei entrang sich ihrer Brust, sie bäumte sich auf wie ein wildes Pferd, dann sog sie ein bunter Strudel hinab in die Tiefen einer alles verschlingenden Leidenschaft.

Sie wusste nicht, wie lange sie so gelegen hatte. Nur langsam, fast widerwillig kehrte sie in die Gegenwart zurück. Die Morgendämmerung lugte durch die Spalten des Segels. Thoralf lag dicht neben ihr, an seinen tiefen gleichmäßigen Atemzügen sah sie, dass er schlief. Voller Zärtlichkeit strich sie ihm übers

Haar. Schlaftrunken hob er den Kopf, dann lächelte er. Sie beugte sich zu ihm und hauchte ihm einen Kuss auf die Lippen.

»Danke!«, murmelte sie.

»Für immer. Und ich danke dir«, erwiderte er, doch dann öffnete er erschrocken die Augen. »Du weinst ja!«

Etwas verlegen wischte sie sich mit dem Handrücken über die Wange. »Vor Glück, vor lauter Glück. Ich habe nicht geahnt, dass es *so* schön ist.«

Das Schwert der Viviane

»Wir werden Skollhaugen wieder aufbauen, größer und schöner, als es vorher war.« Thoralf stand vor der Apfelhöhle und hielt Vivianes Hand. Schlaftrunken rappelten sich die Bewohner auf. Arnulf schürte das Feuer, die beiden Mägde holten Wasser aus dem Fjord, und Truud bereitete einen Brei für das Morgenmahl zu.

Astrid ordnete ihre Kleidung und versuchte, mit der Hand Risse und Schmutzflecken zu bedecken. Etwas verlegen strich sie eine Strähne ihres weißen Haares aus dem Gesicht, dann lächelte sie. »Ich habe nichts anderes erwartet, mein Sohn.« Ihr Blick fiel auf Viviane. Ihre rosigen Wangen, ihre glänzenden Augen, ihre ganze Körperhaltung verrieten ihr, was in der Nacht geschehen war. Enttäuschung und Bedauern mischten sich mit Freude und Hoffnung. Es fiel ihr schwer, den Gedanken zu begraben, die schöne und stolze Gunnardviga zur Schwiegertochter zu bekommen. Viele Jahre lang war es für sie so selbstverständlich, dass sie nie darüber nachgedacht hatte, ob es auch einmal anders kommen könnte. Viviane war anders, völlig anders. Ihr fehlten diese kühle Schönheit von Gunnardviga, ihr Stolz und ihre Selbstsucht. Solange Viviane auf Skollhaugen lebte, zeichnete sie sich durch Bescheidenheit, Herzenswärme, Fleiß und kluge Umsicht aus. Es waren Eigenschaften, die Astrid bei einer Magd für angemessen hielt, jedoch nicht bei Thoralfs Braut. Schließlich waren sie das berühmte Fürstengeschlecht des Björgolf, Thoralf war ein mit Ehre überhäufter tollkühner Seefahrer und Kämpfer.

Doch in Viviane musste noch viel mehr stecken, als man ihr ansah. Wie viel Kraft, Mut und Durchhaltevermögen musste sie besitzen, um allein in einem unheimlichen Riesengrab zu überleben, dem Winter, der Kälte, dem Hunger und bösen Geistern zu trotzen und nie die Hoffnung aufzugeben, dass Thoralf eines Tages zurückkehren würde. In allem hatte Viviane recht behalten, auch in ihren schweren Anschuldigungen gegen Ragnvald und seine Sippe.

Es war Yngvars ehrlichen Worten zu verdanken, dass Astrid begonnen hatte umzudenken. Umso erleichterter war sie gewesen, als Raudaborsti Viviane gefunden und zurückgebracht hatte.

»Als Erstes werden wir die Palisaden wieder errichten und zwei Häuser im Inneren, damit ihr nicht so unwürdig hausen müsst«, unterbrach Thoralf Astrids Gedanken. »Wir alle brauchen Sicherheit, denn ich traue Ragnvald nicht.«

»Ich auch nicht, und ich befürchte, seine Spione werden schon bald bemerken, dass du zurückgekehrt bist.«

»Das können wir nicht verhindern, deshalb sollten wir uns sputen, Skollhaugen wieder zu befestigen. Es sind genügend Männer auf den Schiffen, die Bäume fällen und den Wall errichten können.«

»Wir alle werden mitarbeiten«, entschied Astrid.

Nach dem Morgenmahl begaben sie sich in die Ruinen des abgebrannten Fürstenhofes. Zum ersten Mal sah auch Viviane, was von dem stolzen Anwesen noch übrig geblieben war. Erschüttert stand sie vor den Trümmern. Vom Haupthaus standen die Wände noch, auch die dicken Holzsäulen der Halle und des Stalls waren verkohlt, aber nicht völlig niedergebrannt. Im Innern lag eine dicke Ascheschicht. Von den Gesinde- und Vorratshäusern waren nur schwarze Häufchen übrig. Zuvor waren die Lagerhäuser geplündert worden. Von all ihren

Reichtümern war nichts mehr geblieben, doch schlimmer war, dass auch die Gegenstände des täglichen Bedarfs geraubt worden waren. Mit Tränen in den Augen wühlte Truud im Brandschutt des Haupthauses. Sie hoffte, einen Kessel, eine Pfanne oder Töpfe zu finden, doch es war nichts da. Was hätte sie auch darin zubereiten können? Es gab kein Korn, kein eingelegtes Gemüse, nicht einmal ein paar Felle oder Wolle. Alles Vieh war geraubt worden, es gab kein Pferd, das Thoralf hätte reiten können, um die Umgebung abzusichern.

Wohlüberlegt hatte Thoralf befohlen, dass die Männer bei der Arbeit ihre Waffen nicht ablegen durften. Sie mussten stets damit rechnen, aus dem Hinterhalt von Ragnvalds Leuten überfallen zu werden.

So beeilten sich die Männer, zuerst die Palisaden zu reparieren, ein neues Tor anzufertigen und das Innere zu sichern, in das sie sich notfalls zur Verteidigung zurückziehen konnten.

Es war unglaublich harte Arbeit, denn es gab keine Zugochsen oder andere Tiere, die die schweren Stämme aus dem Wald hätten schleppen können. So spannten sich die Männer mit Tauen von den Schiffen davor. Noch lag etwas Schnee, und die Baumstämme schlitterten den Berg hinab, so dass die Männer aufpassen mussten, nicht darunterzugeraten. Nur grob mit den Äxten behauen, am unteren Ende angespitzt, wurden sie in den Boden gerammt. Aus den Ästen und Zweigen fertigten sie Flechtwerk für die beiden Innengebäude. Es waren nur einfache Hütten, die sie daraus bauen konnten, aber wenigstens hatten sie dann wieder ein Dach über dem Kopf, und es ziemte sich auch nicht, dass die Fürstenfamilie gemeinsam mit dem Gesinde schlief. Es gab eine Feuerstelle, Schlafstätten aus Kiefernzweigen, und mit Stoffbahnen wurden die Bereiche für Männer und Frauen abgetrennt. Im Gesindehaus schlief der überwiegende Teil von Thoralfs Schiffsbesatzung, denn die wurde noch zum Bau und zur Wache benötigt.

Thoralf hatte die Ladung von den Schiffen herauftragen lassen. Diesmal hatte er kaum Reichtümer mitgebracht, einige Ballen Stoff, etwas Bronzeschmuck, dafür aber Äxte, Salz, Sichelklingen, Pelze, Fischspeere, Eisenrohlinge für Hämmer, Schwerter und Speerspitzen. Letztere schienen unnütz, denn auch die Schmiede war zerstört worden. Zuletzt trug Thoralf eine kleine Holztruhe mit Schloss herein und verstaute sie am Kopfende seines Lagers. Auch im Herrenhaus waren zwei Abteilungen eingerichtet worden, eine, in der Astrid und Viviane schliefen, und eine andere, wo Thoralf und Yngvar nächtigten. Astrid hatte darauf bestanden, da Thoralf und Viviane noch nicht offiziell verheiratet waren. Thoralf sprach nicht über den Zeitpunkt einer Hochzeit. Viviane vermutete, dass er Skollhaugen erst wieder aufbauen wollte. Er wollte und musste seiner Familie ein sicheres Heim bieten, denn noch war die Gefahr nicht gebannt.

Es war ein seltsames Gefühl für Viviane, Thoralf so nah hinter dem Vorhang und doch unerreichbar zu wissen. Sie hörte, wie er atmete, sich bewegte, manchmal eine leise Unterhaltung mit Yngvar. Sie sehnte sich nach seinen Zärtlichkeiten, Berührungen, wollte in seinen Armen liegen und ihm all ihre Liebe und Leidenschaft schenken, doch sie musste sich gedulden. Einen Vorgeschmack dieser nächtlichen Freuden hatte sie schon erhalten, auch wenn das eigentlich niemand wissen durfte. Niemand sprach darüber, nur Raudaborsti platzte einmal heraus: »Na, war's schön?«

Viviane hatte schnell den Zeigefinger auf die Lippen gelegt, und Raudaborsti hatte grinsend geschwiegen.

Während sich die Frauen um die Versorgung der Männer kümmerten, arbeiteten diese wie besessen, um Skollhaugen zu befestigen. Das große Tor war total zerstört worden, deshalb mussten neue Planken angefertigt, Querbalken behauen und Torangeln geschmiedet werden. Oleif hatte begonnen, die Überreste der Schmiede aufzuräumen. Der steinerne Ofen war zerschlagen worden, doch mit etwas Einfallsreichtum konnte er wiederaufgebaut werden. Unter den Steinbrocken fand er den Amboss. Aus dicken Ästen schnitzte er Stiele für Hämmer, eine zerbrochene Schmiedezange reparierte er mit großem Geschick. Yngvar half ihm dabei, so gut er konnte.

»Wir brauchen schwarzen Kohlestein, um das Eisen besser in den Fluss zu bekommen«, bemerkte Oleif. »Sogar den haben sie mitgenommen. Man erzählte sich auf Bleytagarðr, Gunnardviga lasse sich damit ihre Halle beheizen.«

»Wenn wir den Blasebalg reparieren, erreichen wir auch ohne Kohlesteine die richtige Temperatur. Altes Leder liegt auf den Schiffen. Es eignet sich nicht für Bekleidung, aber zum Beschlagen der Schilde und für einen Blasebalg ist es allemal tauglich.« Thoralf war wie aus dem Nichts erschienen, er war überall gleichzeitig und befehligte die Arbeiten. Die Schmiede war unbedingt wichtig zum Herstellen aller möglichen Eisenwaren, die dringend gebraucht wurden.

Viviane hatte die Neugier gepackt, sie stöberte ebenfalls in den Resten der Schmiede herum. Oleif warf ihr immer wieder fragende Blicke zu. Auch er hatte mitbekommen, dass Thoralf und Viviane ein Paar waren, noch nicht offiziell, doch verliebte Blicke, verstohlene Berührungen ihrer Finger, aber auch ihr befreites Lachen sagten alles. Freude und Enttäuschung hielten sich die Waage. Schon lange war er in Viviane verliebt, er hatte gespürt, dass sie etwas Besonderes war. Er hatte ihr im Moor das Leben gerettet, viele kleine Geschenke gemacht, da hätte er wenigstens etwas mehr Entgegenkommen erwarten können. Er erinnerte sich an eine Zeit vor diesem schrecklichen Unglück, als sie ihm einen Kuss auf die Wange gedrückt hatte. War das nichts? Nun, gegen Thoralf hatte Oleif natürlich keine Chance. Warum hatte er das nicht vorher bemerkt, dass die beiden …

Er seufzte, während er weiter die Steine des zerstörten Schmiedeofens aufeinandersetzte. Yngvar hatte damit begonnen, den Blasebalg zu erneuern.

»Viviane!« Es war Thoralf, der vom zerstörten Herrenhaus her rief. »Komm her, schau dir das an.«

Sie klopfte sich die schmutzigen Hände am Kittel ab und lief hinüber zu den traurigen Resten der Halle. Es standen nur noch die angekohlten Säulen, in der Mitte aber hatte sich die steinerne Feuerstelle erhalten und seltsamerweise der Türrahmen. Darüber lagen die Reste des Daches, die Innenwände waren eingestürzt. Thoralf und Arnulf hatten einen Teil des Brandschuttes weggeräumt und blickten jetzt auf etwas zu ihren Füßen. Zögernd trat Viviane näher. Auch Astrid, die damit beschäftigt war, für alle neue Kleider aus den mitgebrachten Stoffen zu nähen, kam herbei. Zwischen all den verbrannten, verkohlten, zu Asche zerfallenen Dingen lag eine Spindel, darauf ein jadegrüner Faden. Thoralf bückte sich, hob sie auf und pustete die Asche weg.

»Es ist ein Wunder«, flüsterte Astrid. »Sie ist unversehrt, als wäre nichts geschehen.«

Wortlos reichte Thoralf Viviane die Spindel. Erstaunt nahm sie sie in Empfang und hielt sie wie ein rohes Ei in der Hand.

»Sie ist nicht verbrannt«, stellte er verwundert fest. »Warum?«

Viviane schluckte. »Es ist ein besonderer Faden«, erwiderte sie.

»Ich weiß, jadegrün. Wie hast du das gemacht?«

»Nicht ich. Eine alte Frau hat sie mir gegeben. Ich glaube, sie hieß Verdandi.«

Thoralf zuckte zurück. »Eine Norne? Weißt du, was das bedeutet?«

Sie schüttelte den Kopf.

»Es war so bestimmt. Wir sind füreinander bestimmt. Dieser Faden ist das Zeichen dafür.« Er wandte sich an Astrid. »Hast du das nicht gewusst? Dieser Mantel war mehr als ein Kleidungsstück …«

»… das nur eine Braut für ihren Mann anfertigen darf«, ergänzte Astrid.

Thoralfs Gesicht verdüsterte sich. »Eben! Viviane ist als Braut für mich bestimmt, war es schon von Anfang an. Und niemand hat es gesehen!«

Astrid senkte den Kopf. »Dalla hat den Mantel zerstört«, gab sie kleinlaut zu. »Es sollte nicht so sein, wie … wie die Vorsehung es wohl bestimmt hat. Wir haben gegen göttliche Gebote verstoßen. Vielleicht war dieser Überfall Odins Rache, weil wir den Willen der Nornen missachtet haben.«

»Nein, dieser Überfall war der Gier Ragnvalds und der Feigheit Hoskulds geschuldet. Aber was Viviane betrifft, hier habt ihr den Beweis, dass sie meine rechtmäßige Braut ist.«

Viviane ahnte, dass es die Göttin Frigg im See war, die ihr ihren innigsten Wunsch erfüllt hatte. »Ich werde einen neuen Mantel für dich weben«, beschloss sie. »Wenn wir wieder einen Webstuhl haben und Wolle.«

Astrid wühlte mit den bloßen Händen in der Asche und förderte durchlöcherte Steine hervor. Es waren die Gewichte für die Kettfäden. »Den Anfang hätten wir schon«, stellte sie mit einem verlegenen Lächeln fest. Sie hob den Blick zu Viviane. »Vergibst du mir?«

»Es gibt nichts zu vergeben«, erwiderte Viviane. »Ihr habt getan, was Ihr für richtig gehalten habt.«

»Aber es war falsch!«

»Wir sollten nicht zurückblicken. Man kann das Vergangene nicht mehr ändern.«

Thoralf räusperte sich. »Nimm sie endlich als deine Tochter an, Mutter. Dem Willen der Götter darf sich der Mensch nicht widersetzen.«

»Der Liebe wohl auch nicht«, flüsterte Viviane. Nur Thoralf hatte es verstanden und lächelte.

Astrid zog Viviane in ihre Arme. »Wenn Thoralf mit dir glücklich wird, dann bin ich es auch.«

Oben am Wasserfall spross das erste Grün. Raudaborsti hatte aus dünnen Zweigen Körbe geflochten und wollte die immer eintöniger werdende Verpflegung etwas aufwerten. Einige Männer waren auf Jagd gegangen und hatten Erfolg gehabt. Zu hungern brauchte niemand. Doch etwas Abwechslung konnte nicht schaden.

»Ich begleite dich«, bot sich Viviane an. Sie wollte nicht nur aus der engen Hütte herauskommen, sondern wenigstens für eine kurze Zeit auch aus Thoralfs Nähe. Am liebsten hätte sie sich nicht für einen Herzschlag von ihm getrennt, aber Astrid hielt trotz ihrer schwierigen Situation an den Anstandsregeln fest. Viviane musste im Frauenteil der Hütte schlafen, Thoralf im Männerteil. Manchmal schafften sie es, sich davonzustehlen, auf eines der Boote, wo sie Zärtlichkeiten austauschen konnten. Aber dazu musste Thoralf jedes Mal die Wachen wegschicken, was diese dann natürlich oben auf Skollhaugen brühwarm herumerzählten. Thoralf so nahe und doch nicht mit ihm vereint zu sein war wohl die schwerste Prüfung. Zudem hatte Thoralf alle Hände voll zu tun mit dem Aufbau von Skollhaugen. Oleif hatte die Schmiede fast wieder aufgebaut, doch es fehlte immer noch an Arbeitsgeräten. Es dauerte geraume Zeit, bis er alles Notwendige dafür hergestellt hatte. Am schlimmsten war, dass es keine Kohle gab und das Holz, das frisch geschlagen wurde, zu nass war. Die Menschen von Skollhaugen hatten mit vielfältigen Problemen zu kämpfen. Doch alle schöpften Hoffnung, dass sie bald stark genug sein würden, sich ihren Platz in der Wikinger-Gesellschaft zurückzuerobern.

Auf der Höhe wehte ein milder Frühlingswind. Die Sonne hatte den letzten Schnee weggetaut, das Wasser im Flussbett war gestiegen und rauschte lautstark an ihnen vorbei, bevor es mit Getöse in drei Kaskaden die Felswände hinab in den Fjord stürzte. Das Wasser war kalt, klar und erfrischend. Raudaborsti hielt gebührenden Abstand, denn es langte ihr, dass Truud schon wieder von allen verlangte, sich früh mit kaltem Wasser zu waschen. Doch am Ufer wuchs Brunnenkresse, die ihre ersten grünen Spitzen in die Frühlingsluft streckte. Vorsichtig zupfte sie die grünen Blättchen ab. Viviane setzte sich auf einen Stein und hielt die Füße in das kalte Wasser. Raudaborsti verzog missbilligend das Gesicht. »Dir werden die Zehen abfrieren. Die Fische beißen rein. Du stößt dich an den Steinen.«

»Was sagst du? Ich verstehe dich nicht. Das Wasser ist so laut.«

Raudaborsti formte ihre Hände wie ein Signalhorn um ihren Mund. »Du sollst …« Sie stockte mitten im Satz.

»Was wolltest du sagen?« Viviane platschte mit den Füßen im Wasser. Im nächsten Augenblick spürte sie etwas Hartes, Kaltes an ihrer Kehle.

»Wen haben wir denn hier?«, hörte sie eine Stimme hinter sich. Erschrocken wollte sie herumfahren, doch das Messer an ihrem Hals hinderte sie daran.

»Asgeir!«

»Ganz recht, du rothaarige Hexe«, keuchte es hinter ihr, nah an ihrem Ohr. Trotz des starken Rauschens konnte sie jedes Wort verstehen. Das Entsetzen kroch unter ihre Haut. Asgeir packte sie mit einer Hand, zog sie hoch und drehte ihr den Arm auf den Rücken. So viel Kraft hatte Viviane ihm gar nicht zugetraut.

»Na los, lauf runter und hol Thoralf her«, herrschte er Raudaborsti an. »Er soll allein kommen und ohne Waffen, sonst werfe ich diese rote Hexe den Wasserfall hinab.«

»Du traust dich allein hierher, du feige Krähe«, keuchte Viviane. »Wolltest du sehen, ob Thoralf wiedergekommen ist?«

Asgeir drückte das Messer fester an Vivianes Kehle. »Ganz recht, aber ich wusste schon, dass er gekommen ist. Hier raunen die Bäume und erzählen die Steine. Und allein bin ich auch nicht. Ich bin doch nicht verrückt.« Sein irres Lachen verriet das Gegenteil.

»Raudaborsti, es ist eine Falle! Thoralf darf nicht herkommen!« Viviane schrie, so laut sie konnte, und hoffte, Raudaborsti konnte es noch hören.

Die Kleine rannte, wie von Trollen erschreckt, hinunter nach Skollhaugen. Thoralf dirigierte gerade seine Männer mit weiteren Baumstämmen ans Tor, um die Querbalken zu verstärken.

»Hilfe, Hilfe, Asgeir hat Viviane gefangen«, keuchte sie völlig außer Atem. Wie ein Wiesel sauste sie um Thoralf herum. »Er will ihr die Kehle aufschlitzen, er will sie den Wasserfall hinunterwerfen. Schnell, schnell, wir müssen Viviane retten!«

»Bei Odin, was sucht sie oben am Wasserfall?« Thoralf zog sein Schwert.

»Keine Waffen«, stöhnte Raudaborsti. »Das hat er extra gesagt. Sonst …«

»Ja, ja, ich lass mich doch von diesem Wurzeltroll nicht einschüchtern. Männer, folgt mir!«

Raudaborsti hüpfte wie ein Frosch im Tonkrug auf und ab. »Nein, keine Männer mitnehmen. Das ist eine Falle! Bestimmt überfallen sie Skollhaugen noch einmal. Asgeir wusste, dass die Schiffe wieder da sind.«

Thoralf hielt mitten im Lauf inne. »Das klingt vernünftig. Männer, bleibt hier, schützt Skollhaugen und die Leute. Mit Asgeir werde ich allein fertig.«

Astrid eilte besorgt herbei. »Das kann auch eine Falle sein. Was, wenn er nicht allein ist?«

»Ich werde mit ihnen allen fertig. Ich muss Viviane retten.« Mit großen Schritten rannte er den Berg hinauf. Das Blut hämmerte in seinen Schläfen, sein Atem ging stoßweise, und die Angst um Viviane legte sich wie ein eiserner Reif um seinen Brustkorb. Schon von weitem sah er die buckelige Gestalt von Asgeir am Rand des Wasserfalls stehen, mit Viviane, der er ein langes Messer an den Hals hielt.

»Hier, schau her, du blonder Wikinger«, krähte Asgeir. »Schau her, was ich mit deiner rothaarigen Hure mache. Dachtest du, mit ihr könntest du lauter kleine Wikinger-Söhne zeugen? Uns wieder übertreffen wollen, hm? Skollhaugen darf nie wieder auferstehen. In die Unterwelt mit dir und deiner Sippe!«

»Lass Viviane los, sie hat dir nichts getan«, rief Thoralf und drohte mit dem gezogenen Schwert. »Hast du nicht schon genug Unheil angerichtet?«

Asgeir lachte höhnisch. »Was für ein Unheil? Die Welt ist wieder bereinigt worden. Oder dachtest du, ich diene dir als Knecht auf Grondalr, wenn du Gunnardviga heiratest? Jetzt gehört Grondalr mir. Ich bin reich, viel reicher als du, und Gunnardviga will nichts von dir wissen.«

»Du hast keine Ehre im Leib, Asgeir Eiriksson! Niemand wird dich achten, egal, wie reich du bist.«

»Pah, Ehre! Was ist schon Ehre gegen pures Gold? Das kann man anfassen, das ist wertvoll, davor haben alle Respekt. Du hast es doch auch bloß geraubt, so wie ich es dir geraubt habe. Pech gehabt, Thoralf Björgolfsson!«

»Behalte das Gold, aber gib Viviane frei!«

Asgeir riss Viviane zurück, dicht an den Abgrund heran. »Bleib stehen und lass dein Schwert fallen, sonst werfe ich diese Sklavin den Wasserfall hinunter.«

Thoralf blieb stehen. »Höre, Asgeir, ich schlage dir ein Geschäft vor.«

»Ein Geschäft? Ich mache keine Geschäfte mit dir. Was hast du mir noch zu bieten?«

»Mich«, rief Thoralf. »Wenn du Viviane loslässt.«

»Nein!« Vivianes Aufschrei übertönte das Rauschen des Wassers. »Thoralf, tu das nicht! Er ist verrückt!«

»Was sagst du?« Asgeir zerrte sie noch näher an die Felskante. »Du beleidigst mich, Asgeir Eiriksson, bald der liebe Schwager von Prinz Hoskuld.«

Thoralf sog wütend die Luft ein. »Da musst du doch umso stolzer darauf sein, wenn du mich gefangen nimmst. Hoskuld wird dich bewundern.«

Asgeir stutzte und überlegte. »Dann komm her, aber wirf dein Schwert weg.«

»Thoralf, bitte«, flehte Viviane. Der Gedanke, dass sich Thoralf freiwillig in Asgeirs Gefangenschaft begab, war unerträglich.

Doch Thoralf legte sein Schwert gut sichtbar ans Ufer und trat beiseite. Asgeir grinste, dann stieß er Viviane vor sich her. »Siehst du, wie brav er mir folgt, der stolze Wikinger? Hast du ihn verzärtelt?«

Viviane zischte wütend, wagte aber nicht, seinen Zorn zu reizen. Asgeir pfiff laut, und sein Pferd kam aus dem Wald angetrabt. Thoralf atmete auf, als Asgeir das Messer von Vivianes Hals nahm.

Asgeir griff zu einem Strick am Hals seines Pferdes. »Gib deine Hände her, Thoralf, ich will dich fesseln, damit du mir nicht davonläufst.«

»Du hast ein Pferd, ich keines. Glaubst du, ich laufe schneller als dein Pferd?«

Asgeir stieß Viviane von sich, um die Hände frei zu bekommen und Thoralf zu fesseln. Sie stürzte, rappelte sich auf und lief zu der Stelle, an der Thoralf das Schwert abgelegt hatte. Schnell hob sie es auf. »Thoralf!« In hohem Bogen warf sie es ihm zu, er fing es geschickt auf und setzte es Asgeir mit der Spitze an den Hals. Mit verblüfftem Gesicht, den Strick in beiden Händen, stand Asgeir da und starrte ihn an.

»Häng dich daran auf, du Scheusal.«

Asgeir legte den Kopf schief und blickte von unten zu ihm auf. »War doch nur ein Scherz, Thoralf. Ich soll dich zu Gunnardviga bringen, sie will mit dir reden.«

»So, so, das fällt dir jetzt ein? Dir soll die Zunge abfaulen, du Lügner. Hast wohl gedacht, es ist einfach, mich gefangen zu nehmen? Indem du eine wehrlose, schwache Frau zur Geisel nimmst?«

»Was heißt hier wehrlose, schwache Frau«, empörte sich Viviane. Sie nahm Asgeir das Seil ab und fesselte seine Hände. Das Ende des Stricks drückte sie Thoralf in die Hand. »Du kannst den Hund jetzt mitnehmen.«

»Gute Idee. Ich bringe ihn nach Grondalr.« Er schwang sich auf Asgeirs Pferd.

»Nein, geh nicht dorthin«, beschwor ihn Viviane. »Sie könnte dich gefangen nehmen.«

»Dann sollen mich einige meiner Männer begleiten. Schließlich habe ich auch eine Sicherheit.« Er blickte auf den gefesselten Asgeir, den er wie einen störrischen Ochsen hinter dem Pferd herzog.

Es war nur ein kleiner Trupp. Thoralf wagte nicht, den größeren Teil seiner Männer von Skollhaugen abzuziehen. Er traute Asgeir nicht, und er traute auch Ragnvald nicht. Es konnte wieder eine Falle sein. Sie kamen nur langsam vorwärts, denn die Männer mussten zu Fuß gehen. Thoralf ritt Asgeirs Pferd und zog ihn am Strick hinter sich her. Es war demütigend für Gunnardvigas Bruder, aber im Augenblick beherrschte nur der Gedanke an Rache Thoralfs Gemüt.

Gunnardviga blieb der Mund offen stehen, als sie auf Grondalr eintrafen. Im nächsten Augenblick wurde sie zornig. Asgeir war ein Tölpel. Wie konnte er nur so leichtfertig sein und sich in der Nähe von Skollhaugen herumtreiben? Allein! Doch sie fasste sich schnell. Hoch erhobenen Hauptes stand sie in der Tür des Haupthauses und blickte ihnen entgegen. Sie hielt die Lippen zusammengepresst, ihre Miene verriet nicht, was sie dachte.

»Kein herzlicher Empfang«, spottete Thoralf. »Du scheinst dich nicht zu freuen, mich wiederzusehen. Dabei klang es doch so hoffnungsvoll, als du mich wieder auf Reisen schicktest.«

Gunnardviga antwortete nicht. Ihr unsteter Blick wanderte zwischen Thoralf und Asgeir hin und her.

»Nun tu doch was«, klagte Asgeir. »Das ist entwürdigend.«

»Selber schuld«, zischte sie. »Was willst du?«, wandte sie sich an Thoralf.

»So kühl? Du bist meine Braut.«

»Bin ich nicht mehr«, erwiderte sie herablassend. »Ich heirate keinen ausgebrannten Habenichts.«

»Weil du schon alles hast, was einst mir gehörte?« Thoralf hob die Augenbrauen.

»Damit habe ich nichts zu tun«, gab sie unwillig zurück. »Es war Hoskulds geheimer Plan.«

»Und aus lauter Dankbarkeit willst du ihn heiraten.«

Sie zuckte nur mit den Schultern. »Was kannst du mir noch bieten? Ich werde nicht in einer Bauernkate leben. Soll ich hungern und in Fetzen herumlaufen?«

»Ist das alles, was dir wichtig ist?«

»Ich will Fürstin sein!« Sie warf den Kopf in den Nacken. »Auch das kannst du mir nicht mehr bieten. All dein Besitz gehört jetzt Ragnvald.«

»Du meinst die abgebrannte Burg Skollhaugen? Du meinst die Ländereien, die Bauern, das Vieh und die Schätze? Hast du geglaubt, das lasse ich mir gefallen?«

»Was willst du dagegen tun? Gegen Ragnvalds Heer hast du keine Chance. Er hat wesentlich mehr Männer als du. Du hast keine Chance.«

Während des Wortgefechts kamen die Knechte und Mägde herbeigelaufen und starrten mit unverhohlener Schadenfreude auf den gefangenen Asgeir. Auch Dalla und Halveig befanden sich unter ihnen. »Thoralf, Thoralf, hol uns hier raus«, schrie Dalla.

Mit einer kurzen, aber heftigen Bewegung schlug Gunnardviga ihr den Handrücken ins Gesicht. »Verschwinde!«

»Du bist wirklich kalt wie ein Eiszapfen und grausam wie eine Leitwölfin. Fürwahr, du passt zu Hoskuld. Wie habe ich mich in dir getäuscht. Nein, du hast mich getäuscht, mich und alle aus meiner Sippe.«

»Was ist schon von deiner Sippe übrig, Thoralf Björgolfsson? Nie wieder wird sie groß und mächtig sein. Du bist erledigt!«

»Freu dich nicht zu früh, Gunnardviga Eiriksdotter. Dein steinernes Herz soll dich schmerzen wie ein Stachel in deinem Fleisch. Gib sofort meine beiden Schwestern frei.«

Gunnardviga lachte hart auf. »Niemals! Sie wurden gefangen genommen und versklavt. Jetzt gehören sie mir.«

Er hörte Dalla aufschreien. »Lass uns nicht hier, Thoralf! Sie behandelt uns wie Sklaven.«

»Das seid ihr ja auch.« Gunnardviga verschränkte die Arme über der Brust und blickte Thoralf herausfordernd an. »Es bereitet mir Genugtuung, diese beiden eitlen Gänse für mich arbeiten zu lassen.«

Thoralf atmete tief durch. »Ich kaufe sie dir ab.«

Sie verzog spöttisch die Lippen. »Was kannst du mir wohl dafür bieten?«

Thoralf zeigte auf Asgeir. »Deinen missratenen Bruder.«

Nun schrie Asgeir auf. »Er hat mich überrumpelt«, zeterte er. »Ganz gemein überrumpelt. Gemeinsam mit seiner rothaarigen Geliebten wollte er mich den Wasserfall hinunterstürzen.«

»Viviane lebt?« Gunnardvigas Augen weiteten sich.

Thoralf beugte sich zu Gunnardviga hinab. »Odin wollte euer großzügiges Opfer nicht annehmen. Er hat andere Pläne mit Skollhaugen.«

»Odin ist mit uns. Er hat Ragnvald den Sieg geschenkt. Ich beuge mich Odins Willen.«

»Ach ja? Ich werde dich zu gegebener Zeit daran erinnern.« Er zerrte Asgeir zu sich heran, dann stieß er ihn zu Boden. »Deinen Bruder gegen zwei Frauen, das ist doch ein guter Handel.«

»Gib sie doch hin, diese schreienden Eulen«, zeterte Asgeir. »Lass mich nicht hier am Strick stehen wie einen Ochsen.«

»Du bist einer, ein ganz blöder«, schrie ihn Gunnardviga an. »Wie kann man nur so töricht sein und allein in Skollhaugen herumschleichen. Recht geschieht dir.«

»Es ist Unrecht. Unternimm endlich etwas!«

Unwillig wandte Gunnardviga sich ab. Sie war wütend, dass Asgeir sie in diese Situation gebracht hatte. Sie wollte über Thoralf triumphieren, doch jetzt handelte sie mit ihm wie um einen Ochsen auf dem Marktplatz.

»Sie taugten ohnehin nichts, waren nicht zum Arbeiten zu gebrauchen.«

Asgeir atmete hörbar auf.

»Moment!« Thoralf zog Asgeir wieder hoch. »Du wirst Ragnvald eine Nachricht überbringen. Ich fordere Hoskuld zu einem Zweikampf heraus. Auf Leben und Tod. Odin wird entscheiden. Gewinne ich, muss Ragnvald mir alles wieder zurückgeben, was er geraubt hat. Gewinnt er, werde ich mich dem Gottesurteil beugen. Am dritten Tag des nächsten Vollmondes auf dem Thingplatz.«

Mit dem Schwert durchtrennte er Asgeirs Fesseln. Einen Augenblick glaubte Asgeir, Thoralf wolle ihm den Kopf abschlagen, und zuckte winselnd zurück. Als die Fesseln zu Boden fielen, rannte er zum Haus und versteckte sich hinter Gunnardvigas Rücken. Verächtlich spuckte Thoralf aus, dann riss er das Pferd herum und ritt davon. Dalla und Halveig eilten ihm nach.

»Mein Pferd, mein Pferd, er hat mir mein Pferd gestohlen«, kreischte Asgeir.

Wortlos schlug Gunnardviga ihm den Handrücken ins Gesicht.

»Wie konntest du dich darauf einlassen?« Viviane wurde blass.

Thoralf zog Viviane in seine Arme und versuchte, sie zu beruhigen. »Ich werde ihn besiegen. Hoskuld ist kein großer Kämpfer.«

Viviane schüttelte heftig den Kopf. »Nein, nein, du darfst dich darauf nicht einlassen. Er wird nicht ehrlich kämpfen.«

Er blickte ihr tief in die Augen. »Es bleibt mir gar nichts anderes übrig, wenn ich Gerechtigkeit will. Gunnardviga hat recht, gegen Ragnvald haben wir keine Chance. Meine Männer sind müde von der Fahrt. Ich weiß, sie würden kämpfen und fürchten nicht den Tod, aber Ragnvald wäre uns überlegen. Er besitzt dreimal so viele Männer, zudem bessere Waffen. Wir müssten erst wieder Schwerter und Schilde, Speere und Messer herstellen. Das schaffen wir nicht. Ich will unnötiges Blutvergießen vermeiden. Es sind schon zu viele gestorben.«

»Wann soll es geschehen?«, fragte sie leise.

»Zum nächsten Vollmond auf dem Thingplatz.«

Schweigend trennten sie sich. Thoralf arbeitete weiter wie besessen am Aufbau der Holzburg. Er ließ eine Wachbrücke über dem Tor errichten, während Oleif mit Yngvars Hilfe das Schmiedefeuer in Gang brachte. Er wollte neue Torangeln schmieden.

Viviane konnte sich nur schwer auf ihre Arbeit konzentrieren. Nicht nur, weil Thoralfs Schwestern wieder da waren. Sie wünschte beiden nichts Böses, aber Dalla konnte sich nicht darüber beruhigen, dass Viviane noch am Leben war und zudem Thoralfs Braut. Sie weigerte sich, mit Viviane unter einem Dach zu schlafen, und weder Astrids Vermittlungsversuche noch Thoralfs entschiedener Befehl, dass Viviane im Herrenhaus bleiben werde, änderten etwas an Dallas Haltung.

»Sie ist doch daran schuld, dass alles so gekommen ist«, behauptete sie steif und fest. Die Schmach, als Sklavin bei Gunnardviga gearbeitet zu haben, konnte sie nicht verwinden. Irgendwie verstand Viviane sie, doch Dallas Keifen war unerträglich.

»Lass es gut sein«, sagte sie zu Thoralf. »Ich ziehe einstweilen zum Gesinde. Raudaborsti wird sich freuen.«

»Ich nicht«, gab Thoralf knurrend zurück. »Ich dulde es

nicht, dass meinen Befehlen nicht Folge geleistet wird. Dalla hat sich zu fügen, ob es ihr passt oder nicht. Es muss nun mal eine gewisse Ordnung herrschen, Ragnarök, der Kampf der Götter mit den Riesen beim Weltuntergang, kommt später.«

Viviane fand jedoch, dass es klüger war, Streitereien aus dem Weg zu gehen. Sie traute Dalla nicht. Wer wusste schon, ob sie in Rage nicht wieder zum Messer greifen würde. Halveig war bedeutend sanfter, lächelte Viviane sogar ab und zu freundlich an und war bestrebt, nicht Thoralfs Unwillen herauszufordern. Thoralf hatte gedroht, sie an die nächstbesten freien Männer zu verheiraten, wenn sie nicht endlich Frieden gäben. Und da sie keine Aussteuer besaßen, waren es auch arme Männer. Welch eine Schande!

Zudem hoffte Viviane, nachts besser schlafen zu können, wenn sie sich nicht in Thoralfs Nähe befand. Noch immer wäre sie am liebsten auf die andere Seite des Vorhangs gekrochen, um bei Thoralf liegen zu können. Doch nun passten nicht nur Astrid, sondern auch die beiden Schwestern mit Adleraugen auf sie auf.

Viviane half Astrid beim Nähen neuer Kleidung, ging Truud zur Hand beim Kochen der Fleischbrühe, lobte Raudaborsti für ihre gesammelten Vogeleier und suchte immer wieder einen Grund, um zur Schmiede zu gelangen. Noch wusste niemand, wer sie wirklich war, außer Raudaborsti. Und die hielt ihr gefährliches Wissen geheim. Aber was war gefährlich daran, wenn alle erfuhren, dass sie die Tochter eines Schmieds war? Jetzt war sie frei. Doch was nützte es auf der anderen Seite? Oleif brauchte ihre Hilfe sicher nicht.

Als sie das Zischen des Blasebalgs vernahm, das erste Eisen im Feuer erglühte und die Hammerschläge wie Musik erklangen, hielt sie es nicht mehr aus. Sie lief zur Schmiede und gesellte sich zu den Männern, die im Kreis standen und Oleifs

Schläge mit begeisterten Rufen anfeuerten. Oleifs Gesicht war gerötet, glänzte von Schweiß und strahlte vor Stolz. Er warf Viviane immer wieder flackernde Blicke zu. Als er die erste Torangel ins zischende Wasser tauchte, fühlte auch sie Stolz. Die Schmiede, das Herzstück jeder festen Burg, funktionierte wieder. Und in Oleif besaßen sie einen fähigen Schmied.

»Toll, der Junge, was?« Raudaborsti hüpfte begeistert um Viviane herum. »Man könnte sich glatt in ihn verlieben.«

»Hast du dich etwa in ihn verliebt?«, wollte Viviane wissen.

»Nö, ich meine nur …« Raudaborstis knallrotes Gesicht strafte sie Lügen. »Außerdem ist er in dich verliebt. Da kann man nichts machen.«

»Wenn du dir mal das Gesicht waschen würdest und dein Haar flechten, dann würde er sehen, was für ein hübsches Mädchen du bist. Ich bin sicher, dann verliebt er sich auch in dich.«

»Das will ich doch gar nicht.« Raudaborsti machte sich schleunigst aus dem Staub. Es war etwas anderes, nur über Liebe zu reden, als selbst davon betroffen zu sein.

Viviane schmunzelte. Liebe war etwas Wunderbares, Einmaliges, Überwältigendes, und sie wünschte, dass die kleine Raudaborsti es eines Tages auch erfahren würde.

In der Nacht jedoch raubte Viviane etwas den Schlaf, obwohl sie müde war. Das lag nicht nur an der Enge im Gesindehaus, der schlechten Luft durch die vielen schlafenden Menschen, dem lautstarken Schnarchen der Männer auf der anderen Seite des Vorhangs. Unruhig wälzte sie sich auf ihrem Lager hin und her. Die verworrene Götterwelt der Wikinger schlich sich in ihren Halbschlaf, in beängstigende Träume, in denen Asgeir als Fisch aus dem Wasserfall auftauchte und mit einem irren Lachen wieder hinuntersprang, Oleif sich mitten ins Schmiedefeuer setzte, während Yngvar es mit dem Blasebalg kräftig anfachte, alte Frauen sie in einen Kokon aus jadegrünen Fäden einspannen, Thoralf im Zweikampf fiel und aus dem Moor wieder auferstand. Zweikampf? Schwert? Viviane fuhr auf und stieß sich schmerzhaft den Kopf an etwas Hartem. Sie tastete danach und fühlte den Stein, den sie aus dem Grab mitgenommen hatte. Der Stein aus dem Himmel!

Und plötzlich, als wäre es gestern gewesen, vernahm sie die Worte der alten Schicksalsfrau: »Ich sehe einen Mann und eine Frau. Sie gehören zusammen, doch es trennt sie Wasser. Das Wasser weicht dem Feuer. Das Feuer weicht dem Stein. Der Stein weicht dem Eisen. Ich sehe ein Schwert. Es sprüht grüne Flammen. Ich sehe einen Baum. Ich sehe zwei Männer kämpfen.«

Der Mann und die Frau, die zusammengehörten, das waren Thoralf und sie. Das Wasser hatte sie getrennt. Doch er war wiedergekommen, das trennende Wasser war gewichen – dem Feuer! Skollhaugen war durch Feuer gefallen. Das Feuer war dem Stein gewichen – ihrem Stein, der vom Himmel fiel. Er bestand aus Eisen. Er musste eingeschmolzen werden. Daraus würde sie ein Schwert schmieden, ein ganz besonderes Schwert. Damit würde Thoralf kämpfen unter dem heiligen Baum auf dem Thingplatz. Nur die grünen Flammen konnte sie nicht deuten, aber darüber dachte sie jetzt nicht nach. Ihr Herz klopfte zum Zerspringen, ihr ganzer Körper vibrierte wie ein nerviges Pferd vor dem Galopp.

»Das ist es!«, rief sie laut. »Das ist die Weissagung! Jetzt weiß ich, was sie bedeutet!« Sie sprang von ihrem Lager auf.

Raudaborsti, Truud, die Mägde, aber auch die Männer auf der anderen Seite des Vorhangs erwachten.

»Was ist denn los? Was hast du?«

»Wieder schlecht geträumt?«, fragte Raudaborsti mitfühlend.

»Nein, nein, es war wie eine Erleuchtung. Danke, Göttin Frigg! So wird es sein. Ich weiß, was ich tun muss!«

»Was?« – »Wie?« – »Wer?« – »Wozu?«

Der Tumult ließ auch die Bewohner des Herrenhauses erwachen. Alle kamen herausgelaufen, fürchteten einen Überfall. Thoralf und Yngvar hielten Schwerter in der Hand. Fackeln wurden entzündet, alle liefen durcheinander, bis sich ein Kreis um Viviane bildete.

»Oleif, du musst das Schmiedefeuer entzünden. Verwende die verkohlten Balken des Haupthauses, das ist beste Holzkohle. Ich brauche einen Eisenrohling für ein Schwert. Und löscht alle Fackeln, es darf kein Licht darauf fallen.«

Oleif starrte sie an wie ein Gespenst, selbst Thoralf schaute nicht sehr geistreich drein. Alle anderen schüttelten, verschlafen und verwirrt, nur die Köpfe.

»Ich wusste doch, die ist verrückt«, ließ sich Dalla lautstark vernehmen.

»Erkläre mir, was dich beunruhigt«, verlangte Thoralf von Viviane.

»Nichts beunruhigt mich«, rief sie aufgeregt. »Ich habe endlich verstanden, was die Nornen mir geweissagt haben. Damals, am See der Frigg. Sie hat mich erhört, aber ich habe lange nicht verstanden, was die Weissagung bedeutet. Der Zweikampf ist vorbestimmt, so wie wir beide zueinander gehören. Aber es geht um das Schwert, mit dem du kämpfen wirst. Es wird ein besonderes Schwert sein.«

»Was für ein Schwert? Ich habe ein gutes Schwert.« Thoralf hielt seine Waffe hoch, kunstvoll geschmiedet und mit einem lederumwickelten Griff.

»Es wird dir nichts nützen. Denn es ist nicht aus dem Stein

aus dem Himmel.« Sie streckte die Hände aus. Darin lag der dunkelgraue Stein.

Alle beugten sich staunend darüber. »Was ist das?«

Viviane legte ihn in Oleifs Hände. Ehrfürchtig hielt er ihn fest und betrachtete ihn im Licht der Fackeln von allen Seiten. »Das ist … Nein, ich will es nicht glauben … Das ist ein Eisenstein aus dem Himmel. Mein Meister hat mir davon erzählt, aber ich wollte nicht glauben, dass es so etwas wirklich gibt. Schau, diese grauen Stellen, darin ist noch ein zweites Metall enthalten. Dieser Stein besitzt Zauberkräfte.« Schnell legte er ihn in Vivianes Hände zurück, als fürchtete er sich davor. »Das kann ich nicht.«

»Das brauchst du auch nicht. Du sollst mir helfen. Ich werde das Schwert schmieden.«

Ein Raunen ging durch die Menge der Umstehenden. »Das ist Zauberei!« – »Sie ist eine Hexe!« – »Eine Frau kann das niemals!« – »Loki hat ihren Geist verwirrt!«

Thoralfs Augen fixierten Viviane, sein Mienenspiel verriet Skepsis und eine große Frage. »Viviane, wer bist du?«

Ein Lächeln spielte um Vivianes Lippen. »Du hast mich nie danach gefragt, und ich hielt es nicht für wichtig. Erinnerst du dich an meine Insel, an mein Dorf? Ich bin die Tochter des Schmieds.«

Der letzte Kampf

Es war dunkel, nur das Schmiedefeuer bildete eine rot glühende Insel in der Nacht. Als Oleif den Blasebalg betätigte, leuchtete es hell auf. »Zu viel«, rief Viviane. »Mehr mit Gefühl!« Zum Glück für Oleif konnte sie nicht sehen, wie er errötete.

»Es darf kein Licht auf das glühende Eisen fallen, damit ich an der Farbe des Metalls sehen kann, ob es die richtige Hitze hat.« Sie richtete sich kurz auf. In ihrem schweißglänzenden Gesicht spiegelte sich das Feuer. Sie hatte sich zum Schutz altes Leder um den Körper gebunden.

»Wenn es zu heiß wird, verzundert das Eisen und bildet eine Ockerkruste«, erklärte sie ihm. »Du siehst, es ist keine Zauberei.«

Oleif nickte stumm. Er war gleichzeitig verwirrt und begeistert. Sie hatte gesagt, allein könne sie es nicht bewältigen. Er war begierig darauf, ihr zu helfen, obwohl er sich fürchtete. So hatte er Viviane noch nie erlebt. Er spürte, dass ihr eigentlich die Kraft fehlte, um den schweren Schmiedehammer zu schwingen, und doch arbeitete sie mit zusammengepressten Lippen. Sie hatte den Eisenstein zum Schmelzen gebracht und in eine aus Sand gefertigte Rohlingsform fließen lassen. Nun wurde dieses Eisenpaket erhitzt, bis es glühte. Mit gleichmäßigen Hammerschlägen klopfte Viviane die längliche Eisenplatte dünn. Dann teilte sie sie in Längsrichtung. Die beiden Hälften legte sie sorgsam aufeinander. Sie gab Oleif kurze Anweisungen, wie er die Zange zu halten hatte. »Das ist eine Faltung. Die muss man ganz vorsichtig legen.«

Dann erhitzte sie einen Eisenrohling, den Thoralf mitgebracht hatte.

»Das Metall aus dem Himmelsstein ist weiches Eisen«, erklärte sie. »Dieser Rohling hier besteht aus hartem Eisen. Beides einzeln taugt nicht viel. Weiches Eisen verbiegt und wird schartig im Kampf, hartes Eisen ist spröde und kann brechen. Beides zusammen aber ergibt einen wunderbaren Stahl, der allen anderen überlegen ist.«

Sie wischte sich mit dem Handrücken über die Stirn und hinterließ einen dicken schwarzen Streifen. »Jetzt werden jeweils die harten und die weichen Eisenpakete aufeinandergeschmiedet.«

Das metallische Hämmern klang durch die Nacht.

Oleif hatte schnell begriffen. Viviane schmiedete eine Faltung weiches Eisen auf eine Faltung hartes Eisen. Die Kunst war, dass sich beide Faltungen verbanden. Dazu musste Viviane sehr stark schlagen.

Ungläubig stand Thoralf daneben, konnte nicht begreifen, was er dort sah. Sie schien übermenschliche Kräfte zu besitzen. Unverdrossen arbeitete sie weiter, benetzte den Amboss mit Wasser. Bei jedem Schlag spritzte das erhitzte Wasser auf und bildete eine dünne Schutzschicht zwischen Amboss und Schwert. Sie schmiedete die Klinge breit und flach aus.

Oleif staunte. Besser hätte es sein Meister auch nicht fertigen können. Nein, er hätte es nie so gut schmieden können wie Viviane. Und doch glaubte er, dass Zauberei im Spiel war. Dieser seltsame Stein aus dem Himmel schien magische Kräfte zu besitzen.

Immer wieder faltete Viviane eine neue Lage, schmiedete sie aneinander. Abkühlen, erhitzen, schlagen, abkühlen, erhitzen, schlagen. Sie arbeitete, bis der Morgen graute. Dann ließ sie entkräftet den Hammer fallen.

»Keiner darf die Klinge berühren«, mahnte sie. Oleif legte sie vorsichtig in den Sand.

»Raudaborsti, geh und schäle Eichenrinde. Sie soll im Kessel kochen bis heute Nacht.«

Thoralf kam sich überflüssig vor. Er wusste nicht, was er von Vivianes Verwandlung halten sollte. Sie war bestimmt keine schwache Frau, hatte sie sich doch durch ihr Schicksal kämpfen müssen. Aber was er nun erlebte, stellte auch seine Weltordnung auf den Kopf. Ob Viviane wirklich ein Mensch war oder doch eine der Riesengöttinnen in menschlicher Gestalt? Er fuhr sich durch seinen blonden Schopf, raufte sich die Haare und betrachtete immer wieder die Klinge im Sand. Auch er wagte nicht, sie zu berühren. Er hatte schon viel erlebt auf seinen Fahrten, auf den Märkten, die er ansteuerte. Er kannte Schwerter, die eines Königs würdig waren und die er nicht bezahlen konnte. Solche Schwerter bestanden aus diesem besonderen Stahl, den man im fernen Orient herzustellen verstand. Die breite, flache Klinge war von fränkischer Machart. Für einen Wikinger war sein Schwert mehr als eine Waffe. Meist wurde es vom Vater auf den Sohn vererbt. Björgolf hatte sein Schwert jedoch mit in sein Grab im Moor nehmen müssen. Das Schwert, das Thoralf besaß, hatte er erbeutet. Es war ein gutes Schwert, wurde es doch vom Geist eines todesverachtenden Kämpfers bewohnt.

Die Männer machten Viviane ehrfürchtig Platz, als sie zum Gesindehaus wankte. Thoralf wollte zu ihr eilen und sie stützen, doch Yngvar hielt ihn zurück. »Erweise ihr die Ehre, die man einem wikingischen Schmied erweist. Was sie geschafft hat, können wir nicht hoch genug achten.«

Dalla versteckte sich hinter dem Rücken von Astrid und lugte über deren Schulter. »Zauberei«, murmelte sie. »Das ist doch alles Zauberei.«

Raudaborsti, die, mit einem Messer bewaffnet, auf Rindensuche gehen wollte, stampfte wütend mit dem Fuß auf.

»Niemals! Ich wusste von Anfang an, dass sie die Tochter eines Schmieds ist. Ich habe sie gewarnt, dass es für sie gefährlich sein könnte. Und das ist es, denn sie wird nun als Zauberin beschimpft.«

Ihr kindliches Gesicht hatte sich rot verfärbt, die gerunzelten Augenbrauen zeugten von unbändigem Zorn.

»Was hättet ihr denn mit ihr gemacht, he? Eine Sklavin, die Waffen schmieden kann.«

»Wir hätten es nicht geglaubt«, erwiderte Thoralf wahrheitsgemäß. »Zudem ist sie eine Frau …«

»Warum soll denn eine Frau nicht auch Außergewöhnliches leisten können?« Raudaborsti ließ sich nicht beruhigen. »Frigg ist auch eine Frau, die Walküren, die Nornen. Oder glaubt jemand, dass Frigg keine göttliche Macht hat?«

Truud packte Raudaborsti. »So darfst du nicht mit der Herrschaft sprechen«, rügte sie, wagte aber nicht, die Hand zu erheben.

Raudaborsti riss sich los. »Ist doch wahr«, schmollte sie. »Niemand will sehen, wie außergewöhnlich Viviane ist.«

»Du hast sie sehr gern, nicht wahr?« Astrid nahm die Kleine schützend in den Arm. Raudaborsti nickte schweigend.

Astrid wechselte mit Thoralf einen langen Blick. »Sie *ist* außergewöhnlich«, sagte er. Dann drehte er sich um. »Habt ihr nichts zu tun, Männer?«

Viviane schlief tief und traumlos. Sie spürte nicht einmal ihre schmerzenden Glieder, die Brandflecken auf ihrer Haut, die Blasen an den Handflächen. Niemand störte sie in ihrem gerechten Schlaf. Die Männer schlugen einen großen Bogen um das Gesindehaus, denn noch immer war ihnen Viviane unheimlich, trotz Raudaborstis energischen Protests. Thoralf leitete den weiteren Aufbau, trieb die Männer an, bis zum nächsten Vollmond die Arbeiten zu beenden. Wie immer, wenn er mit etwas nicht zurechtkam und nachdenken musste, um mit sich selbst ins Reine zu kommen, suchte er die Bewegung. Dass Skollhaugen überfallen und abgebrannt war, dass sein Vater und viele seiner Leute getötet worden waren, hatte ihn geschockt, aber er hatte sich schnell auf die neue Situation eingestellt. Doch was er in der letzten Nacht gesehen hatte, überstieg seine Vorstellung vom Wesen einer Frau. Es begeisterte und befremdete ihn, wühlte ihn auf und zog ihn an. Was für eine Frau! Benötigte sie ihn, seinen Schutz, seine Fürsorge überhaupt? Sie war doch so anschmiegsam, so fraulich, so schutzbedürftig. Er wollte für sie da sein, ihr starker Held, ihr Ernährer, ihr Beschützer, ihr Liebhaber.

Nun aber hatte sich auf einen Schlag alles verändert. Für einen Wikinger stand der Schmied in einem hohen Rang, war er doch allein in der Lage, die wichtigen Waffen für einen Krieger, Seefahrer, König herzustellen: Äxte, Speere, Messer und als Krönung ein Schwert. Diese Art zu schmieden war eine Kunst, die nur wenige Schmiede beherrschten. Klingen aus Damaszener Stahl waren begehrt und kaum zu bezahlen. Zudem hatte bereits Karl der Große aus dem Frankenland die Ausfuhr der im Rheinland hergestellten Schwerter verboten. Ein Schmied, der diese Kunst beherrschte, wurde von jedem König hofiert, oftmals aus fernen Ländern entführt, um ihn in die eigenen Dienste zu stellen. Und er besaß diesen Schatz, ohne es zu ahnen!

Doch es war nicht allein die Schmiedekunst, die Viviane so einmalig machte. Es war ihre uneigennützige Liebe, ihre Hingabe, ohne sich aufzugeben, ihr Können, ohne sich damit zu brüsten. Es gab wohl keine Frau, die sich mit Viviane messen konnte.

Er richtete es so ein, dass er immer wieder einen Blick ins Gesindehaus werfen konnte, wo Viviane fest schlief. Da lag sie, so sinnlich, mit entspanntem Gesicht, die dunklen Kränze ihrer Wimpern ruhten wie kleine Feenflügel auf den Unterlidern. Ihre Wangen hatten sich gerötet, sie hielt ihre Lippen leicht geöffnet, dass die Zähne wie verborgene Perlen dahinter schimmerten. Ihre Brüste hoben und senkten sich in tiefen Atemzügen. Wie ein unsichtbares Band zog es Thoralf zu ihr hin. Gleichzeitig durchströmte ihn eine feurige Welle.

Nein, es schreckte ihn nicht ab, dass sie stark, selbstbewusst und klug war. Es gefiel ihm. Es gefiel ihm immer besser, je länger er darüber nachdachte. Am liebsten hätte er sie sofort in seine Arme genommen, um sie nie wieder loszulassen. Im Augenblick wirkte sie tatsächlich schutzlos. Der Schlaf hatte ihr den Panzer genommen, den sie sich hatte zulegen müssen, um all die Widrigkeiten ihres Lebens bestehen und überstehen zu können. Auf Zehenspitzen schlich er näher, beugte sich zu ihr hinab und hauchte ihr einen Kuss auf die Stirn. Dort war noch immer der schmutzige Streifen vom Schmiedefeuer. Liebe kleine Skolli!

Sie bewegte sich etwas, murmelte im Schlaf, drehte sich auf die andere Seite und schlief weiter. Mit einem stillen Lächeln verließ er die Hütte.

Der Mond rundete sich von einer schmalen Sichel zu einer fast vollkommenen Scheibe. Jede Nacht arbeitete Viviane an dem Schwert, schmiedete immer wieder neue Lagen aus Eisen auf das Blatt, formte es immer perfekter und tauchte es zuletzt in einen ätzenden Sud aus Eichenrinde. Auf wundersame Weise wurde eine feine Streifung des Metalls auf der Klinge sichtbar, so wie sie die Lagen geschmiedet hatte. Unablässig polierte sie das Schwert, bis es glänzte wie der Mond selbst.

Oleif bekam die ehrenvolle Aufgabe, den Schwertgriff zu gestalten. Aus einem harten Stück Holz schnitzte er den Griff, glättete ihn und versah ihn mit Odins und Thors Zeichen. Mit feinen Lederstreifen wurde er dann so umwickelt, dass er geschmeidig in Thoralfs Hand lag.

Am Tag, als sich der Mond rundete, trat Viviane vor Thoralf, das Schwert auf den Händen. Es war ein feierlicher Augenblick. Das spürten alle Bewohner von Skollhaugen. Sie versammelten sich schweigend, bildeten einen Kreis um Viviane und Thoralf.

Viviane streckte die Arme vor. »Thoralf, Herr über Skollhaugen, hiermit übergebe ich dir das Schwert, das die Nornen prophezeit haben. Es soll dir zu deinem Recht und deinem Sieg verhelfen. Ich habe es gefertigt, wie es mein Vater mich lehrte. Der Stein vom Himmel aber verleiht ihm magische Kraft. Möge diese Kraft in deinen Arm fahren und ihn unfehlbar werden lassen.«

Sie neigte den Kopf, während Thoralf mit angehaltenem Atem das Schwert in Empfang nahm. Er konnte seinen Blick nicht von Viviane wenden. Jedes Detail ihres Gesichts hatte sich ihm eingeprägt, die kleine steile Falte zwischen den geschwungenen Augenbrauen, wenn sie sich konzentrierte, die beiden kleinen Grübchen auf den Wangen, wenn sie lächelte, die feuchten roten Lippen, wenn sie nachdenklich mit ihren perlengleichen Zähnen darauf nagte, ihre Wimpernkränze wie Elfenflügel, wenn sie schlief.

Doch dann richtete er den Blick auf das Schwert. Es war ihm noch immer unbegreiflich, dass Viviane es gefertigt haben sollte, auch wenn er es Nacht für Nacht mit eigenen Augen gesehen hatte.

»Seit alters her wurden den Herrschern über das Schmiedefeuer und den Hammer hohe Ehren gezollt. Wer ein derartiges Schwert herzustellen vermag, der ist nicht nur ein Künstler, sondern bestimmt auch das Schicksal des Kämpfers in der Schlacht. In diesem Sinne besitzt er göttliche Macht. Ich stehe in Ehrfurcht und Dankbarkeit vor dir, Viviane, Tochter des Schmieds, die du mir dieses Schwert zum Kampf übergibst.«

»Mit dem Schwert kämpfen kann sie auch«, platzte Raudaborsti in die entstandene feierliche Stille hinein. Sofort erntete sie von Truud einen Klaps, doch Thoralfs Augen weiteten sich.

»Tatsächlich?«

Viviane nickte. »Wer ein Schwert herzustellen vermag, muss auch damit umgehen können«, erwiderte sie. »Doch es ist nicht meine Bestimmung, Blut zu vergießen. Ich bin eine Frau, die Leben gebiert. Allerdings bin ich bereit, mein eigenes Leben zu verteidigen, wenn ich angegriffen werde.«

Oleif schenkte ihr bewundernde Blicke, während Thoralf überrascht den Kopf schüttelte. »Du erstaunst mich immer mehr, Viviane. Ich bewundere und verehre dich. Mehr noch, ich liebe dich, so wie du bist.«

Sie lächelte. »Halte die Schneide nach oben«, forderte sie ihn auf. Dann nahm sie eine Vogelfeder und ließ sie auf die Schneide herabschweben. Die Feder wurde in der Mitte geteilt. Die Umstehenden raunten.

»So ein wundervolles Schwert muss einen Namen haben«, sagte Thoralf. Er packte den Griff fester. »Ich bin voll Zorn auf die feigen Verräter meiner Sippe. Ich will es Gramr nennen.«

»Zorn ist ein schlechter Begleiter im Kampf. Er trübt den Blick für diejenigen, die hinter dem Feind stehen.«

Thoralf stutzte. »Du bist sehr klug, Viviane. Manchmal beschämst du mich. Ich bin ein Kämpfer. Als Fürst jedoch sind Klugheit, Weitsicht und Weisheit unentbehrlich. Mit dir an meiner Seite werden wir unsere Sippe wieder zu Ehren und

Wohlstand führen. Nenne den Namen für dieses Schwert, welches seine Bestimmung sein soll.«

»Skuld sprach davon, dass das Schwert grüne Flammen sprüht«, gab Viviane nachdenklich zurück. »Diese Prophezeiung kann ich nicht deuten. Deshalb sollte das Schwert Gunnlogi heißen, Flamme des Kampfes.«

»So soll es sein«, entschied Thoralf.

Die Männer brachen in lauten Jubel aus. Skollhaugen sollte wieder auferstehen!

Der Mond rundete sich endgültig zu einer vollen Scheibe. Silbern und kühl stand er am Nachthimmel, zog unbeirrt seine Bahn und bedeutete, dass der Tag der Entscheidung unmittelbar bevorstand.

Vivianes Magen krampfte sich zusammen. Sie konnte nichts mehr essen, musste immer wieder an den Kampf denken. Ihr fehlte die letzte Überzeugung, dass das Schwert Zauberkräfte besaß, dass die Prophezeiung der Nornen eintreffen würde – und dass sie diese Prophezeiung richtig gedeutet hatte.

Ihre Befürchtungen behielt sie für sich und lächelte tapfer. Nur Raudaborsti ahnte, dass Viviane etwas quälte.

»Der macht das schon«, versuchte sie Viviane in ihrer liebenswerten Art zu trösten. »Schließlich ist er ein todesmutiger Wikinger.«

»Ja, ja, ich weiß, dass die Krieger der Wikinger den Tod nicht fürchten. Mir ist aber lieber, er lebt, statt an Odins Tafel zu sitzen.«

Raudaborsti grinste über ihr ständig schmutziges Gesicht. »Kann ich mir denken. Wer sollte sonst mit dir immer mal auf das Schiff verschwinden?«

»Ach, Raudaborsti, du weißt noch nichts vom Liebesleid. Man nennt es nicht umsonst so. Es tut nämlich weh, wenn man sich verliebt.«

»Doch, das weiß ich«, behauptete Raudaborsti voller Überzeugung. »Ich war auch schon mal verliebt.«

»Doch nicht etwa in Oleif?«

Raudaborsti errötete, was man sogar unter der Schmutzschicht auf ihrem Gesicht erkennen konnte. »Das sage ich nicht«, meinte sie mit abgewandtem Kopf. »Aber wenn es weh tut, warum gehst du dann immer mit Thoralf aufs Schiff?«

Nun errötete Viviane. »Das meine ich nicht. Das … das tut nicht weh, sondern ist sehr schön. Aber wenn ich daran denke, dass Thoralf vielleicht im Kampf stirbt …«

»Dann denk eben nicht dran. Truud hat ein Wildschwein, das die Männer erjagt haben, zubereitet. Das gibt ein richtiges Festmahl.«

Viviane schüttelte den Kopf. »Ein Festmahl kann es erst geben, wenn Thoralf gesiegt hat.«

»Dann gibt es noch ein Festmahl«, behauptete Raudaborsti.

Die Männer ließen es sich nicht nehmen, das Fleisch zu verspeisen und sich mit Reden und Gesängen auf den morgigen Kampf einzuschwören. Viviane hielt sich vom Gelage fern, und Thoralf drängte sie auch nicht, daran teilzunehmen. Sie ging hinunter an den Fjord, setzte sich an den Kieselstrand und starrte auf das Wasser hinaus. Wie hatte ihr Leben sich doch verändert, mehrfach und drastisch. Und jetzt stand ihr wohl die letzte große Prüfung bevor. Seit langer Zeit faltete sie wieder einmal die Hände und hob die Augen zum Himmel. »Lieber Gott, der du mich durch all die Wirrnisse geführt hast, mir so viele Prüfungen auferlegt und mich hast bestehen lassen, so schenke Thoralf deine Gnade, der für uns alle kämpfen wird. Auch wenn er nicht an dich glaubt, so ist er doch ein guter Mensch, und ich liebe ihn. Ich habe Angst, ihn zu verlieren, wo ich ihn gerade erst gewonnen habe.« Sie tastete nach dem kleinen Thor-Anhänger unter ihrem Kleid. »Verzeih, dass ich dir eine Zeit lang untreu war, doch hier herrschen noch andere Götter. Auch kann ich nicht zaubern, so dass ich nur meine Kenntnisse in das Schwert hineinschmieden konnte. Lass es nicht umsonst gewesen sein.«

Sie hörte hinter sich Schritte auf dem Kies knirschen.

»Du bist unvorsichtig, allein hierherzugehen«, sagte Thoralf mit leisem Vorwurf. »Denkst du nicht an Asgeirs Hinterhältigkeit?«

»Doch, ich denke immerzu daran. Aber ich glaube, Ragnvalds Leute sitzen auch bei einem Festmahl und sind sich sicher, dass Hoskuld morgen siegt.«

Thoralf lachte. »Das ist gut möglich. Ich vertraue auf dein Schwert, Viviane, und auf meine Kampferfahrung.«

»Du kämpfst ehrlich, Thoralf. Doch wird es Hoskuld auch tun?«

»Es wird ihm nichts anderes übrig bleiben. Viele Augen werden diesen Kampf verfolgen.«

»Du brauchst den Beistand aller Götter«, sagte sie leise. Sie fasste die dünne Lederschnur mit Thors Hammer und zog sie sich über den Kopf. Dann legte sie sie Thoralf um. »Möge dein Gott dich beschützen. Meinen habe ich auch darum gebeten.«

Überrascht und erfreut lächelte er. »Ich danke dir. Aber was kann mir schon geschehen, wenn ich doch dein verzaubertes Schwert führe?«

Ja, was? Viviane blieb ihm die Antwort schuldig.

Es war der dritte Tag, nachdem sich der Mond gerundet hatte. In den Nachmittagsstunden zogen sie los zum Thingplatz, auf dem damals das verhängnisvolle Urteil gefällt worden war. Doch diesmal war es kein Thing, das einberufen wurde. Diesmal war es ein Kampf auf Leben und Tod. Dass dazu der Thingplatz ausgewählt worden war, war ebenso eine Einmaligkeit wie der Kampf selbst. Wo freie Männer berieten, wo Recht gesprochen wurde, sollte diesmal eine Entscheidung gefällt werden. Der Sohn des Jarls Björgolf kämpfte gegen den Sohn des Jarls Ragnvald. Nicht nur alle Anhänger von Ragnvald waren gekommen, sondern auch Jarls aus der weiteren Umgebung von Vik. Wie ein Lauffeuer hatte es sich herumgesprochen, was geschehen war. Und keiner wollte sich entgehen lassen, wie dieser Kampf verlief. Sie fanden es ehrenhaft von Thoralf, auf eine Schlacht zu verzichten und stattdessen den Zweikampf vorzuziehen. Doch es gab auch viele, die zu Ragnvald hielten, einfach weil er ein mächtiger und reicher Jarl war. Man wollte es sich nicht von vornherein mit ihm verscherzen. Dass sein Sohn diesen Überfall auf Skollhaugen begangen hatte, missbilligten sie, jedoch war das Sache von Hoskuld, nicht von Ragnvald. Der Zweikampf, egal wie er ausging, würde Ragnvalds besudelte Ehre wiederherstellen.

Einmalig war auch, dass sich unter den Zuschauern viele Frauen befanden. Frauen waren beim Thing nicht zugelassen, auch keine Sklaven und andere Unfreie. Doch auch die umstanden in dem großen Kreis den Platz, als auf der einen Seite Ragnvald, Hoskuld und dessen Gefolge eintrafen, auf der anderen Seite Thoralf mit seinen Begleitern.

Es war ein ungleiches Bild. Auf der einen Seite der reiche Ragnvald, in seinen prächtigsten Kleidern, in pelzbesetztem Umhang, mit reichem Schmuck und auf bunt gezäumtem Pferd. Hoskuld trug eine blinkende Rüstung, einen Helm, der sein ganzes Gesicht schützte, und blinkende Metallplatten auf der Brust. Die Frauen waren so aufgeputzt, als wären sie zu einem Hochzeitsfest geladen. Die Männer ritten auf Pferden, die Frauen wurden in Sänften getragen. Nur die Begleitmannschaft zu beiden Seiten ging zu Fuß, schützte mit großen Schilden und erhobenen Äxten die Flanken des fürstlichen Zuges. Es war ein langer Aufmarsch, und die bereits anwesenden Jarls mit ihrem Gefolge erhoben sich und zollten Ragnvald Ehrerbietung.

Der Zug von Skollhaugen auf der anderen Seite war wesentlich kleiner. Thoralf besaß nur noch vierzig Männer, drei Mägde, einen Knecht und seine kleine Familie. Er ritt als Einziger auf einem Pferd, das ihm nicht gehörte. Alle anderen gingen zu Fuß. Ihre Kleidung war denkbar einfach, obwohl sich Astrid bemüht hatte, dass alle neue Kleidung erhielten. Sie trug ihre sichtbare Armut mit Stolz und Selbstbewusstsein. Nichts hatte ihren Rücken beugen können, obwohl ihr Haar weiß und ihre Falten sehr tief geworden waren.

Mit einem Kopfnicken grüßte Thoralf zuerst Ragnvald, dann die anwesenden Jarls. Er hörte an dem Raunen ringsum, was sie von dem ungleichen Aufzug hielten und was sie glaubten, wem wohl der Sieg zufallen würde.

In Ragnvalds Gefolge entdeckte Thoralf Gunnardviga. Für einen Moment kreuzten sich ihre Blicke. Sie warf den Kopf in den Nacken, dann ließ sie sich aus der Sänfte helfen. Frauen mussten in den hinteren Reihen stehen. Die besseren Plätze standen den Männern zu.

Am liebsten wäre Viviane auf Skollhaugen geblieben, aber das wäre einer Missachtung der Kämpfer gleichgekommen. Außerdem hätte sie es sicher gar nicht ausgehalten, so im Ungewissen zu bleiben. Raudaborsti hatte ihre Hand gefasst und drückte sie. Viviane fand diese Geste rührend und hielt die kleine Hand fest in ihrer.

Thoralf stieg vom Pferd und betrat als Erster den Ring. Er trug nur einen aus Leder gefertigen Brustpanzer über seinem Hemd. Seine Füße steckten in weichen Lederstiefeln, dazu trug er gebundene Hosen aus Wollstoff. Er hatte auf einen Helm verzichtet, nichts schützte sein Gesicht.

Nun betrat auch Hoskuld den Kampfplatz. In seiner Rüstung konnte er sich kaum bewegen. Durch die Schlitze seines Helms fixierte er Thoralf. Leichtsinnig fand er ihn, überheblich. Seine Schutzlosigkeit sollte wohl Todesmut beweisen.

Hoskuld schritt mit hoch erhobenem Schwert um den gesamten Platz herum und ließ sich von den Zuschauern bewundern. Es blinkte und blitzte von seiner Rüstung, zumal die Sonne hinter den Wolken hervortrat und die ganze Umgebung in ein freundliches gelbes Licht tauchte.

An den Astspitzen der alten Eiche, die sich auf dem Thingplatz erhob, schoben sich grüne Blattspitzen aus den dicken Knospen hervor und drängten dem Licht entgegen.

Der Baum! Viviane erstarrte. Die Norne hatte von einem Baum gesprochen. Ihr Blick fiel auf den Holzhaufen, der in einiger Entfernung vom Baum aufgeschichtet worden war. Wenn sich die Dämmerung herabsenkte, würde er angezündet werden. Das war auch das Zeichen für den Beginn des Kampfes. Flammen! Die Flammen des Feuers. Aber grün?

Viviane begann vor Aufregung zu zittern. Astrid stellte sich neben sie. Unmerklich, aus den Falten ihres Kleides heraus, griff sie nach Vivianes freier Hand. Mit der anderen hielt Viviane immer noch Raudaborsti fest, oder besser, Raudaborsti hielt Viviane. Auch die Kleine war aufgeregt, hüpfte ständig hin und her, während Astrid unbewegt dastand. Viviane ahnte, wie sich Astrid fühlte, doch sie konnte ihr im Augenblick keinen Trost spenden.

Thoralf wartete, bis Hoskuld seine Runde beendet hatte, dann trat er vor ihn. »Hoskuld Ragnvaldsson, ich fordere dich zum Zweikampf. Du hast Skollhaugen überfallen, beraubt und niedergebrannt. Du hast meinen Vater getötet und meine versprochene Braut genommen. Du hast Verrat geübt und die Ehre meiner Sippe beschmutzt. Ich, Sohn des Jarls Björgolf, fordere dich auf zu kämpfen. Wir werden kämpfen auf Leben und Tod. Die Götter sollen entscheiden, wer der Sieger ist. Entscheiden sie zu deinen Gunsten, Hoskuld, so soll der Überfall ungesühnt bleiben, alles Gut, das du geraubt hast, dir gehören und die Mitglieder meiner Familie als Freie unter deine Obhut gelangen. Meine Männer sollen dir als Freie dienen und dir Gehorsam schwören.«

»So soll es sein«, riefen die Zuschauer. Nur Dalla schluchzte laut auf. Der Gedanke, wieder unter Gunnardvigas Fuchtel zu geraten, war ihr unerträglich.

»Wenn die Götter aber zu meinen Gunsten entscheiden, so gehört mir alles, was deiner Sippe gehört, geraubtes Gut sowie rechtmäßiges Gut, alles Vieh, alle Schätze, die Abgaben aus deinen Ländereien, alle Männer und Frauen, das Gesinde bis zum letzten Sklaven, alle Vorräte und die Burg Bleytagarðr.«

»So soll es sein«, wiederholten die Umstehenden.

Ragnvald schluckte schwer und presste die Lippen zusammen. Das wäre das Ende von Bleytagarðr und seiner Sippe. Doch noch war es nicht so weit, und er hatte Hoskuld in den letzten zehn Tagen von einem alten Kämpfer immer wieder in allen Finten des Schwertkampfes unterrichten lassen. Seine Chancen standen gut. Zudem besaß er eine ausgezeichnete Rüstung, die jedem Schwerthieb standhalten würde.

Zwei Jarls erhoben sich. Der eine hielt einen schwarzen Hahn in der Hand, der andere eine brennende Fackel. Gemessen schritten sie zum Holzhaufen.

»Wir opfern Odin mit dem Blut eines Hahnes, um seinen Willen auf Midgard zu lenken. Wir erbitten seine Unterstützung, um ein Urteil zu fällen.«

»Odin hilf, Odin hilf, Odin hilf …« Die Rufe der Zuschauer wurden immer lauter, während der eine der Jarls dem Hahn den Kopf abschnitt. Das Blut tropfte auf den Holzhaufen. Viviane kniff die Augen zusammen, in der Hoffnung, dass dieses Opfer nicht vergebens war. Der zweite Jarl entzündete mit der Fackel das Feuer.

Mit einem letzten Aufleuchten versank die Sonne hinter dem Horizont, während die Flammen an den Scheiten und Ästen des Holzstoßes leckten und immer höher schlugen.

»Kämpft!«, erklang die Aufforderung der Jarls.

Hoskuld beugte seine Knie federnd und griff Thoralf an. Thoralf beschränkte sich darauf, die Hiebe abzuwehren. Die Zuschauer johlten und pfiffen, feuerten Hoskuld an. Wie zwei Tänzer bewegten sich die Kämpfer im Kreis, um das Feuer herum, um den Baum. Doch plötzlich griff Thoralf an, drängte Hoskuld zurück. Der wurde durch seinen Helm mit dem Gesichtsschutz behindert, stolperte und stürzte. Er erntete Gelächter und Pfiffe. Jetzt wurde Thoralf angefeuert. Doch Thoralf wartete, bis Hoskuld sich wieder erhoben hatte. Einen Augenblick standen sich beide schwer atmend gegenüber. Hoskuld riss sich den Helm vom Kopf und schleuderte ihn beiseite. Jetzt konnten alle sein wutverzerrtes Gesicht sehen.

»Freu dich nicht zu früh, Thoralf Björgolfsson«, rief er. Mit beiden Händen packte er sein Schwert, dessen Knauf mit Goldintarsien verziert war. Es war eine prachtvolle Waffe und seit Generationen in der Sippe vom Vater auf den Sohn übergegangen. Das war Thoralf nicht vergönnt gewesen. Vielleicht lenkte ihn der Gedanke an Björgolf in seiner Aufmerksamkeit ab. Hoskulds Schwertspitze jedenfalls streifte seinen Arm. Der Aufschrei kam von den Frauen aus Skollhaugen. Viviane stockte der Atem. Der Riss des Hemdes färbte sich rot von Blut. Sie presste die Hände vor den Mund und unterdrückte ein Stöhnen.

Der Kampf wurde heftiger, Hoskuld und Thoralf schlugen verbissen aufeinander ein. Nun nahm Thoralf keine Rücksicht mehr. Er sah in Hoskuld nur noch den Feind, der ihm und seiner Sippe die Existenz genommen hatte. Feige, verräterisch und gierig war Hoskuld, zudem umgeben von ebenso feigen und gierigen Menschen. Hatten nicht Ragnvald, Asgeir und Gunnardviga ihn immer wieder ihrer Gunst versichert, ihn bewundert und mit Schmeicheleien überschüttet? Dabei war es nur Neid gewesen, gepaart mit Niedertracht und bösen Taten.

Thoralf packte das Schwert fester. »Hier, das für meinen Vater! Und das für den Raub meiner Braut! Und das für Skollhaugen! Und für das, was du Viviane angetan hast! Das für das Leid meiner Mutter! Und das für die Sklaverei meiner Schwestern!«

Hoskuld wich mehr und mehr zurück, konnte kaum Thoralfs Hiebe abwehren. Seine prahlerische Rüstung hinderte ihn in seinen Bewegungen. Er verfluchte im Stillen diesen Nachteil. Thoralf bemerkte es und blieb stehen.

»Leg deine Klimperrüstung ab«, forderte er ihn auf. »Ich will nicht meinen Vorteil ausnutzen.«

Auch Hoskuld blieb stehen. »Dann bin ich schutzlos«, stellte er fest.

»Das bin ich auch«, erwiderte Thoralf und zeigte auf den Blutfleck. »Bist du feige?«

»Das musst du mir nicht sagen«, schnaubte Hoskuld.

»Doch, denn dein Überfall auf Skollhaugen war feige. Der Tod meines Vaters war feiger Mord.«

Hoskuld winkte Sven, ihm aus seiner Rüstung zu helfen. Ungeduldig stampfte er mit den Füßen auf. Jetzt war er sich sicher, Thoralf zu schlagen.

Der Kampf wurde fortgesetzt. Auch an Hoskulds Hemd

zeigten sich rote Flecken. Der Schmerz machte Hoskuld nur wütender. Thoralf bemerkte, dass Hoskuld offensichtlich im Schwertkampf geschult worden war. Es klang metallisch an seiner Brust. Hoskuld hatte zugestoßen. Seine Schwertspitze traf auf den kleinen Thor-Anhänger, den Viviane ihm geschenkt hatte. Er hielt den Stoß ab. Thoralf wich zurück. Das hätte ihn beinahe das Leben gekostet!

Er atmete tief durch. Warum half sein verzaubertes Schwert nicht? Er kniff die Augen zu einem Spalt zusammen und fixierte Hoskuld. Der antwortete mit einem arroganten Grinsen.

»Ach, bist du widerlich«, schnaubte Thoralf und streckte sein Schwert vor. In diesem Augenblick verfärbte sich der Himmel. Grüne Lichtschlangen züngelten über das Firmament, spiegelten sich auf der blanken Klinge.

»Die grünen Flammen!« Viviane flüsterte, aber Raudaborsti schrie es laut heraus.

»Grüne Flammen, sieh nur, das Schwert sprüht grüne Flammen!«

Auch Thoralf sah es. Die Prophezeiung hatte sich erfüllt!

Er hob das Schwert zum Himmel, damit alle die grünen Flammen auf der Klinge sehen konnten. Die Zuschauer raunten, riefen Odin an.

»Gunnlogi«, brüllte Thoralf mit kraftvoller Stimme und stürmte auf Hoskuld zu. Drei, vier, fünf Hiebe, die Hoskuld zurückweichend abwehrte. Mit einem dumpfen Klirren brach sein Schwert. Ein Aufschrei der Umstehenden ertönte, Hoskuld starrte mit ungläubiger Miene auf den Schwertstummel in seiner Hand. Im nächsten Moment spürte er Thoralfs Schwertspitze an seiner Kehle.

Langsam senkte Hoskuld den Arm und ließ den traurigen Rest seiner Waffe fallen. Er hatte verloren, sie alle waren verloren!

Thoralfs Anhänger jubelten, Raudaborsti hüpfte wie wild umher. Nur Viviane stand stumm. Aus dem Augenwinkel sah sie Asgeir am Rand stehen. Seine Hand fuhr langsam unter seinen Umhang.

»Thoralf, pass auf! Asgeir …« Im selben Augenblick flog ein Messer aus Asgeirs Hand auf Thoralf zu. Geistesgegenwärtig bückte sich dieser, das Messer blieb im heiligen Baum stecken.

Wieder lief ein Aufschrei durch die Zuschauer. Diesmal richtete sich ihr Zorn gegen Asgeir. »Verräter«, riefen sie.

Asgeir stieß die neben ihm Stehenden beiseite und lief zu seinem Pferd, auf dem Thoralf gekommen war. Er sprang hinauf und preschte in die Dunkelheit davon. Pfiffe und Gelächter folgten ihm. Doch dann richteten sich die Blicke wieder auf Thoralf und Hoskuld. Thoralf hielt immer noch die Schwertspitze an Hoskulds Kehle. Jetzt war der Augenblick gekommen, wo Blut die Erde um den heiligen Baum tränken würde.

Thoralf ließ das Schwert sinken. Es wurde unheimlich still. »Ich werde dich nicht töten. Es ist schon zu viel Blut geflossen. Mit deinem Tod kann ich all die anderen Toten nicht wieder nach Midgard zurückholen. Odin wollte, dass ich siege. Das genügt.«

Hoskuld atmete auf, doch dann besann er sich, dass er der Sohn eines Jarls war. Er hatte verloren, doch dass Thoralf ihm das Leben schenkte, war eine Schmach.

»Du verhinderst, dass ich in Walhall einziehe und mir ein Platz an Odins Tafel zugewiesen wird?«

»Ganz recht, Hoskuld, denn da sitzt mein Vater. Und ich werde zu verhindern wissen, dass du dort mit ihm zusammen speist. Das kommt nur wirklichen Helden zu.«

Beschämt senkte Hoskuld den Kopf, während die Zuschauer Thoralf zujubelten.

Thoralf hob die Hand. »Ragnvald, jetzt ziehen wir alle nach Bleytagarðr. Du wirst deine Schatzhäuser öffnen.«

Ragnvald war klug genug, sich zu fügen. Zwar hätte eine Schlacht ihm die Entscheidung bringen können, denn seine Männer waren denen Thoralfs zahlenmäßig überlegen, doch er fürchtete Odins Rache mehr als den Hungertod. Er wollte in Würde sterben.

So begaben sich alle nach Bleytagarðr. Es wurde ein langer Zug, denn auch die anderen Jarls schlossen sich mit ihrem Gefolge an. Bevor sie loszogen, trat Sven vor Thoralf. Er hielt sein Pferd am Zügel.

»Es widerspricht der Würde eines Siegers, zu Fuß auf sein erobertes Land zu gehen. Nimm mein Pferd, das deinige hatte Asgeir genommen.«

Thoralf stutzte einen Moment, doch dann nahm er das Angebot an. Es hätte Sven sonst beleidigt.

Der neue Tag brach bereits an, als sie Bleytagarðr erreichten. Die Torflügel standen weit offen, sonst war es still auf dem großen Hof. Nur einige Hunde liefen aufgeregt umher. Thoralf sprang vom Pferd und schaute sich um.

»Ragnvald, lass alles aus deinen Ställen und Vorratshäusern bringen, was dein Sohn uns geraubt hat.«

Auch Ragnvald stieg vom Pferd. Er legte seinen prachtvollen Umhang ab und warf ihn auf den Boden, auch seine Krone, sein Schwert, sein Messer. Mit einer ausholenden Armbewegung deutete er auf das große Anwesen. »Wozu? Jetzt gehört alles dir. Nimm es, ich werde dich nicht daran hindern.«

»Du glaubst also, ich überlasse dich, deine Familie und dein Gesinde dem Hungertod? Hältst du mich für so rachsüchtig?«

»Du meinst …?«

»Ich will all das wiederhaben, was von Skollhaugen geraubt wurde. Deinen Besitz taste ich nicht an. Du wirst mit der Schande leben müssen, was du getan hast, was du geduldet hast, was dein Sohn getan hat. Ich werde jedoch nicht Unschuldige leiden lassen.«

Er erntete brausenden Jubel. »Ein kluger Mann, ein weiser Jarl«, riefen alle, während Thoralfs Männer bereits begannen, die Ochsenkarren zu beladen.

Plötzlich trat Gunnardviga zu ihm. Sie senkte den Blick und versteckte ihre unruhigen Hände in den Falten ihres Gewandes.

»Thoralf, du großer Held, ich stehe vor dir in Demut und in großer Scham. Verzeihst du einer schwachen Frau, dass sie sich zum Spielball böser Mächte machen ließ? Ich schwöre, dass ich den Überfall auf Skollhaugen niemals gutgeheißen habe. Ich bereue, nicht mehr gegen das Unrecht getan zu haben. Verzeihst du mir und vergibst du mir? Ich habe immer nur dich geliebt und werde mit Freuden deine Frau. Nichts hält mich hier auf Bleytagarðr, und Grondalr bringe ich dir gern als Brautgabe.«

Sie hob die Lider und schaute ihn an, bittend, lauernd, unstet.

Dalla kreischte laut. »Diese giftige Natter, diese verlogene Krähe! Sie hat uns als Sklaven gehalten, uns schlecht behandelt, geschlagen, gedemütigt. Dabei waren wir mal Freundinnen. Ich mag gar nicht daran denken. Allen hat sie was vorgemacht, uns getäuscht. Sie soll für alle Ewigkeit im Moor verrotten.«

Thoralf sog scharf die Luft durch die Nase ein. »Halt den Mund«, fuhr er seine Schwester an. Dann wandte er sich an Gunnardviga.

»Erwartest du das wirklich von mir?«

Sie nickte.

»Höre, Gunnardviga Eiriksdotter! Ich glaube dir, dass du den Überfall weder geplant noch durchgeführt hast. Vielleicht hast du ihn auch nicht gutgeheißen. Ich glaube auch, dass du es nun bereust, jetzt, wo ich meinen Besitz wieder erkämpft habe. Aber ich glaube dir nicht, dass du dich in deinem Wesen geändert hast. Du bist stolz, hartherzig und gierig. Du hast nur danach getrachtet, den reichsten Mann zu bekommen. Ich verzeihe dir und ich vergebe dir, aber eines werde ich nicht tun: dich zur Frau nehmen. Der Platz an meiner Seite gebührt einer anderen, einer, die weiß, was Liebe ist.«

Er bemerkte, wie sie zusammenzuckte. »Leider ist die Schwester der Erwartung die Enttäuschung. Du wirst Hoskuld heiraten. Ich wünsche dir, dass du glücklich mit ihm wirst.«

»Das werde ich bestimmt nicht«, rief Gunnardviga verzweifelt. »Ich liebe ihn nicht!«

»Mich hast du auch nicht geliebt, nur meinen Reichtum. Lass es gut sein, Gunnardviga, mein Entschluss steht schon lange fest. Grondalr soll dir bleiben, du hast es gut bewirtschaftet. Und in Jarl Ragnvald hast du einen Beschützer, falls … falls dich dein Mann nicht überzeugt.«

Sie errötete, als die anderen lachten. Aber sie wusste auch, dass sie verloren hatte. Zumindest hatte Thoralf sich so verhalten, dass sie nicht ihr Gesicht verlor. Dass sie mit Hoskuld nun den Rest ihres Lebens verbringen musste, war die Strafe für ihre Gier.

Plötzlich wurde die Tür eines der Vorratshäuser aufgestoßen. Asgeir rannte, die Arme voller Schätze, zwischen den verblüfften Menschen hindurch geradewegs zum Tor hinaus. Er verlor einen silbernen Kelch, der über den Hof kullerte, doch er kümmerte sich nicht darum. Ketten, Waffen, Pelze, Schmuck,

Walrosszähne, Lederrüstung, alles schleppte er mit sich. »Das ist meins, das ist meins«, schrie er. Trotz seiner Last konnte er unglaublich schnell rennen.

»Verfolgt ihn, bringt ihn zurück«, befahl Ragnvald. Im Nu liefen einige seiner Männer Asgeir nach. Ein grausiger Aufschrei ließ alle erstarren. Wenig später kamen die Männer zurück. Ohne Asgeir.

»Er ist in den Sumpf gelaufen«, berichteten sie, »und mit all den Schätzen untergegangen.«

Hochzeit auf Skollhaugen

Das Jahr wurde wiedergeboren. Die Sonne stieg höher am Firmament, sammelte Kraft, die sie mit ihren Strahlen zur Erde sandte. Der letzte Schnee schmolz, es duftete nach Erde, Moos und frischem Grün. Auf den Wiesen blühten Blumen, die Herden suchten nach jungem Gras, und Vögel sammelten eifrig Futter für ihre Brut. Das Leben erneuerte sich überall nach dem langen und schreckensreichen Winter. Auch auf Skollhaugen schöpften die Menschen wieder Hoffnung. Diese Hoffnung gab ihnen nicht nur die erwachende Natur, sondern auch Thoralf, der Skollhaugen wieder aufbauen ließ. Es war viel Arbeit notwendig, doch jeder Tag brachte einen neuen Fortschritt.

Als die ersten Lämmer geboren wurden, gab es viel Jubel. Raudaborsti konnte sich nicht sattsehen an den lebhaften Jungtieren bei Schafen und Ziegen. Auch einige Kühe waren tragend. Oleif hatte wilde Tauben gefangen, die Halveig und Dalla zähmten. Hühner liefen wieder über den Hof, und auch zwei junge Hunde bekamen sie von einem Bauernhof geschenkt. Arnulf hütete die Schweine im Wald, wo sie sich selbst ihr Futter suchten. Noch war Getreide knapp, erst musste wieder geerntet werden, aber die Männer jagten und brachten genügend Wild herbei, um alle auf Skollhaugen zu versorgen. Truud fertigte Käse aus Ziegenmilch, und Raudaborsti sammelte eifrig Enteneier.

Thoralf gönnte sich selten eine Verschnaufpause, doch wenn er einmal innehielt, dann verbrachte er die Zeit mit Viviane.

Sie trafen sich außerhalb von Skollhaugen. Eine kleine Lichtung im Wald diente ihnen als Liebesnest. Weiches hohes Gras wuchs hier, auch dichtes Moos. Am Waldrand blühten Schlehenhecken in verschwenderischer Fülle, ein Eichhörnchen turnte übermütig über ihren Köpfen im Baum. Viviane hatte aus Blüten einen Kranz geflochten und sich aufs Haar gesetzt. Die Arme erhoben, tanzte sie auf der Wiese, selbstvergessen und glücklich. Sie trug nur ein einfaches Kleid, unter dem sich ihre Körperformen abzeichneten. Sie war wie eine Fee, sinnlich, zauberhaft und schön.

Thoralf betrachtete sie aus halb geschlossenen Augen mit wachsendem Entzücken. Viviane benötigte weder Gold noch Edelsteine. Sie bezauberte durch ihre Natürlichkeit. Ihr Körper hatte sich wieder gerundet. Er mochte diese sanften Rundungen, die so angenehm in seinen Händen lagen, ihre zarte Haut, das warme Fleisch. Ihre Wangen röteten sich, als sie bemerkte, dass Thoralf sie beobachtete. Er lag im Gras auf dem Rücken, die Arme hinterm Kopf verschränkt, und kaute auf einem Grashalm. Sie setzte sich neben ihm nieder und kitzelte ihn mit einer Blüte. Er lächelte, doch dann packte er blitzschnell ihre Handgelenke und zog sie zu sich herab. Lachend wehrte sie sich, aber nur zum Schein, denn nichts mochte sie lieber, als mit ihm zusammen zu sein. Sie ließ sich hinabziehen, beugte sich über ihn, um ihn zu küssen. Er wollte sich aufrichten, doch sie drückte ihn wieder ins Gras. Ihre Schulterfibel hatte sich gelöst, und ihr Kleid rutschte über die Schulter herab. Sie ließ es einfach geschehen, auch als sich ihre Brüste nicht mehr verbargen. Sie streifte das Kleid ab, streichelte sich selbst über den Körper und drapierte ihr offenes Haar über die Schultern.

Thoralf wurde unruhig, er atmete schneller und stöhnte leise auf. Ehe er sich aufrichten konnte, hatte Viviane ihn wieder sanft, aber bestimmt niedergedrückt. Sie stützte sich auf seine Schultern und schwang ein Bein über ihn, als wollte sie ein Pferd besteigen. Verblüfft blickte er sie an.

»Willst du mich bezwingen?«

Sie schüttelte lachend den Kopf, ihr Haar umwehte sie wie ein roter Schleier. »Du wirst immer mein Herr sein – wenn wir verheiratet sind. Aber jetzt sind wir gleich, ein freier Mann, eine freie Frau. Du hast mir Liebe und Zärtlichkeit geschenkt, jetzt schenke ich dir Liebe und Zärtlichkeit.«

Sie richtete sich auf, ihre Brüste schoben sich wie zwei Halbinseln in das Meer der lauen Frühlingsluft. Er starrte gebannt darauf, unfähig, etwas zu erwidern. Er verspürte den Druck ihrer Schenkel, als dirigiere sie ihn. Gleichzeitig öffnete sie das bronzene Schloss seines Gürtels, der den Bund seiner Hose zusammenhielt. Sie wollte doch nicht etwa …

Er hielt den Atem an, als sie sich kurz aufrichtete, um die Hose von seinen Hüften zu streifen. Thoralf kannte keine falsche Scham, doch Vivianes Kühnheit irritierte ihn. Sollte er jetzt tatsächlich einfach liegen bleiben und sie gewähren lassen? Was würde ihr einfallen, was mit ihm anstellen?

Mit beiden Händen strich sie über seine Brust, seinen Bauch, über die Hüften, um unterhalb des Nabels kurz innezuhalten.

»Es ist ein wundersames Ding, das du bei dir trägst«, meinte sie schmunzelnd. »Du versteckst es vor mir, weil es doch so klein und unscheinbar ist und anscheinend auch ziemlich unnütz. Doch wenn wir beieinander sind, dann wächst es wie ein Keimling, der ans Licht strebt. Mir scheint, es ist nur für mich bestimmt, wie ein Schlüssel, der in das eine Schloss gehört.«

»So ist es«, bestätigte Thoralf etwas verlegen. Noch nie hatte er so etwas in Worte gefasst. Gab es überhaupt Worte dafür?

»Es heißt Puntr. Ich nenne es Zauberschwert. Mal ist es klein, mal ist es groß. Aber es kann niemanden töten. Im Gegenteil, es spendet Leben.«

»Wie wunderbar doch alles eingerichtet ist.« Viviane umfasste es mit beiden Händen.

»Sei zart zu ihm, es hat sein eigenes Leben.«

»Ich spüre es.« Ihr Lächeln wurde inniger. »Was wäre ich für ein Schmied, wenn ich nicht mit einem Schwert umzugehen wüsste.«

Ihre Hände streichelten und rieben es, bis es seine ganze Pracht entfaltete. Thoralf sog scharf die Luft durch die Zähne ein, als Viviane sich wieder auf die Knie erhob, um ihn dann in sich aufzunehmen. Ganz langsam ließ sie sich nieder, als befürchtete sie, ihm damit weh zu tun. Doch sein Lächeln verriet das Gegenteil. Was für ein Anblick, als sie begann, langsam ihre Hüften zu bewegen.

»Bin ich jetzt dein Pferd und du meine Reiterin?«

»Nein«, erwiderte sie. »Jetzt sind wir eins. Ein Wesen, ein Mensch. Sowie sich der Schlüssel im Schloss bewegt, öffnet sich die Tür zu einer neuen Welt.«

Genauso fühlte sich Thoralf, losgelöst von der Erdenschwere, eins geworden mit einer wunderschönen Fee. Sie bewegte sich schneller, auf und ab, kreisend, vor und zurück. Er legte seine Hände auf ihre Hüften, dirigierte sie sacht, fügte sich in ihren Rhythmus. Es war schön, sich von Viviane führen zu lassen, verführen zu lassen. Ihre Brüste tanzten im Takt ihrer Bewegungen, ihr Haarschleier umwogte sie, Sonnenstrahlen zauberten rötlich goldene Fünkchen hinein. Sein Blick wurde durch ihren Bauchnabel gefesselt, der den geheimnisvollen Mittelpunkt ihres Körpers bildete. Glänzte darin ein Wassertropfen oder ein Edelstein? Und ein Stück weiter unten vereinten sich rötliche kleine Löckchen mit bernsteinfarbenem Haar, das seinen Unterbauch bedeckte. Das Blut pochte in seinen Ohren, er vernahm Vivianes keuchenden Atem. Hitze wallte durch seinen Körper, breitete sich in ihm aus, wie in einem alles verzehrenden Feuer verbrannte er darin. Immer schneller, immer heftiger, immer atemloser wurde diese Vereinigung, bis bunte Blitze vor seinen Augen zuckten, die feurige Welle über ihm zusammenschlug und er aufhörte zu existieren. Mit einem Aufschrei wurde er als neues Wesen geboren; ein Wesen, eins mit Viviane. Er verströmte all seinen Lebenssaft in ihr, ging in ihr auf und wollte sich nie wieder von ihr trennen.

Er spürte, wie sich Viviane auf ihn fallen ließ. Ihr Körper war heiß, feucht und bebte im Höhepunkt ihrer Vereinigung. Gemeinsam sanken sie in einen abgrundtiefen Strudel der Lust, als würden sie sterben.

Nur die Sonne wusste, wie weit sie auf ihrem Weg über den Himmel gewandert war, bis beide wieder zum Leben erwachten. Sie waren neu geboren.

Tiefe Befriedigung erfüllte Viviane, als sie sich neben Thoralf im weichen Gras ausstreckte. Sie vernahm das Summen der Bienen. Ein Schmetterling ließ sich auf ihrer Schulter nieder. Sie schloss die Augen und genoss das Gefühl. Thoralfs Arm lag über ihrer Hüfte, ihr Kopf an seiner Schulter.

Er bemerkte, dass Viviane eingeschlafen war. In ihm pulsierte es immer noch. So hatte er Viviane noch nie erlebt. Es war nicht seine Natur, passiv, unterlegen zu sein. Wie schaffte es eine Frau, ihn in eine derartige Situation zu bringen? Doch war er ihr wirklich unterlegen? Viviane war ohne Zweifel eine starke Frau. Er fand es gar nicht so schlimm, sich von ihr auf diese Weise beherrschen zu lassen. Tags war er der Herr, nachts sie die Herrin …

Er lächelte bei dem Gedanken. Bald schon würden sie auch die Nächte miteinander verbringen. Das Haupthaus war fast fertiggestellt. Dann würden sie alle im Mittelraum wohnen, auf den Schlafbänken, er, Viviane, Astrid, Dalla, Halveig … O nein!

Viviane rollte sich zusammen und kuschelte sich an ihn. »Es war so schön«, murmelte sie im Halbschlaf.

Er strich ihr zärtlich übers Haar. Der Blumenkranz hatte sich aufgelöst, die Blüten sich übers Haar verteilt. Nie wieder würde er mit Viviane derartige Liebesfreuden genießen können, wenn sie erst verheiratet waren. Alle würden es mit ansehen, mit anhören. Darüber hatte er sich noch keine Gedanken gemacht. Sollten sie sich jedes Mal davonstehlen, wenn sie miteinander zärtlich sein wollten? Er musste sich dringend etwas einfallen lassen.

Über den Fjord erscholl Hörnerklang. Sofort ließen alle Arbeiter ihre Werkzeuge fallen und packten ihre Waffen. Das große Tor wurde geschlossen. Thoralf lief mit gezogenem Schwert zur Wachbrücke über dem Tor. Doch so sehr sie auch Ausschau hielten, sie konnten nichts entdecken. Nur Thoralfs drei Boote lagen friedlich am Strand.

Einer der Wächter winkte ihnen von seinem Platz auf dem Felsen zu. »Dort oben«, rief er. »Über Land!«

Sie wandten sich alle um. »Wer ist denn das?« Vom Waldrand her näherte sich ein seltsamer Zug von Menschen. Die Ersten waren beritten, trugen Fahnen an langen Stangen.

»Das ist das Zeichen des Königs«, staunte Thoralf. Doch er blieb vorsichtig.

Zielstrebig kam der Zug auf Skollhaugen zu.

»Die wollen uns tatsächlich besuchen.« Augenblicklich wurde es auf dem Hof unruhig. Noch war Skollhaugen eine große Baustelle, auch wenn das Haupthaus, die Ställe, die Vorratshäuser und die Schmiede wieder errichtet worden waren.

Thoralf hatte vieles größer und schöner bauen lassen. Zudem hatte er einige Gebäude anders angeordnet. Und er hatte eine Überraschung für Viviane, die er ihr aber noch nicht verraten wollte. Viviane schlief derzeit mit Astrid und seinen Schwestern in einem kleinen Gebäude, das später einmal für das Gesinde vorgesehen war, wenn sie wieder mehr Gesinde haben würden. So konnte er ungestört weiter am Haupthaus arbeiten. Dass er jetzt hohen Besuch erhielt, kam ihm ungelegen. Die Halle war noch nicht fertig. Doch er musste sich beeilen, denn die Hochzeit mit Viviane war zur Sommersonnenwende angesetzt. Es sollte doch alles wunderschön für sie sein!

»Öffnet das Tor«, befahl er und begab sich hinunter in den Hof. Dann schritt er hoheitsvoll durch das Tor, um die Gäste zu begrüßen. Die vielen bewaffneten Männer bereiteten ihm Unbehagen. Er ließ es sich jedoch nicht anmerken.

Ein auffällig gut gekleideter Mann führte den Zug an. Sein Pferd trug eine Decke mit dem Zeichen des Königs. Die beiden Fahnenträger ritten zur Seite. Der Anführer, ein Mann mittleren Alters mit sonnengegerbtem Gesicht und mehreren Narben darin, neigte grüßend den Kopf.

»Ich bin Håkon, Gesandter des Königs Olav Tryggvason. Ich überbringe die Grüße des Königs und einen Befehl. Bist du der Herr auf Skollhaugen?«

»Jawohl, ich bin Thoralf Björgolfsson, Jarl auf Skollhaugen. Und dies sind meine Mutter Astrid und meine Schwestern …«

»Ja, ja, ist schon gut«, unterbrach ihn Håkon. »Willst du deine Gäste nicht einlassen? Wir haben eine lange Reise hinter uns und sind hungrig, durstig und müde.«

»Gern gewähre ich Euch Gastlichkeit, Gesandter des Königs. Allerdings müsst Ihr mit einigen Einschränkungen vorliebnehmen. Skollhaugen wird derzeit wieder aufgebaut.«

Håkon hob die Augenbrauen. »So? Ist es abgebrannt?« Er stieß mit dem Fuß gegen einen verkohlten Stamm, der noch auf dem Hof lag.

»So ist es. Allerdings sind wir mit dem Aufbau weit fortgeschritten. Tretet ein und seid mein Gast.« Er winkte Truud, sofort mit den Arbeiten zu beginnen. Es musste geschlachtet, gekocht, gebraten und gebacken werden. Einige Fässer Met hatten sie aus Ragnvalds Vorratshäusern retten können.

Håkon blickte sich neugierig um. »Für so eine große Burg gibt es recht wenige Leute hier«, wunderte er sich. »Wie viele sind es denn?«

»Drei Mägde, ein Knecht und einundvierzig freie Männer.«

»Drei Mägde und ein Knecht? Wie wird denn alles bewirtschaftet?«

»Die freien Männer arbeiten«, erwiderte Thoralf. »Die anderen sind bei … bei einem Brand ums Leben gekommen.«

»Nun ja, Hauptsache, es war keine Krankheit.« Vorsichtshalber hob er seinen Umhang etwas an, als befürchte er, sich allein durch die Berührung des Bodens anzustecken.

Die Halle war noch nicht ganz fertig. Schnell hatten die Schwestern und Astrid einige Felle über die Bänke geworfen.

»Leider ahnten wir nichts von Eurem Besuch, sonst hätten wir uns selbstverständlich vorbereitet«, sagte Astrid mit einem entschuldigenden Lächeln zu Håkon.

Håkon wischte sich den Schweiß von der Stirn. Dem kurzen Frühling war ein heißer und trockener Sommer gefolgt. Einige Männer begleiteten ihn in die Halle, die meisten aber ließen sich draußen auf dem Hof nieder, ohne ihre Waffen abzulegen. Der alte Arnulf hatte zu tun, alle Pferde zu versorgen.

Viviane war in der Hütte geblieben. Dort hatte Thoralf einen großen Webstuhl aufbauen lassen. Viviane saß täglich daran und webte einen neuen Mantel für ihn. Da sie auch ihre Schafe zurückbekommen hatten, konnten sie Wolle gewinnen. Die kleine Raudaborsti half Viviane, die Wolle zu zupfen, zu spinnen und zu färben. Die Spule mit dem grünen Faden hielt Viviane verwahrt. Noch einmal durfte damit nichts passieren.

Als die Gäste den Hof betraten, blickte sie nur aus der Tür. Sie hatte keine Ahnung, wer das war und was sie hier wollten, doch Neugier durfte sie nicht zeigen. Im Gegensatz zu ihr wuselte Raudaborsti im Mittelraum herum und hielt Augen und Ohren offen.

»Ein Gesandter des Königs«, flüsterte sie, als sie mit einer Schale Sauergemüse an der Hütte vorbei ins Haupthaus hastete.

»Das ist sicher eine Ehre für Skollhaugen«, erwiderte Viviane.

»Da bin ich mir noch gar nicht sicher«, gab Raudaborsti zurück und eilte davon.

Viviane fiel ein Mann auf, der sich ebenfalls ins Haupthaus begab. Sie winkte Raudaborsti heran. »Ich glaube, ich habe einen Mönch gesehen.«

»Wo?«

»Der Mann mit der Kutte und der Kapuze überm Kopf, ein christlicher Mönch. Er ist eben ins Haus gegangen. Ich kann nicht hinein. Schau du für mich nach.«

Das ließ sich Raudaborsti nicht zweimal sagen. Wie ein Hund kroch sie in die Halle, unter den langen Tisch, bis zu dem Mann in einer seltsamen Kutte. Seine schmutzigen Füße steckten in zerrissenen Sandalen. Schon deshalb war er ihr sympathisch. Ihre Füße wurden auch nie sauber. Vorsichtig zupfte sie an der Kutte.

Der Mönch stieß mit dem Fuß nach ihr. Er nahm wohl an, Hunde bettelten unter dem Tisch. Dalla und Halveig verteilten Krüge mit Met, und alle nahmen erst einmal die begehrte Erfrischung zu sich.

Raudaborsti zupfte erneut und erntete einen unsanften Tritt. »Aua!« Sie verkniff sich die Tränen, zwickte dem Mönch dafür in die große Zehe.

»Beim Satan, welche Untiere fressen mich hier an?« Er beugte sich unter den Tisch und starrte in Raudaborstis Gesicht. »Huch, ein Teufel!« Er zuckte zurück.

»Psst, nein, ich bin nur ein Kind. Und wer bist du?«

»Ich bin Ramdur, ein Gesandter des Bischofs von Trondheim.«

»Was ist ein Bischof? Hat Euch nicht der König geschickt?«

»Das auch. Aber der Bischof ist wichtiger. Er hat mich auf eine Mission gesandt.«

»Bist du ein Christ?«

»Selbstverständlich. Und du?«

Raudaborsti wich zurück. »Ich nicht. Wir alle nicht. Aber es gibt jemanden auf Skollhaugen, der Christ ist. Es ist eine Frau.«

»Eine Christin unter den Heiden? Das arme Kind!«

»Sie ist kein Kind. Sie ist eine Frau und hat solche Brüste.« Raudaborsti deutete Vivianes Busen mit den Händen an.

Wieder zuckte der Mönch zurück. »Beim Satan, was sind das nur für Wilde!«

»Ich nehme an, die christliche Frau will mit dir reden. Manchmal will sie – ich weiß nicht, wie das heißt …«

»Beichten?«

»Ja, so etwas. Kannst du mal kommen?«

»Wenn ich den Met getrunken habe.«

Raudaborsti eilte zu Viviane. »Er kommt, er kommt und du kannst dich erleichtern.«

»Du meinst beichten?«

»Frag ihn selber. Er trinkt nur seinen Met aus.«

Wenig später erschien der Mönch auf dem Hof. Er hatte seine Kapuze abgestreift, und Raudaborsti erblickte mit großem Erstaunen seine seltsame Frisur. Sein Haar war kurzgeschnitten, und in der Mitte war sein Kopf ganz kahl. Er schwitzte und warf einen unwilligen Blick zur Sonne. Dann blickte er sich suchend um. Zögernd trat Viviane auf ihn zu.

»Ihr seid ein Mönch?«

»Ganz recht, meine Tochter. Und du bist eine Christin?« Er neigte zweifelnd den Kopf.

»Ich stamme von einer Insel im Westen. Dort gab es ein Kloster und eine kleine Kirche und viele Mönche …« Sie stockte. »Die sind aber alle tot.«

Der Mönch bekreuzigte sich. »Und du wurdest geraubt, mein Kind?«

Viviane senkte den Blick. »Na ja … ja … ich lebe jetzt hier.«

»Wie kannst du nur unter diesen Heiden leben? Ich hoffe, dein Glaube hat darunter nicht gelitten.«

Viviane erinnerte sich an ihre Zweifel, an Thors Hammer und ihre Gebete zu allen Göttern.

»Also, ich würde gern beichten. Das habe ich schon seit langer Zeit nicht gemacht, weil es hier keine Mönche gibt und keine Kirche und keine Christen und überhaupt …« Sie seufzte. »Ich gebe zu, die Götter der Wikinger haben mich auch beschützt.«

»Es wird Zeit, dass mit dem heidnischen Unfug aufgeräumt wird. Wir sind hier, um die Heiden zu bekehren und alle zu taufen.«

»Ach!« Viviane staunte, doch dann klatschte sie freudig in die Hände. »Das ist wirklich erfreulich. Allerdings glaube ich kaum, dass sich die Wikinger so einfach bekehren lassen.«

Der Mönch deutete vage mit dem Kopf zu den im Schatten sitzenden bewaffneten Männern aus dem Gefolge des Gesandten. »Wir werden diese Heiden schon überzeugen.«

»Mit Gewalt?«

»Notfalls auch mit Gewalt.«

»Das finde ich aber nicht richtig«, entgegnete sie. »Sie müssen von allein zu Gott finden.«

Der Mönch lachte auf. »Das wäre der erste Wikinger, der nicht zu seinem Glück gezwungen werden müsste.«

»Hört, Pater, ich wüsste einen anderen Weg. Thoralf und ich, wir werden in einigen Tagen heiraten.«

»Du musst einen Heiden heiraten?« Der Mönch schnappte nach Luft, so unerhört fand er das.

»Ich muss nicht, ich will«, erwiderte sie lächelnd.

»Ohne Gottes Segen? Das ist nicht gut, mein Kind. Das ist keine Ehe, die Gott gefallen wird. Was sollen das für Kinder sein, die daraus geboren werden?«

»Vielleicht kann ich Thoralf überzeugen, sich taufen zu lassen. Und Euch bitte ich, uns zu trauen.«

»So einfach geht das nicht«, erwiderte der Mönch. »Alle müssen getauft werden. Dann sind sie Christen, du lebst unter Christen, und dann ist alles in Ordnung.«

Viviane nagte nachdenklich auf der Unterlippe. »Das wäre wünschenswert, aber ich befürchte, daraus wird nichts. Hier herrschen Odin, Thor, Frigg, die Nornen und Trolle.«

Der Mönch verzog das Gesicht, als hätte er Essig getrunken. »Leider haben wir es nicht geschafft, schon zu Ostern hier zu sein, dem passenden Zeitpunkt für die Taufe. Aber es gibt so viel zu tun in diesem heidnischen Land.« Er stöhnte und wischte sich über seine hohe Stirn, von der der Schweiß perlte.

»Morgen wird die Taufe zelebriert, und übermorgen könnt

ihr heiraten. Wir müssen weiterziehen, um die anderen Heiden zu bekehren. Und nun sollen alle zusammenkommen, damit ich sie in der christlichen Lehre unterweise.«

Thoralf war überhaupt nicht einverstanden, dass seine Männer, statt zu arbeiten, den Geschichten des Mönchs zuhören sollten. »Dazu ist bei Feiern Zeit, wenn die Skalden die Heldenlieder singen.«

»Ich singe keine Heldenlieder, sondern unterweise das Katechumenat«, widersprach Ramdur. »Das ist notwendig, um das Christentum auch richtig zu leben. Es dauert drei Jahre …«

»Drei Jahre?« Thoralf schnappte nach Luft. »Wir brauchen kein Christentum, wir haben unsere Götter.«

Der Gesandte erhob sich mit vom Met gerötetem Gesicht. »Unser großer König Olav Tryggvason hat sich taufen lassen und sich dem Christentum zugewandt. Er ist überzeugt, dass dies der rechte Glaube für das ganze Land der Nordmänner ist. Deshalb schickt er Boten wie mich aus, um alle Heiden zu bekehren. Es ist ein Befehl des Königs, dem Folge zu leisten ist.«

Die bewaffneten Männer seiner Begleitung rückten bedrohlich näher.

Viviane versuchte zu vermitteln. »Versteh doch, ich bin Christin, und wenn wir heiraten, dann sollte es mit dem Segen eines christlichen Priesters sein. Das geht nur, wenn du auch Christ bist. Und du als Jarl bist natürlich Vorbild für deine Leute, die auch zum Christentum übertreten müssen.«

Thoralf überlegte. »Mehr nicht?«

Sie schüttelte den Kopf. »Mehr nicht.«

Thoralf wandte sich an den Mönch. »Wenn es nicht zu lange dauert, bin ich einverstanden.«

Der Mönch atmete auf. »Dann setzt euch alle hier zusammen. Am besten, wo Schatten ist. Ich erzähle euch jetzt von Gott und seinem Sohn Jesus Christus, den er auf die Erde gesandt hat und der am Kreuz starb. Danach schreiten wir zur Taufe. Oben am Fels gibt es einen Fluss, in dem ich die Taufe vornehmen werde.«

»Was ist eine Taufe?«, wollten die Männer wissen.

»Da kommt der Heilige Geist in euch. Zuvor muss ich euch aber das Böse austreiben.« Er hob das Kreuz, das er an einem Strick um den Hals trug, und zeigte es den Männern. Dabei sprang er wie ein Hase hin und her und murmelte unverständliche Worte.

»Ein Zauberer«, stellten die Leute beeindruckt fest. Interessiert lauschten sie der Geschichte von Herrn Jesus, der in einem weit entfernten Land geboren wurde und der sich mit der Obrigkeit überwarf, bis sie ihn ganz schrecklich an ein Kreuz nagelten, so eines, wie es der Mönch um den Hals trug.

»Wenn wir nach Jesus Christus leben sollen, müssen wir uns dann auch gegen unseren König wenden?«, wollte Thoralf wissen.

Einen Moment geriet der Mönch aus der Fassung.

»Natürlich nicht«, schnaufte er und griff zu einem Krug Bier, den Astrid ihm reichte. »Man muss immer gehorchen, Gott, dem König und dem Priester. Also, alles verstanden? Jetzt lernen wir noch das Vaterunser, dann schreiten wir zur Taufe.«

Er ging voran den Berg hinauf, und alle folgten ihm. Oben am Fluss hielten sie an. »Los, alle ausziehen und ins Wasser. Dann müsst ihr untertauchen.«

»Was? Dann ersaufen wir ja alle! Und ausziehen tun wir uns auch nicht. Es sind Frauen dabei. Die Frauen ziehen sich auch nicht aus vor uns«, wandte einer der Männer ein.

Der Mönch überlegte kurz. »Behaltet die Hosen an. Ich

werde euch danach mit dem heiligen Öl salben, dann bekommt jeder ein weißes Taufgewand.« Er hielt eines der weißen Hemden hoch, die ein Gehilfe mit auf den Berg geschleppt hatte.

»Oh, ein neues Hemd. Na gut, dafür können wir uns auch mal waschen«, rief ein anderer Mann.

Zuerst ließ sich Thoralf taufen, wollte er seinen Leuten doch ein Vorbild sein. Der Mönch stand bis zum Bauch im Wasser, legte seine Hand auf Thoralfs Kopf und drückte ihn kurz unter Wasser.

»He, der ersäuft unseren Fürsten«, murrten die Männer. Schon wollten sie in den Fluss stürzen und den Mönch ebenfalls untertauchen, um Thoralf zu retten, aber da erschien Thoralf wieder und stieg prustend an Land. Der Mönch folgte ihm, wobei sein Kittel sich derart vollgesogen hatte, dass er stolperte und auf den Bauch fiel. »So eine kalte Brühe«, schimpfte er und rappelte sich wieder hoch. Sein Gehilfe hielt einen Krug mit Öl bereit. Der Mönch tauchte seine Hand hinein und strich das Öl auf Thoralfs Kopf. Er machte mit den Fingern das Kreuzzeichen und bat Gott, dass er Thoralf mit dem Heiligen Geist erfülle. Dann zog er ihm das Taufgewand über den Kopf. Es war aus hellem Leinen gefertigt, nicht sehr wertvoll, aber durchaus brauchbar, fand Thoralf.

Einer nach dem anderen stiegen sie in das kalte Wasser des Flusses, tauchten kurz unter und kamen prustend wieder an Land. Thoralf achtete darauf, dass keiner von der Strömung abgetrieben wurde. Der Fluss war tückisch und stürzte in einiger Entfernung als Wasserfall in den Fjord.

Die bewaffnete Garde des Gesandten hatte sie begleitet und passte auf, dass sich niemand der Taufe verweigerte. Viviane beobachtete als Einzige, die bereits getauft war, das Zeremoniell. Es glich eher einem unfreiwilligen Badetag.

Dann kamen die Frauen dran. Der Mönch war einverstanden, dass sie ihr Unterkleid anbehielten, aber im Fluss untertauchen mussten sie auch. Viviane vermisste Raudaborsti. Hatte sie es tatsächlich geschafft, sich davonzustehlen?

Jeder bekam Öl auf den Kopf, das Kreuzzeichen und gemurmelte Gebete. Alle warteten auf den Heiligen Geist, der aber nicht kam, sondern es wurde nur noch wärmer, und die Erfrischung vom kalten Wasser war bald vergessen.

»Nun seid ihr Christen«, stellte der Mönch zufrieden fest. »Lebt danach und haltet die christlichen Regeln ein.«

Ramdur und sein Gehilfe zogen unter Gesängen den Berg wieder hinab, alle folgten ihnen. Unten drehte der Mönch sich zu Thoralf um.

»Diese gottesfürchtige Christin hat mich gebeten, euch zu trauen. Da du nun getauft bist, ist dies möglich. Morgen soll die Hochzeit sein, denn wir können nicht länger bleiben. Es gibt noch viele Heiden zu bekehren.«

Thoralf wechselte mit Viviane einen Blick. »Morgen schon? Wenn es Vivianes Wunsch ist …« Er drehte sich um. »Los, Leute, bereitet die Hochzeitsfeier vor. Es soll ein fröhliches Fest werden. Håkon, der Gesandte des Königs, ist natürlich mit seinen Leuten eingeladen.«

Der Mönch drohte mit dem Finger. »Aber keine heidnischen Riten beim Fest. Wir werden darüber wachen.«

Håkon kniff die Augen zusammen. »Dafür haben wir keine Zeit. Wir müssen weiter bekehren. Nach der Trauung reisen wir ab.«

»Und das Festessen?«, rief Ramdur. »Bedenkt, Håkon, so schnell bekommen wir nicht wieder solche Leckereien.«

»Predigt Ihr nicht ständig gegen Völlerei? Nichts da, wir werden morgen weiterziehen.«

Die Enttäuschung war Ramdur anzusehen. »Bei der Hitze«, stöhnte er. Viviane wollte ihn trösten. Ringsum waren die

Hochzeitsvorbereitungen in vollem Gange. Truud scheuchte alle herum und suchte vergeblich nach Raudaborsti. Die blieb verschwunden.

»Pater, so setzt Euch doch noch etwas in den Schatten und ruht Euch aus. Es ist sicher ein beschwerlicher Weg durch das Land Vik. Aber sagt, Trondheim, ist das eine richtige Stadt? So wie Ribe?«

»Ribe kenne ich nicht. Und in Trondheim gibt es so viele Menschen, dass einem angst und bange wird. Leider gefiel es dem Bischof, mich aus der Beschaulichkeit unseres Klosters herauszureißen und auf Mission zu schicken. Ich beuge mich seinem und Gottes Willen. Man sieht ja, wie notwendig es ist. Aber du, mein liebes Kind, wirst morgen heiraten. Ich nehme doch an, dass du als Jungfrau in diese Ehe gehst und rein und unschuldig bist.«

Viviane errötete. »Ganz so ist es nicht, ehrwürdiger Pater. Deshalb möchte ich gern beichten, bevor Ihr uns die Sakramente der Ehe erteilt.«

Ramdur setzte sich hinter ein Vorratshaus und streckte die Beine aus. »Da bin ich aber gespannt. Erleichtere deine Seele, mein Kind.«

Thoralf hatte keine Ahnung, was Viviane mit dem Mönch zu besprechen hatte, doch er war froh, dass sie abgelenkt war. Er hatte eine Überraschung für sie vorbereitet, die er nun fertigstellte. Sie sollte sie erst morgen nach der Trauung sehen.

Auch Viviane hatte ihr Geschenk für Thoralf vollendet. Es war keine Überraschung, und doch fand sie, dass ihr der neue Mantel vollauf gelungen war. Weiße, fuchsrote und jadegrüne Streifen wechselten sich in unterschiedlicher Breite ab. Mit sauberen Stichen nähte sie Saum und Halskante um und legte den Mantel zusammen. Astrid gab eine kunstvoll gearbeitete Fibel zum Schließen an der Schulter dazu.

»Zum Glück haben wir einen Teil unserer Habe zurückbekommen. So kann ich meinem Sohn auch ein Geschenk bereiten.«

Viviane bemerkte, dass sie versuchte, an den alten Glanz der Sippe anzuknüpfen. Sie fühlte Mitleid mit ihr.

»Er wird sich ganz bestimmt darüber freuen. Doch mehr noch als alles Gold der Welt ist für die Sippe wichtig, dass wir uns gegenseitig beistehen. Frieden ist die Voraussetzung, dass Skollhaugen blüht und gedeiht.«

»Dafür bist du ja ab morgen zuständig«, erwiderte Astrid. »Mir bleibt, dir mit meiner Erfahrung beratend zur Seite zu stehen.«

»Noch kann ich es nicht glauben, dass ich morgen Thoralfs Frau werde.« Vivianes Augen leuchteten. »Aber die Frau eines Jarls hat ja so viele Pflichten, da werde ich deinen Rat sicher oft benötigen. Ich danke dir, Astrid, und verspreche, deinem Sohn eine gute Frau zu sein.«

»Da bin ich mir sicher.« Astrid schloss Viviane in die Arme.

Ramdur gab sich wirklich alle Mühe, die Trauung zu einem feierlichen Zeremoniell zu gestalten. Auf der Wiese oberhalb von Skollhaugen hatte er einen kleinen Altar errichten lassen. Es war nur ein Steinhaufen, darauf ein hölzernes Kreuz. Alle umstanden das neue Heiligtum, vor dem Ramdur das Brautpaar empfing.

Viviane war eine entzückende Braut. Thoralf hatte eines seiner zwei Geheimnisse gelüftet. Aus der kleinen Truhe, die er sorgsam verborgen gehalten hatte, zog er ein Kleid heraus und überreichte es Viviane. »In diesem Kleid sollst du erscheinen, wenn wir getraut werden«, sagte er. Es war ein wunderschönes Kleid aus feinem blauem Stoff, der sich wie das zarte Fell eines exotischen Tieres anfühlte.

»Man nennt es Samt«, erklärte Thoralf. »Es ist mein Hochzeitsgeschenk für dich.«

Überwältigt betrachtete Viviane das Gewand. Darin würde sie sich wie eine Königin fühlen. Aber es war ja auch ein ganz besonderer Tag.

Sie übergab Thoralf den gewebten Mantel. »Er möge dir Würde und Ansehen verleihen, vor allem aber soll er dich an mich erinnern, wenn wir getrennt sind.«

»So schnell werden wir uns nicht mehr trennen«, versicherte Thoralf. Beide kleideten sich um, dann traten sie gemeinsam hinaus vor das Tor von Skollhaugen. Die Sonne vergoldete den Tag, oben erwartete sie Ramdur mit feierlicher Miene.

»Wir haben uns hier zusammengefunden, um diese beiden Menschen zu trauen. Gott schaut auf dieses Paar herab und beglückt sie mit seiner Güte. Möge ... dieser Tag ...« Irritiert wanderte Ramdurs Blick immer wieder zu dem großzügigen Ausschnitt von Vivianes Kleid, aus dem die Ansätze ihrer vollen Brüste schauten. Kein Wunder, dass Thoralf sich nicht hatte zurückhalten können. Vivianes Beichte hatte Ramdur innerlich in Aufruhr versetzt. Er stotterte und stammelte, wurde abwechselnd rot und blass. »Im Namen des Herrn traue ich euch ...« Und Thoralf trug unter seinem bunten Mantel das Taufgewand! »Reicht euch die Hände.« Ramdur legte seine Hände auf die von Thoralf und Viviane. »Also, im Namen des Vaters ...«

»Der hieß Björgolf«, erwiderte Thoralf freundlich.

»Nein, ich meine den Vater im Himmel.«

»Ja, er sitzt jetzt an Odins Tafel. Björgolf heißt er.«

Viviane lächelte. »Lass Ramdur weiterreden. Das ist so ein Spruch«, flüsterte sie.

Thoralf nickte und schwieg.

»Also, im Namen des Vaters und des Sohnes und des Heiligen Geistes, Amen!«

»Thoralf Björgolfsson, das ist der Name des Sohnes und des Vaters«, stellte Thoralf zufrieden fest. »Musst du nicht auch Vivianes Namen nennen?«

Ramdur rollte mit den Augen. »Ja, ja, Viviane. Sie ist jetzt deine Frau. Und was Gott zusammengefügt hat, soll der Mensch nicht scheiden.«

»Können wir jetzt gehen?«, wollte Thoralf wissen. »Die Männer warten auf das Bier.«

»Einen Moment noch. Da ihr jetzt Christen seid, sollte Skollhaugen auch eine Kirche besitzen. Am besten an dieser Stelle.«

Thoralf schaute Viviane verständnislos an. »Muss man das machen?«

Sie lächelte. »Besser wäre es schon.«

»Ich weiß nur nicht, wozu.«

»Es ist das Haus Gottes«, erklärte Ramdur.

»Gut, bauen wir auch ein Haus für Gott. Aber erst kommt die Schwitzhütte dran.«

Er führte Viviane hinunter nach Skollhaugen. Alle Gäste folgten ihnen, denn nun begann das eigentliche Fest, auf das sie sich schon so gefreut hatten. Ein Fass Bier wurde geöffnet, ein Ochse brutzelte am Spieß, und jetzt würde eine Woche lang gefeiert, gespielt, gesungen und getanzt werden.

Oleif trat vor Viviane, etwas verlegen und den Blick gesenkt. »Ich freue mich für dich, Viviane, dass du jetzt endlich glücklich wirst mit Thoralf.« Sein Gesicht strafte allerdings seine Worte Lügen.

Thoralf runzelte die Brauen. »Viviane ist jetzt deine Herrin, und du musst sie mit Dröttning ansprechen.«

Oleif errötete bis über beide Ohren. »Also, Dröttning, ich hätte da ein Geschenk für Euch. Nur weiß ich nicht, ob … ob ich das darf.«

»Oleif, du warst mir stets ein guter Freund und mein Lebensretter. Du wirst mir auch weiter ein guter Freund bleiben.«

Oleif fasste sich ein Herz und reichte Viviane eine dünne Lederschnur mit einem kleinen Anhänger. Es war ein Kreuz aus Bronze.

»Oh, wie hübsch!« Sie lächelte erfreut. »Deinen Anhänger habe ich Thoralf geschenkt, damit er ihm Glück bringe.«

Thoralf zog ihn unter seinem Taufhemd hervor. »Hat er. Siehst du den Einstich von Hoskulds Schwert?« Er lachte. »Ich werde ihn nie wieder ablegen, ob Christ oder nicht.«

Oleif trat von einem Bein aufs andere. »Ich habe zwei Gussformen hergestellt. Wer will, kann sich ein Kreuz fertigen lassen oder eben einen Hammer. Ich glaube nämlich nicht, dass sich unsere Götter so einfach vertreiben lassen.«

Dann verabschiedete sich Håkon kurz und kühl. Ramdur warf seufzend einen schrägen Blick auf die Feierlichkeiten. »Keine Blutopfer«, warnte er.

Kaum war die seltsame Gesandtschaft abgereist, erschien Raudaborsti neben Viviane.

»Wo kommst du denn her?«

Raudaborsti grinste. »Freiwillig lasse ich mich nicht waschen«, gab sie zurück. »Ich habe mich in der Apfelhöhle versteckt.«

»So bist du gar nicht getauft?«

»Das ist nicht schlimm. Zwar hätte ich auch gern so ein schönes Hemd gehabt, aber das wird zu schnell schmutzig.«

Thoralf zog Viviane mit sich. »Ich habe noch eine Überraschung für dich.« Er führte sie in das neu errichtete Haupthaus, wo sich die Familie in der Halle versammelt hatte. Die Säulen waren mit Zweigen und Blumenketten geschmückt, auf dem Tisch wurde schon das Festessen aufgetafelt. Neben dem Durchgang zur Halle gab es eine kleine Tür, aus Holz gefertigt und reich geschnitzt. Die hatte es vorher dort nicht gegeben.

»Damit du weißt, was dich heute Nacht erwartet«, sagte Thoralf geheimnisvoll. Er öffnete die Tür. Im Halbdunkel erkannte Viviane eine kleine Kammer, die Thoralf hatte anbauen lassen. Durch eine Öffnung in der Holzwand würde die Wärme von der Feuerstelle auch in das kleine Zimmer ziehen. Es wurde fast gänzlich von einem riesigen Bett ausgefüllt, aus unbearbeiteten Brettern, mit vier geschnitzten Säulen mit Drachenköpfen an den Ecken und mit bunt gewebten Decken und Fellen bedeckt.

»Was ist denn das?«

»Unser kleines Reich. Nur für uns. Oder würde dir gefallen, wenn uns alle zuschauen? Wir können nicht jedes Mal auf das Schiff gehen.«

Sie errötete, doch dann lachte sie. »Es ist wirklich … überraschend.«

»Es stammt aus dem Lande Rus, da schlafen reiche Jarls in solchen Betten.«

»Und niemand anders darf da hinein?«

»Niemand!«

Jemand zupfte Viviane am Ärmel. »Schade, dass ich nicht mehr neben dir schlafen darf«, bedauerte Raudaborsti. »Aber damit dich keine bösen Geister und Trolle in der Nacht besuchen, will ich dir das hier schenken.« Sie reichte ihr eine kleine Lampe mit Walfischtran. Solch eine hatten sie auch über der Tür des Gesindehauses, die brannte jede Nacht.

»Oh, danke, aber …«

»Ja, ja, ich weiß. Dieser Mönch mit den schmutzigen Füßen hat gesagt, es gibt keine Trolle.«

Viviane nahm das Lämpchen entgegen und lächelte. »Das ist lieb von dir, Raudaborsti, und wir danken dir ganz herzlich.« Sie wechselte einen verschmitzten Blick mit Thoralf. »Wir haben zwar den alten Göttern abgeschworen, aber sicher ist sicher.«